李贺詩集

【唐】李 贺 著
【清】王 琦 等 评注
蒋凡 校点

上海古籍出版社

图书在版编目(CIP)数据

李贺诗集 /（唐）李贺著；（清）王琦等评注；蒋
凡校点. —上海：上海古籍出版社，2023.9（2025.3重印）
（国学典藏）
ISBN 978－7－5732－0828－6

Ⅰ. ①李… Ⅱ. ①李… ②王… ③蒋… Ⅲ. ①唐诗－
诗集 Ⅳ. ①I222.742

中国国家版本馆 CIP 数据核字（2023）第 152768 号

本丛书为 2021—2035 国家古籍工作规划
重点出版项目（普及读物类）

国学典藏

李贺诗集

［唐］李贺　著

［清］王琦　等　评注

蒋凡　校点

上海古籍出版社出版发行

（上海市闵行区号景路 159 弄 1－5 号 A 座 5F　邮政编码 201101）

（1）网址：www.guji.com.cn

（2）E-mail：guji1@guji.com.cn

（3）易文网网址：www.ewen.co

江阴市机关印刷服务有限公司印刷

开本 890×1240　1/32　印张 12.125　插页 5　字数 310,000
2023 年 9 月第 1 版　2025 年 3 月第 3 次印刷
印数：4,601—6,700
ISBN 978－7－5732－0828－6

I·3756　定价：56.00 元

如有质量问题，请与承印公司联系

前　言

蒋　凡

　　李贺(790—816),字长吉,河南府福昌县昌谷(今河南宜阳三乡)人。父晋肃,官陕县令,出于皇室疏亲远支,大郑王亮的后裔。李唐皇室自称祖籍陇西成纪。以此,李贺也自称宗孙、皇孙或成纪人。在世族高门贵族影响远未消除的唐代,如此自称,可借以自抬身份,便于跻升上流社交圈。

　　贺父早死,家境清寒,李贺是家中长子,肩负复兴家庭的重担,为此而四处奔波,历尽坎坷,有机会了解下层民生疾苦。他曾寄望于科举,但因父名"晋肃","晋"与"进"谐音,与贺争名者谗毁之,宣称贺应避父名讳不得考进士。当时韩愈作《讳辩》,为贺应进士试辩护驳谬。但终因誉者少而毁者众,李贺科举仕途路断。不得已,只能改由父荫入仕,千辛万苦,方求得一个隶属太常寺的奉礼郎这样从九品的小官。在朝廷祭典时,随班跪拜唱赞,如仆侍妾妇,听人吆喝驱遣。这让满怀激情的青年诗人的美好理想迅速破灭。贺在京师近三年的奉礼郎任上,对生活失望,因此愤而挂冠,归隐昌谷老家养痾读书。但为了生活,不久又拖着带病之身,为求职而南下北上,日晒雨淋,冲风冒雪,却仍一无所成。返家时病体转沉,夭折于老母萱堂之前,年仅二十七岁。一代诗星陨落,白发人哭黑发人,现实残酷,天不祐之,又将奈何? 但是,生活不幸诗家幸,这话合乎韩愈所说的"不平则鸣"（见《送孟东野序》）之理，正是鲜活的生活辩证法。

李贺是中唐杰出诗人，在我国文学史上，占有重要的一席之位。诗到盛唐，李（白）杜（甫）双峰并峙，似乎后继为难。但中唐诗人却在难以逾越的高峰之前，绝不止步，而是各显神通，硬是又踩出了一条新的光明大道，迎来了我国诗歌发展的又一春。中唐诗歌，百花齐放，其繁荣不亚于盛唐。如元（稹）白（居易）诗派的新乐府讽谕诗，缘事而发，为民请命，浅白如话。其长篇歌行如白居易的《长恨歌》《琵琶行》，元稹的《连昌宫词》，风靡天下，人称"元和体"，明丽酣畅，脍炙人口而传之久远。而诗风迥异的韩（愈）孟（郊）诗派，雄峭奇崛，议论风生，其散文化的叙事倾向，开后来宋诗新路。而如刘（禹锡）柳（宗元），他们在传统的基础上，各显身手，富有鲜明的艺术个性。柳诗高洁深邃，刘诗雄快爽朗，各见境界。他们在盛唐王（维）孟（浩然）、高（适）岑（参）、二王（昌龄、之涣）面前，也不少让。诗到贞元、元和间，踵武盛唐，另辟蹊径，开创了又一次诗歌大发展的新辉煌。其间，年轻的天才诗人李贺，开拓之功不可没。根据社会交游、创作道路及艺术特点，李贺应是韩孟诗派的中坚骨干，其贡献及影响不逊于孟郊，但因其青年夭折，不可能获诗坛领袖的名号，这也可以理解。

中唐时代，经历安史之乱后，李唐之盛，已一去不复返了，留下的是孱弱与腐败。在李贺具体生活的德、顺、宪三朝，藩镇叛乱，宦官擅权，已成社会痼疾。有识之士思有改革以救治国家，但立刻遭到顽固保守势力的联合镇压，很快胎死腹中。如顺宗朝王叔文集团所发动的永贞革新，不到半年，即惨遭迫害，满怀救国理想的革新政治家相继贬死，王叔文死于流途，柳宗元、刘禹锡等"八司马"贬窜边远恶州蛮荒之地,诏称"永不叙用"。这一惨酷现实,予青年诗人李贺以极大的刺激,在他心中播下了关心现实的种子。当然,诗是心声,用以抒情,而非直白的政治宣言,但抒写心声又是为什么呢?还不就是因现实生活刺激拨动了诗人心弦吗?没有生活,又哪来的诗呢?李贺诗歌是抒情(情)、叙事(事)、议论(理)三者合一,通过创造性的艺术想象,巧妙地编织出一幅幅完美的诗画图景。贺诗抒情性强,通过强烈心声的震颤,表达了诗人对于生活善恶美丑的态度,从而展现了时代的面貌。作为成功的诗人,李贺拒绝直白的教条和口号,而是通过诗的艺术形象,来诉说自己对于现实生活的热情和关怀。

李贺和元白同处一个时代,但他们之间少有诗的交流往来,或许与其不同的创作态度和迥异诗风有关。元白讽谕,提倡直白浅露,老妪能解;李贺则精工锻炼,语不惊人誓不休,可谓道路不同,不相与谋。贺属韩孟诗派,其所交游,也多是韩门的师友弟子,如皇甫湜、李汉、张彻、沈亚之、陈商等。只要细读贺诗,自能见其踪迹端倪。康骈《剧谈录》说元稹明经擢第,拜访李贺而愿结交,贺揽刺讥之曰:"明经擢第,何事来看李贺?"元稹恚愤,以此谗毁之,令贺不得举进士。康氏认为这是李贺"轻薄"的个人恩怨所致。此乃小说家言,不足采信,学者早明其非。如朱自清《李贺年谱》曰:"按元稹明经擢第,贺才四岁,事之不实,无庸详辩。"另外,李贺在京日短,不足三年,而元和中后期,元、白又多次被贬离京,少有见面机会,又何来的艺术交流和感情互动呢?因事涉创作道路和艺术态度,故稍作交待,以正视听。

人或称李贺是"鬼才",诗尽道"牛鬼蛇神"而荒诞不经,悲观颓丧而"无补世用"(见范晞文《对床夜语》卷四);或谓贺诗"多属意花草蜂蝶之间"(赵璘《因话录》卷三),无关民生疾苦,欠缺现实内容。其批判严厉,但却貌似实非,冤乎枉哉,诗人不受也。为此,宋末二刘(克庄、辰翁)为贺辩白而独具心解体会。刘克庄称"长吉歌行,新意险语,自有苍生以来所无。樊川一序,极骚人墨客之笔力,尽古今文章之变态,非长吉不足以当之。"(见《后村诗话》新集卷六,中华书局1983年版)刘辰翁《评李长吉诗》曰:"旧看长吉诗,固喜其才,亦厌其涩。落笔细读,方知作者用心。料他人观不到此也,是千年长吉犹无知己也。……贺之所长,正在理外。……若眼前语、众人意,则不待长吉能之,此长吉所以自成一家欤!"(见《刘辰翁集》卷六,江西人民出版社,1987年版)贺诗意新语奇,应在语言文字之外,见其理外之旨、味外之味。二刘的启发,有味哉!

总之,善读贺诗,要透过光怪诡谲的表象,见其充沛的情感和现实内容,而非仅是诗人怨怼牢骚的一己之歌吟。清姚文燮注《昌谷集》凡例曰:"世称少陵为诗史……昌谷,余亦谓之诗史也,然不敢以史自见也。不惟不自注,更艰深其词,并其题又加隐晦。"杜甫"诗史"之称,世所公认;而贺生于多事之秋,动辄得咎,以此而故意隐晦其旨,内容实有部分关乎"史"者。贺诗虽切劘时政,但非直白倾泻,而是通过艺术来表态度、明心迹、叙时事。赵璘指斥贺诗"多属意花草蜂蝶之间",并没把诗人置于其所存活的历史生态环境中去思考,只见表面奇词丽句,而不见其艺术精髓本质之所在。这应引以为诚。贺诗具内在的现实冲动,有其积极的生活内容,这是无庸置疑的。

至于贺诗艺术,杜牧之《序》已作形象论述:"云烟绵联,不足为其态也；水之迢迢，不足为其情也；春之盎盎，不足为其和也；秋之明洁，不足为其格也；风樯阵马，不足为其勇也；瓦棺篆鼎，不足为其古也；时花美女，不足为其色也；荒国陊殿，梗莽丘垄，不足为其怨恨悲愁也；鲸吸鳌掷，牛鬼蛇神，不足为其虚荒诞幻也。"经典之论，启人至多。杜牧认为，李贺的艺术探索与创造，着眼于"古今未尝经道者"，"离绝远去笔墨畦径间"，与韩愈"陈言务去"的创新精神一脉相承，是一种言人之所未言的开拓和创新，故能自成大家而屹立于艺林之巅。年轻的天才诗人，高自风标，不作则罢，一出手则要求是最精彩的，呕心沥血，惊世骇俗，令人意想不到。诗人的艺术贡献在此。当然，创新发明者也并非样样成功，偶有败笔，白璧微瑕，在所难免。贤如李杜，人称"诗仙"、"诗圣"，也难以十全十美。读贺诗当自有眼光。

　　李贺诗集，古往今来，多有注家。在古贤众多评注本中，当以清人王琦汇解《李长吉歌诗》最为详明。王氏详采诸家之长而不掩人之善，弃人纰谬而又有所依据，力求客观公正，在总结前人成就基础上，提升自家评注的研究质量，很有参考价值。此外，又有清初姚文燮评注《昌谷诗集》。姚氏熟稔新、旧二《唐书》，重在以诗证史，以史证诗。经过比对参详，姚氏自具心解，认为长吉之诗，虽然貌异于杜，但其着眼所在，实与杜甫"诗史"精神相通。其于诗、史，多方钩考，用力甚勤，虽难免牵强比附之讥，但其破解之处，却可称诗人知己，启人至深而可资借鉴。姚本另有蒋楚珍、陈二如、周玉岛、黄秋涵、钱饮光、吴炎牧、蒋潜伯等诸家评批，时具心解。今特合而刊之，以飨读者。

　　此次出版，诗歌正文及王琦汇解用乾隆二十五年(1760)宝笏楼藏版的王琦汇解《李长吉歌诗》的精校家刻本,姚文燮评注及姚本诸家评批则用复旦大学图书馆善本书库藏康熙五年丙午(1666)福建建阳书院重刻本。王琦等各家评注,原本或为句下夹注,或为天头眉批,今一律移置篇末,依次列注。为避免繁冗,底本中的避讳字或刻误、俗字等,径自改从本字。有错讹需要特别说明的,则酌情出校。

目 录

李长吉歌诗卷四

序

王　琦

　　李长吉诗编,稽唐、宋两史《艺文志》及郑氏《通志略》,皆曰《李贺集》。后人不欲指斥其名,而依其所居之地以名之,改题曰"昌谷"。今称《李长吉歌诗》,从吴西泉本及杜樊川《序》也。按:昌谷在洛阳,地志多失载。诗中原注谓昌谷与女几山岭坂相承,山即兰香神女上升处;其谷东有隋之福昌宫焉。按:其地皆在今河南宜阳县中。宜阳于唐、宋时为福昌县,故王氏《困学纪闻》谓昌谷在河南福昌县三乡东。张文潜有《春游昌谷访长吉故居》诗及《福昌怀古》一章,专指长吉宅而言,皆灼然可据。注者数家俱略而不考。或且因诗中有陇西长吉之辞,遂妄拟以为地在陇西,谬解纷如,反为疣赘。又樊川《序》中反复称美,喻其佳处凡九则。后之解者,只拾其"鲸呿鳌掷、牛鬼蛇神、虚荒诞幻"之一则以为端绪,烦辞巧说,差爽尤多。余集所见诸家笺注,删去浮蔓而录其确切者,间以鄙意辨析其间。有竟不可解者,多因字画讹舛,难可意揣,宁缺无凿,期于不失原诗本来面目。勿令后之观者,因笺释之不明,而反堕冥冥云雾中也。长吉下笔务为劲拔,不屑作经人道过语,然其源实出自楚《骚》,步趋于汉、魏古乐府。朱子论诗,谓长吉较怪得些子,不如太白自在。夫太白之诗,世以为飘逸;长吉之诗,世以为奇险。是以宋人有"仙才"、"鬼才"之目。而朱子顾谓其与太白相去不过些子间,盖会意于比兴《风》《雅》之微，而不赏其雕章刻句之迹，所谓得其精而遗其粗者耶！人能体朱子之说，以探求长吉诗中之微意，而以解《楚辞》、汉魏古乐府之解以解之，其于六义之旨庶几有合。所谓"鲸呿鳌掷、牛鬼蛇神"者，又何足以骇夫观听哉！

乾隆二十五年冬至后七日，西泠王琦琢崖氏记于平安里居之宝笏楼。

评注诸家姓氏爵里考

刘辰翁，字孟会，号须溪，庐陵人。少登陆象山之门。景定壬戌，以太学生廷试对策忤贾似道，抑置丙第。后以荐除太学博士，不起。有《李长吉诗评》。

吴正子，字西泉，时代爵里未详。有《长吉诗笺注》。

徐渭，字文长，山阴人。明嘉靖中以诸生入总督胡宗宪幕府。有《昌谷诗注》。

董懋策，爵里未详。有《昌谷诗注》，合徐注刊之。

曾益，字谦甫，山阴人。有《昌谷诗注》。[1]

余光，字希之，莆田人。明崇祯丁丑进士，官上虞知县。有《昌谷诗注》。[2]

姚佺，字仙期，一云山期，号辱庵，又号石耳山人，秀水人。明末时，客居吴下，与复社诸名士会中。有《昌谷诗笺》。○外有邱象升字曙戒、邱象随字季贞、陈愫字素子、陈开先字梅章、杨妍字士佳、吴甫字杜陵六人之辩注，孙枝蔚字豹人，陕西三原人，康熙中与博学鸿词举、张恂字稚恭、蒋文运字元扈、胡廷佐字揆衷、张星字东井、谢起秀字实夫、朱潮远字卓月七人之评合刊之，总号《昌谷集句解定本》。

姚文燮，字经三，号羹湖，桐城人。顺治己亥进士，官建宁同知。有《昌谷诗注》，多以史事释之，所谓借古人以成一家言者;至其当处不可易也。书之上方附蒋楚珍金坛人,翰林,蒋虎臣先生之父、陈二如名式,号问斋,桐城人、钱饮光初名秉镫,字幼光,后更名澄之,字饮光,桐城人、周玉凫苏州人、黄秋涵、吴炎牧、蒋潜伯诸君评语。

【汇解】

〔1〕李维桢、王思任皆为作序,盖其同时人也。

〔2〕予于《明文选》本,见李君世熊一《序》,言李贺死九百六十年,希之以神笔灵风,鼓二气而呵活之,美其注释之甄明乃尔。求之多年,终未克觏。尝买得徐、董《合解》刻本,有墨笔抄其注于上下空白间者,然每首不过数句,亦有全首不注。疑是摘录之本,非全注也。其书后为友人借阅,遂失去不返。

李长吉歌诗首卷

李长吉歌诗叙

　　太和五年十月中,半夜时,舍外有疾呼传缄书者,牧曰:"必有异,亟取火来。"及发之,果集贤学士沈公子明书一通,曰:"我亡友李贺,元和中,义爱甚厚,日夕相与起居饮食。贺且死,尝授我平生所著歌诗,离为四编,凡二百三十三首。[1]数年来东西南北,良为已失去;今夕醉解,不复得寐,即阅理箧帙,忽得贺诗前所授我者。思理往事,凡与贺话言嬉游,一处所,一物候,一日、一夕、一觞、一饭,显显然无有忘弃者,不觉出涕。贺复无家室子弟,得以给养恤问。尝恨想其人,咏味其言止矣。子厚于我,与我为贺集序,尽道其所来由,亦少解我意。"牧其夕不果以书道不可,明日就公谢,且曰:"世谓贺才绝出前。"让。居数日,牧深惟公曰:"公于诗为深妙奇博,且复尽知贺之得失短长。今实叙贺不让,必不能当公意,如何?"复就谢,极道所不敢叙贺。公曰:"子固若是,是当慢我。"牧因不敢复辞,勉为贺叙,终甚惭。贺,唐皇诸孙,字长吉。元和中,韩吏部亦颇道其歌诗。云烟绵联,不足为其态也;水之迢迢,不足为其情也;春之盎盎,不足为其和也；秋之明洁，不足为其格也；风樯阵马，不足为其勇也；瓦棺篆鼎，不足为其古也；时花美女，不足为其色也；荒国陊殿，梗莽丘垅，不足为其怨恨悲愁也；鲸吸鳌掷，牛鬼蛇神，不足为其虚荒诞幻也。盖《骚》之苗裔，理虽不及，辞或过之。《骚》有感怨刺怼，言及君臣理乱，时有以激发人意。乃贺所为，得无有是？贺能探寻前事，所以深叹恨古今未尝经道者，如《金铜仙人辞汉歌》、《补梁庾肩吾宫体谣》。求取情状，离绝远去笔墨畦径间，亦殊不能知之。贺生二十七年死矣！世皆曰：使贺且未死，少加以理，奴仆命《骚》可也。[2]贺死后凡十有五年，京兆杜牧为其《叙》。[3]

【汇解】

〔1〕今本《昌谷集》只四卷，疑即沈氏所得离为四编之本也。其诗实出自长吉手授，非他人掇拾编次者，无真赝杂陈之患可知矣。刘后村作《昌谷集题跋》曰：乐府惟李贺最工，张籍、王建辈皆出其下。然全集不过一小册。世传贺中表有妒贺才名者，投其集溷中，故传于世者绝少。予窃意不然。天地间尤物且不多得，况佳句乎？使贺集不遭厄，必不能一一如今所传本之精善，疑贺手自诠择者耳。钟伯敬作《李长吉诗辨》曰：杜牧，李长吉执友也，叙长吉诗曰："贺且死，尝授我平生所著歌诗，凡二百三十三首。"今二百三十三首具在，则长吉诗无逸者矣；其逸者，非逸也，皆贺所不欲存者也。而李藩者，乃从贺外兄搜其逸者，且恨其以夙怨，悉投溷中，不亦纷纷多事乎！少陵云："文章千古事，得失寸心知。"况如贺等者，皆于心的有所据，而于世一无所与者乎？夫以于心有所据，而于世无所与之人，死而授其友之知我者以诗，诗止于二百三十三首，则此外皆其所不欲存者必矣。乃不足以定长吉诗，而必欲别传其所不欲存者，甚矣，无识者之祸人诗也！然则投贺诗与恨其投者，其为庸人无识则同，要其得投溷中，则长吉之幸。而二百

三十三首传于世，而无一字之亡者，皆长吉文章之神之所为也；若长吉者，己所不欲存，虽举世之所欲传，而必毅然自去之者也。二文议论皆确。后村似未见杜《序》，而神解暗合；伯敬则全本之杜《序》，然以杜为长吉执友，误矣。又贺将卒时，以平生所著歌诗授沈子明。今读其文，似以歌诗授之杜者，则亦未尝细检杜《序》，殆所谓得其精而忘其粗者欤！但今世所传诸本，有二百十九篇者，有二百四十二篇者，与《序》中所载之数不合，恐亦不能不为后人淆乱矣。

〔2〕《北梦琐言》：予尝览李贺歌篇，慕其逸才奇险，虽然尝疑其无理，未敢言于时辈。后于《奇章集》中见杜紫微牧有言，长吉若使"稍加以理，即奴仆命《骚》可也"。是知通论若符，不相远也。

〔3〕刘须溪曰：旧看长吉诗，固喜其才，亦厌其涩；落笔细读，方知作者用心。料他人观不到此，是千年长吉犹无知己也。以杜牧之郑重为《序》，直取二三歌诗而止，始知牧亦未尝读也，即读亦未知也。微一二歌诗，将无道长吉者矣！谓其理不及《骚》，未也，亦未必知《骚》也；《骚》之荒忽则过之矣，更欲仆《骚》，亦非也。千年长吉，予甫知之耳！诗之难读如此，而作者尝呕心，何也？又曰：樊川反复称道，形容非不极至，独惜理不及《骚》，不知贺所长正在理外。如惠施"坚白"，特以不近人情，而听者惑焉，是为辩。若眼前语、众人意，则不待长吉能之，此长吉所以自成一家欤！琦按：须溪二说，盖欲翻杜《序》中语耳。杜于全集中特提出二诗，是证其能探寻前事，为古今未尝经道者，上下文意显然，未尝只取二诗而尽弃其馀也。须溪以为直取一二歌诗而止，而嗤其未尝读长吉诗；予乃嗤须溪未能细读牧之《序》。至于理不及《骚》，自是长吉短处，乃谓贺所长正在理外，是何等语耶？观其评赏，屡云妙处不必解。试问作诗至不可解，妙在何处？观古今才人叹赏长吉诸诗，叹赏其可解者乎，抑叹赏其不可解者乎？叹赏其在理外者乎，抑叹赏其不在理外者乎？予谓须溪评语，疑误后人正复不少，而自附于长吉之知己，谬矣！宋潜溪尝訾刘氏评诗，如"醉翁谵语，终不能了了"，可谓知言。世之耳食者，喜其奇僻过人，出自前人之笔，不惟不敢异同，又从而附述之，是不可以不辨也。

李长吉小传

李商隐

　　京兆杜牧为《李长吉集叙》，状长吉之奇甚尽，世传之。长吉姊嫁王氏者，语长吉之事尤备：长吉细瘦，通眉，长指爪，能苦吟疾书。最先为昌黎韩愈所知。所与游者，王参元、杨敬之、权璩、崔植辈为密。每旦日，出与诸公游，未尝得题然后为诗，如他人思量牵合以及程限为意。恒从小奚奴，骑距驴，背一古破锦囊，遇有所得，即书投囊中。及暮归，太夫人使婢受囊出之，见所书多，辄曰："是儿要当呕出心乃已尔！"上灯与食。长吉从婢取书，研墨叠纸足成之，投他囊中。非大醉及吊丧日率如此，过亦不复省。王、杨辈时复来探取写去。长吉往往独骑往还京、雒，所至或时有著，随弃之，故沈子明家所馀四卷而已。长吉将死时，忽昼见一绯衣人，驾赤虬，持一板书若太古篆或霹雳石文者，云："当召长吉。"长吉了不能读，歘下榻叩头，言阿婆_{长吉学语时呼太}夫人云老且病，贺不愿去。绯衣人笑曰："帝成白玉楼，立召君为记。天上差乐不苦也！"长吉独泣，边人尽见之。少之，长吉气绝。常所居窗中，浡浡有烟气，闻行车嘒管之声。太夫人急止人哭。待之，如炊五斗黍许时，长吉竟死。王氏姊非能造作谓长吉者，实所见如此。呜呼！天苍苍而高也，上果有帝耶？帝果有苑囿宫室观阁之玩耶？苟信然，则天之高邈，帝之尊严，亦宜有人物文采愈此世者，何独眷眷于长吉而使其不寿耶？噫！又岂世所谓才而奇者，不独地上少，即天上亦不多耶？长吉生时二十七年，位不过奉礼太常，时人亦多排摈毁斥之。又岂才而奇者，帝独重之，而人反不重耶？又岂人见会胜帝耶？

书李贺小传后

陆龟蒙

　　玉溪生传李贺云：长吉常时旦日出游，从小奚奴，骑距驴，背一古破锦囊，遇有所得，即书投囊中。暮归，足成其文。余为儿时，在溧阳闻白头书佐言：孟东野，贞元中，以前秀才，家贫，受溧阳尉。溧阳昔为平陵，县南五里有投金濑，濑南八里许道东有故平陵，城周千馀步，基阯陂陁，裁高三四尺。而草木势甚盛，率多大栎，合数十抱，蘽条蒙翳，如坞如洞。地洼下积水沮洳，深处可活鱼鳖辈。大抵幽邃岑寂，气候古澹可喜，除里民樵罩外无人者。东野得之忘归，或比日，或间日，乘驴领小吏经蓦投金渚一往。至得荫大栎隐岩荟，坐于积水之旁，吟到日西还，尔后衮衮去，曹务多弛废。今秃躁卞急，^①不佳东野之为，立白王府，^②请以假尉代东野，分其俸以给之。东野竟以穷去。吾闻淫畋渔者，谓之暴天物。天物既不可暴，又可抉擿刻削露其情状乎？使自萌卵至于槁死，不能隐伏，天能不致罚耶？长吉夭，东野穷，

---

① "今秃躁"，明成化本《甫里先生文集》作"今季操"，是。
② "王"，明成化本《甫里先生文集》作"上"，是。

玉溪生官不挂朝籍而死,正坐是哉!正坐是哉!

冬日有怀李贺长吉

戴叔伦

岁晚斋居寂,情人动我思。
每因一樽酒,重和百篇诗。
月冷猿啼惨,天高雁去迟。
夜郎流落久,何日是归期?

读李贺歌集

僧齐己

赤水无精华,荆山亦枯槁。
玄珠与虹玉,璨璨李贺抱。
清晨醉起临春台,吴绫蜀锦胸襟开。
狂多两手掀蓬莱,珊瑚掇尽空土堆。

福昌怀古

张　耒

少年词笔动时人,末俗文章久失真。
独爱诗篇超物象,只因山水与精神。
清溪水拱荒凉宅,幽谷花开寂寞春。
天上玉楼终恍惚,人间遗事已成尘。李贺宅。

读李长吉诗

李　纲

长吉工乐府，字字皆雕锼。
骑驴适理外，五藏应为愁。
得句乃足成，还有理致不？
呕心古锦囊，绝笔白玉楼。
遗编尚如此，叹息空搔头。

长歌哀李长吉

郝　经

元和比出屠龙客，三断韦编两毛白。
黄尘草树徒纷披，几人探得神仙格？
青衣小儿下玉京，满天星斗两手摘。
胸中旁魄银河涌，驱出鱣鲸嗔霜雪。
逸气似与秋天杳，辞锋忽划青云裂。
刬空一剑断晴霓，齐梁妖孽皆泣血。
上帝俄惊久不来，恐向尘寰覆迷辙。
赤虬嘶入造化窟，千丈虹光绕明月。
人间不复见奇才，白玉楼头耿光洁。
自此雄文价益高，翠华灼烁紫霓掣。
我生不幸不同时，安得纵横惊清绝。
思君岳岳矫首立，扣破元关天地绝。
忽惊凤鸟入寥廓，恍惚浑疑见颜色。

车声嘈管缥缈间,乱霞颠倒无踪迹。
六龙骧翼夹秋日,神鼎俄空铉华碧。
丹霄盘礴冠元精,纵有新诗招不得。
烟凄凄兮锁瑶台,望王孙兮去未回。
瑛瑛玉树生瑶阶,有瑶花兮花不开。
仰天三叹天无语,万里长风酒一杯。

观明发画李贺高轩过图

僧道潜

唐年茂宗枝,时平多俊良。
长吉尤震曜,春林擢孤芳。
退之于孔门,屹屹真栋梁。
笔力障百川,风澜息其狂。
破衣系麻鞋,右顾生辉光。
一朝与湜辈,命驾惊煌煌。
贺初为儿童,随父事迎将。
须臾命赋诗,英气加激昂。
长安众词客,声问争推扬。
风流垂异代,尚想古锦囊。
君今亦宗英,韵胜斯人方。
少年肯事事,苦学志独强。
《风》《骚》拟屈宋,妙处相颉颃。
丹青出戏弄,配古犹擅场。
形容示往事,仿佛如在旁。
一径入幽远,古垣缭林庄。

平桥跨绿水,薄丛含葱苍。
晴窗为披拂,佳兴杳难忘。

李贺晚归图

徐　俯

近代推名画,诸君作荐书。
皇都开艺学,博士是新除。
高柳长安道,乱云昌谷居。
丹青聊置此,仆马晚归欤!

李贺醉吟图

刘　因

赤虬翩翩渺无闻,望之不见矧可亲。
浮世浮名等浊溷,眼中扰扰投诗人。
心肝未了人间春,庞眉尚作哦诗颦。
太平瑞物不易得,昌黎仙人掌中珍。
北风萧萧吹野麟,千年泪雨埋青云。
乾坤清气老不死,丹凤再来须见君。

事　纪 十二则

　　李贺字长吉,宗室郑王之后。父名晋肃,以是不应进
士;韩愈为之作《讳辩》,贺竟不就试。[1]手笔敏疾,尤长于歌

篇。其文思体势，如崇岩峭壁，万仞崛起。当时文士从而效之，无能仿佛者。其乐府数十篇，至于云韶乐工，无不讽诵。补太常寺协律郎。卒时年二十四。《旧唐书》。

【汇解】

〔1〕韩昌黎《讳辩》云：愈与李贺善，劝贺举进士。贺举进士有名，与贺争名者毁之，曰："贺父名晋肃，贺不举进士为是，劝之举者为非。"

　　李贺字长吉，系出郑王后。七岁能辞章，韩愈、皇甫湜始闻未信，过其家，使贺赋诗，援笔辄就如素构，自目曰《高轩过》。二人大惊，自是有名。为人纤瘦，通眉，长指爪，能疾书。每旦日出，骑弱马，从小奚奴，背古锦囊，遇所得，书投囊中。未始先立题然后为诗，如他人牵合程课者。及暮归，足成之。非大醉、吊丧日率如此，过亦不甚省。母使婢探囊中，见所书多，即怒曰："是儿要呕出心乃已耳！"以父名晋肃，不肯举进士；愈为作《讳辨》，然卒亦不就举。辞尚奇诡，所得皆警迈，绝去翰墨畦径，当时无能效者。乐府数十篇，云韶诸工皆合之弦管。为协律郎。卒，年二十七。与游者权璩、杨敬之、王恭元。每撰著，时为所取去。贺亦早世，故其诗歌世传者鲜焉。《新唐书》。

　　李贺字长吉，唐诸王孙也。父瑨肃，边上从事。贺年七岁，以长短之歌名动京师。时韩愈与皇甫湜见贺所业，奇之，而未知其人，因谓曰："若是古人，吾曹不知者；若是今人，岂有不知之理？"会有以瑨肃行止言者，二公因连骑造门请其子，总角荷衣而出。二公不之信，因面试一篇。贺承命,欣然操觚染翰,旁若无人,仍目曰《高轩过》。二公大惊,遂以所乘马命联镳而还所居,亲为束发。年未弱冠,丁内艰。他日举进士,或谤贺不避家讳,韩公特著《讳辩》一篇,不幸未壮室而终。《太平广记》。

陇西李贺,字长吉,唐郑王之孙。稚而能文,尤善乐府,词句意新语丽。当时工于词者,莫敢与贺齿,由是名闻天下。以父名瑨肃,子故不得举进士。卒于太常官,年二十四。其母夫人郑氏念其子深,及贺卒,夫人哀不自解。一夕,梦贺来,如平生时,白夫人曰:"某幸得为夫人子,而夫人念某且深,故从小奉亲命,能诗书为文章。所以然者,非止求一位而自饰也,且欲大门族,上报夫人恩。岂期一日死,不得奉晨夕之养,得非天哉!然某虽死,非死也,乃上帝命。"夫人讯其事,贺曰:"上帝神仙之居也,近者迁都于月圃,构新宫,名曰白瑶。以某荣于辞,故召某与文士数辈共为新宫记;帝又作凝虚殿,使某辈纂乐章。今为神仙中人,甚乐,愿夫人无以为念。"既而告去。夫人寤,甚异其梦,自是哀少解。《太平广记》。

元和中,进士李贺善为歌篇,韩文公深所知重,于缙绅之间,每加延誉,由此声华籍甚。时元相国積年少,以明经擢第,亦工篇什,常愿结交贺。一日,执贽造门,贺揽刺不答,遽令仆者谓曰:"明经擢第,何事来看李贺?"相国无复致情,惭愤而退。其后自左拾遗制策登科目,当要路,及为礼部郎中,因议贺祖祢讳晋,不合应进士举。贺亦以轻薄为时辈所排,遂成辙轲。文公惜其才,为著《讳辩》录明之,然竟不成事。《剧谈录》。

李藩侍郎尝缀李贺歌诗，为之集序，未成，知贺有表兄与贺为笔砚之旧，召之见，托以搜访所遗。其人敬谢，且请曰："某尽得其所为，亦见其多点窜者。请得所葺者视之，当为改正。"李公喜，并付之。弥年绝迹。李公怒，复召诘之，其人曰："某与贺中外，自小同处，恨其傲忽，尝思报之。所得兼旧有者，一时投于溷中矣！"李公大怒，叱出之，嗟恨良久。故贺篇什流传者少。《幽闲鼓吹》。

有人谒李贺，见其久而不言，吐地者三，俄而文成三篇，文笔嗫嚅。《云仙杂记》。

张司业籍善歌行，李贺能为新乐府，当时言歌篇者，宗此二人。《因话录》。

进士李为作《泪赋》及《轻》、《薄》、《暗》、《小》四赋；李贺作乐府，多属意花草蜂蝶之间，二子竟不远大。文字之作，可以定相命之忧劣矣。《因话录》。

李益长于歌诗，德宗贞元末与宗人李贺齐名。《册府元龟》。

李贺乐府数十首，流播管弦；李益与贺齐名。每一篇出，乐人辄以重赂购之，乐府称为"二李"。《谈荟》。

唐昭宗光化三年十二月，左补阙韦庄奏："词人才子时有遗贤，不沾一命于圣明，没作千年之恨骨。据臣所知，则有李贺、皇甫松、李群玉、陆龟蒙、赵光远、温庭筠、刘德仁、陆逵、傅锡、平曾、贾岛、刘稚珪、罗邺、方干，俱无显遇，皆有奇才。丽句清词，遍在词人之口；衔冤抱恨，竟为冥路之尘。伏望追赐进士及第，各赠补阙拾遗。"敕奖庄，而令中书门下详酌处分。《容斋三笔》。

诗　评 三十二则

宋景文诸公在馆，尝评唐人诗，云："太白仙才，长吉鬼才。"《文献通考》。

人言"太白仙才，长吉鬼才"，不然。太白天仙之词，长吉鬼仙之词耳。《沧浪诗话》。

"太白仙才，长吉鬼才"，然仙诗、鬼诗皆不堪多见，多见则仙亦使人不敬，鬼亦使人不惊。严沧浪评李太白诗。

张碧，贞元中人，自序其诗云："碧尝读《李长吉集》，谓春折红翠，辟开蛰户，其奇峭者不可攻也。及览李太白辞，天与俱高，青且无际，鲲触巨海，澜涛怒翻。则观长吉之篇，若陟嵩之巅，视诸阜者耶！"《唐诗纪事》。

李贺较怪得些子，不如太白自在。又曰：贺诗巧。《朱子语类》。

李贺有太白之语，而无太白之才。太白以意为主，而失于少文；贺以词为主，而失于少理。《岁寒堂诗话》。

张为作《诗人主客图序》，以孟云卿为高古奥逸主；上入室韦应物，入室李贺、杜牧、李馀、刘猛、李涉、胡幽正；升堂李观、贾驰、李宣古、曹邺、刘驾、孟迟；及门陈润、韦楚老。〇"飞香走红满天春"《上云乐》句，"酒酣喝月使倒行"《秦王饮酒》句，"踢天磨刀割紫云"《紫石砚》句，右张为取作《主客图》。《唐诗纪事》。

元和歌诗之盛，张、王乐府尚矣。韩愈、李贺文体不同，皆有气骨。退之等作，前贤称之详矣。若长吉者，天纵奇才，惊迈时辈，所得离绝凡近，远去笔墨畦径。呜呼！使假之以年，少加以理，其格律岂止是哉！《唐诗品汇》。

大历以后，吾所深取者，李长吉、柳子厚、刘言史、权德舆、李涉、李益耳。○玉川之怪，长吉之瑰诡，天地间自欠此体不得。《沧浪诗话》。

李长吉、玉川子诗，皆出于《离骚》，未可以立谈判也。《渔隐丛话》。

或问陆放翁曰："李贺乐府极古今之工，具眼或未许之，何也？"放翁曰："贺词如百家锦衲，五色眩曜，光夺眼目，使人不敢熟视。求其补于用，无有也。"予谓贺诗妙在兴，其次在韵逸。若但举其五色眩曜，是以儿童才藻目之，岂直无补已乎？赵宧光《弹雅》。

大历以后，解乐府遗法者，惟李贺一人。设色秾妙，而词旨多寓篇外，刻于撰语，浑于用意。中唐乐府，人称张、王，视此当有奴、郎之隔耳。○谭友夏云："诗家变化，盛唐已极。后又欲别出头地，自不得无东野、长吉一派。"毛驰黄《诗辩坻》。

《臞翁诗评》："李长吉如武帝食露盘，无补多欲。"《诗人玉屑》。

李长吉语奇而入怪。周紫芝《古今诸家乐府序》。

篇章以平夷恬淡为上，怪险蹶趋为下。如李长吉锦囊句，非不奇也，而牛鬼蛇神太甚，所谓施诸廊庙则骇矣。《珊瑚钩诗话》。[1]

【汇解】

　〔1〕李嵩岑曰："此语未尽然。《雁门》悲壮，《铜仙》哀怨，《黄家洞》、《贵

主征行》,足垂劝诫,亦《平淮夷雅》之一也。"

昔人谓诗能穷人,或谓非止穷人,有时而杀人。盖雕琢肝肠,已乖卫生之术;嘲弄万象,亦岂造物之所乐哉?唐李贺、本朝邢居实之不寿,殆以此也。周益公《平园续稿》。

李长吉诗,字字句句欲传世,顾过于刿鉥,无天真自然之趣。通篇读之,有山节藻棁,无梁栋,知非大厦也。○李贺诗有奇句,卢仝诗有怪句,好处自别。《麓堂诗话》。

钟伯敬称"长吉刻削处不留元气,自非寿相",此评极妙。谭友夏谓"从汉魏以上来",谬以千里。《诗辩坻》。

长吉好以险字作势。然如"汉武秦王听不得,直是荆轲一片心",原自浑老。《通雅》。

李贺《雁门太守行》首句云:"黑云压城城欲摧,甲光向日金鳞开。"《摭言》谓贺以诗卷谒韩退之,韩暑卧方倦,欲使阍人辞之。开其诗卷,首乃《雁门太守行》,读而奇之,乃束带出见。宋王介甫云:"此儿误矣!方黑云压城时,岂有向日之甲光也?"或问:此诗韩、王二公去取不同,谁是?予曰:"宋老头巾不知诗。凡兵围城,必有怪云变气。昔人赋鸿门,有'东龙白日西龙雨'之句,解此意矣。予在滇,值安凤之变,居围城中,见日晕两重,黑云如蛟在其侧,始信贺之诗善状物也。"杨升庵《外集》。

李贺《金铜仙人歌》"魏官辇车指千里",辇与辒相近,车轴相关而行也。世多不识此字,溷作牵牛之"牵"。《诗林》犹能存此字形,而本集中反多谬矣。《弹雅》。

李长吉有《罗浮山人诗》,云"欲剪湘中一尺天,吴娥莫道吴刀涩”,正用老杜《题王宰书山水图歌》"焉得并州快剪刀,剪取吴淞半江水"之句。长吉非蹈袭人后者,疑亦偶同,不失为好语也。《容斋续笔》。

王右丞诗"杨花惹暮春",李长吉诗"古竹老稍惹碧云",温庭筠"暖香惹梦鸳鸯锦",孙光宪"六宫眉黛惹春愁",用"惹"字凡四,皆绝妙。杨升庵《外集》。

唐人诗曰"足知造化力,不给使君须",吾有取焉。薛敬轩《读书录》。

李长吉诗云"杨花扑帐春云热",才力绝人远甚。如"柳塘春水漫,花坞夕阳迟",虽为欧阳文忠所称,然不迨长吉之语。许彦周《诗话》。

《王直方诗话》云:"李贺《高轩过》诗中有'笔补造化天无功'之句,予每为之击节,此诗人之所以多穷也。"《渔隐丛话》。

李长吉诗,作不经人道语。然"绣幕围春风",古乐府中全句也。《馀冬序录》。

《复斋漫录》云:"长吉有'桃花乱落如红雨'之句,以此名世。予观刘禹锡云'花枝满空迷处所,摇动繁英坠红雨',刘、李出一时,决非相为剽窃。"《渔隐丛话》。

世目李长吉为鬼才。夫陶通明博极群书,耻一事之不知,曰:"与为顽仙,宁为才鬼。"然则鬼才岂易言哉!长吉名由韩昌黎起,司空表圣评昌黎诗:"驱驾气势,若掀雷挟电,撑决天地之垠。"而长吉务去陈言,颇似之,譬之草木臭味也。由其极思苦吟,别无他嗜,阿婆所谓"呕心乃已"!是以只字片语,必新必奇,若古人所未经道,而实皆有据案,有原委，古意郁浮其间。其庀蓄富，其裁鉴当，其结撰密，其锻炼工，其丰神超，其骨力健，典实不浮，整蔚有序。虽诘屈幽奥，意绪可寻，要以自成长吉一家言而已。杜樊川《序》谓《骚》之苗裔，令未死，且加以理，可奴仆命《骚》。未为不知长吉，亦未为深知长吉。诗有别才，不必尽出于理。请就《骚》论，朱子以屈原行过中庸，辞旨流于跌宕怪神，怨怼激发，不可为训；林应辰则以词哀痛而意宏放，兴寄高远，如昆仑阆风、西海升皇之类，类庄氏寓言；刘舍人指其诡异谲怪，狷狭荒淫，四事异乎经典，而自有同乎《风》、《雅》者。《骚》诣绝穷微，极命庶物，力夺天巧，浑成无迹。长吉则锋颖太露，蹊径易见，调高而不能下，气峻而不能平，是于《骚》特长拟议，未臻变化，安得奴仆《骚》也？《传》称其细瘦，通眉，长指爪，貌与人殊。而诸乐府亦若《九歌·东皇太乙》，以至《国殇》《礼魂》诸体，信乎其为鬼才矣！或言元微之以诗谒长吉，曰："明经擢第，何事来看？"微之怒，以父讳事阻其进。元、韩同时，是长吉前辈，语或失真。然以彼其才，目睫中宁置微之属者？海内称诗以元、白为宗，鄙俚枯淡，稚弱猥杂，曾委巷歌谣之不如。间好为长吉鬼语，而不察长吉胸有万卷书，笔无半点尘，奈何率尔信腕信口，无所取裁，妄自攀附！犹伥子假鬼面效鬼声，相戏相恐也，终身论堕鬼趣，才何有焉！李维桢《昌谷诗解序》。

有明霞秀月之赏，则必有崩云涌雪之惊；有练川楮陆之平，则必有雁荡、龙门之怪；有典谟训诰之正，则必有《竹坟》、《石鼓》之奇；有《鲁论》、《孟子》之显，则必有墨兵、蒙寇之幻。穷则必至于变，通则适反其常，此不易之理也。唐以律取士，犹今日之时文也。人守其韵，世工其体，几于一管之吹矣。李贺以僻性高才，拗肠眄眼，跳梁其间。其最称笔砚知者，镜深绎隐之韩愈；而所极臧隶视者，明经中第之元稹也。贺既吐空一世，世亦以贺为蛇魅牛妖，不欲尽掩其才，而借父名以锢之。盖不待溷中之投，而贺之傲忽毒人，将姓氏不容人间世矣。贺既孤愤不遇，而所为呕心之语，日益高渺，寓今托古，比物征事，大约言悠悠之辈，何至相吓乃尔！人命至促，好景尽虚，故以其哀激之思，变为晦涩之调。喜用"鬼"字、"泣"字、"死"字、"血"字，如此之类，幽冷溪刻，法当夭乏。顾其冥心千古，涉目万书，噀空绣阁，掷地绝尘，时而蛩吟，时而鹦鹉语，时而作霜鹤唳，时而花肉媚眉，时而冰车铁马，时而宝鼎熇云，时而碧磷划电，阿闪片时，不容方物。其可解者，抱独知之契；其不可解者，甘遁世之闷，即杜牧之踵接最密，犹以为殊不能知也。王思任《昌谷诗解序》。

李贺所赋铜人、铜台、铜驼、梁台，怆兴亡，叹桑海，如与今人语今事，握手结胸，怆泪涟洏也。贺亦寻常今之人耳，千年心眼，何为使贺独有鬼名哉？夫唐人以贺赴帝名，共慕之为仙。今千年，学士乃畏之为鬼。以为仙，则贺死而生；以为鬼，则贺生而死矣。然则贺之死不在二十七年之后，乃在二十七年之前也；贺之死又不在借讳锢身、投溷掩名之日，而在千年来疑贺、摘贺、赞爱贺、自以为知贺之人也。刘会孟曰："千年长吉，予甫知之耳！贺所长乃在理外，如惠施'坚白'，特以不近人情，而听者惑焉，是为辨耳。"夫鬼亦人灵而已，既以外理，又不近人，有物如是者，奚但鬼而已哉？虽然，长吉不讳死，亦自知其必复生。唐人已慕之为仙矣。贺自言则曰："几回天上葬神仙?"又曰："彭祖、巫咸几回死?"是谓仙亦必死也。后人既畏之为鬼矣，贺自言则曰"秋坟鬼唱鲍家诗"，是谓鬼定不死也。故生死非贺所欣戚也。意贺所最不耐者，此千年来挤贺于郁督沈屯中，非死非生，若魇不兴者，终不能竖眉吐舌，噀血雪肠于天日之前，是贺所大苦也乎！李世熊《昌谷诗解序》。

李长吉，才人也，其诗诣当与杨子云之文诣同。所命止一绪，而百灵奔赴，直欲穷人以所不能言，并欲穷人以所不能解。当时呕出心肝，已令同侪辟易；乃不知己者，动斥之以鬼，长吉掉不受也。长吉诗总成其为才人耳。倪得永年而老其才，以畅其识与学之所极，当必有大过人者，不仅以才人终矣。方拱乾《昌谷集注序》。

尝读韩愈《三上宰相书》，为之感愤流连，士何不幸而生元和之时哉！李贺阨于谗，不得举进士，愈作《讳辩》，可谓爱贺矣。然谗者百而爱者一，是爱不胜谗也。古今仇才者，首上官子兰，而成屈子以千古未有之《离骚》，则爱者且千万人，谗何伤？贺才学《骚》者也，而处时不同。德宗猜忌，用人不信宰相。宪宗英主也，裴度为相。当贺七岁，愈与皇甫湜深器之。及愈为御史，在贞元十九年，而贺年二十有三矣。数上封事，何难一荐之度？而考之史，卒无闻焉。或曰：中原时当用兵，无事儒生。而叔文之党，方锢天下贤士大夫，不使登进。即愈之身，一贬阳山，再贬潮州，躬之不恤，何暇为贺？逮后为彰义行军司马，用其文而已，而贺适以是年死，岂不悲哉！或又曰：贺之阨于谗，宜也。屈子悼宗国之亡，其忧大，故其辞蹙；贺当平世，何至哀愤楚激，呕心作诡谲之辞，以致忌者投诗溷厕，斯已过矣！曰：非也。贺，王孙也。所忧宗国也，和亲之非也，求仙之妄也，藩镇之专权也，阉宦之典兵也，朋党之衅成而戎寇之祸结也。以区区奉礼之孤忠，上不能达之天子，下不能告之群臣，惟崎岖驴背，托诸幽荒险涩诸咏，庶几后之知我者。而世不察，以为神鬼悠谬不可知。其言既无人为之深绎，而其心益无以自明，不亦重可悲乎！宋琬《昌谷集注序》。

　　世之苛于律才人，与才人之苛于律世，两相厄也。人文沦落之日，处才难；人文鼎盛之日，处才尤难。屈原、贾谊，才同而世不同，世不同而处才之受困又同。楚襄、汉文殆犹霄壤，《离骚》、《鹏赋》后先同悲。然则才不问时代，而所遇皆穷，天亦何必重生此才为诗人困耶？《诗》三百篇，大抵不得志于时者之所作也。《诗》亡而后《春秋》作，孔子之不得志也，以《春秋》续《诗》也。屈、贾辈以《骚》续《诗》，是以诗续《诗》也，是又以诗续《春秋》也。其辞异，其旨同也。唐取士以诗，是不欲《诗》亡也，是将欲续《王风》，非欲续《骚》也。而唐之才人，历数百年为特盛，终唐之世，才最杰者称两王孙焉。嗟乎！唐之祖宗，创制立法，以网罗奇俊，冀无一失。其云礽秀出，宜为举世所推，坐致通显，乃邀其福于祖宗者，即厄其遇于子孙，吾何能不为李白、李贺惜！唐才人皆诗，而白与贺独《骚》。白，近乎《骚》者也；贺则幽深诡谲，较

《骚》为尤甚。后之论定者，以仙予白，以鬼予贺，吾又何能不为贺惜！白与贺俱不遇，而一时英贤蔚起，泥者出其中，爱者出其中，卒至废弃寝灭。而以贺视白，则白之处天宝也，不较愈于贺之处元和哉！白于至尊之前，尚能眦睨骄横，微指隐击，一时宫禁钦仰，亦足倾倒一世；其挤之也，不过一阉人妇子耳！乃贺以年少，一出即撄尘网，姓字不容人间，其挤之也，则皆当世人豪焉。贺之孤愤，恨不即焚笔砚，何心更事雕缋以自喜乎？且元和之朝，外则藩镇悖逆，戎寇交讧；内则八关十六子之徒，肆志流毒，为祸不测。上则有英武之君，而又惑于神仙。有志之士，即身膺朱紫，亦且郁郁忧愤，矧乎怀才兀处者乎？贺不敢言，又不能无言。于是寓今托古，比物征事，无一不为世道人心虑。其孤忠沉郁之志，又恨不伸纸疾书，缊缊数万言，如翻江倒海，一一指陈于万乘之侧而不止者，无如其势有所不能也。故贺之为诗，其命辞、命意、命题，皆深刺当世之弊，切中当世之隐。倘不深自泯晦，则必至焚身。斯愈推愈远，愈入愈曲，愈微愈减，藏哀愤孤激之思于片章短什，言之者无罪，闻之者不审所从来。不已弄一世之奸雄才俊如聋聩喑哑，且令后世之非者、是者、恶者、好者，不得其所为是非好恶之真心，又安得其所为是非好恶之敢心哉！姚文燮《昌谷诗注序》。

昌谷生二十七岁，然无年谱可考。第揆之杜牧之《序》，则太和五年称贺死后十有五年矣，自太和五年溯之，是贺卒于元和之十二年丁酉；又自元和十二年溯之，是贺生于建中之二年辛酉。[1]历德宗、顺宗、宪宗三朝。诗多感讽诽怨，当世忌之者多,故不敢自系以年。且苦早卒,又为中表所衔,以其诗投溷厕中。即沈公子明所集四编,亦皆散乱无次。如《高轩过》一诗,乃贺七岁时为韩员外、皇甫侍御过其家使赋者也,而编之三卷中,可知其卷帙之不足凭矣。○诗至六朝以迄徐、庾,《骚》《雅》,汉魏,浸失殆尽。正始之音,没于淫哇,识者伤之。唐诗自开元、天宝而后,愈趋卑弱。元、白才名相埒,其诗为天下传讽,当时号为“元和体”,人竞习之,类多浅卒靡苶,而七言近体尤甚。至问老妪之可否于灶下,博才子之声誉于禁中。贺心许之乎?当元积谒贺,贺呵之曰:“明经中第,何用谒为?”岂真薄其为明经耶?薄其竞趋时名,以此中第也。故力挽颓风,不惟不知有开、宝,并不知有六朝,而直使屈、宋、曹、刘再生于狂澜之际。斯集惟古体为多,其绝无七言近体者,深以尔时之七言近体为不可救药,而姑置之不议论也。夫以起衰八代之昌黎与皇甫诸公,俨然先辈,乃独降心于陇西一孺子,则知昌谷起衰之功不在昌黎下已!○《抱朴子》曰:“怀莫逸之量者,不矜风俗以立异。”至若立异而使人斥为神鬼也,昌谷过矣。虽然,《岣嵝》、《石鼓》,音义井然,世间安得有奇?即有奇,亦安得有不可解者?余谓昌谷无奇处,原无不可解处。第世人患耳食而胸无定识,遂狗声逐影,究如梦中说梦,终属恍惚。晦庵先贤,大儒也,其注《诗》犹有议焉者,谓其拘于“郑声淫”一语,而《静女》、《子衿》皆指为淫焉。毋惑乎世之注昌谷者,拘于“牛鬼蛇神”一语,直欲绘一狞狰幻怪之状以为昌谷也,庐山真面目终不可见矣。姚文燮注

《昌谷集·凡例》三则。

【汇解】

〔1〕琦按：长吉之生，当在贞元七年辛未，数至元和十二年丁酉，恰二十七年也。若云生于建中二年辛酉，多却十年矣。

李长吉歌诗卷一

李凭箜篌引[1]

吴丝蜀桐张高秋,空山凝云颓不流。
江娥啼竹素女愁,李凭中国弹箜篌。[2][1]
昆山玉碎凤凰叫,芙蓉泣露香兰笑。[3]
十二门前融冷光,二十三丝动紫皇。[4]
女娲炼石补天处,石破天惊逗秋雨。[5]
梦入神山教神妪,老鱼跳波瘦蛟舞。[6]
吴质不眠倚桂树,露脚斜飞湿寒兔。[7]

【汇解】

〔1〕杨巨源有《听李凭弹箜篌》诗曰:"听奏繁弦玉殿清,风传曲度禁林明。君王听乐梨园暖,翻到《云门》第几声?"又曰:"花咽娇莺玉嗽泉,名高半在御筵前。汉王欲助人间乐,从遣新声坠九天。"李凭,盖梨园弟子,工弹箜篌者也。《旧唐书》:箜篌,汉武帝使乐人侯调所作,以祠太乙。或云侯辉所作。其声坎坎应节,谓之"坎侯",声讹为"箜篌"。或谓师延靡靡之乐,非也。旧说依琴制。今按其形,似瑟而小,七弦,用拨弹之如琵琶。《通典》:竖箜篌,胡乐也,汉灵帝好之。体曲而长,二十有三弦,竖抱于怀中,用两手齐奏,俗谓之擘箜篌。按:箜篌之器不一,有大箜篌、小箜篌、竖箜篌、卧箜篌、凤首箜篌数种。观诗中"二十三丝"一语,知凭所弹者,乃竖箜篌也。

〔2〕丝桐咏其器,高秋咏其时,空山云凝咏其景,江娥啼竹素女愁,咏其

声能感人情志。丝之精好者出自吴地，故曰吴丝；蜀中桐木宜为乐器，故曰蜀桐。《岁华纪丽》：九月曰高秋，亦曰暮秋。《博物志》：舜之二妃曰湘夫人，舜崩，二妃以涕挥竹，竹尽斑。《史记》：太帝使素女鼓五十弦瑟，悲，帝禁不止，乃破其瑟为二十五弦。○"江娥"，一作"湘娥"。

〔3〕玉碎，状其声之清脆；凤叫，状其声之和缓；蓉泣，状其声之惨澹；兰笑，状其声之冶丽。《韩诗外传》：玉出于昆山。《楚辞章句》：芙蓉，莲花也。刘勰《新论》：秋叶泫露如泣，春葩含日似笑。《文献通考》：燕乐有大箜篌、小箜篌。音逐手起，曲随弦成，盖若鹤鸣之嘹唳，玉声之清越者也。与此诗辞意略同。○"昆山"，一作"荆山"。"香兰"，一作"兰香"。

〔4〕上句言其声能变易气候，即邹衍吹律而温气至之意；下句言其声能感动天神，即圜丘奏乐而天神皆降之意。《三辅黄图》：长安城，面三门，四面十二门，皆通达九逵，以相经纬。沈约《郊居赋》：降紫皇于天阙。《太平御览·秘要经》曰：太清九宫，皆有僚属，其最高者，称太皇、紫皇、玉皇。○"丝"，一作"弦"。"皇"，一作"篁"，非。

〔5〕《淮南子》：女娲炼五色石以补苍天。吴正子注：言箜篌之声，忽如石破而秋雨逗下，犹白乐天《琵琶行》"银瓶乍破水浆迸"之意。琦玩诗意：当是初弹之时，凝云满空；继之而秋雨骤作；泊乎曲终声歇，则露气已下，朗月在天。皆一时实景也。而自诗人言之，则以为凝云满空者，乃箜篌之声遏之而不流；秋雨骤至者，乃箜篌之声感之而旋应。似景似情，似虚似实。读者徒赏其琢句之奇，解者又昧其用意之巧，显然明白之辞，而反以为在可解不可解之间，误矣！

〔6〕言其声之精妙，虽幽若神鬼，顽若异类，亦能见赏。《搜神记》：永嘉中，有神见兖州，自称樊道基，有妪号成夫人。夫人好音乐，能弹箜篌，闻人弦歌，辄便起舞。所谓神妪，疑用此事。《列子》：瓠巴鼓琴，而鸟舞鱼跃。所谓"老鱼跳波瘦蛟舞"，暗用此事。○"神山"，一作"坤山"。

〔7〕言赏音者听而忘倦，至于露零月冷，夜景深沉，尚倚树而不眠。其声之动人骇听为何如哉！吴质，三国时人。考《魏志·魏略》中所载事迹，与音乐不相涉。刘义庆《箜篌赋》云：名启端于《雅》引，器荷重于吴君。岂

即用吴质事,而载籍失传,今无可考证欤? 寒兔谓秋月。

【姚注】

　　吴之丝,蜀之桐,中国之凭,言器与人相习。"中国"二字,郑重感慨。天宝末,上好新声,外国进奉诸乐大盛。今李凭犹弹中国之声,岂非绝调?[2]更兼清秋月夜,情景俱佳。至声音之妙:凝云,言其缥缈也;湘娥,言其悲凉也;玉碎凤鸣,言其激越也;蓉露兰笑,言其幽芬也。帝京繁艳,际此亦觉凄清。天地神人,山川灵物,无不感动鼓舞。即海上夫人,梦求教授;月中仙侣,徙倚终宵。但佳音难觏,尘世知希。徒见赏于苍玄,恐难为俗人道耳! 贺盖借此自伤不遇。然终为天上修文,岂才人题咏有以兆之耶?○《世本》:庖羲作瑟五十弦,素女鼓之,哀不自胜。帝京门十二。《唐志》:晋州神山,旧名浮山,东南有老子祠。张衡《赋》云:神山崔巍。《搜神记》:永嘉中,①兖州有神妪,号成夫人,能弹箜篌。《列子》:瓠巴鼓瑟,鸟舞鱼跃。《馀冬序录》:吴刚,字质,谪月中砍桂。○吴笺以"神山"作"坤山",以吴质谓曹子建客字季重者,谬。此盖月夜闻箜篌也。董以李凭为《霓裳》之乐,谬。

【姚本眉批】

　　[1] 蒋云:此倒出法。至其设咏取辞,所谓似中之似也。
　　[2] 钱云:着眼在此,才有关系。

残丝曲[1][1]

　　垂杨叶老莺哺儿,残丝欲断黄蜂归。
　　绿鬓年少金钗客,缥粉壶中沉琥珀。[2]

---

　　① "中"字原无,据《搜神记》补。

花台欲暮春辞去，落花起作回风舞。[2]
榆荚相催不知数，沈郎青钱夹城路。[3]

【汇解】

〔1〕吴正子注此篇，言晚春之景。

〔2〕绿鬓年少指男子，金钗客指女子。缥粉，青白色。琥珀，酒也。李太白诗：鲁酒若琥珀。又云：兰陵美色郁金香，玉碗盛来琥珀光。○"年少"，一作"少年"。

〔3〕榆树甚高大，未生叶时，枝间先生荚，形似钱而小，色白成串，谓之榆荚，俗谓之榆钱。自后叶生，荚亦寻落。《春秋元命包》云：三月榆荚落。《晋书》：吴兴沈充铸小钱，谓之沈郎钱。

【姚注】

叶老莺雏，丝残蜂伴，言春光倏迈也。绿衣翠袖，玉罍红醑，虽不必效丽娟之舞，而庭树几翻落矣。城隅榆荚，如沈充小钱之多。曾沉湎酣宴之人，亦知好景之易尽否？○丽娟，汉宫人，作回风舞，庭叶翻落如秋。晋沈充铸小钱，号"沈郎钱"。《邺中记》：襄、邺间夹道种榆。

【姚本眉批】

[1]陈云：通首总叹春老。

[2]钱云："落花"句伤心，花不自知其已落，犹临风欲舞。才子佳人，老不自觉，往往如此。

还自会稽歌 并序

庾肩吾于梁时，尝作《宫体谣引》以应和皇子。及国势沦败，肩吾先潜难会稽，后始还家。仆意其必有遗文，今无得焉,故作《还自会稽歌》以补其悲。[1]

　　野粉椒壁黄,湿萤满梁殿。[2]

　　台城应教人,秋衾梦铜辇。[3]

　　吴霜点归鬓,身与塘蒲晚。[4]

　　脉脉辞金鱼,羁臣守迍贱。[5][1]

【汇解】

〔1〕《南史》:庾肩吾,字慎之。八岁能赋诗。初为晋安王国常侍,王每徙镇,肩吾常随府。王为皇太子,兼东宫通事舍人。后为安西湘东王中录事、①谘议参军、太子率更令、中庶子。及简文即位,以肩吾为度支尚书。时上流藩镇,并据州拒侯景。景矫诏遣肩吾使江州,喻当阳公大心,肩吾因逃入东。贼宋子仙破会稽,购得肩吾,谓曰:"吾闻汝能作诗,今可即作,当贷汝命。"肩吾操笔便成,辞采甚美,子仙乃释以为建昌令。仍间道奔江陵,历江州刺史,领义阳太守。《隋书》:梁简文之在东宫,亦好篇什,清词巧制,止乎衽席之间;雕琢蔓藻,思极闺闱之内。后生好事,递相仿习,朝野纷纷,号为"宫体"。《大唐新语》:梁简文之为太子,好作艳诗,境内化之,浸以成俗,谓之"宫体"。肩吾所作《宫体谣引》,今不传。

〔2〕二句见台城破后,宫殿荒芜之状。颜师古《汉书注》:椒房,殿名,皇后所居也。以椒和泥涂壁,取其温而芳也。萤本腐草所化,多生下湿之地,故曰湿萤。○"萤",一作"蚕"。

〔3〕《容斋续笔》:晋、宋间谓朝廷禁省为台,故称禁城为台城,官军为台军,使者为台使,卿士为台官,法令为台格。今人于他处指言建康为台城,则非也。《景定建康志》:台城一曰苑城,本吴后苑城。晋成帝咸和中,新宫成,名建康宫,即所谓台城也。在上元县东北五里。魏、晋以来,人臣于文字间有属和于天子,曰应诏;于太子,曰应令;于诸王,曰应教。诗序言应和皇子,故云应教。《文苑英华》载庾肩吾诗,有《和晋安王薄晚逐凉北楼

────────────

① "中"字衍。

回应教诗》、《咏朝床应教诗》、《奉和泛舟汉水往万山应教诗》数篇。陆机
诗：抚剑遵铜辇。李善注：铜辇，太子车饰。

〔4〕塘蒲，塘中蒲草也。晚，衰老也。○"塘蒲"，姚本作"蒲塘"，非。

〔5〕承上而言，发白身老，不堪再仕，当永辞荣禄，守贫贱以终身也。吴
正子注：金鱼，袋也。《炙毂子》云：鱼袋，古之算袋。魏文帝易以龟，唐改
以鱼。长吉咏梁事而用金鱼，恐是用别事。

【姚注】

肩吾，子山之父，仕梁为太子庶子，掌管记。父子出入禁闼，恩礼最隆。
及国亡潜难，离黍兴悲；回首銮舆，羁魂徒托。白首生还，无复臣职，何暇更
事笔墨？遗文罕少，理有固然。○晋、魏称属和天子曰"应诏"，太子"应
令"，王"应教"。铜辇，太子辇。金鱼，袋也。

【姚本眉批】

〔1〕陈云：肩吾无遗文，只在末二句内。

出城寄权璩杨敬之[1]

草暖云昏万里春，宫花拂面送行人。
自言汉剑当飞去，何事还车载病身？[2]

【汇解】

〔1〕《唐书》：权璩字大圭，元和初擢进士，历监察御史，有美称。宰相
李宗闵荐为中书舍人，贬阆州刺史。杨敬之字茂孝，元和初擢进士第，累迁
屯田户部郎中。坐李宗闵党，贬连州刺史。文宗向儒术，以敬之为国子祭
酒，未几兼太常少卿，转大理卿检校工部尚书兼祭酒卒。敬之常为《华山
赋》示韩愈，愈称之，士林一时传布，李德裕尤咨赏。《唐书》贺本传言与贺

游者,权璩、杨敬之、王恭元,每譔著,时为所取去。其交情之密可知矣。此诗乃不得志而去,出城后感寄之作。

〔2〕《异苑》:晋惠帝太康五年,武库火,烧汉高祖斩白蛇剑、孔子履、王莽头等三物。中书监张茂先惧难作,列兵陈卫,咸见此剑穿屋飞去,莫知所向。

【姚注】

失意京华,败辕病骨;飞腾神物,应自有期。回首故人,悲不堪道。〇汉高斩蛇剑,晋武库火,剑穿栋而飞。

示 弟

别弟三年后,还家一日馀。
醁醽今夕酒,缃帙去时书。[1]
病骨犹能在,人间底事无?[2]
何须问牛马,抛掷任枭卢![3][1]

【汇解】

〔1〕左思《吴都赋》:飞轻轩而酌绿醽。李周翰注:醁醽,酒名。李善注:《湘州记》曰:湘州临水县有酃湖,取水为酒,名曰酃酒。盛弘之《荆州记》曰:渌水出豫章郡康乐县,其间乌程乡有井,官取水为酒,酒极甘美,与湘东酃湖酒年常献之,世称醽醁酒。昭明太子《文选序》:飞文染翰,则卷盈乎缃帙。吕向注:缃,浅黄色也;帙,书衣也。古人书卷之外有帙裹之,如今裹袱之类。

〔2〕上句言病后幸存,下句言人事多故。底事,犹言何事也。〇"犹",一作"独"。

〔3〕此讥有司不能分别真材,而随意去取之意。李翱《五木经》:王采

四，卢、白、雉、犊；畂采六，开、塞、塔、秃、撅、枭。皆玄曰卢，皆白曰白。雉二玄三曰雉，牛三白二曰犊，雉一牛一白三曰开，雉如开、厥馀皆玄曰塞，雉白各二玄一曰塔，牛玄各二白一曰秃，白三玄二曰撅，白二玄三曰枭。《演繁露》：五子之形，两头尖锐，中间平广，状似今之杏仁。凡子悉为两面，其一面涂黑，黑之上画牛犊以为之章；一面涂白，白之上画雉。凡投子者，五皆现黑，则其名卢。卢者，黑也，言五子皆黑也。五黑皆现，则五犊随现从可知矣。此在樗蒲为最贵之采。挼木而掷，往往叱喝，使致其极，故亦名呼卢也。其次，五子四黑而一白，则是四犊一雉。其采名雉，用以比卢降一等矣。自此而降，白黑相杂，每每不同，故或名为枭。即邓艾言云：六博得枭者，胜也。

【姚注】

此应举失意归日也。鹿鹿三年，未尝欢饮。今夕兄弟之乐，当何如之？挟策无成，空囊返里，犹是出门时篇帙。病骨幸存，骨肉欢聚，而生计复尔茫然。功名成败，颠倒英雄。主司去取，一任其意，又何异于抛掷枭卢耶？

【姚本眉批】

［1］钱云：第六句以下，一气言人间何事不可为？而终年奔走场屋，以听主司任意去取耶？

竹

入水文光动，抽空绿影春。
露华生笋径，〔1〕苔色拂霜根。
织可承香汗，裁堪钓锦鳞。〔2〕
三梁曾入用，一节奉王孙。〔3〕

【汇解】

〔1〕"生",一作"垂"。

〔2〕织以为席,可承香汗;裁以为竿,可钓锦麟。○"裁堪",一作"竿应"。

〔3〕二事未详。曾益以三梁为梁柱,引顾凯之《竹谱》"篙与由衙,厥体俱洪。南越之君,梁柱是供"为证。吴正子以汉、唐冠制,有三梁、两梁之制,恐指此。按《太平御览》:《周书》曰,成王将加元服,周公使人来零陵取文竹为冠。徐广《舆服志杂注》曰:天子杂服,介帻五梁进贤冠;太子诸王三梁进贤冠。吴说或是。

【姚注】

此借竹以喻己也。文光劲节,挺秀空群;顾影托根,差堪比拟。而竹多见用于世,不第湘簟渔竿,且为天使所重,畀赐侯王。贺独大材遭摈,能不对此重感耶?○《史记·赵世家》:襄子奔晋阳,原过从后。至王泽,见三人,与竹,二节莫通,曰:"以遗赵无恤。"剖之,有朱书,曰:"余霍太山山阳侯天使也,将赐汝林胡之地。"

同沈驸马赋得御沟水

入苑白泱泱,[1]宫人正靥黄。[1]
绕堤龙骨冷,拂岸鸭头香。[2]
别馆惊残梦,停杯泛小觞。[3]
幸因流浪处,暂得见何郎。[4]

【汇解】

〔1〕言早起入苑,正当宫人梳妆之时。下文言及残梦,可见刘须溪訾其似不相涉,非也。《诗·小雅》:瞻彼洛矣,惟水泱泱。《毛传》云:泱泱,深

广貌。《酉阳杂俎》：近代妆，近靥如射月，曰黄星靥。靥，钿之名，盖自吴孙和邓夫人也。《事物纪原》：妇人妆喜作粉靥如月形，如钱样，或以朱若胭脂点。

〔2〕龙骨，似指沟边砌石。鸭头绿，唐时染色之名，见颜师古《急就篇注》。李太白诗：遥看汉水鸭头绿。

〔3〕其声响激，能惊醒别馆之晓梦；其流澌疾，可浮泛游客之小觞。《齐谐记》：周公成洛邑，因流水泛觞。

〔4〕李善《文选注》：《典略》曰，何晏字平叔，南阳人也，尚金乡公主。有奇才，颇有材能，美容貌。兹取之以喻沈也。

【姚注】

上四句咏水，下四句却说到自己身上。旅馆离魂，聊借此以当曲水觞咏。自伤流浪，犹幸因流浪处得觏仙侣，差慰素心，只恐又将暌违也。"幸因"、"暂得见"五字，可想一往情深。○《三辅记》：关中水皆通上林。《酉阳杂俎》：妇人妆如月形，谓黄星靥。《史记》：龙骨渠。何晏尚主，拜驸马都尉。

【姚本眉批】

〔1〕钱云：入苑，言水自外入林馆下，又言苑中流出耳。

始为奉礼忆昌谷山居〔1〕

扫断马蹄痕，衙回自闭门。〔2〕
长枪江米熟，小树枣花春。〔3〕
向壁悬如意，当帘阅角巾。〔4〕
犬书曾去洛，鹤病悔游秦。〔5〕
土甑封茶叶，山杯锁竹根。〔1〕
不知船上月，谁棹满溪云！〔6〕

【汇解】

〔1〕《唐书·百官志》：太常寺有奉礼郎二人，从九品上。《困学纪闻》：张文潜有《春游昌谷访长吉故居》云："惆怅锦囊生，遗居在何处？"在河南福昌县三乡东。《河南志》：昌谷水在河南府宜阳县西九十里，旧名昌河，又名刀镮川。源出陕州，流经永宁、宜阳县界入洛。疑昌谷山居，当在此间。

〔2〕官闲职冷，无车马之宾相过，亦无役从，故闭门之事，自以身亲之。

〔3〕上句见谷食之外，无别味可餐；下句见枣树之外，无花木可玩。《广韵》：枪，鼎类。《韵会》：铛，釜属。《增韵》：有耳足。《通俗文》：䥶有足曰铛。《纬略》曰：三足温酒器也。《集韵》通作枪，是"枪"字即"铛"字也，音与"铮"同。江米谓江乡所产之米。枣木质坚而心赤，四月生叶，尖而光泽，五月开小花，白色微青，芳馥作幽兰香。

〔4〕二句皆写羁旅无聊之况。如意，古人用以指画向往，或防不测。炼铁为之，长二尺有奇。角巾，巾之四方者，其角崭然。晋、唐人以为私居之冠。羊祜谓"既定边事，当角巾东路归故里"，王导谓"元规若来，吾便角巾还第"者是也。

〔5〕家在东洛，虽书信不废，而游宦西秦，不能无悔。《艺文类聚》：《述异记》曰：陆机少时颇好猎。在吴，豪客献快犬，名曰"黄耳"。机后仕洛，常将自随。此犬黠慧，能解人语。机羁旅京师，久无家问，因戏语犬曰："汝能赍书驰取消息否？"犬摇尾作声应之。机试为书，盛以竹筒，系之犬颈。犬出驿路走向吴，饥则入草噬肉取饱。每经大水，辄依渡者，弭耳掉尾向之。其人怜爱，因呼上船，裁近岸，犬即腾上逸去。到家，衔筒作声示之。机家开筒取书看毕，犬又向人作声，如有所求。其家作答书内筒，复系犬颈。犬既得答，仍驰还洛。计人行程五旬，犬往还才半月。《古诗》：飞来双白鹤，乃从西北方。十十五五，罗列成行。妻卒被病，不能相随。五里一反顾，六里一徘徊。吾欲衔汝去，口噤不能开；吾欲负汝去，毛羽自摧颓。诗用此事，当因其妇卧病故与？

〔6〕上四联皆言奉礼官舍景况，此二联乃忆昌谷山居也。"封"字、"锁"字，见主人不在之意。土甄，磁瓶类，烧土为之。《太平寰宇记》：段氏《蜀

记》云,巴州以竹根为酒注子,为时珍贵。《酒谱》:老杜诗"醉倒终同卧竹根",盖以竹根为饮器也。庾信诗:野炉烧树叶,山杯捧竹根。○"棹",一作"掉"。

【姚注】

太常散职,官居陆沈,门无车马,复少胥役,故云"自闭门"也。汉上呼米为"长腰枪"。"江米",乃江南所贡玉粒。仅邀上方薄禄,以糊其口。衙舍荒芜,别无花卉,惟一枣树尚小,亦堪寓目。如意悬之于壁,无复佳绪指挥。当帘闲玩,每动羊祜角巾归里之思。曾作家书付黄耳,以病追悔此游之汗漫。土甑,望家中封茶以寄,盖因病断酒,惟思茗碗,故云"山杯锁竹根"矣。湖光晚楫,其乐万倍。心焉溯之,奈何奈何!○犬书,陆机事。《江淹集》:窦子野以竹根为饮器。

【姚本眉批】

[1] 钱云:"土甑"、"山杯"二句,皆忆昌谷景。物封与锁,见主人不在也。

七　夕[1]

别浦今朝暗,罗帷午夜愁。[2]
鹊辞穿线月,花入曝衣楼。[3]
天上分金镜,[1]人间望玉钩。
钱塘苏小小,更值一年秋。[4]

【汇解】

〔1〕《荆楚岁时记》:七月七日为牵牛、织女聚会之夜。《兼明书》:古书以七月七日之夕,谓之七夕。

〔2〕别浦,天河也。以其为牛、女二星隔绝之地,故谓之别浦。俗传七月七日天河隐,故曰暗。午夜谓半夜,如日午之谓。愁者,长吉自谓。时当七夕,牵牛、织女亦得聚会;己乃中宵独处,能无愁叹?细玩末二句,"愁"字之意自见。从双星着解者,非是。○"别浦",曾本、姚本作"别渚"。

〔3〕《白帖》:《淮南子》,乌鹊填河以成桥而渡织女。《荆楚岁时记》:七夕,人家妇女结彩缕、穿七孔针,陈瓜果于庭中,以乞巧。《初学记》:崔寔《四人月令》曰:"七月七日曝经书及衣裳。"《太平御览》宋卜子《阳园苑疏》曰:太液池西有武帝曝衣阁。常至七月七日,宫女出后衣,登楼曝之。

〔4〕分金镜,谓七夕之月,状如半镜也。亦暗影牛、女暂时会合,仍复别离,如镜之分破不能常圆意。玉钩事未详。稽七夕故事,有郑采娘者,梦织女遗一金针;有蔡州丁氏者,见流星坠筵上而得金梭;有真如尼者,见五色云坠地化为囊,中有宝玉五事。玉钩事殆亦类此而今失传耳。旧注以金镜、玉钩俱解为月,如是则犯合掌病矣;况七夕之月,初不似玉钩形乎?苏小小,钱塘妓女,详见后注。此诗是长吉当七夕之期,有所怀而作者。苏小小,借以喻所怀之人耳。○"更",曾本、二姚本俱作"又"。

【姚注】

上六句说淑景芳辰,离情别绪。末二句不胜悲凉。彼美当秋,心惊迟暮,佳人不偶,恐老冉冉将至矣。贺盖借苏以自慨也。○苏小小,南齐名倡。

【姚本眉批】

〔1〕钱云:"金镜"二句,只言七夕之月。○陈云:当七夕之期,有所怀也。

过华清宫〔1〕

春月夜啼鸦,宫帘隔御花。

云生朱络暗，石断紫钱斜。[2]

玉碗盛残露，银灯点旧纱。[3]

蜀王无近信，泉上有芹芽。[4]

【汇解】

〔1〕《元和郡县志》：华清宫在京兆府昭应县骊山上。开元十一年，初置温泉宫；天宝六年，改为华清宫。《一统志》：华清宫在陕西西安府骊山下，唐太宗建。以温汤所在，初名温泉宫；玄宗改曰华清。治汤为池，环山列宫，帝每岁临幸。内有飞霜、九龙、长生、明珠等殿。

〔2〕紫钱，苔藓之紫色者，其形似钱。

〔3〕点，小黑也。○"旧"，曾本作"绛"。

〔4〕泉上芹芽，即诗人《黍离》稷穗之意。当明皇远幸蜀土之日，泉上已有芹生；况今日久不复巡幸，其风景之荒凉宜矣。一结深有不尽之致。曾益注：玄宗宠杨太真，任安禄山，以致祸乱，蒙尘走蜀，故曰蜀王，寓讥刺意。琦谓以本朝帝主而称之曰蜀王，终是长吉欠理处。

【姚注】

华清宫在骊山下，贞观十八年置，[1] 始名温泉宫。蜀王本梁王愔也。贞观十年徙蜀，好游畋弋猎，帝怒，遂削封。贺当春夜过此，追诮之。上六句皆写夜景，云时代屡更，典物虽备，器制已淹。太宗自好游幸，乃徒切责子弟，而大兴离宫，遂令后世流连于此，不一而足。[2] 近日宗室侈靡如蜀王者，所在不乏，而申饬之信，久不闻焉。且温泉别无好景，但水气稍暖，仅长芹芽，何屡朝之銮舆相继耶？及观玄宗又因此而幸蜀，后亦无有鉴前车者，深可叹已！○沈炯《祭汉武帝文》：茂陵玉碗，遂出人间。

【姚本眉批】

[1] 黄云：以贞观年代考据殊确。

〔2〕周云：大有关系。

送沈亚之歌 并序

　　文人沈亚之，元和七年，以书不中第，返归于吴江。吾悲其行，无钱酒以劳，又感沈之勤请，乃歌一解以送之。[1]

　　　　吴兴才人怨春风，桃花满陌千里红。
　　　　紫丝竹断骢马小，家住钱塘东复东。[2]
　　　　白藤交穿织书笈，短策齐裁如梵夹。
　　　　雄光宝矿献春卿，烟底蓦波乘一叶。[3]
　　　　春卿拾才白日下，掷置黄金解龙马。[1]
　　　　携笈归江重入门，劳劳谁是怜君者？[4]
　　　　吾闻壮夫重心骨，古人三走无摧捽。
　　　　请君待旦事长鞭，他日还辕及秋律。[5]

【汇解】

　　〔1〕《文献通考》：沈亚之，字下贤，长安人。元和十年进士，累迁殿中侍御史内供奉，终郢州掾。亚之以文辞得名，尝游韩愈门。李贺、杜牧、李商隐俱有拟下贤诗，亦当时名辈所称许云。《通典》：唐贡士之法，有秀才，有明经，有进士，有明法，有书，有筭。《唐书·选举志》：凡书学，先口试，通，乃墨试《说文》、《字林》二十条，通十八为第。《乐府诗集》：凡诸调歌辞，并以一章为一解。《古今乐录》曰：伧歌以一句为一解，中国以一章为一解。王僧虔启云：古曰章，今曰解。解有多少，《诗·君子阳阳》两解，《南山有台》五解之类也。○"送"，吴本、姚仙期本俱作"劳"。

　　〔2〕吴兴郡即湖州。《唐诗纪事》以沈亚之为吴兴人，《文献通考》以为长安人。观此诗，则《通考》误也。《古乐府》：青骢白马紫丝缰。"断"字

疑讹。

〔3〕书笈，书箱也。《大业杂记》：新翻经本从外国来，用贝多树叶，形似枇杷叶而厚大，横作行书。约径多少，缀其一边如牒然。今呼为梵夹。胡三省《通鉴注》：梵夹者，贝叶经也，以板夹之，谓之梵夹。宝矿，金、银、璞石也。言沈之书于短策者，裁截齐整，状若梵夹。犹之金银宝矿，其光雄雄，不可掩遏，献之春卿，宜无不收之理。《白帖》：礼部亦曰春卿。蓦，越也。言其乘一叶扁舟，越波涛而至也。《湘川记》：绕川行舟远，望若一树叶。

〔4〕言礼部选取人材，当白日之下而去取不当。以沈之书而不能中第，犹之见黄金而弃掷之，遇龙马而解放之，其失人亦甚矣！《周礼》：马八尺以上为龙。○"江"，姚仙期本作"家"。

〔5〕三走，暗用管仲三仕三见逐之事。待旦，俟明也。事长鞭，谓着鞭策马归去。还辕，谓复至京师。《月令》：孟秋之月，律中夷则；仲秋之月，律中南吕；季秋之月，律中无射。以秋月为秋律本此。《通典》：大抵选举人以秋初就路，春末方归。故岑参《送杜佑下第诗》云"还须及秋赋"是也。此诗纪将归之景，则云"满陌桃花"；望良友之来，则云"还辕秋律"，居然可知。旧解纷纭，未为允当。○"壮夫"，姚经三本作"丈夫"。

【姚注】

才人失意之日，正凡夫得意时也。骅骝紫陌，珠勒金鞭，以失意人当之，自顾愈伤脱落。我马瘏矣，东归道远。"白藤"二句，贺叹沈，即自叹。与"缃帙去时书"同一情景。回想来时，怀宝涉险，上献春官。乃秉鉴非人，目眯五色。"白日下"骂得痛快，"重入门"三字写得悲凉。世态炎冷，当此自无怜才之人。古今英雄，愈踬愈壮，毋自颓废，待旦俟明时也。今日之断竹，留作他日之长鞭；今日之春风瘦马，伫看他日之秋律高车。成败自有时耳。○掷，置弃也。解龙马，无复买骏也。长鞭，即祖生先鞭也。唐制，十月贡士。岑参《送杜佑下第诗》云：①还须及秋赋。

---

① "杜佑"，当作"杜佐"。

　　[1]周云："拾"字妙，要见所收皆弃才。

咏怀二首

　　长卿怀茂陵，绿草垂石井。
　　弹琴看文君，春风吹鬓影。[1]
　　梁王与武帝，弃之如断梗。
　　惟留一简书，金泥泰山顶。[1]

【汇解】

　　〔1〕此篇盖借司马长卿以自况也。"长卿怀茂陵，绿草垂石井"，见闲居幽静之意。"弹琴看文君，春风吹鬓影"，见室家相得之好。"梁王与武帝，弃之如断梗。惟留一简书，金泥泰山顶"，谓己在时，上之人皆弃而不用；至身没之后，见其遗书，而反思之以施用于世也。《史记》：司马相如字长卿，事孝景帝，为武骑常侍。梁孝王来朝，从游说之士邹阳、枚乘、吴庄忌夫子之徒；相如见而说之，因病免，客游梁，梁孝王令与诸生同舍。孝王卒，相如归。素与临邛令王吉相善，于是往，舍都亭。临邛中富人卓王孙、程郑乃相谓曰："令有贵客，为具召之。"酒酣，临邛令前奏琴，相如为鼓一再行。是时，卓王孙有女文君，心悦而好之，夜亡奔相如。相如与卓氏婚，饶于财。其进仕宦，未尝肯与公卿国家之事，称病闲居，不慕官爵。既病免，家居茂陵。天子曰："司马相如病甚，可往从悉取其书；若不然，后失之矣！"使所忠往，而相如已死。其妻对曰："长卿未死时，为一卷书，曰：'有使来求书，奏之。'"其书言封禅事，天子异之。相如既卒五岁，天子始祭后土。八年，而遂先礼中岳，封于泰山，至梁父，禅肃然。《汉书》：武帝元封元年，登封泰山。孟康曰：王者功成治定，告成功于天。封，崇也，助天之高也。刻石纪号，有金策石函、金泥玉检之封。按：金泥以水银和金为泥，以封玉牒者。

【姚注】

　　长卿欲聘茂陵之女为妾,此何异绿草之垂石井,已明其不必有之事。惟是"弹琴看文君,春风吹鬓影",于愿已足。当此,虽梁王、武帝弃之适如断梗,又何必别求茂陵女子? 观其身后之名,止留遗简,其意已甘心为文君一人死矣。贺少年早夭,亦必因色致疾,故引相如以自慰而作《咏怀》也。后《凿井歌》而及奉倩,益可想见。○《白虎通》云:封禅,金泥银绳封之以金印。

【姚本眉批】

　　[1] 钱云:"弹琴看文君",想见其寂寞。除文君外,别无知音者。然长卿得此,亦足以弃矣。

其　二

日夕著书罢,惊霜落素丝。

镜中聊自笑,讵是南山期?

头上无幅巾,苦蘖已染衣。

不见清溪鱼,饮水得相宜![1][1]

【汇解】

　　〔1〕长吉每旦骑驴出游,遇有所得,即书投锦囊中,及暮归,足成之。所谓日夕著书,是其事也。其母见所书多,辄曰:"是儿要当呕出心乃已尔!"其苦吟若是,故方年少而已见白发。自笑用心过劳,非养生以致寿考之道,当知自悔。科头野服,随意自适,如清溪之鱼,饮水从容,乃得相宜,何为役役而槁死于文字之间乎? 《诗·小雅》:如南山之寿,不骞不崩。《宋书》:汉末,王公名士多委正服,以幅巾为雅。所谓幅巾者,不著冠帻,以一幅之巾裹其头,盖取其便适而已。苦蘖,黄蘖木皮也。其味甚苦,故曰苦蘖。可以染黄色,田野人家多用之。○"著书",二姚本作"看书"。"相宜",吴本作"自宜"。

【姚注】

　　玄鬓早霜，岁华有限。簪缨钟鼎，亦复无心。何如披缁饮水，世外观空，又奚用法网以自困也！○汉鲍永幅巾诣河内。鲍照诗：锉蘗染黄丝。

【姚本眉批】

　　〔1〕钱云：后四句是古乐府体。

追和柳恽^[1]

　　汀洲白蘋草，柳恽乘马归。
　　江头槛树香，岸上蝴蝶飞。
　　酒杯箬叶露，玉轸蜀桐虚。
　　朱楼通水陌，沙暖一双鱼。^[2]

【汇解】

　　〔1〕按《梁书》：柳恽字文畅，河东解人也。立行贞素，以贵公子早有令名。少工篇什，仕至吴兴太守。尝作《江南曲》云："汀洲采白蘋，日落江南春。洞庭有归客，潇湘逢故人。故人何不返？春华复应晚。不道新相知，只言行路远。"吴正子以长吉追和者必是此篇，故首有"汀洲白蘋"之句。今细校之，二诗意不相类，恐和者另是一篇。

　　〔2〕白居易《白蘋洲五亭记》：湖州城东南二百步抵霅溪，溪连汀洲，洲一名白蘋。梁吴兴太守柳恽于此赋诗云"汀洲采白蘋"，因以为名也。《尔雅翼》：蘋叶正四方，中拆如十字。根生水底，叶敷水上。五月有花，白色，故谓之白蘋。《说文》：槛果似梨而酢。《太平寰宇记》：箬溪在湖州长兴县南五十步，一名顾渚口，一名赵渎，注于太湖。顾野王《舆地志》云：夹溪悉生箭箬，南岸曰上箬，北岸曰下箬，二箬皆村名。村人取下箬水酿酒，醇美胜于云阳，俗称箬下酒。韦昭《吴录》云：乌程箬下酒有名。山谦之《吴兴

记》云：上箬、下箬村并出美酒。张协《七命》云：酒则荆南、乌程。则此酒
也。刘妙容《宛转歌》："金徽玉轸为谁锵?"轸者,琴柱所以系弦,丽者以玉
为之。古称益州白桐宜为琴瑟,所谓蜀桐也。○"櫨树",一作"栌树"。"箬
叶",一作"若叶"。

【姚注】

　　恽,南齐人,作《江南曲》,有"汀洲采白蘋"句。贺盖慕江南风景,而羡
恽之抽簪早归,放怀自适,故追和之也。櫨香粉蝶,美酒瑶琴,水阁临流,时
通芳讯,以视今之红尘鹿鹿者,何如耶? ○櫨,似梨而酸。"沙暖"句,曾为
临水羡鱼意,非。

【姚本眉批】

　　[1]周云：通首写江南之乐。

　　[2]蒋云：末句言归有夫妇之乐也。

春坊正字剑子歌[1]

先辈匣中三尺水,曾入吴潭斩龙子。[2]
隙月斜明刮露寒,练带平铺吹不起。[3][1]
蛟胎皮老蒺藜刺,鸊鹈淬花白鹇尾。[4]
直是荆轲一片心,莫教照见春坊字。[5]
挼丝团金悬麗䃙,神光欲截蓝田玉。[6]
提出西方白帝惊,嗷嗷鬼母秋郊哭。[7]

【汇解】

　　〔1〕《唐书·百官志》：东宫官,左春坊司经局有正字二人,从九品上。

　　〔2〕《演繁露》：唐世举人呼已第者为先辈。"吴潭斩龙子",暗用周处

斩蛟事。○"吴潭"，一作"吴江"。

〔3〕隙月，隙中月光，其狭而长者有似剑形，故以喻之。《礼记》：士练带。《正义》曰：士用熟帛练为带。诗人用"练带"字，皆谓带之白者。

〔4〕以鲛鱼皮为剑室，其珠文历落，若蒺藜之刺；以鸂鶒膏淬剑刃，则光采艳发如白鹇之尾。郭璞《山海经注》：鲛鱼皮有珠文而坚，尾长三四尺，末有毒螫人，皮可饰刀剑。今临海郡有之。《本草》：鸂鶒，水鸟也。大如鸩鸭，脚近尾，不能陆行，常在水中。人至则沉，或击之便起。其膏涂刀剑不锈。鸂鶒音"匹梯"，即鸂鶒也。淬音"翠"，染也。又《本草》：白鹇似山鸡而色白，有黑文如涟漪，尾长三尺，体备冠距，红颊、赤嘴、丹爪。○"蛟胎皮老"，一作"蛟螭老皮"。"鶒"，一作"鶲"。

〔5〕言此剑奇妙，壮士见之，必知宝惜如心肝。若春坊正字，乃典校四库书籍之职，无所借用，未免为此剑有不遇知己之感，故曰"莫教照见春坊字"。或云，疑是时春坊之臣有邪僻不正者，长吉恶之，而借此发挥以泄其不平之气。亦是一说。○"直是"，一作"真是"。"莫教"，一作"分明"。

〔6〕挼音"那"，以两手相切摩也。挼丝以为剑之绦绳，团金以为绦之采饰，悬而下垂丽㲍然。丽㲍字未详所本，考字书并无"㲍"字。李郢诗"钗垂簏簌抱香怀"，则"簏簌"即"丽㲍"也。贺诗用"悬"，郢诗用"垂"，其状盖可想见。杨升庵曰：簏簌，下垂之貌，又作"丽㲍"，其意一也。此虽以意度之，其说近是。曾益谓以金饰首，而以丝罩其上如网然。此从字体着意，而以今之剑柄所饰者解之，然于"悬"字无当。张协《七命》：水截蛟鸿，陆洒奔驰。《列子》：西戎献锟铻之剑，其剑长尺有咫，炼钢赤刃，用之切玉如泥焉。《水经注》：丽戎之山，一名蓝田。其阴多金，其阳多玉。《通典》：京兆郡有蓝田县，出美玉，玉之美者曰球，次曰蓝。盖以县出玉故名之。

〔7〕《汉书》：高祖夜径泽中，有大蛇当径，乃前拔剑斩蛇，蛇分为两。后人来至蛇所，有一老妪夜哭。人问妪："何哭？"妪曰："人杀吾子。"人曰："妪子何为见杀？"妪曰："吾子，白帝子也，化为蛇当道，今者赤帝子斩之。"人以妪为不诚，欲苦之，妪忽不见。班彪《王命论》：始起沛泽，则神母夜号，以彰赤帝之符。此诗用鬼母，正从"神母"字化出。○"鬼母"，《文苑》作

"鬼姥"。

【姚注】

《唐六典》云：太子左、右春坊，各置左、右正字一人。"春坊正字"，乃剑上所记之字也。上六句摹写剑之犀利。"正"与"政"同音，且义亦相通。"荆轲一片心"，总以未杀秦政为恨。若令照见"正"字，千古英魂应为愤怒。至轲之未遂厥志，非剑之不利，然亦无如时何耳！宝饰神光，等一珍重，倘遇赤帝子，则安往不利哉？[2]贺借此以喻国士所重在良遇也。○卢纶歌云：两条神物秋水薄。《韩非子》：负长剑，斩蛟龙。左思赋：扈带鲛函。鹧鹕膏涂剑不锈。丽凄，下垂貌。○徐云：用剑斩朋邪。董云：莫作书房裁纸刀。而诸本因之，俱谬。吴云：以春坊故用燕丹、荆轲事，似亦太晦。

【姚本眉批】

[1] 陈云：练带平铺，剑影也，因隙月照之有影。

[2] 周云：荆轲刺秦之匕首，即为汉帝斩白帝子之先锋。只从"正"字设想，拈合大奇。

贵公子夜阑曲[1]

袅袅沉水烟，乌啼夜阑景。
曲沼芙蓉波，腰围白玉冷。[2]

【汇解】

[1] 夜阑，夜尽也。

[2]《南州异物志》：沉水香出日南，欲取当先斫坏树着地，积久外自朽烂，其心至坚者，置水则沉，名曰沉香。白玉，谓腰带上所饰之玉。"冷"字写夜尽晓寒之状。

【姚注】

贵公子沉湎长夜之饮，闺中注香相待。久之，夜半乌啼，则香影向阑矣。曲沼，即谓曲房。芙蓉，即谓美人。波，即谓美人春心之荡漾。寒夜孤衾，白玉腰围公子不至。岂惟美人怨，诗人亦当代为之怨也。

雁门太守行^{〔1〕}

黑云压城城欲摧，甲光向月金鳞开。^{〔2〕}
角声满天秋色里，塞上燕脂凝夜紫。^{〔3〕}
半卷红旗临易水，霜重鼓寒声不起。^{〔4〕}
报君黄金台上意，提携玉龙为君死。^{〔5〕}

【汇解】

〔1〕按《乐府诗集》，《雁门太守行》乃《相和歌·瑟调》三十八曲之一。古词备述洛阳令王涣德政之美，而不及雁门太守，事所未详也。若梁简文帝之作，始言边城征战之思。长吉所拟，盖祖其意。

〔2〕《晋书》：凡坚城之上有黑云如屋，名曰军精。《幽闲鼓吹》：李贺以歌诗谒韩吏部，吏部时为国子博士分司，送客归极困。门人呈卷，解带旋读之，首篇《雁门太守行》，曰"黑云压城城欲摧，甲光向日金鳞开"，却援带命邀之。○"向月"，曾本、二姚本作"向日"。

〔3〕角，画角也，军中吹之以为昏明之节者。《宋书》：角，书记所不载。或云出羌、胡，以惊中国之马；或云出吴、越。"塞上燕脂凝夜紫"，旧注引《古今注》"秦筑长城，土色皆紫，故曰紫塞"为解。琦按：当作暮色解乃是，犹王勃所谓"烟光凝而暮山紫"也。又《隋书·长孙晟传》曰：臣夜登城楼，望见碛北有赤气，长百馀里，皆如雨足，下垂被地。谨验兵书，此名洒血，其下之国，必且破亡。欲灭匈奴，正在今日。引此为解似更确。○"塞上"，吴本作"塞土"。

〔4〕《史记正义》：易水出易州易县，东流过幽州归义县，东与滹沱河合。《汉书·李陵传》：吾士气少衰，而鼓不起者何也？"不起"字虽本于此，然彼谓击鼓进士，而士气不起；此谓天冷霜浓，而鼓声低抑。同此数字，意则大异。○"鼓寒声不起"，一作"鼓声寒不起"。

〔5〕《上谷郡图经》：黄金台在易水东南十八里，燕昭王置千金于台上，以延天下之士。玉龙，剑也。唐王初诗亦有"剑光横雪玉龙寒"之词，知唐人多以玉龙称剑也。○此篇盖咏中夜出兵，乘间捣敌之事。"黑云压城城欲摧"，甚言寒云浓密，至云开处逗露月光与甲光相射，有似金鳞。此言初出兵之时，语气甚雄壮。"角声满天"，写军中之所闻；"塞上胭脂"，写军中之所见。"半卷红旗"，见轻兵夜进之捷；"霜重鼓咽"，写冒寒将战之景。末复设为誓死之词，以答君上恩礼之隆，所以明封疆臣子之志也。旧解以"黑云压城"为孤城将破之兆；"鼓声不起"为士气衰败之征。吴正子谓其颇似败后之作，皆非也。至王安石讥其言不相副，方黑云之盛如此，安得有向日之甲光？尤非是。秋天风景倏阴倏晴，瞬息而变。方见愁云凝密，有似霖雨欲来；俄而裂开数尺，日光透漏矣。此象何岁无之，何处无之？而漫不之觉。吹瘢索垢，以讥议前人，必因众人皆以为佳，而顾反訾之以为矫异耳。即此一节，安石生平之拗可概见矣。○"玉龙"，《文苑英华》作"玉环"，一作"玉拏"。

【姚注】

元和九年冬，振武军乱。诏以张煦为节度使，将夏州兵二千趣镇讨之。振武即雁门郡。贺当拟此以送之，言宜兼程而进，故诗皆言师旅晓征也。宿云崩颓，旭旦初上。甲光赫耀，角声肃杀。遥望塞外，犹然夜气未开。红旗半卷，疾驰夺水上军。勿谓鼓声不扬，乃晨起霜重耳。[1]所以激厉将士之意。当感金台隆遇，此宜以骏骨报君恩矣。○昔王介甫读此诗首二句曰："此儿误矣！方黑云压城，岂有向日之甲光？"杨升庵谓宋老头巾不知诗。凡兵围城，必有怪云变气。昔人赋鸿门，有"东龙白日西龙雨"之句。予在滇，值安凤之变，居围城中，见日晕两重，黑云如蛟在其侧。始信贺善状物

也。董懋策谓玉龙当作剑,而曾益因之,以为城将陷而将士死守,欲仗剑以
徇国难。余光亦曰守边;徐渭亦谓阵氛与日不碍。诸说皆自有所见。然以
晓征揆之,觉与诗情尤相近耳。诸本皆无据,故注俱多讹舛。

【姚本眉批】

[1] 蒋云:《汉书》:李陵军败,夜半击鼓,鼓不鸣。

大堤曲[1]

妾家住横塘,红纱满桂香。
青云教绾头上髻,明月与作耳边珰。[2]
莲风起,江畔春,大堤上,留北人。
郎食鲤鱼尾,妾食猩猩唇。[3]
莫指襄阳道,绿浦归帆少。
今日菖蒲花,明朝枫树老。[4]

【汇解】

〔1〕按:《大堤曲》起于简文帝,所谓《雍州十曲》之一。或云宋随王诞
《襄阳曲》曰:"朝发襄阳来,暮至大堤宿。大堤诸女儿,花艳惊郎目。"《大堤
曲》盖出于此。《一统志》:大堤在襄阳府城外。

〔2〕横塘与大堤相近,其地当在襄阳,非金陵沿淮所筑之横塘也。旧注
引《吴都赋》"横塘查下,邑屋隆夸",非是。红纱,谓红纱窗,或谓是红纱衣。
《释名》:穿耳施珠曰珰。傅玄诗"耳系明月珰",谓以明月之珠为耳珰也。
○"青云教绾",一作"青丝学绾"。

〔3〕鲤尾、猩唇,皆珍美之味,以见饮食之丰备。《吕氏春秋》:肉之美
者,猩猩之唇。○"妾食猩猩唇",《文苑英华》作"与客猩猩唇"。

〔4〕"莫指襄阳道"而兴远去之思。盖一去不能即来,不见绿浦之中,归帆之少可验耶?况日月如驰,盛年难驻,朝暮之间而红颜已更矣!深言当及时行乐之意。菖蒲花不易开,开则人以为祥,故《乌夜啼》古曲云"菖蒲花,可怜闻名不曾识"是也。枫树之老者,礴砢多节,以喻老丑之状。○"绿浦",一作"缘浦"。"菖蒲花",一作"菖蒲短"。

【姚注】

此怀楚游之友,而寄此以讽之也。楚姬妖丽,其居与饰俱极华丽。菌苕风薰,倍加留恋。鲤尾猩唇,极味之珍美也。段成式《鲤诗》云:三十六鳞充四时,数翻犹得裹相思。孙卿子曰:猩猩能言笑。《淮南子》曰:归终知来,猩猩知往。则食此二味,愈足以喻绸缪也。故北人南游,每多流连忘返,不觉春秋云迈,日月暗移。菖蒲生于百草之先,忽忽枫寒叶落,即谓佳人难觏,亦知芳色易凋耶!

蜀国弦^{〔1〕}

枫香晚花静,锦水南山影。^{〔2〕}
惊石坠猿哀,竹云愁半岭。^{〔3〕}
凉月生秋浦,玉沙粼粼光。^{〔4〕}
谁家红泪客?不忍过瞿塘。^{〔5〕}

【汇解】

〔1〕《乐府古题要解》:《蜀道难》,备言铜梁、玉垒之险。又有《蜀国弦》,与此颇同。

〔2〕郭璞《尔雅注》:枫树似白杨,叶圆而岐,有脂而香,今之枫香是也。《太平寰宇记》:濯锦江即蜀江。江水至此濯锦,锦彩鲜润于他水,故曰濯锦江。

〔3〕惊石,谓石之危险骇人者。坠猿,谓猿挂于树枝若将坠者。蜀地多

猿。《水经注》：每至晴初霜旦，林寒涧肃，常有高猿长啸，属引凄异，空谷传响，哀啭久绝。故渔者歌曰："巴东三峡巫峡长，猿鸣三声泪沾裳。""竹云愁半岭"，谓半岭之间，野竹丛生，烟云相绕，其高可知，行者艰之而生愁也。唐太宗诗："云凝愁半岭，霞碎缬高天。"○"坠"，曾本作"堕"。"竹云"，一作"行云"。

〔4〕颜师古《汉书注》：浦，水涯也。《诗·国风·扬之水》："白石粼粼。"《毛传》云：粼粼，清彻也。《说文》：粼，水生石间粼粼也。言月出秋浦之上，照见水中白沙，粼粼有光。

〔5〕《拾遗记》：薛灵芸闻别父母，歔欷累日，泪下沾衣。至升车就路之时，以玉唾壶承泪，壶则红色；既发常山，及至京师，壶中泪凝如血。《方舆胜览》：瞿塘峡在夔州东一里，旧名西陵峡，乃三峡之门。两崖对峙，中贯一江，望之如门。此二句似言眷恋乡土，不忍离去之意。○"客"，一作"妾"。

【姚注】

贞元十一年，裴延龄谮陆贽于帝，因贬贽为忠州别驾。贺盖即蜀弦之哀，想蜀道之难，为迁客伤也。枫香，美丹心也；南山，喻孤高也。忠良被逐，琴声倍觉凄清，而猿竹亦为之愁也。月色沙光，可方皎洁。人各有情，闻之自为心恻，又堪忍过此耶！○诸本仅注弦，觉少情味。

苏小小墓^{〔1〕[1]}

幽兰露，如啼眼。
无物结同心，烟花不堪剪。
草如茵，松如盖。
风为裳，水为珮。
油壁车，夕相待。
冷翠烛，劳光彩。
西陵下，风吹雨。^{〔2〕}

【汇解】

〔1〕《乐府广题》：苏小小，钱塘名倡也，盖南齐时人。古乐府《苏小小歌》："我乘油壁车，郎乘青骢马。何处结同心？西陵松柏下。"西陵在钱塘江之西。《方舆胜览》：苏小小墓在嘉兴县西南六十步，乃晋之歌妓。今有片石在通判厅，题曰苏小小墓。李绅《真娘墓诗序》曰：嘉兴县前有吴妓人苏小小墓，风雨之夕，或闻其上有歌吹之音。○一作"苏小小歌"，非。

〔2〕萧子显诗：河边细草绿如茵。胡三省《通鉴注》：油壁车者，加青油衣于车壁也。翠烛，鬼火也，有光而无焰，故曰冷翠烛。○"夕"，一作"久"。"风吹雨"，一作"风雨吹"，一作"风雨改"。

【姚注】

兰露啼痕，心伤不偶。风尘牢落，堪此折磨。迄今芳草青松，春风锦水，不足仿佛嬛妍。若当日空悬宝车，烧残翠烛，而良会维艰。则西陵之冷雨凄风，不犹是洒迟暮之泪耶？贺盖慷慨系之矣。○小小有歌云：我乘油壁车，郎乘青骢马。何处结同心？西陵松柏下。

【姚本眉批】

[1] 陈云：诗尚味小小墓前之冷落。贺必有所厚平康之妓而夭其年者，故托小小以伤之。

梦　天[1]

老兔寒蟾泣天色，云楼半开壁斜白。
玉轮轧露湿团光，鸾珮相逢桂香陌。[1]
黄尘清水三山下，更变千年如走马。[2]
遥望齐州九点烟，一泓海水杯中泻。[3]

【汇解】

〔1〕轧,音压,辗也。四句似专指月宫之景而言。

〔2〕蓬莱、方丈、瀛洲三神山,俱在海中。今视其下,有时变为黄尘,有时变为清水。千年之间,时复更换,而自天上视之,则犹走马之速也。《神仙传》:麻姑云:"接侍以来,见东海三为桑田。向到蓬莱,水又浅于往日会时略半耳,岂将复为陵陆乎?"王远曰:"圣人皆言,海中行复扬尘也。"如走马,即白驹过隙之意。

〔3〕九州辽阔,四海广大,而自天上视之,不过点烟杯水,梦中之游真豪矣!《尔雅》:距齐州以南。邢昺注:齐,中也。中州,犹言中国也。

【姚注】

淬淄既尽,太虚可游,故托梦以诡世也。蓬莱仙境,尚忧陵陆;何况尘土,不沧桑乎!末二句分明说置身霄汉,俯视天下皆小。宜其目空一世耳!○上四句月宫,中二句蓬莱。《列子》:四海之外犹齐州。齐州犹中国。

【姚本眉批】

〔1〕陈云:梦入月宫,俯视尘世。

唐儿歌[1]

头玉硗硗眉刷翠,杜郎生得真男子。[2]

骨重神寒天庙器,一双瞳人剪秋水。[3]

竹马梢梢摇绿尾,银鸾晱光踏半臂。[4]

东家娇娘求对值,浓笑书空作"唐"字。[5][1]

眼大心雄知所以,莫忘作歌人姓李。[6]

【汇解】

〔1〕杜邠公之子。○吴正子曰：诸本皆作《唐歌儿》，韦庄所编《又玄集》作《杜家唐儿歌》为是。《唐歌儿》，恐是倒书一字。《旧唐书》：杜黄裳，字遵素，京兆杜陵人。拜平章事，封邠国公。男载为太子太仆，长庆中迁太仆少卿、兼御史中丞，充入吐蕃使。弟胜登进士第，大中朝位给事中。所谓唐儿者，不知何人。其后杜悰亦封邠国公，然在懿宗时，去长吉之没久矣。"邠"字即"豳"字。唐玄宗以字形类"幽"，改作"邠"。

〔2〕头玉硗硗，谓头骨隆起也。眉刷翠，谓眉色如翠也。○"真"，姚经三本作"奇"。

〔3〕骨重，言其不轻而稳也。神寒，言其不躁而静也。天庙器，犹云瑚琏可以供宗庙而荐鬼神之器也。《李邺侯外传》：贺知章尝曰："此稚子目如秋水。"

〔4〕睒，音"闪"，暂视也。《锦绣万花谷》：隋大业中，内官多服半除，即今长袖也。唐高祖改其袖，谓之半臂。出事始此，言半臂之上，以银泥画鸾鸟，光彩睒人之目也。

〔5〕对值，犹匹偶也。《世说》：殷中军被废在信安，终日恒书空作字。○"书"，吴本作"画"。

〔6〕眼大，谓世禄之家眼界大耳，犹云巨眼之意。若作实形解，便与上文瞳神犯复。

【姚注】

杜邠公悰，尚宪宗岐阳公主，生子曰唐儿，即以出自天朝之意。[2]头骨神明，岐疑秀发，嬉戏丽饰，自非凡儿。"侬笑"句，状唐儿对东家含情不语，有许多自负神情，故知其眼大心雄也。然作歌之人心眼亦本如是。且加儆策，宜思早自建立，以报朝廷，莫忘身所自出。贺即唐诸王孙也。○隋内宫多服半臂。元和九年秋七月，以岐阳公主适司议郎杜悰，故篇中称杜郎。先是，尚主皆取勋戚。时学士独孤郁为权德舆婿，上曰："德舆得婿，我反不及。"始令吏部选公卿子弟。悰为杜佑孙。别本俱谓邠公为杜黄裳，及疑是杜琼者,谬。而作《唐歌儿》者,尤谬之甚矣。

【姚本眉批】

　　〔1〕蒋云：此为杜求偶也。

　　〔2〕钱云：如此根据,末句方有深意,不忘姓李人,即是勉其不忘本朝之思。妙,妙。

绿章封事[1]

　　青霓扣额呼宫神,鸿龙玉狗开天门。[2]
　　石榴花发满溪津,溪女洗花染白云。[3]
　　绿章封事谘元父,六街马蹄浩无主。
　　虚空风气不清冷,短衣小冠作尘土。[4]
　　金家香弄千轮鸣,扬雄秋室无俗声。
　　愿携汉戟招书鬼,休令恨骨填蒿里。[5][1]

【汇解】

　　〔1〕为吴道士夜醮作。○《隋书》：道经有消灾度厄之法,依阴阳五行数术推人年命,书之如章表之仪,并具赞币,烧香陈读云"奏上天曹,请为除厄",谓之上章。夜中,于星辰之下陈设酒脯饼饵币物,历祀天皇太一,祀五星列宿,为书如上章之仪以奏之,名之为醮。《演繁露》：今世上自人主,下至臣庶,用道家科仪奏事于天帝者,皆青藤纸朱字,名为青词。绿章,即青词,谓以绿纸为表章也。《汉书》：上令吏民得奏封事。盖封其书函之口,不欲令其事泄露也。

　　〔2〕青霓,谓道士所服之衣,犹《楚辞》所谓"青云衣兮白霓裳"之类。吴正子云："霓",恐当作"貌"。非也。扣额即扣头。鸿龙玉狗,守天门之兽。言道士着青霓之服,叩头而呼宫神,宫神既达,天门始开矣。

〔3〕二句未详。吴正子以白云为纨素,谓取榴花染之而以为服。予谓当是建醮之地,有此花木,溪女采之,净洗而以供神。杜甫《朝献太清宫赋》有"祝融掷火以焚香,溪女捧盘而盥漱"句,溪女恐是童女,司坛中献花酌水之事者。染白云,即是映白云之意。

〔4〕元父,谓元气之父,即天帝也。葛洪《枕中书》:东王公号曰元阳父。胡三省《通鉴注》:长安城中左右六街。言绿章封事所以谄达元父者,为六街之中,马蹄相逐而行,浩然甚众,无有主名。因风气炎蒸,不堪暑热,人多喝死,短衣小冠化为尘土者,不知其几矣。四句述封事中奏请之故。

〔5〕四句乃长吉自言其意,欲道士附奏之说。富贵之家,生前奉养,志意满足,可以无恨;惟穷约之士如扬雄者,陋室萧条,赍志以没,不能不抱恨于地下。愿携汉戟以招之,无令恨骨长埋蒿里,盖为士之不遇者悲乎!特借雄一人以概其馀矣。《汉书》:金日磾,夷狄亡国,羁虏汉廷,而以笃敬寤主,忠信自著,勒功上将,传国后嗣,世名忠孝,七世内侍,何其盛也!夫不举他人,特举金氏,盖以比当世蕃将之受宠者耳。唐自安史乱后,蕃将多有立功者,时君宠之,赐爵晋封,赏赉频及,连骑出入,眩赫一时。长吉见之,不能无感。弄即"巷"字。香弄,谓其居处之美;千轮鸣,谓其宾从之众。凡招魂者,必以其生平所亲之物,呼其名而招之,使其神识得有所凭依而归来。扬雄在汉朝为执戟之郎,故携汉戟以招之。蒿里,谓葬地。古《蒿里曲》:蒿里谁家地,聚敛魂魄无贤愚。

【姚注】

苍云围轸,七蟠如霓,故曰青霓。裔云翔龙。裔,赤色。天上浮云如白衣,须臾变化如苍狗。鸿龙、玉狗,皆云也。宫神如可呼,则天门想可开矣。榴花满溪,仙娥闲适,那知人间死亡之戚?乃因吴道士之妄作青词,上干造化,遂令六街马蹄,于行醮时,随班逐队,茫无定准。香烟炬焰,炽炎弥天。黄冠骏奔,自作尘土。金家香弄中,仪文甚盛,致观者杂沓,华毂迭至。而杨雄文士,静坐一室,邈若罔闻。因念古今人才,埋没荒丘,谁为之一招魂耶?且雄仅为汉执戟郎,明乎与居奉礼者有同恨耳!

【姚本眉批】

〔1〕蒋云：此以贫儒上控也。

河南府试十二月乐词 并闰月

正　月

上楼迎春新春归，暗黄著柳宫漏迟。[1]
薄薄淡霭弄野姿，寒绿幽风生短丝。[2]
锦床晓卧玉肌冷，露脸未开对朝暝。[1]
官街柳带不堪折，早晚菖蒲胜缩结。[3]

【汇解】

〔1〕漏迟，谓日渐长也。○首句一作"正月上楼迎春归"。

〔2〕淡霭，轻云也。短丝，谓草之初苗，短细如丝者。○"幽风"，《乐府诗集》作"幽泥"。

〔3〕言春气之透甚速。

【姚注】

楼上春归，柳丝未发，暗黄正含芽也。《开元遗事》云："宫漏有六更，君王得晏起。"故云迟也。阳晖渐暖，甲坼将舒。寒绿短丝，细草初苗。绣幔春寒，朦胧方觉。芳辰宜加珍惜，未可轻言别离。柔条难折，淑景易驰。但看菖蒲此日虽微，早晚即胜缩结矣。

【姚本眉批】

〔1〕金云："对朝暝"，曲尽娇春之态。

二 月

饮酒采桑津，宜男草生兰笑人，蒲如交剑风如薰。[1]
劳劳胡燕怨酣春，薇帐逗烟生绿尘。[2]
金翘峨髻愁暮云，沓飒起舞真珠裙。[3]
津头送别唱《流水》，酒客背寒南山死。[4]

【汇解】

〔1〕杜预《左传注》：平阳北、屈县西南，有采桑津。《齐民要术》：鹿葱，《风土记》曰宜男草也。高六七尺，花如莲，怀妊妇人带佩必生男。《尔雅翼》：萱草，又名宜男草。《家语》：南风之薰兮。左思《魏都赋》：蕙风如薰。○首句《乐府诗集》作"二月饮酒采桑津"。

〔2〕《本草》：陶弘景曰"斑黑而声大者是胡燕"。酣春，谓春气舒畅。怨者，燕语呢喃，絮絮不休，如怨诉也。薇帐犹蕙帐。○"胡燕"，一作"莺燕"。"生绿尘"，一作"香雾昏"。

〔3〕曹植《洛神赋》：云髻峨峨。《北史》：武成为胡后造真珠裙袴。○"金翘"，吴本作"金翅"。"峨髻"，一作"蛾髻"。

〔4〕《流水》，曲名。

【姚注】

仲春冶丽，花鸟芳妍。荡子将有游冶之思，而美人已含愁矣。歌舞离津，儿女情重，何如酒客任达糟丘。春寒背冷，唯饮南昌千日之酒，一醉如死。[1]安知此辈别离之苦耶！[2]南昌有山泉如酒，饮之经月不醒。刘玄石饮千日酒，家以为死，至期方生。

【姚本眉批】

[1]陈云：只为别苦耳，世间亦安得此千日酒耶？情深之言，莫便认作决绝。

〔2〕钱云：不必注诗，只数语可当长公一小尺牍。

三　月

东方风来满眼春，花城柳暗愁杀人。〔1〕
复宫深殿竹风起，新翠舞衿净如水。〔2〕
光风转蕙百馀里，暖雾驱云扑天地。〔3〕
军装宫妓扫蛾浅，摇摇锦旗夹城暖。
曲水飘香去不归，梨花落尽成秋苑。〔4〕

【汇解】

〔1〕"柳暗"，一作"柳禁"。"愁杀人"，一作"愁几人"。

〔2〕新翠舞衿，即翠色舞衫也。须溪以为竹者，非是。○"深殿"，会本、姚经三本作"深凝"。

〔3〕《楚辞》：光风转蕙，泛崇兰些。王逸注：光风，谓雨已日出而风，草木有光也。转，摇也。

〔4〕言銮舆临幸曲水，从行宫妓改作军装，锦旗摇飏于夹城之中，一去未归，有无限喧阗；而宫苑之中，梨花落尽，寂寞人踪，虽当春盛之时，却似深秋之景。杜牧之《阿房宫赋》云："歌台暖响，春光融融；舞殿冷袖，风雨凄凄。一日之内，一宫之间，而气候不齐。"亦是此意。扬雄《甘泉赋》：振殿辚而军装。颜师古注：军装，为军戎之饰装也。《雍录》：开元二十年，筑夹城通芙蓉园，自大明宫夹东罗城复道，由通化门、安兴门，次经春明门、廷喜门，又可以达曲江芙蓉园，而外人不知也。曲水，即曲江。《太平寰宇记》：曲江池，汉武帝所凿，名为宜春苑。其水曲折，有似广陵之江，故名之。胡三省《通鉴注》：长安朱雀街东第五街，皇城之东第三街，升道坊龙华尼寺南有流水屈曲，谓之曲江。此地在秦为宜春苑。阤州在汉为乐游园。梨树二三月开花，色白而六出，繁盛如雪。

【姚注】

贞元末,好游畋。此诗言花城柳暗,人各怨别;不知春宫之怨,较春闺更甚耳。复宫竹色如沐,无衣初试,互照鲜妍。銮舆一出,香薰百里。而深宫少女,未得与游幸之乐。流水落花,心伤春去;闲庭萧寂,情景如秋。

四 月

晓凉暮凉树如盖,千山浓绿生云外。

侬微香雨青氛氲,腻叶蟠花照曲门。

金塘闲水摇碧漪,老景沉重无惊飞,堕红残萼暗参差。[1]

【汇解】

〔1〕香雨,雨自花间而坠者,故有香。腻叶,叶之肥大者。蟠花,花之丛结者。金塘,石塘也。以石为塘,喻其坚固,若以金为之。刘桢诗:菡萏溢金塘。李善注:金塘,犹金堤也。《广韵》:漪,水文也。老景,谓景色入夏,无繁华之态。惊飞,谓花之飞舞。暗参差,谓花已落尽,惟有青枝绿叶互作参差而已。诗家以花盛谓之明,叶茂谓之暗。○"青氛氲",曾本、姚经三本作"青氲氲",一作"过清氛"。"沉重",一作"沉帖"。

【姚注】

浓阴朱实,无复娇妍。春去不归,芳姿难再。末句"老"字、"堕"字、"残"、"暗"等字,不尽愁怨。○蟠花即榴花。曲门,宫中阿门。老景沉重,花树俱结实低垂也。[1]

【姚本眉批】

[1]周云:解"沉重"二字,匪夷所思。

五 月

雕玉押帘额,轻縠笼虚门。[1]

井汲铅华水,扇织鸳鸯纹。[2]

回雪舞凉殿,甘露洗空绿。

罗袖从徊翔,香汗沾宝粟。[3]

【汇解】

〔1〕以雕玉为饰,作门帘之镇押。《汉武故事》:以白珠为帘,玳瑁押之。古诗"海牛押帘风不起",盖其类也。轻縠,薄纱也。以轻縠为帘,帷笼于虚门之中。此状初热之景。○"帘额",吴本作"帘上"。

〔2〕《本草》:凡井以黑铅为底,能清水散结,人饮之无疾。又井水以平旦第一汲为井华水。

〔3〕张衡《舞赋》:裾若飞燕,袖如回雪。吴正子注:空绿,犹碧落也。"香汗沾宝粟",微汗沾渍如粟粒也。梁简文帝诗:"香汗浸红纱。"○"罗袖从徊翔",一作"罗绶从风翔"。

【姚注】

德宗朝,有方、圆二玉,凝冷光彩。宝藏库有澄水帛,明薄可鉴,以水蘸之,一室冷然。临邛有粉井,得水汰粉则光泽。王献之诗:七宝画团扇。谢惠连赋:度曲未终,云飞雪起。清凉殿在洛阳南。昆仑有甘露,着草木皎然如雪。此皆写宫中之乐,自忘炎蒸。玉趾所在,妃嫔景随,珠钏且沾香汗矣。

六 月

裁生罗,伐湘竹,帔拂疏霜箪秋玉。[1]

炎炎红镜东方开,晕如车轮上徘徊,啾啾赤帝骑龙来。[2][1]

【汇解】

〔1〕裁生罗以为帔,其洁白似拂疏霜。伐湘竹以为簟,其光滑似凭秋玉。下句承上句而究言之。《方言》:裙,陈、魏之间谓之帔,音"披"。《笋谱》:舜死,二妃泪下,染竹成斑。妃死为湘水神,故曰湘妃竹。○一本少"帔"字。

〔2〕《山海经》:南方祝融,兽身人面,乘两龙。《枕中书》:祝融氏为赤帝。

【姚注】

罗裙竹簟,晨起即畏炎燠。古诗:祝融南来鞭火龙。祝融,即赤帝也。

【姚本眉批】

〔1〕"啾啾"二字,极炎气初盛之状。

七 月

星依云渚冷,露滴盘中圆。〔1〕
好花生木末,衰蕙愁空园。〔2〕
夜天如玉砌,池叶极青钱。〔3〕
仅厌舞衫薄,稍知花簟寒。〔4〕
晓风何拂拂,北斗光阑干。〔5〕

【汇解】

〔1〕吴正子注:云渚,天河也。

〔2〕傅玄《怨歌行》:芙蓉生木末。○"空园",一作"故园"。

〔3〕云气碎薄,月光映之,状如玉砌。此景秋夜多有之。杜子美诗:点溪荷叶叠青钱。

〔4〕晋《子夜四时歌》:反复花簟上,屏帐了不施。颜师古《急就篇注》:

织竹为席,谓之簟。《太平寰宇记》:段氏《蜀记》云:渝州出花竹簟,为时所重。

〔5〕古《善哉行》:月没参横,北斗阑干。阑干,横斜貌。

【姚注】

云渚,天河也。河之东西,牛、女相望。立秋五日,白露降。盘,承露盘也。好花,芙蓉初生,即元献公词"兰凋蕙惨,秋艳入芙蓉"意。天高气清,白云如玉。池叶初似青钱,至此已极。[1]凉飔初发,渐觉衣单簟冷。是月也,日月会于鹑尾,而斗建申矣。

【姚本眉批】

[1]陈云:"极"字须如此看妙。

八 月

媚妾怨长夜,独客梦归家;
傍檐虫缉丝,向壁灯垂花。
帘外月光吐,帘内树影斜。
悠悠飞露姿,点缀池中荷。[1]

【汇解】

〔1〕虫缉丝,谓莎鸡,其鸣声如纺丝;或曰谓蜘蛛。○"媚妾",一作"宫妾"。"缉丝",一作"织丝"。"帘内",一作"帘中"。

【姚注】

《媚娥怨》,乐府曲也。[1]少妇思深,征夫游倦。蟋蟀鸣阶,灯花向壁。念之深而望之至也。月光树影,掩映珠帘,愈深寂寥之感。露冷池荷,粉红将坠。幽心离思,俱极凄清。

【姚本眉批】

〔1〕钱云：汉人因中秋无月而度此曲。

九 月

离宫散萤天似水，竹黄池冷芙蓉死。^{〔1〕}

月缀金铺光脉脉，凉苑虚庭空澹白。^{〔2〕}

露花飞飞风草草，翠锦斓斑满层道。^{〔3〕}

鸡人罢唱晓珑璁，鸦啼金井下疏桐。^{〔4〕}

【汇解】

〔1〕《三辅黄图》：离宫，天子出游之宫也。八月时，萤火尚有飞者；至九月，则散藏殆尽。○"散萤"，一作"散云"。

〔2〕《长门赋》：挤玉户以撼金铺。李善注：金铺，以金为铺首也。吕延济注：金铺，扉上有金花，花中作钮环以贯锁。《韵会》：铺，《说文》云，著门铺首也。《增韵》云，所以衔环者，作龟蛇之形，以铜为之，故曰金铺。

〔3〕翠锦斓斑，草木经秋，叶老，红黄间杂于青绿之中，斓斑如翠锦也。层道，路侧高下不齐，望之如有层级者。○"露花"，一作"霜花"。

〔4〕《周礼》：鸡人，大祭祀夜呼旦，以叫百官。《汉官仪》：宫中不畜鸡，卫士候于朱雀门外，专传鸡唱。李太白诗：梧桐落金井，一叶飞银床。后周明帝诗：霜潭清晚菊，寒井落疏桐。

【姚注】

隋炀帝于景华宫求萤火数斛，夜游出放，光满岩谷。天清竹落，水冷蓉凋，情致不胜萧寂。月皎庭空，露寒风瑟。木叶丹黄，盈盈官路。更残柝罢，梧落鸦啼。盖彻夜不寐矣。○《两都赋》："排玉户而撼金铺。"扉上有兽，衔环为铺也。

十 月

玉壶银箭稍难倾,缸花夜笑凝幽明。[1]
碎霜斜舞上罗幕,烛笼两行照飞阁。[2]
珠帷怨卧不成眠,金凤刺衣著体寒,
长眉对月斗弯环。[3]

【汇解】

〔1〕漏刻之法,以铜壶贮水置箭,壶内刻以为节,令水漏而刻见,以验昼夜昏明之候。玉壶银箭,言其饰之华美。江总《杂曲》"虬水银箭莫相催"。稍难倾,言漏水渐有冻而不流之意。缸花,灯花也。笑,花开似笑也。凝幽明者,半明半灭之貌。

〔2〕张籍诗"玉阶罗幕微有霜,烛笼左右列成行",与此联句意相似。张衡《东京赋》"飞阁神行"。薛综注:阁道相通不在于地,故曰飞。陆机诗"飞阁跨通波"。李周翰注:飞阁,高阁也。○"笼",曾本、二姚本作"龙"。

〔3〕因怨故不能成寐,至于夜深寒重,犹对月而长望。金凤,以金线刺凤形于衣。王建《宫词》云:"罗衫叶叶绣重重,金凤银鹅各一丛。"盖其时俗所尚花样。刺,音"戚"。《古今注》:魏宫人好画长眉。○"怨卧",姚仙期本作"夜卧",一作"稳卧"。

【姚注】

君王游宴,宫嫔含愁。夜冷更长,炬残霜重。孤眠不寐,起立衣单。翠黛清光,当与素娥同怨耳!

十一月

宫城团围凛严光,白天碎碎堕琼芳。[1]
挝钟高饮千日酒,战却凝寒作君寿。[2]
御沟泉合如环素,火井温泉在何处?[3][1]

【汇解】

〔1〕琼芳,雪花也。

〔2〕《博物志》:刘元石于中山酒家酤酒,酒家与千日酒,忘言其节度。归至家当醉,而家人不知,以为死也,权葬之。酒家计于日满,乃忆元石前来沽酒,醉向醒耳,往视之。云:"元石亡来三年,已葬。"于是开棺,醉始醒。俗云:元石饮酒,一醉千日。《北堂书钞·志怪》云:齐人田无已酿千日酒,过饮一斗,醉卧千日方醒。

〔3〕谢惠连《雪赋》:火井灭,温泉冰。《华阳国志》:临邛县有火井,夜时光映上照。民欲其火光,以家火投之,顷许如雷声,火焰出,通耀数十里。以竹筒盛其光藏之,可拽行终日不灭。邛都县有温泉穴,冬夏热,其温可瀹鸡、豚,下流治疾病。在何处,思之而不可得也。○"泉合",一作"冰合"。"温泉",一作"温汤"。

【姚注】

彤云瑞雪,大地凝寒。宫庭高会,进中山千日之酒驱寒,以作君寿。沟水层冰,华筵自暖,又何必别寻温泉火井耶? 正恐有不得进御之人,思忆为莫可至矣。

【姚本眉批】

[1] 蒋云:末句极言畏冷思暖也。

十二月

日脚淡光红洒洒,薄霜不销桂枝下。
依稀和气排冬严,已就长日辞长夜。^{〔1〕}

【汇解】

〔1〕陈后主诗:日脚沉云外。谢朓诗:霜下桂枝销。○"排",一

作"解"。

【姚注】

乌足光微,故薄霜之在树叶者亦不销也。玉历将回,沍寒渐解。黄赤进退,日道南来。故昼刻增而夜刻减矣。

闰　月

帝重光,年重时。^{〔1〕}
七十二候回环推,天官玉琯灰剩飞。^{〔2〕}
今岁何长来岁迟,^{〔3〕}王母移桃献天子,
羲氏、和氏迁龙辔。^{〔4〕}

【汇解】

〔1〕以帝有重光之帝,引起年有重时之年。《书经》:昔君文王、武王宣重光。蔡忱注:武犹文,谓之重光;犹舜如尧,谓之重华也。

〔2〕《礼记正义》:凡二十四气,每三分之,七十二气。气间五日有馀,故一年有七十二候也。天官,谓司天文之官。《后汉书》:"候气之法,为室三重,户闭,涂衅必周,密布缇缦。室中以木为案,每律各一,内庳外高,从其方位,加律其上,以葭莩灰抑其内端,按历而候之。气至者灰去。其为气所动者其灰散,人及风所动者其灰聚。殿中候,用玉律十二。惟二至乃候灵台,用竹律六十。候日如其历。"玉琯,即玉管,以玉为律管也。《学斋占毕》:唐人作诗虽巧丽,然有不晓义理、浅陋可笑者。如李贺《十二月词》,其《闰月》云"天官葭琯灰剩飞",是以闰通为十三月也。不知葭灰之飞,每月只是一次。而闰无中气,虽置闰之年,亦只是十二个月节候,无十三个月节候之理。今官历自可见,琯灰岂有剩飞之理?琦按:剩飞,正是不飞之意。闰月无中气,故其月葭灰剩而不飞。此驳似过。

〔3〕月闰故岁长,今岁长故来岁迟。

〔4〕《汉武外传》：七月七日王母降，侍女以玉盘盛仙桃七颗，大如鸭子，形圆青色，以呈王母。母以四颗与帝，三颗自食。桃味甘美，口有盈味。孔安国《书传》：重黎之后，羲氏、和氏世掌天地四时之官。《广雅》：日御谓之羲和。《初学记》：《淮南子》云，爰止羲和，爰息六螭。注曰：日乘车驾以六龙，羲和御之。此诗本意用日御之羲和，而以羲氏、和氏称之，合二事为一事用。二句承上而推言之，岁以闰月而长，天子之寿，亦得餐神药而致延年之益；白日之景，亦因日御迟而延晷刻之修。皆以申庆祝之意。○元人孟昉曰：读李长吉《十二月乐词》，其意新而不蹈袭，句丽而不恬淫，长短不一，音节亦异。朱卓月曰：诸诗大半闺情多于宫景。妇人静贞，钟情最深。《三百篇》夏日冬夜，有不自妇人口中出者乎？以此阅诗，可以怨矣。余光曰：二月送别，不言折柳，八月不赋明月，九月不咏登高，皆避俗法。

【姚注】

气盈朔虚，一章之中凡有七闰，故云重光重时也。《保章》推步之法，律应葭灰，至此则积馀成闰矣。今岁日多则来岁自迟。王母、羲和，皆借以喻增算耳。○汉明帝为太子时，乐人作歌四章赞之：一曰《日重光》，二曰《月重轮》，三曰《星重曜》，四曰《海重润》。

天上谣

天河夜转漂回星，银浦流云学水声。〔1〕[1]
玉宫桂树花未落，仙妾采香垂珮缨。〔2〕
秦妃卷帘北窗晓，窗前植桐青凤小。〔3〕
王子吹笙鹅管长，呼龙耕烟种瑶草。〔4〕
粉霞红绶藕丝裙，青洲步拾兰苕春。〔5〕
东指羲和能走马，海尘新生石山下。〔6〕

【汇解】

〔1〕天河与星皆随天运转,处其下者观之,觉星之回似天河漂之而回者。然"漂"音"飘",浮也,动也,流也。银浦,即天河也。既云天河,又云银浦,对举不嫌重复,《选》诗中先有此体。曾益注以天河为总名,银浦为天河中之别派,非也。银浦之中,云气流行有似乎水。但水之流有声,而云无声,故曰学水声。○"漂",《文苑英华》作"杓"。

〔2〕月中有琼楼玉宇,有桂树,有素娥。此二句似指月中而言。《礼记》:男女未冠笄者,总角衿缨,皆佩容臭。郑玄注:容臭,香物也,以缨佩之。○"仙妾采香",《文苑》作"仙姿彩女"。

〔3〕秦妃,似指秦缪公之女弄玉。《禽经》:青凤谓之鹍。《述异记》:涂修国献青凤。○《文苑》本"卷帘北窗晓"作"卷罗八方晓","植桐"作"食桐"。

〔4〕《列仙传》:王子乔者,周灵王太子晋也。好吹笙,作凤凰鸣。鹅管,谓笙上之管,以玉为之,其状如鹅管。瑶草,仙家所植玉芝之类。《十洲记》:方丈洲在东海中心,群仙不欲升天者皆往来此洲。仙家数十万,耕田种芝草,课计顷亩,如种稻状。正是其事。○"吹笙",《文苑》作"吹箫"。

〔5〕粉霞、藕丝,皆当时彩色名,元稹诗"藕丝衫子柳花裙"是也。《十洲记》:长洲一名青丘,在南海辰巳之地。地方五千里,去岸二十五万里。上饶山川,及多大树,树乃有二千围者。一洲之上专是林木,故一名青丘。又有仙草灵药,甘液玉英,靡所不有,天真仙女游于此地。所谓青洲,疑即青丘是耶? 郭璞诗:翡翠戏兰苕。李善注:兰苕,兰秀也。张铣注:苕,枝鲜明也。○"青洲",姚仙期本作"青州",非。

〔6〕能走马,言日行之疾,速如走马。海尘新生石山下,即王方平所谓"海中行复扬尘"意。○"海尘新生石山下",《文苑》作"海云初生石城下"。

【姚注】

元和朝,上慕神仙,命方士四出采药,冀得一遇仙侣。贺作此讽之。谓银浦仙宫,珍禽琪树,秦妃仙妾,瑶圃、青洲,天上之乐如是,故能睹日驭甚驰,桑田屡变,然人亦何得而见之也? 如以天上之谣而欲亲至其境,误矣！[2]○青凤亦名桐花凤，剑南、彭蜀间有之。鸟大如指，五色毕具，有冠似凤。每桐有花则至，花落则不知所之。性至驯，喜集妇人钗上。走马，即骎步也。王充《论衡》：日驭与骎骥同。又日月昼夜行二万六千里。有谓桐初植故小，非。

【姚本眉批】

[1]董云：流云似水而无声，故曰学。

[2]钱云：知其命意不苟，不烦逐句解释矣。○陈云：诗但言天上之乐，而讽意已在言外。

浩　歌[1]

南风吹山作平地，帝遣天吴移海水。

王母桃花千遍红，彭祖、巫咸几回死。[2]

青毛骢马参差钱，娇春杨柳含细烟。

筝人劝我金屈卮，神血未凝身问谁？[3]

不须浪饮丁都护，世上英雄本无主。

买丝绣作平原君，有酒唯浇赵州土。[4]

漏催水咽玉蟾蜍，卫娘发薄不胜梳。

看见秋眉换新绿，二十男儿那刺促！[5]

【汇解】

〔1〕《楚辞》：临风恍兮浩歌。浩歌，大歌也。

〔2〕《山海经》：朝阳之谷，神曰天吴，是为水伯。其为兽也，八首人面，八足八尾，背青黄。《汉武内传》：王母仙桃三千年一开花，三千年一生实。《列仙传》：彭祖，殷大夫也。姓钱名铿，帝颛顼之孙，陆终氏之子，历夏至殷末，八百余岁。常食桂芝，善导引行气，后升仙而去。王逸《楚辞注》：巫咸，

古神巫也。郭璞《巫咸山赋》：巫咸者，实以鸿术为帝尧医，生为上公，死为贵神。四句言山川更变，自开辟至今，不知几千万岁。人生其间，倏过一世，不能长久。

〔3〕骢马，马之青白色者，其文作浅深斑驳。郭璞《尔雅注》谓之连钱骢。金屈卮，酒器也。据《东京梦华录》云：御筵酒盏，皆屈卮如菜碗样，而有把手。此宋时之式，唐时式样当亦如此。"神血未凝身问谁"，谓精神血脉不能凝聚长生于世上，此身果谁属乎？犹庄子身非汝有之意。四句见及时行乐，亦无多时。○《文苑英华》本"骢马"作"骏马"，"细烟"作"缃烟"，"神血未凝身问谁"作"神血未宁身是谁"。

〔4〕丁都护，旧注指刘宋时之都护丁旿，又谓歌乐府中《丁都护》之曲而侑觞。琦按：唐时边州设都护府，掌抚慰诸蕃，辑宁外寇，觇候奸谲，征讨携贰。大都护从二品，副大都护从三品，上都护正三品，副都护从四品。丁都护当是丁姓而曾为都护府之官属，或是武官而加衔都护者，与长吉同会，纵饮慷慨，有不遇知己之叹。故以其官称之，告之以不须浪饮，世上英雄本来难遇其主。古之平原君虚己下士，深可敬慕；今日既无其人，惟当买丝绣其形而奉之，取酒浇其墓而吊之已矣！深叹举世无有能得士者。《元和郡县志》：平原君墓在洺州肥乡县东南七里，不在赵州。而此云赵州土，以平原君为赵之公子，故云。○"浪饮"，《文苑》作"乱舞"。

〔5〕刻漏之制，以铜为器，贮满清水，上为铜龙口中吐之，下作蟾蜍张口承水流入壶中，以验时刻。"漏催水咽玉蟾蜍"，见光阴易过。"卫娘发薄不胜梳"，见冶容易衰。漏水，必是饮酒筵侧所设仪器，卫娘亦是奉觞之妓。皆据一时所见者而言。末二句自言其志，不能受役于人也。潘岳《阁道谣》：和峤刺促不得休。《魏书》：李轨、徐纥刺促以求先。刺促，谓受役于人。徐文长以不开怀解之，非也。○《文苑》本"发薄"作"鬓薄"，"看见"作"羞见"，"新绿"作"深绿"，"二十"作"世上"。

【姚注】

此伤年命不久待而身不遇也。山海变更，彭、咸安在？宝马娇春，及时行乐。他生再来,不自知为谁矣!世上英雄,一盛一衰,直朝暮间事耳。丁都护勇何足恃?虽好士如平原,声名满世,至今只存抔土。时日迅速,卫娘发薄,谁复相怜?秋眉换绿,能得几回新耶?如何年已二十,犹刺促不休哉!在下者之妄求荣达,与在上者之妄求长生,均无用耳!○天吴,水神,八首、十尾、八足、人面。丁都护,宋高宗勇士,[①]名昕。时人云:"莫跋扈,付丁昕。"后公主因其夫徐达之死,遣收其丧,遂相传歌焉。玉蟾蜍,晋灵冢中物,盛水五合,王去疾取以盛昼漏。卫娘,卫夫人。《诗》云:鬒发如云。

秋　来

桐风惊心壮士苦,衰灯络纬啼寒素。[1]
谁看青简一编书,不遣花虫粉空蠹。[2]
思牵今夜肠应直,雨冷香魂吊书客。
秋坟鬼唱鲍家诗,恨血千年土中碧。[3]

【汇解】

〔1〕秋风至则桐叶落,壮士闻而心惊悲,年岁之不我与也。衰灯,灯不明者。络纬,莎鸡也,其声如纺绩,故曰啼寒素。或曰:络纬故是蟋蟀,鸣则天寒而衣事起,故又名趣织。《诗疏》"趣织鸣,懒妇惊"是也。啼寒素,犹趣织云。○"壮士",《文苑英华》作"志士"。

〔2〕《后汉书》:吴恢欲杀青简以写经书。吕延济曰:青简,竹简也。古无纸,用以书。《汉书》:出一编书。颜师古曰:编,谓联次之也。联简牍以为书,故云一编。遣,驱逐也。花虫,蠹虫也。竹简久不动,则蠹虫生其中。

〔3〕苦心作书,思以传后,奈无人观赏,徒饱蠹鱼之腹。如此即今呕心

---

① "高宗",应为"高祖",指刘宋高祖武皇帝刘裕。

镂骨,章锻句炼,亦有何益?思念至此,肠之曲者亦几牵而直矣。不知幽风冷雨之中,乃有香魂愍吊作书之客。若秋坟之鬼,有唱鲍家诗者,我知其恨血入土,必不泯灭,历千年之久,而化为碧玉者矣。鬼唱鲍家诗,或古有其事,唐、宋以后失传。○"香魂",《文苑》作"乡魂"。

【姚注】

衰梧飒飒,促织鸣空。壮士感时,能无激烈?乃世之浮华干禄者,滥致青紫。即缃帙满架,仅能饱蠹。安知苦吟之士,文思精细,肠为之直?凄风苦雨,感吊悲歌。因思古来才人怀才不遇,抱恨泉壤,土中碧血,千载难消。此悲秋所由来也。○鲍明远《代蒿里行》云:"赍我长恨意,归为狐兔尘。"[1]苌弘死三年,血化为碧。

【姚本眉批】

[1] 钱云:鲍家诗,意指明远《蒿里行》,如诗到情真之处,鬼亦能唱。

帝子歌

洞庭帝子一千里,凉风雁啼天在水。[1]
九节菖蒲石上死,湘神弹琴迎帝子。[2]
山头老桂吹古香,雌龙怨吟寒水光。
沙浦走鱼白石郎,闲取真珠掷龙堂。[3]

【汇解】

[1]《山海经》:洞庭之山,帝之二女居之,是常游于江,渊澧、沅之风,交潇、湘之浦,是在九江之间,出入必以飘风暴雨。帝,天帝也。以其为天帝之女,故曰帝子,与《楚辞》所称尧女为帝子者不同。一千里,言其所治之地甚广。凉风雁啼,深秋之候,天在水,天光下映水中,风平浪静,佳景可

想。〇"帝子",一作"明月"。

〔2〕古诗:石上生菖蒲,一寸八九节。仙人劝我餐,令我好颜色。湘神,湘水之神,《九歌》所谓湘君、湘夫人也。湘神弹琴,即《楚辞》使湘灵鼓瑟之意。盖帝子贵神也,下人不敢渎请,转祈湘神弹琴以迎,以冀望其神之来格。

〔3〕以下言帝子不肯来格。桂老,故其香称为古香。帝子为女神,故龙言雌龙。二句写帝子不来,景象寂寥之意。古乐府:"白石郎,临江居,前导河伯后从鱼。"白石郎亦水神也。尊贵之神不来,纷纷奔走者,惟小水之神而已。"闲取真珠掷龙堂",犹《楚词》"捐余玦兮江中,遗余佩兮澧浦"之意。明己之珍宝不敢爱惜,以求神之昭鉴,庶几其陟降于庭也。《楚辞》:鱼鳞屋兮龙堂。王逸注:言河伯所居,以鱼鳞盖屋,堂木画蛟龙之文,形容异制甚鲜好也。此篇旨趣,全放《楚辞·九歌》,会其意者,绝无怪处可觅。

【姚注】

元和十一年秋,葬庄宪皇太后。时大水,饶州奏漂失四千七百户。贺作此讥之,云宪宗采仙药求长生,而不能使太后少延。"九节菖蒲石上死",则知药不效矣。帝子指后也。[1]后会葬之岁,复值重阳秋水为灾。岂是湘妃来迎,桂香水寒,雌龙怀恨,相与迭奏哀丝耶? 古乐府云:"白石郎,临江居,前道河伯后从鱼。"此时当为后指引而掷珠于龙堂之中矣。龙堂,出《楚辞》。

【姚本眉批】

[1] 黄云:不作湘君、宓妃诸解,考据时事,为长吉帮衬,许多深心。

秦王饮酒

秦王骑虎游八极,剑光照空天自碧。[1]
羲和敲日玻璃声,劫灰飞尽古今平。[2]

龙头泻酒邀酒星，金槽琵琶夜枨枨，
洞庭雨脚来吹笙。〔3〕
酒酣喝月使倒行，银云栉栉瑶殿明，
宫门掌事报一更。〔4〕
花楼玉凤声娇狞，海绡红文香浅清，
黄鹅跌舞千年觥。〔5〕
仙人烛树蜡烟轻，清琴醉眼泪泓泓。〔6〕[1]

【汇解】

〔1〕二句言其以威武治天下之意。古之称帝王者，谓其时乘六龙以御天；此则变言骑虎游八极，各有取义。一以文德为美，一以武功见长。“剑光照空天自碧”，见天亦不违其意，而况于人乎？

〔2〕二句言日月顺行，天下安平之意。《法苑珠林》依《起世经》云：日天宫殿，纵广正等五十一由旬，上下亦尔。以二种物成其宫殿，正方如宅，遥看似圆。何等为二？所谓金及玻璃，一面两分皆是天，金成清净光明；一面一分是天，玻璃成净洁光明。羲和为日之御，敲日者，策之而使之行也。《三辅黄图》：武帝初穿昆明池，得黑土。帝问东方朔，东方朔曰：“西域胡人知。”乃问胡人。胡人曰：“劫烧之馀灰也。”释氏谓经年岁久远，人寿极短，乃至朝生夕死，然后有大水、大火、大风之灾，一切除去，更立生人，谓之一劫。劫灰飞尽，谓灾难不作，乃古今太平之时。○“古今平”，《文苑》作“今太平”。

〔3〕《礼记》：夏后氏以龙勺。郑玄注：龙，龙头也。孔颖达《正义》：勺为龙头。梁简文帝诗：湘东醽醁酒，广州龙头铛。《北堂书钞·西征记》云：太极殿前有铜龙，长二丈，铜尊容四十斛。正旦大会群臣，龙从腹内受酒，口吐之于尊内。孔融《论酒禁书》：天垂酒星之耀，地列酒泉之郡。金槽，以金饰琵琶之槽也。枨枨，琵琶声。古诗：枨影听金槽。吴正子注：雨脚，未详，恐为优人之属。曾益注：笙，一名参差，而斜吹之如雨脚然。徐文长注：雨脚以吹笙而来。董懋策云：雨脚，即用巫山事。数说未知孰是？而姚经

三以为状其声之幽忽，似为近之。

〔4〕《史记集解》：应劭曰不醉不醒曰酺。一曰酺，洽也。"喝月使倒行"，不欲其速落，犹傅玄诗"安得长绳系白日"之意。银云，白云也。月光映之灿烂如银，下映宫殿，皎如白昼。栉栉，相比次貌。《旧唐书》：宫门郎掌内外宫门锁钥之事。报一更，见卜夜未久之意。吕种玉《言鲭》引贺诗"宫中掌事报六更"，以证唐时宫漏有六更，不止五更之制。则似言彻夜宴饮之久，语句更觉联贯。然考诸本无有作"六更"者，不知吕氏何所据？

〔5〕吴正子注：玉凤，疑箫声也，箫声似凤。"狞"当作"伫"。狞，恶也；伫，弱也，困也。《刘禹锡传》：鼓吹裴回，其声伦伫。琦按：上文已言琵琶吹笙，不应杂叙数语后，又复言箫。盖"花楼玉凤"一句，谓歌声之婉转；"海绡红文"二句，谓舞态之婆娑。此时歌舞杂进，与上文之丝竹并陈，截然分界，两不相蒙，诗体段落如是。海绡，海中鲛人所织之绡。《述异记》：南海出鲛绡纱，泉室潜织，一名龙纱，其价百馀金。以为服，入水不濡。此句似言舞衣，或舞者所执之巾。黄鹅跌舞，恐是舞名，或是舞者形势，俱未可定。吴正子注：黄鹅，恐当作娥，盖是姬人劝酒也。千年觥，谓献寿酒而祝称千秋也。○"黄鹅"，《文苑》作"黄娥"。

〔6〕《海录碎事》：仙人烛树似梧桐，其皮枯剥如筒桂，以为烛，可燃数十刻。琦按：王宫夜宴，穷极奢侈，未必肯用草木之皮以代烛。或者烛上画仙人之形，或烛台作仙人之像，或是当时有此佳名之烛，俱未可定。其曰树者，犹枝也。记烛之数曰几枝，古今通有此称。"清琴"，《文苑英华》作"青春"，一作"青琴"。琦谓作"青琴"者是也。《上林赋》：青琴、宓妃之徒。伏俨曰：青琴，古神女也，以喻妃嫔。盖歌舞方喧，银烛之下，见妃嫔之眼色泓泓，已作醉态。夫侍宴之妃嫔醉，而秦王之醉不言而自见矣。若照本文作"清琴"解，谓乐尽悲来，闻琴泪落，如孟尝君闻雍门之琴而泫然涕泣者，不惟于全首诗意不称，而句语晦滞，亦全不成文理。○题作《秦王饮酒》，而诗中无一语用秦国故事。旧注以为始皇而作，非也。姚经三以为为德宗而作。德宗性刚暴，好宴游，常幸鱼藻池，使宫人张水嬉，彩服雕靡，丝竹间发，饮酒为乐，故以秦王追诮之。琦按：德宗未为太子，尝封雍王矣。雍州，正秦地也，故借秦王以为

称。其说近是，而以为追诮则非也。德宗为雍王时，尝以天下兵马元帅平史朝义，又以关内元帅出镇咸阳，以御吐蕃。所谓"骑虎游八极，剑光照空天自碧"者此也。自朱泚、李怀光平后，天下略得安息，所谓"劫灰飞尽古今平"者是也。祸乱既平，国家闲暇，暂与宫妃宴乐饮酒，亦事之常。长吉极意抒写，聊以纪一时之事，未必有意讥诮。其说之不当过于侈张，乃是长吉不能少加以理使然。若句模字拟，深文曲解，以为诽议之词，不惟失诗人之意，而附会穿凿，章法段落俱无脉络贯注于中，不免以文害辞，以辞害意矣。

【姚注】

德宗性刚暴，好宴游，常幸鱼藻池，使宫人张水嬉，彩服雕靡，丝竹间发，饮酒为乐。故以秦王追诮之。为言秦王骑虎仗剑，雄武盖世，虽羲和亦敲日以避其锋。曾不使未尽之劫灰，少挫英雄之概。是以恣饮沉湎，歌舞杂沓，不卜昼夜。娈奴宠嫔，迷恋终宵。即仙人桂烛，亦觉蜡尽烟空。而鼓琴之馀，醉眼视之，烛泪泓泓然也。诚使雄武如秦王，尽平六国犹为不可；而况主非其主，时非其时乎？○《异闻录》：羲和鞭白日。太山观日出时，则海水自沸，故云玻璃声。汉武浚昆明，得黑石。[①] 东方朔曰："此劫烧之馀。"龙头，酒器。《天文志》：酒旗三星。天宝中，使白秀贞自蜀回，得琵琶，其槽逻皆沙檀为之，有金缕红文蹙成双凤。贵妃每抱奏，音韵清绝，飘渺出云，洞庭仙子，恍惚若来。李白诗："仙人十五学吹笙，学得昆丘彩凤鸣。"雨脚，状其声之幽忽。喝月，言酒酣后月尽日出，乃醉以为月倒行也。白云既晓，瑶殿已旦。元和初，于宫门置待漏院，而宫漏有六更，至此则报一更，不敢言夜深也。[2] 唐玄宗时，建章鲛鮹缠以红线，轴之如箸，夏天展之，一室凛然。隋帝伐辽还，使禄东赞上书曰：高丽恃远不服，天子自将，指日凯旋。虽雁飞于天，无是之速。夫鹅，犹雁也。臣请造黄金鹅以献。高九尺，中贯酒三斛。引此以状其好征伐也。[3] 仙人，烛桂。○曾云：黄鹅作舞势，而即有谓鹅能转旋其项似舞，更谬。又有作"娥"者，非。

---

① "石"，一作"灰"。

【姚本眉批】

　　[1]钱云：写饮酒极其雄概，才是秦王夜饮。酒尽天晓，清琴一曲，泪眼泓泓，尤见英雄本色。喝月倒行，不许晓也，故掌事只报一更。至烛树烟轻，晓色已彰，秦王可奈何哉？鼓琴堕泪，势所必至。此处情事逼真，为欢无几之意，总在言外。○蒋云：此言势焰不终也。

　　[2]钱云：报一更亦有典故。

　　[3]黄云：黄鹅注确。

洛姝真珠[1]

真珠小娘下青廓，洛苑香风飞绰绰。[2]
寒鬓斜钗玉燕光，高楼唱月敲悬珰。[3]
兰风桂露洒幽翠，红弦袅云咽深思。[4]
花袍白马不归来，浓蛾叠柳香唇醉。[5]
金鹅屏风蜀山梦，鸾裾凤带行烟重。
八骢笼晃脸差移，日丝繁散曛罗洞。[6][1]
市南曲陌无秋凉，楚腰卫鬓四时芳。
玉喉窱窱排空光，牵云曳雪留陆郎。[7]

【汇解】

　　〔1〕洛姝，谓洛阳之美人，真珠其名也。

　　〔2〕青廓，犹言青天，谓青而寥廓之处，喻言其人若仙姬神女自天而降者。《尔雅》：绰绰，缓也。○"青廓"，吴本作"清廓"，曾本作"青郭"。

　　〔3〕《述异记》：汉武帝元鼎元年，起招灵阁，有神女留一玉钗与帝，帝以赐赵婕好。至昭帝元凤中，宫人见此钗光莹甚异，共谋欲碎之。明视钗匣，惟见白燕直升天去。故宫人作玉钗，因名玉燕钗。唱月者，对月而唱也。悬珰，玉珮，敲之以为歌声之节。

〔4〕当风清露冷之际,抚筝而弹,以寄其幽怨之深思。傅玄《伯益篇》:"兰风发芳气。"张祐《筝诗》:"夜风生碧柱,春水咽红弦。"则红弦乃筝之弦也,以红为色,彼时风尚若此。袅云,谓其声高低抑扬,相续不绝之意。

〔5〕《古歌行》:"绿衣白马不归来,双成倚槛春心醉。"与此诗句意相似。盖念所欢之人不来,故黛眉嚬蹙,如柳叶之叠而不舒;香唇缄默,如沉醉之静而不言也。○"浓蛾",吴本、姚仙期本作"浓娥"。

〔6〕望之久而所欢终不来,于是倚屏风而卧,冀如巫山神女寻襄王于睡梦之中。乃娇魂殢重,未得出游,忽焉天晓,红日已照纱窗矣。金鹅屏风,谓屏风之上绣作金鹅之形。李廓《长安少年行》云:玉雁排方带,金鹅立仗衣。和凝《宫词》:窗间初学绣金鹅。观二诗可以证。蜀山即巫山也。行烟,即行云行雨之谓。重,谓不能出门以觅所望之人。"八骢",当作"八窗"。鲍照诗:"四户八绮窗。"晃,日光也。八窗之上,已见日光,而晓梦初觉,睡脸才移,但见日色透窗罗之细洞而入,舒散如丝。写闺人夜中不寐,晓来慵起之意。吴本"金鹅"作"金娥",疑是屏风上所画美人。姚经三注谓八骢即隙驹之谓。皆非是。○"鸾裙",姚经三本作"鸾裙"。

〔7〕市南曲陌,皆妓女所居之地。无秋凉,言无萧条冷静之景。《韩非子》:楚灵王好细腰,而国中多饿人。《太平御览》:《史记》曰,卫皇后字子夫,与武帝侍衣得幸,头解见其发鬒,悦之,因立为后。今本《史记》无"鬒"字。鲍照诗:鬒夺卫女迅。吴正子注:窸窣,歌声宛转之妙。排空光,犹响遏行云之意。牵云曳雪,谓揽其衣裳而留之也。乐府《明下童曲》:"陆郎乘班骓。"市南曲陌之家,冶容艳态,歌声彻天,能使陆郎留恋,何其欢好,以反衬真珠之寂寥不乐。

【姚注】

芳姿艳质,步步生香。寒鬓玉钗,高楼唱月。此亦何异兰风桂露之幽翠,而第以供深思之哽咽乎?只因花袍白马,久不归来,以致浓蛾香唇,乞作蜀山之梦。而鸾裙凤带,极重难行也。八骢,即隙驹之谓。盖从朝盼想,至暮惟见。底事睡而复不睡?思妇之情,诚有如此。因念市南曲陌,楚腰卫鬓,四时欢笑,每调歌喉而留陆郎,何己之不如也。贺盖托言以明所遇之不偶耳。○汉陆贾在南中,倡家多留之。

【姚本眉批】

[1]钱云:花袍白马以下,写美人独睡之态。蜀山行烟,言其梦也。八骢笼晃,窗间日色。脸移,睡才转也。日照罗洞,其细如丝,皆乍醒时情景。

李夫人

紫皇宫殿重重开,夫人飞入琼瑶台。
绿香绣帐何时歇?青云无光宫水咽。[1]
翮联桂花坠秋月,孤鸾惊啼商丝发。[2][1]
红壁阑珊悬佩珰,歌台小妓遥相望。
玉蟾滴水鸡人唱,露华兰叶参差光。[3]

【汇解】

〔1〕夫人仙去之后,帐中香气尚未歇息,而云亦为之无光,水亦为之悲咽。景物如此,人可知矣!

〔2〕桂花坠秋月,喻言夫人之薨在秋月也。孤鸾惊啼,喻言帝之悲痛。商丝发,谓抚弦而写意,其声合乎商也。商声为秋声,为金行之音,五音之中惟商声最悲。○"翮联",姚仙期本作"翮翮"。《文苑英华》"惊啼"作"晓啼","商丝"作"商弦"。

〔3〕上二句言日中之景况,下二句言夜中之景况。总见夫人薨逝,宫中所闻所见,无一不动凄凉之态。《楚辞·招魂》:"红壁沙板,玄玉之梁。"①佩珰,所佩之玉珰也。此句即潘岳《悼亡诗》"遗挂犹在壁"之意。"歌台小妓

---

① "之梁",一作"梁些"。

遥相望",借用铜雀台事,详见后三卷注。玉蟾滴水,刻漏之水。鸡人,报晓之吏,俱见前注。沈约诗:兰叶参差桃半红。〇按:此诗必是当时有宠幸宫嫔亡没,帝思念而悲之。长吉将赋其事,而借汉武帝之李夫人以为题也。观诗中并不用《汉书·李夫人传》中一事,可见与《秦王饮酒》一章指意相同。《因话录》谓李贺能为新乐府,岂不信夫!〇"红壁",《文苑》作"空壁",一作"红璧"。"小妓",一作"小柏"。

【姚注】

德宗贞元二年十一月甲午,立淑妃王氏为皇后,是月丁酉崩。先是淑妃久病,帝念之,册为后,册毕即崩。史臣讥之,为其病废之人,不足齐体宸极,告谢宗庙。[2]崩后,帝追念不已。贺思往事,作此以讥,而拟之李夫人者,明乎不足为后也。夫人飞入琼台,所馀绿香绣帐,云水皆非。其所以报武帝之追思者,惟是桂花坠于秋月,商丝发自空中耳。然夫人虽死,歌台自有小妓。玉蟾滴水,鸡人晓唱,露华兰叶,参差相映。谁谓李夫人之后,更无如李夫人者乎?亦足明视召之在所不必矣。

【姚本眉批】

[1] 黄云:武帝《悼夫人赋》有"桂枝落而销亡"句。

[2] 周云:环珮来迟,不过邀贰师之宠,何至告庙册立耶?

走马引[1]

我有辞乡剑,玉锋堪截云。
襄阳走马客,意气自生春。
朝嫌剑花净,暮嫌剑光冷。
能持剑向人,不解持照身。[2]

【汇解】

〔1〕《古今注》:《走马引》,樗里牧恭所作也。为父报怨,杀人而亡,藏于山谷之下。有天马夜降,围其室而鸣。夜觉,闻其声,以为吏追,乃奔而亡去。明旦视之,马迹也,乃惕然大悟曰:"岂吾所居之处将危乎?"遂荷衣粮而去,入于沂泽,援琴鼓之,为天马之声,号曰《走马引》。

〔2〕玉锋,言剑锋之色,白净如玉也。截云,即《庄子·说剑篇》"上决浮云"之意。宝剑者,君子卫身之器,不得已而后用之。乃豪侠之子,专以报怨杀人为事。当其闲置而无所用,朝暮嫌恨,不得一试其技,使剑锋冷净,深为可惜。殊不知持剑而向人,正所以照顾己身,而不使发肤身体之受伤也。若但能持剑向人而杀之,不解持之以照顾自身,误矣!语意深切,特为襄阳走马客痛下一针。○"截云",吴本作"裁云"。"襄阳",一作"长安"。"客",一作"使"。"不解持照身",一作"解持照身影"。

【姚注】

元和十年,盗杀武元衡,击裴度伤首。诏中外搜捕。有恒州张晏八人,行止无状,神策将军王士则告王承宗遣晏等所为,鞫服斩之。贺盖惜客之不明大义,徒信叛逆,妄刺朝贵,卒至首悬大桁,昧昧捐躯何益耶?两"嫌"字状客以有事为乐,朝净暮冷,对之不无郁郁。[1]呜呼!牧恭为父报仇,有天马夜降,使之逃入沂泽,遂援琴而作此引。其剑术未尝不与杀武相者等也,而杀武相者则不免于祸,岂非所持向者之有正不正哉!"持照身"三字,凡为客者当自审矣。后李师道平,得其旧案,有赏杀武相人王元士等十六人,始知师道所遣也。

【姚本眉批】

[1] 钱云:客嫌其无用,而不嫌其误用,此所以为不解耳。

湘 妃

筠竹千年老不死,长伴秦娥盖湘水。[1]

蛮娘吟弄满寒空，九山静绿泪花红。[2]
离鸾别凤烟梧中，巫云蜀雨遥相通。[3][1]
幽愁秋气上青枫，凉夜波间吟古龙。[4]

【汇解】

〔1〕《博物志》：尧之二女、舜之二妃曰湘夫人。舜崩，二妃啼，以泪挥竹，竹尽斑。言自二妃挥泪之后，始有此种斑竹，迄今数千年之久，其种相传不绝，长伴二妃之灵，盖映湘水之地。《说文》：筼，竹也。《方言》：秦、晋之间，美貌谓之娥。此以筼竹称斑竹，秦娥称二妃，殊不可解，或字之讹也。一本注秦娥，下云一作“神娥”。又见《广西通志》载此诗，“筼竹”作“斑竹”，“秦娥”作“英娥”，下文“蛮娘”作“蛮风”，似觉顺遂，但不知本于何书，未敢从也。

〔2〕《山海经》：南方苍梧之丘，苍梧之渊，其中有九疑山。舜之所葬，在长沙零陵界中。郭璞注：山今在零陵营道县南，其山九峰皆相似，故曰“九疑”，古者总名其地为苍梧也。此言舜葬之地，惟有蛮女讴吟，声遍山谷；九峰静绿中，有红花点缀，若为泪血所染者然，叙出两地暌隔意。

〔3〕舜葬苍梧，二妃死湘水，故言离鸾别凤。烟，云也；烟梧，谓苍梧之云气也。神灵各在一方，虽相去不远，仅可因云雨之往来，遥相通达而已，终不能常常会合。云雨而曰巫云蜀雨者，借巫山神女之说，所谓朝为行云，暮为行雨者，以见神道变化之不测，读者勿以辞害意。

〔4〕妃思舜而不得常见，故当秋气至而草木变衰，凉夜永而蛟龙吟啸，所见所闻，皆足以增隐忧而动深思。此诗措辞用意，咸本《楚骚》。○“青枫”，姚仙期本作“清峰”，误。

【姚注】

德宗贞元三年，幽都国大长公主。主适萧升，女为太子妃，恩礼甚厚。主素不谨，有李升出入其第。或告主淫乱，且为厌祷。上大怒，幽之禁中，流升于岭南。贺追丑主之萦情寄怨于东南也,假湘妃以写其哀思尔。言筼竹不死,蛮娘吟弄,泪花染绿,情相续也。别凤离鸾,梦云梦雨,至秋为甚。此虽波间老龙,亦感动沉吟矣。

【姚本眉批】

　　[1] 钱云:舜死苍梧之野,葬九嶷之山,与湘水相去不远。如巫云蜀雨,可时相通耳。

南园十三首[1]

　　花枝草蔓眼中开,小白长红越女腮。
　　可怜日暮嫣香落,嫁与春风不用媒。[1][2]

【汇解】

　　〔1〕眼中方见花开,瞬息日暮,旋见其落,以见容华易谢之意。梁昭明太子《十二月启》:莲花泛水艳,如越女之腮。

【姚注】

　　元和时,十六宅诸王既不出阁,其女嫁不以时。选尚者皆由宦官,纳赂方得自达。上知其弊,至六年十二月,诏封恩王等六女为县主,委中书、门下、宗正、吏部,选门地人才者嫁之。贺伤其前此之芳姿艳质,不得嘉偶,至此日暮色衰,始得听其自适,恐亦未免委曲以狗人耳。贺盖借此以讽当世之士也。

【姚本眉批】

　　[1] 蒋云:此伤时不我留也。十三首皆属自喻之辞。
　　[2] 陈云:寓意容华易谢。

其　二

宫北田塍晓气酣，黄桑饮露窣宫帘。
长腰健妇偷攀折，将馁吴王八茧蚕。[1][1]

【汇解】

〔1〕宫北，谓福昌宫之北，详见后三卷注。塍，田畔界也。酣，爽也。黄桑，桑叶初生，淡黄色，久则青矣。窣，苏骨切，音与"速"同，谓桑叶触帘作窣窣声。唐玄宗《路逢寒食诗》"灞岸垂杨窣地新"，亦是此意。左思《吴都赋》"乡贡八蚕之绵"，李善注：刘欣《交州记》曰一岁八蚕茧，出日南。《齐民要术》：俞益期笺曰日南蚕八熟，绩软而薄。《永嘉记》曰：永嘉有八辈蚕：蚖珍蚕三月绩，柘蚕四月初绩，蚖蚕四月末绩，爱珍蚕五月绩，爱蚕六月末绩，寒珍七月末绩，四出蚕九月初绩，寒蚕十月绩。《野客丛书》：按《广记》：日南一岁八蚕，以其地暖故耳。而《海物异名记》乃谓八蚕共作一茧，与前说异。

【姚注】

时习尚华靡，赏予无算。及内帑空虚，复肆苛敛，小人又迎欲以献，至进羡馀绢百万匹。贺深悲女丝之难继也。东方既白，含露微芽，采者即至，必得吴都一岁八茧之蚕，始得供其用耳。

【姚本眉批】

[1]蒋云：此伤濯龙芜废也。○陈云：宫北黄桑，岂长腰健妇可到？亦是寓意。

其　三

竹里缲丝挑网车，青蝉独噪日光斜。[1]
桃胶迎夏香琥珀，自课越佣能种瓜。[1][2]

【汇解】

〔1〕《艺文类聚》：蟭，青蝉也。《通志略》：蝉五月以前鸣者，似蝇而差大，青色，或有红者，夜在草上，日在木上，声小而清亮，此则正谓之蜩。桃胶，桃树之脂，夏月流溢茎节间，凝结成块，微似琥珀。越佣，越人而为佣者。○"光斜"，姚经三本作"将斜"。"香"，曾本作"新"。"越佣"，曾本、二姚本俱作"越侬"。

【姚注】

纬络辛勤，日暮不倦，恐追呼之将至也。《抱朴子》云：桃胶炼之似琥珀，服之保中不饥。瓜熟亦可当食。谁谓治生无策耶？用是策小奚灌溉，无自废时，以视缲丝者当自警矣。夏时避日，故网车就竹阴也。

【姚本眉批】

［1］陈云：首二句作兴体看妙。
［2］蒋云：以下俱伤己不遇也。

其　四

三十未有二十馀，[1]白日长饥小甲蔬。
桥头长老相哀念，因遗《戎韬》一卷书。[1]

【汇解】

〔1〕庾信《哀江南赋》：侍《戎韬》于武帐。《戎韬》，即太公《六韬》书也。桥头长老哀其以少年而受饥困，故以兵书遗之，劝其以从军奋迹。此首疑咏一时实事，与张子房游下邳圯上，遇老人授太公兵法，正绝相类。连下三首读之，皆是左文事右武功，其意可见。盖当元和年中，频岁征讨，一时文士受藩镇辟召，效力行间，致身通显者，往往有之，宜长吉之心驰而神王也。读者不会其故，只以用《史》、《汉》故事视之，意味索然，有如嚼蜡。○"未

有"，一作"未满"。"因遗"，吴本作"因遗"。

【姚注】

自伤其年壮无成，调饥莫慰，安得坦上素书，以从戎为愉快也。

【姚本眉批】

〔1〕钱云：起句两气读，言未及三十而有馀于二十也。

其 五

男儿何不带吴钩？收取关山五十州。
请君暂上凌烟阁，若个书生万户侯！[1][1]

【汇解】

〔1〕鲍照诗：锦带佩吴钩。李周翰注：吴钩，钩类，头少曲。《梦溪笔谈》：吴钩，刀名也，刃弯，今南蛮用之，谓之"葛党刀"。《通鉴》：元和七年，李绛曰："今法令所不能制者，河南、北五十馀州。"长吉所谓关山五十州者，正指当时藩镇所据之五十馀州也。《大唐新语》：贞观十七年，太宗图画太原倡义及秦府功臣赵公长孙无忌、河间王孝恭、蔡公杜如晦、郑公魏徵、梁公房玄龄、申公高士廉、鄂公尉迟敬德、郧公张亮、陈公侯君集、卢公程知节、永兴公虞世南、渝公刘政会、莒公唐俭、英公李勣、胡公秦叔宝等二十四人于凌烟阁，太宗亲为之赞，褚遂良题阁，阎立本画。观凌烟阁上之像，未有以书生而封侯者，不得不弃笔墨而带吴钩矣。〇"吴钩"，一作"横刀"。

【姚注】

裴度伐吴元济，蔡、郓、淮西数十州，至是尽归朝廷。贺盖美诸将之功，而复羡其荣宠，故不觉壮志勃生。若个者，犹言几许也。曾有几许书生能致万户侯者乎？

【姚本眉批】

[1] 蒋云：此贫思投笔也。

其 六

寻章摘句老雕虫，晓月当帘挂玉弓。

不见年年辽海上，文章何处哭秋风？[1][1]

【汇解】

〔1〕裴松之《三国志注》：《吴书》曰，不效书生寻章摘句而已。《法言》：或问："吾子少而好赋？"曰："然，童子雕虫篆刻，壮夫不为也。"玉弓，谓下弦后残月之状有似弓形。辽海，辽东也。辽东之地，延袤千有馀里，其南皆临渤海，故曰辽海。《水经注》：秦始皇二十四年，起自临洮，东暨辽海，西并阴山，筑长城。夫书生之辈，寻章摘句，无间朝暮。当晓月入帘之候，犹用力不歇，可谓勤矣。无奈边场之上，不尚文词，即有才如宋玉，能赋悲秋，亦何处用之？念及此，能无动投笔之思，而驰逐于鞍马之间耶？哭秋风，即悲秋之谓。

【姚注】

章句误人，倏忽衰暮。仰视天头牙月，动我挽强之思矣。丈夫当立勋紫塞，何用悲秋摇落耶？

【姚本眉批】

[1] 陈云：才思挽强立功，忽念辽海之上，不用文章。总见书生无用，与前首同意。

其 七

长卿牢落悲空舍，曼倩诙谐取自容。

见买若耶溪水剑,明朝归去事猿公。[1]

【汇解】

〔1〕陆机《文赋》:心牢落而无偶。李善注:牢落,犹辽落也。吕向注:牢落,心失次貌。《汉书》:司马相如字长卿,家徒四壁立。颜师古曰:但有四壁,更无资产。夏侯湛《东方朔画赞》:大夫讳朔,字曼倩,平原厌次人也。以为傲世不可以垂训也,故正谏以明节;明节不可以久安也,故诙谐以取容。《太平寰宇记》:若耶溪,在越州会稽县东南二十八里。《越绝书》云:薛烛对越王曰:"若耶之溪涸而出铜也,古欧冶子铸剑之所。"《吴越春秋》:越有处女,出于南林,越王聘之。处女北行见于王,道逢一翁,自称袁公,问处女:"闻子善剑,愿一见之。"女曰:"妾不敢有所隐,唯公试之。"于是袁公即杖箖箊竹,竹枝上颉桥,末堕地。女即接末,袁公则飞上树为白猿。言能文之士如司马长卿、东方曼倩,犹不能得志于时,况其次者乎?学书何益,不如去而学剑也。○"猿公",一作"猓翁"。

【姚注】

宵小盈朝,正人敛迹。文园难免穷愁,东方且忧忌讳。冠裳倒置,笔墨无功,唯有学剑术以自匿矣。○欧冶子取若耶之铤以铸剑。越有处女,道逢一翁称袁公,与之试剑,化为白猿而去。

其 八

春水初生乳燕飞,黄蜂小尾扑花归。
窗含远色通书幌,鱼拥香钩近石矶。[1][1]

【汇解】

〔1〕幌,"黄"上声,帷幔也。香钩犹香饵。石矶,近水石崖。姚经三本作"钓矶"。

【姚注】

元和间,征少室山人李渤为左拾遗,贺讥其不终于隐也。燕以春至,蜂以花归,犹人之好趋时艳。窗含远色,那知山人之远志将为小草矣!鱼本游于烟波,而为贪饵,卒罹罗网。惜哉!

【姚本眉批】

[1] 陈云:物情趁春,往往如此。人独无乘时之意耶? 章法妙于起下。

其　九

泉沙软卧鸳鸯暖,曲岸回篙舴艋迟。

泻酒木兰椒叶盖,病容扶起种菱丝。[1]

【汇解】

〔1〕《广韵》:舴艋,小船也,音"窄猛"。《尔雅翼》:木兰叶似长生冬,夏荣,常以冬华。其实如小柿,甘美,一名林兰,一名杜兰,皮似桂而香。"泻酒木兰椒叶盖",谓取木兰、香椒二树之叶盖酒上,以取香气。菱之初生,根在水底,叶则丛生浮于水面。其茎甚长,荡漾水中如线;久则茎断,而叶下自生根矣。所谓菱丝者,盖谓其茎。○"木兰",吴本正文作"木栏",注云:当作"木兰"。今诸本皆作"木兰"矣。

【姚注】

泉沙软卧,自安高枕也。曲岸回篙,不趋捷径也。此时唯借酒可以避世。兰馥椒辛,僻性相类。病起科头,发乱如丝,何心更艳簪组? 菱丝曰种,是病后对镜,忽见白发也。菱即菱花。

其　十

边让今朝忆蔡邕,无心裁曲卧春风。

舍南有竹堪书字，老去溪头作钓翁。[1] [1]

【汇解】

〔1〕《后汉书》：边让少辨博，能属文，议郎蔡邕深敬之，以为让宜处高位，乃荐于何进。长吉盖以边让自喻，而私忆当有如蔡邕之人敬而荐之者。奈未有其人，虽呕心苦思作乐府诸曲，亦有何人赏识？是以无心裁作，而卧于春风之中。舍南有竹，斫取作简，尽堪书写以耗壮心；即至年老，垂钓溪边以消永日。盖有不遇知己，诗文俱可不作之想。此必在未逢昌黎诸公以前所作。吴正子谓是感忆韩公、皇甫之相知，假边、蔡以为喻。在首二句则是矣，于末二句全不贯络。○吴本云："边让"，诸本作"边壤"，非。"书"，姚经三本作"题"。

【姚注】

边让，贺自喻也。蔡邕，指昌黎也。是时昌黎远去阳山，虽有新声，别无知己。歌既无心，书又何用？唯把鱼竿，差堪终老。○边让，后汉人，辨博能文。蔡邕甚敬之，以让宜居高位，荐之于朝。

【姚本眉批】

[1] 陈云："舍南"二句，指竹为誓，遂题字于其上也。

其十一

长峦谷口倚嵇家，[1] 白昼千峰老翠华。
自履藤鞋收石蜜，手牵苔絮长莼花。[1]

【汇解】

〔1〕郭璞《尔雅注》：山形长狭者，荆州谓之峦。嵇家，疑是南园外之邻。末二句即指其山间所事之业也。长吉见其居处在众山围绕之中，已得

胜地,而其所课之事,皆有清谧之趣,不觉有慕于中,而见之吟讽。旧注皆以长吉自言其情,恐不然也。老翠华,盖山色苍老之意。《本草》:陶弘景曰,石蜜即崖蜜也,在高山岩石间作之,色青,味小酸,其蜂黑色似虻。陈藏器曰:崖蜜出南方崖岭间,房悬崖上或土窟中,人不可到,但以长竿刺令蜜出,以物承取,多者至三四石,味酸色绿。苔絮,水中青苔初生如乱发,积久日厚,状如胎絮。水草为其罩网,多抑而不生,故牵去之令莼花得长。《韵会》:莼,水葵也,今文通作"蓴"。《本草》:蓴叶似凫葵,浮在水上,采茎堪啖,花黄白色,子紫色。三月至八月,茎细如钗股,黄赤色,短长随水深浅,名为丝蓴,味甜体软。九月十月渐粗硬,十一月萌在泥中,粗短,名块蓴,味苦体涩。○"千峰",姚经三本作"千年"。

【姚注】

自叹才高不遇,而托叔夜以相况也。然当叔夜之世,嫌疑易生,去就莫辨,故孙登谓之曰:"君才则高矣,保身之道不足。"贺谓身当此际,宜始终深谷,放怀古今,惟精道气栖神之术,采药穷年,安知人世之嵚巇乎?○莼花,小葵也。

【姚本眉批】

〔1〕钱云:谷口疑即昌谷。嵇康舍傍有嵇家山,借以自比。

其十二

松溪黑水新龙卵,桂洞生硝旧马牙。
谁遣虞卿裁道帔,轻绡一匹染朝霞。^{〔1〕}

【汇解】

〔1〕《史记》称:虞卿,游说之士也。蹑蹻担簦,说赵孝成王,为赵上卿。后以魏齐之故,不重万户卿相之印,与魏齐间行去赵,困于梁。著书八篇以

讥刺国家得失,世传之曰《虞氏春秋》。与长吉生平无一相似,无庸取以自比,且与全首文意亦了不相干,何以忽入此古人姓名?意者昌谷中人有潜光隐曜,道服而幽居者,与长吉往来交好,其人虞姓,故以虞卿比之。如称贾至为贾生,孟浩然为孟夫子,唐人诗中类多有之。松溪桂洞即其所居之地。龙亦卵生,凡水深而色沉黑者,必有龙潜焉。松溪之中或者传有龙居之,故云。又山涧中所产蜥蜴,土人往往称之曰龙。龙卵或是蜥蜴之卵,亦未可知。《本草》:朴硝生于盐卤之地,状似末盐,煎炼入盆,凝结在下,粗朴者为朴消,在上有芒者为芒消,有牙者为马牙消。《志》曰:英消者,其状如白石英,作四五棱,莹彻可爱,亦出于朴消。其煎炼自别有法,亦呼为马牙消。《云笈七签》:马牙硝是阴极之精,形若凝石,生于蜀川。其功亦能制伏阳精,消化火石之气。夫马牙硝乃煎炼而成,非生成者也。此云生硝旧马牙者,岂桂洞之硝特异他处,不假人力而具马牙之状;抑言此硝可以烹制而成马牙之质与?道帔,道服。颜师古《汉书注》:轻绡,今之轻纱也。《隋书》《南蛮传》:林邑王衣朝霞布,真腊国王着朝霞古贝。《唐书》:岭南道武曲郡贡朝霞布。朝霞,谓其色红黄如朝霞者。○"谁遣",一作"谁为",一作"谁遗"。"裁道帔",姚经三本作"藏道帔"。"一匹",曾本、二姚本俱作"一幅"。

【姚注】

前言嵇康放达,且不保矣。彼虞卿羁旅失志,穷愁著书,而欲求显荣于当世,难也。若今日主上好神仙,凡有自言方士者,皆得骤贵。傥染霞绡作道帔,即可登诸岩廊,何用著书以自苦耶?并所居之地与景物,皆可指为仙境矣。○武帝穿昆明池,黑水玄阯。阯,止也,谓水止而黑。《北梦琐言》:龙生二卵,一名吉了。《本草》云:马牙硝,一名英硝。

其十三

小树开朝径,长茸湿夜烟。

柳花惊雪浦，麦雨涨溪田。
古刹疏钟度，遥岚破月悬。
沙头敲石火，烧竹照渔船。[1][1]

【汇解】

〔1〕《韵会》：茸，草生貌。刹，僧寺也。岚，山气也。破月，月之不圆者。

【姚注】

小园草木，日夕可栖。柳花，伤春暮也。雨涨，恶浊流也。疏钟，欲依禅也。破月，无明鉴也。时世若此，尚安往哉？石火虽微，竹光可烛。用以自照，唯效渔父以藏身矣。

【姚本眉批】

[1] 陈云：亦只南园春来所得之景。

李长吉歌诗卷二

金铜仙人辞汉歌[1] 并序

魏明帝青龙元年八月，诏宫官牵车西取汉孝武捧露盘仙人，欲立置前殿。宫官既拆盘，仙人临载，乃潸然泪下。唐诸王孙李长吉遂作《金铜仙人辞汉歌》。[1]

　　茂陵刘郎秋风客，夜闻马嘶晓无迹。
　　画栏桂树悬秋香，三十六宫土花碧。[2]
　　魏官牵车指千里，东关酸风射眸子。
　　空将汉月出宫门，忆君清泪如铅水。[3]
　　衰兰送客咸阳道，天若有情天亦老。
　　携盘独出月荒凉，渭城已远波声小。[4]

【汇解】

〔1〕《野客丛书》：《缃素杂记》载《魏略》曰：明帝景初元年，徙长安诸钟簴、骆驼、铜人承露盘，盘拆，铜人重不可致，留于灞垒。《汉晋春秋》曰：帝徙盘，盘拆，声闻数十里，金狄或泣，因留灞垒。而唐李贺《金铜仙人辞汉歌序》云："魏明帝青龙九年八月，诏宫官牵车而西取汉武捧露盘仙人，欲置殿前。既拆盘，仙人临载，乃潸然泪下。"黄朝英谓《明帝纪》，青龙五年三月改为景初元年，是岁徙长安铜人，重不可致；而贺以为青龙九年八月。夫明帝以青龙五年三月改为景初元年，至三年而崩，则无青龙九年明矣。此皆朝英所云也。仆谓贺所引青龙固失，然据

今本《李贺集》云"青龙元年",非九年也。朝英误认元年为九年耳。《三辅黄图》:神明台,武帝造,上有承露盘,有铜仙人舒掌捧铜盘玉杯,以承云表之露,以露和玉屑服之,以求仙道。○曾本、二姚本"牵车"之下少一"西"字,"捧露"之下少一"盘"字,"前殿"作"殿前","临载"作"临行",下又少一"乃"字,"遂作"作"为作"。

〔2〕《元和郡县志》:汉茂陵在京兆府兴平县东北十七里,汉武帝陵也,在槐里之茂乡,因以为名。秋风客,谓其在世无几,虽享年久远,不过同为秋风中之过客。吴正子谓汉武尝作《秋风辞》,故云尔者,非也。然以古之帝主而渺称之曰刘郎,又曰秋风客,亦是长吉欠理处。"夜闻马嘶晓无迹",谓其魂魄之灵,或于晦夜巡游,仗马嘶鸣,宛然如在,至晓则隐匿不见矣,何能令人畏服如生时耶?张衡《西京赋》"离宫别馆三十六所"。章怀太子注:《三辅黄图》曰,上林有建章、承光等十一宫,平乐、茧馆二十五,凡三十六所。土花,苔也。武帝既没,国事又殊。西京宫室,日就荒芜,桂树徒芳,苔钱满地,凄凉之状不堪在目。

〔3〕缪袭屠《柳城篇》:但闻悲风正酸。《说文》:眸,目童子也。汉之土宇已属魏氏,而月犹谓之汉月,盖地上之物,魏可攘夺而有之;天之日月,则不能攘夺而有也。铜人在汉时,朝夕见此月体,今则天位潜移,因革之间,万象为之一变,而月体始终不变,仍似汉时,故曰汉月。将,犹与也。人行不分远近,举头辄见明月,若与人相随者然。铜人既将移徙许都,向时汉宫所见之物,一别之后,不复再见。出宫门而得再见者,惟此月矣!

〔4〕本是铜人离却汉宫花木而去,却以衰兰送客为词,盖反言之。又铜人本无知觉,因迁徙而潜然泪下,是无情者变为有情,况本有情者乎?长吉以"天若有情天亦老"反衬出之,则有情之物见铜仙下泪,其情更何如耶?至于既出宫门,所携而俱往者,惟盘而已;所随行而见者,惟月而已。因情绪之荒凉,而月色亦觉为之荒凉。及乎离渭城渐远,则渭水波声亦渐不闻。一路情景,更不堪言矣!秦时建都之处谓之咸阳。《雍录》:古语山南曰阳,水北曰阳。阳,日也。日出天东,躔景斜射,凡山之南面,水之北厓,皆先受照,故山以南为阳,水以北为阳。秦之所都,若概举其凡,则在九嵕诸山之

南,渭水之北,名为咸阳,其不爽矣。汉改咸阳为渭城县。此诗上言咸阳,下言渭城,似乎犯复而不拘者。咸阳道指长安之道路而言;渭城者指长安之地而言,似复而实非复也。○司马温公《诗话》:李长吉歌"天若有情天亦老",奇绝无对。石曼卿对"月如无恨月常圆",人以为勍敌。琦细玩二语,终有自然勉强之别,未可同例而称矣。

【姚注】

宪宗将浚龙首池,修麟德、承晖二殿。贺盖谓创建甚难,安能保其久而不移易也?孝武英雄盖世,自谓神仙可期,作仙人以承露,糜费无算。中流《秋风》之曲,可称旷代。今茂陵寂寞,徒有老桂苍苔;而魏官牵车蹂践,悲风东来,谁堪拭目?汉月即露盘也。言魏官千里骚驿,别无所补,空将仙人露盘以去。无情之物,亦动故主之思,苍苍者自难为情矣。道远波遥,永辞故阙,情景亦难言哉!嗟夫!以孝武之求长生,且不免于死,所宝之物,已迁他姓。创造之与方术,有益耶?无益耶?读此当知辨矣。

【姚本眉批】

[1] 钱云:首句与末句相应。夜闻马嘶,想见汉武英灵不平之概,终为魏官取去。渐出关门,渭城远而波声小,从此与汉辞矣。武帝英灵其能留哉!

古悠悠行

白景归西山,碧华上迢迢。
今古何处尽?千岁随风飘。
海沙变成石,鱼沫吹秦桥。
空光远流浪,铜柱从年消。[1]

【汇解】

〔1〕白景，日也。碧华，夜云之碧色者。昼夜循环无有穷尽，以千岁之久，而达人观之，一如风飘之疾速。海沙之细，经历多年，长大成石。秦王造桥之处，又见群鱼吹沫其间。桑田沧海，洵有之矣。汉武所立铜柱，原以为长生之计，今年远代更，铜柱亦销灭不存。夫以武帝之雄才大略，欲求长生于世间，尚不可得，况他人乎？此诗盖以讽也。《初学记》：三齐记曰，青城山，秦始皇登此山筑城，造石桥，入海三十里。《汉书》：武帝作柏梁铜柱承露仙人掌之属，盖在建章宫中，高二十丈，大七围，其下为铜柱，柱上有铜仙人舒掌捧铜盘，盘中置玉杯，以承云表之露，取露和玉屑服之，以求长生。至曹魏时，为明帝所毁。旧注引《神异经》：昆仑之山有铜柱焉，其高入天，所谓天柱也；围三千里，周围如削。盖言日月消磨，天柱亦不能久也。然《神异经》所谓天柱，乃神异之迹，并不言其有从年消之事。当以汉武帝之铜柱为是。○"海沙"，曾本、姚经三本作"海波"。吴正子曰："铜柱"，一作"铜桂"，恐非。"从年消"，姚经三本作"随年消"。

【姚注】

《易》曰："原始反终，故知死生之说。"又曰："通乎昼夜之道而知。"则宪宗之妄求长生，由不明始终昼夜之理也。日月递更，流风不异，古今岂有尽期耶？陵谷之变，是即消长之常。莫高如秦桥，而鱼沫可吹；[1]莫坚如铜柱，而流浪可消。足知世间未有久而不化之事。谁谓长生真可致乎？白景，日也。碧华，月也。

【姚本眉批】

［1］钱云：秦始皇驱石欲造桥渡海，此最诞妄。借使桥成，今亦已毁，为鱼沫所吹矣。

黄头郎[1]

黄头郎，捞拢去不归。

南浦芙蓉影，愁红独自垂。[2]

水弄湘娥佩，竹啼山露月。

玉瑟调《青门》，石云湿黄葛。[3]

沙上蘼芜花，秋风已先发。

好持扫罗荐，香出鸳鸯热。[4]

【汇解】

〔1〕《汉书》：邓通以濯船为黄头郎。颜师古注：土胜水，其色黄，故刺船之郎皆着黄帽，因号曰黄头郎也。

〔2〕曾益注：捞拢，捉船貌。南浦，送别之地。《楚辞》"送美人兮南浦"是也。

〔3〕听水声之玲珑，玩竹风之幽静，手抚丝桐，目瞻云树，皆佳境也。乃怀人不见者处之，反成愁境。《青门》，疑是曲名。云气触石而出，故曰石云。云本润气，故草木沾之而湿也。○"玉瑟"，吴本作"玉琴"。

〔4〕《本草别录》云：芎䓖，叶名蘼芜。苏颂曰：四五月生叶，似水芹、胡荽辈，作丛而茎细，其叶倍香。七八月开碎白花，如蛇床子花。罗荐，以罗为荐席，盖今簟褥也。鸳鸯，爇香之炉为鸳鸯形者。夫蘼芜花发，已及秋期，知郎不久当归，于是拂拭罗荐，而焚香薰护，以待其来矣。○"好持"，一作"好待"。"鸳鸯"，一作"鸳笼"，一作"薰笼"。

【姚注】

汉邓通以濯船为黄头郎，有宠于帝。贺盖讥世之以身事人而忘其家者，故托黄头郎之妇以致诮也。"捞拢去不归"，言流荡忘反也。朱颜临流，含愁吊影。凌波弄珮，倚竹夜啼。写怨哀丝，云流葛湿。花发蘼芜，秋期已及。持此拂拭，以待双栖，或可邀同梦矣。[1]○蘼芜，《本草》云：七八月著白花。一云可以为帚。芙蓉，指美人。《青门》，曲名。董以鸳鸯作熏笼，谬。

【姚本眉批】

〔1〕周云：隽词云委，不减《行雨山铭》。

马诗二十三首

龙脊贴连钱，银蹄白踏烟。
无人织锦鞯，谁为铸金鞭？[1]

【汇解】

〔1〕马脊上有文点如连钱，其四蹄白色，如踏烟而行。烟即云也。鞯，音与"串"同，马之鞍鞯即障泥也。沈炯诗："长安美少年，骢马铁连钱。陈王装脑勒，晋后铸金鞭。"此首言良马而未为人所识者也。○"锦鞯"，姚经三本作"锦鞯"。

【姚注】

贵质奇才，未荣朱绂，与骏马之不逢时，等一概矣。故虽龙脊银蹄，而织锦鞯无人，铸金鞭无人，与凡马何异！○色有浅深，斑驳如鳞，谓之连钱骢。太宗有白蹄乌，纯黑，而四蹄俱白。陈沈炯《少年行》：陈王装脑勒，晋后铸金鞭。

其 二

腊月草根甜，天街雪似盐。
未知口硬软，先拟蒺藜衔。[1][1]

【汇解】

〔1〕草至腊月，苗叶枯槁，惟有根在，亦觉味甜可餐，又为雪所覆没。傥

于雪中掏摸而食,适遇蒺藜,反受刺伤之害。然为饥困所迫,不自顾其口之硬软,而先拟一衔嚼蒺藜之想。此首盖为困饿而不能择食者悲欤?奇情苦思,须溪所谓赋马多矣,此独取不经人道者。知言哉!《世说》:谢太傅寒雪日内集,与儿女讲论文义。俄而雪骤,公欣然曰:"白雪纷纷何所似?"兄子胡儿曰:"撒盐空中差可拟。"郭璞《尔雅注》:蒺藜,布地蔓生,细叶,子有三角刺人。○"未知",姚经三本作"不知"。

【姚注】

时皇甫镈、程异用事,务专谄佞,招致朋党。"腊月草根甜",诮穷途者甘其饵也。"天街雪似盐",言阴寒之极,状小人肆志盈庭也。所用之人,必承顺意旨,故先衔其口,以试其可否耳。○蒺藜,喈勒也。

【姚本眉批】

[1] 周云:即仗马一鸣辄斥之意。

其 三

忽忆周天子,驱车上玉山。
鸣骹辞凤苑,赤骥最承恩。[1]

【汇解】

〔1〕《山海经》:玉山是西王母所居也。郭璞注:此山多玉石,因以名云。《穆天子传》谓之群玉之山。孔稚圭《北山移文》:鸣骹入谷。《韵会》:骹,车马驰也。《礼记》:车驱而骹。《荀子》:"骹中《韶》、《濩》。"则所谓鸣骹者,乃车马驰走之声欤?《穆天子传》:天子之骏赤骥、盗骊、白义、逾轮、山子、渠黄、骅骝、騄耳。天子北征东还,乃循黑水至于群玉之山,阿平无险,四彻中绳,先王之所谓策府,寡草木而无鸟兽。天子于是取玉三乘,玉器服物,于是载玉万只,天子四日休群玉之山。夫八骏之德力,本自齐等,而赤

骥乃最承恩,盖以居八马之首也。人之才德相等,其中一人承恩尤渥,亦必有故矣。以马喻人,在当时必有所指,非漫然而赋者。○"凤苑",姚经三本作"汉苑"。

【姚注】

　　宪宗好神仙,此盖借穆天子以讽之也。天子欲寻西王母,至群玉之山,所乘八骏,以赤骥为首称,恩宠独隆,以其能上称帝旨也。

其　四
此马非凡马,房星本是星。
向前敲瘦骨,犹自带铜声。[1]

【汇解】

　　〔1〕《瑞应图》:马为房星之精。杜子美诗:"胡马大宛名,锋棱瘦骨成。"知马之骏者,多瘦而不甚肥。铜声,谓马骨坚劲有如铜铁,故其声亦带铜声也。○吴本云:下"星"字当作"精"。

【姚注】

　　上应天驷,则骨气自尔不凡。瘦骨寒峭,敲之犹带铜声。总以自形其刚坚耳。○《地镜图》曰:铜器之精见为马。又马援于交阯,铸铜马以献。

其　五
大漠沙如雪,燕山月似钩。
何当金络脑,快走踏清秋。[1]

【汇解】

〔1〕班固《燕然山铭》：经卤碛，绝大漠。李周翰注：大漠，沙漠也。梁元帝《玄览赋》：看白沙而似雪。梁简文帝《乌栖曲》：浮云似帐月如钩。鲍照诗：骢马金络头。

【姚注】

边氛未靖，奇才未伸。壮士于此，不禁雄心跃跃。○梁刘孝威《为皇太子谢赉马教》有曰：谨当秣以柏叶，饴以丹枣，加之玉鞍，饰之金络。

其 六

饥卧骨查牙，粗毛刺破花。

鬣焦朱色落，发断锯长麻。[1]

【汇解】

〔1〕查牙，骨露貌。花，即杜诗"五花散作云满身"之花。盖马之毛色错杂，斗作花文也。《山海经》：犬戎国有文马，缟身朱鬣。"朱鬣"二字本此。颜延年《赭白马赋》：垂梢植发。李善注：发，额上毛也。盖马之长毛，在领上者谓之鬣，在额上者谓之发。微有不同，不可泯其重复。鬣焦者，因朱色之退，而见其为焦。发断者，因长麻为络头，粗恶不堪，发遭其磨落，若锯而断之者。咏马至此，盖其困顿摧挫，极不堪言者矣。

【姚注】

调饥凋落，皮骨仅存，犹世有吉良而致之衰惫也。○犬封国有文马，缟身朱鬣。《左传》：宋公子有白马，取而朱其尾鬣。隋文帝时狮子骢，后不知所在。唐文皇敕访之，及得于朝邑市面家挽碹，骏尾焦秃，皮肉仅存。

其 七

西母酒将阑,东王饭已干。
君王若燕去,谁为拽车辕?[1]

【汇解】

〔1〕《太平广记》:金母者,西王母也。木公者,东王公也。此二元尊,乃阴阳之父母,天地之本源,化生万灵,育养群品。木公为男仙之主,金母为女仙之宗。长生飞化之士,升天之初,先觐金母,后谒木公,然后升三清朝太上矣。燕即"宴"字也,古通用。昔周穆王得八骏之马,驰驱万里,遂宾于西王母,觞于瑶池之上。今既无此马,君王即欲赴燕而去,谁为拽车而往乎?此诗盖为时君求慕神仙,而为方士所欺,微言以讽之,见其徒思无益。

【姚注】

时方士日说上云:"神仙可即致。"久不见效。贺谓西母、东王宴恐将罢,当不能久待也。君王日欲赴其盛会,果有能为之拽车以上者乎?○西母,姓缑,名何,字婉姈。穆王西巡,金母执白圭之璧,谒见于瑶池之上。东王,木公,名倪,字君明。天下未有民物时,钟化于碧海之上。汉童谣:揖金母,拜木公。

其 八

赤兔无人用,当须吕布骑。
吾闻果下马,羁策任蛮儿。[1]

【汇解】

〔1〕《后汉书》:吕布常御良马,号曰"赤兔",能驰城飞堑。《三国志》:涉出果下马,汉桓时献之。裴松之注:果下马高三尺,乘之可于果树下行,故谓之果下马。《桂海虞衡志》:果下马,土产小驷也,以出德庆之泷水者为

最，高不逾三尺，骏者有两脊骨，故又号"双脊马"，健而善行。此言奇隽之马，非猛健之人不能驾驭；若其下乘，则蛮儿亦能驱使。以见逸材之士，必不受凡庸之笼络，亦有然者。

【姚注】

宪宗以中官为监军使，白居易谏不听。贺谓强兵健卒，宜付大帅，岂可视为卑微而受小人之羁策乎？○三国谣云："人中有吕布，马中有赤兔。"西域有马，高不二尺，能于果下行。

其 九

飕叔去匆匆，如今不豢龙。
夜来霜压栈，骏骨折西风。[1]

【汇解】

〔1〕《左传》：昔有飕叔安，有裔子曰董父，实甚好龙，能求其嗜欲以饮食之，龙多归之。乃扰畜龙以服事帝舜，帝赐之姓曰董，氏曰豢龙。杜预注：飕，古国也；叔安，其君名。豢，养也。《韵会》：栈，棚也。古者四灵以为畜，故龙亦可豢养。今既无其人，豢龙之术，久已失传；乃养马之法，亦废而不讲，徒使骏逸之才，受风霜之困于槽枥之间。斯马也，何不幸而遇斯时也！○"飕"音"溜"，曾本、二姚本俱作"飗"，非。

【姚注】

元和间，策试贤良方正、直言敢谏。举人牛僧孺、皇甫湜、李德裕，皆指陈无忌。考官杨于陵、韦贯之署为上第。李吉甫恶之，泣诉于上。上遂罢于陵、贯之等，僧孺辈俱不调。飕叔，指杨、韦诸君也，此时皆蒙贬去，不复选骏。牛、李、皇甫诸人，俱遭沮排。严霜折骏，大可悲已。○《左传》：蔡墨曰：昔有飕叔安，有裔子曰董父，实甚好龙，能求其嗜欲。舜赐之曰豢龙氏。

其　十

催榜渡乌江，神骓泣向风。
君王今解剑，何处逐英雄？[1][1]

【汇解】

〔1〕榜，音"谤"，《楚词章句》：榜，船棹也。《史记·项羽本纪》：项王骏马名骓，常骑之。项王直夜溃围，南出驰走，至东城，乌江亭长檥船待，谓项王曰："江东虽小，地方千里，众数十万人，亦足王也。愿大王急渡。"项王曰："天之亡我，我何渡为？且我与江东子弟八千人渡江而西，今无一人还。纵江东父老怜我王我，我何面目见之？"乃谓亭长曰："吾知公长者。吾骑此马五岁，所当无敌，尝一日行千里。不忍杀之，以赐公。"乃自刎而死。诗意言当日亭长既得项王之马，催榜渡江而去。马思故主，临风垂泣，理所必有。末二句代马作悲酸之语，无限深情。英雄失主，托足无门，闻此清吟，应当泪下。解剑，谓解去其剑而自刎也，仍属项王说。或者以为即橐弓戢矢，天下不复用兵意，属汉王说者，非是。○"乌江"，一作"江东"。"君王"，一作"吾王"。

【姚注】

此即《垓下歌》意。"时不利兮"之句，千古英雄，闻之泣落。骓之得遇项羽，可谓伸于知己矣。乃羽伯业不终，致骓又为知己者死，逢时之难如是乎！

【姚本眉批】

[1] 钱云：解剑即橐弓戢矢意，故马无所用也。○蒋云：上下二意。

其十一

内马赐宫人，银鞯刺麒麟。

午时盐坂上，蹭蹬溘风尘。^[1]

【汇解】

〔1〕以赐宫人者，则装饰如此；以负重致远者，则蹭蹬如此。即孟尝君所谓后宫蹈绮縠，而士不得短褐；仆妾馀粱肉，而士不厌糟糠者也。鞯，马鞍具也。《战国策》：骥之齿至矣，服盐车而上太行，蹄申膝折，尾湛胕溃，漉汁洒地，白汗交流，外坂迁延，负辕不能上。《山西通志》：虞坂在平阳府平陆县东北七十里中条山，伯乐逢骐骥困盐车即此处。今名青石槽。盐坂当是虞阪也。蹭蹬，困顿也。溘，依也。○"麒麟"，吴本作"骐骥"。

【姚注】

唐旧制，以御史二人知驿。宪宗诏以宦者为馆驿使，拾遗裴璘谏不听。贺谓骏骨已列天闲，而一旦委之刑馀幸嬖，虽被服辉煌，奈不善因任，妄自驱策，其蹭蹬不亦宜乎！○《国策》云：汗明曰：骥之齿至矣，服盐车而上太行，外坂迁延，负辕不能上。

其十二

批竹初攒耳，桃花未上身。
他时须搅阵，牵去借将军。^[1]

【汇解】

〔1〕《齐民要术》：马耳欲得小而促，状如斩竹筒。杜诗所谓"竹批双耳骏"者是也。桃花，谓马毛色之美者。《尔雅》：黄白杂毛駓。郭璞注：今之桃花马。此言驹之未成者，骨相虽美，毛色未齐，已知其他日有搅阵之雄健。"借"字煞有深意。盖不忍没其材而不见之于一试，又不欲其去己而竟属他人，以见怜惜之真至。

【姚注】

耳系初攒,色尚未遍,马之骒齿者也。贺自喻年少新进,人未睹其全力,他时致身疆场,驰驱正未可知耳。

其十三

宝玦谁家子？长闻侠骨香。
堆金买骏骨,将送楚襄王。[1]

【汇解】

〔1〕宝玦,玉玦也,其状如环而缺。张华《游侠曲》:"死闻侠骨香。"骏骨,谓马之骨相奇骏者也。旧注引《战国策》涓人以五百金买千里马骨事,恐未当。诗言佩玦者,未知谁氏之子,素闻其豪侠之名,必有知人知物之鉴,乃堆金市骏而送之楚襄王。夫襄王者,未闻有好马之癖,虽有骏骨,安所用之？以此相送,毋乃暗于所投乎？吴正子疑楚襄王为误者,非也。不送之于楚襄,而送之于爱马之君如秦穆、楚庄之流,则马得所遇矣,非此诗本旨。

【姚注】

楚人有以弱弓微缴,加于鸿雁之上者。襄王召问之,因说襄王以约从之术。其中略曰:"王请缴兰台,饮马西河,定魏大梁,此一发之乐也。"当元和时,蔡、郓叛逆,两河跋扈。裴度讨之,因于私第招延四方贤才,豪杰景从,而蔡、郓卒平。此诗良美度欤？盖以其慨慷仗义,引贤致主,深可嘉矣。

其十四

香襆赭罗新,盘龙蹙镫鳞。
回看南陌上,谁道不逢春？[1]

【汇解】

〔1〕襆即"幞"字,音与"伏"同,用以覆鞍鞯上。人将骑则去之,又谓之"帕"。杜甫诗:"银鞍却覆香罗帕。"赭罗,罗之赤色者。

【姚注】

元和四年,以李藩同平章事。藩性忠鲠,常批制敕。给事中裴垍荐之,谓有宰相器,上遂擢为相。香罗金镫,道路辉煌。贺盖羡其遇主之荣宠耳。

其十五

不从桓公猎,何能伏虎威?
一朝沟陇出,看取拂云飞。⁽¹⁾

【汇解】

〔1〕《管子》:桓公乘马,虎望见之而伏。桓公问管仲,曰:"今者寡人乘马,虎望见寡人而不敢行,其故何也?"管仲对曰:"意者君乘驳马而洀洹迎日而驰乎?"公曰:"然。"管仲曰:"此驳象也。驳食虎豹,故虎疑焉。"沟陇,谓溪涧山冈之地。拂云飞,言其驰骤之疾如云之飞腾。杜工部所谓"走过掣电倾城知",李供奉所谓"神行电迈蹑恍惚",亦是此喻。诗意谓豪杰之士,伏处草野,不得君上之委任,虽智勇绝人,雄略盖世,人孰能知? 一旦出畎亩之中,得尺寸之柄,树功立业,自致于青云之上,然后为人所仰瞻耳!

【姚注】

马岂真能伏虎耶? 因明王驱策,故威望倍重。如宪宗时刘辟反,诏高崇文讨之,诸将皆不服。后上专委以事权,卒平祸乱,震慑东川。是知马必由桓公以显名,崇文必由宪宗以著绩。故能一朝奋兴,勋成盖世,总在主上有以用之也。○《管子》曰:桓公乘马,虎望见而伏。公问管仲,仲曰:"君乘驳马。驳马食虎豹,虎故伏焉。"又《说苑》晋平公事,师旷对同。

其十六

唐剑斩隋公,卷毛属太宗。
莫嫌金甲重,且去捉飘风。[1]

【汇解】

〔1〕《长安志》:太宗所乘六骏石像在昭陵后。卷毛骃,平刘黑闼时所乘,有石真容自拔箭处。《赞》曰:"月精按辔,天驷横行。弧矢载戢,氛埃廓清。"有中九箭处。玩诗意,卷毛骃必隋之公侯所乘者,其人既为唐所杀,其马遂为太宗所得。虽事逸无考,而诗语甚明。旧解过于幽曲,未是。莫嫌,谓旁观者而言,莫嫌此马金甲在体而艰于行走,且见其去逐飘风而轻捷如故也。《说文》:飘风,回风也,盖风之回旋至疾速者。捉飘风,即追风之意。〇"飘风",吴本作"飑风"。

【姚注】

高祖平隋,始终以兵柄属太宗。飘风,回风也。李密僭号登坛,疾风鼓其衣几仆。又数有回风发于地。后太宗定鼎,密伏诛。此言高祖为唐公时,即以兵属太宗,知其勇锐精勤,遂成大业。祖宗创业之艰,可念也夫。〇恭帝禅位于太宗。① 昭陵《六马图》,其一曰拳毛骃。

其十七

白铁锉青禾,碪间落细莎。
世人怜小颈,金埒畏长牙。[1]

【汇解】

〔1〕白铁,锉草之刀。碪,锉草之石。饲马不以青草,而以青禾,又锉之

---

① "恭帝禅位于太宗",应作"恭帝禅位于高祖",或作"高祖禅位于太宗"。

极细如莎草然,见饲法之不同。《尔雅》:小领盗骊。邢昺注:领,颈也。盗骊,骏马名也。骏马小颈,名曰盗骊云。《世说》:王武子移第北邙山下。于时人多地贵,济好马射,买地作埒,编钱匝地竟埒,时人号曰"金埒"。《韵会》:埒,《说文》,庳垣也。徐曰:晋王济马埒,谓于外作短垣绕之也,音与"劣"同。《齐民要术》:相马之法,上齿欲钩,钩则寿;下齿欲锯,锯则怒。牙欲去齿一寸则四百里,牙剑峰则千里。琦按:长牙者,盖谓马之锯牙善啮者也。逸群之马,多不伏羁络,生人近之,往往踶啮。然乘之冲锋突阵,多有奇功。若王孙公子分驰角壮于金埒之间,只取观美而已。小颈细马,竞加怜爱;其长牙善啮者,虽有权奇倜傥之才,亦畏而不取。彼豪杰之士,以材大而不为人所用,小材者悉心委使而得厚资焉,亦何以异于此马欤?〇"磋间",曾本、姚经三本作"磋闻"。

【姚注】

时韩愈以论事坐贬阳山令,贺伤之。青禾细莎,言薄禄也。世人尽知其枉,共怜遭斥卑微,而朝权方畏其齿牙之锐,故贬之于外也。〇《相马经》云:小颈,一羸也。庾信赋云:选朱汗之马,校黄金之埒。

其十八

伯乐向前看,旋毛在腹间。
只今捝白草,何日蓦青山?[1]

【汇解】

〔1〕郭璞《尔雅注》:伯乐相马法,旋毛在腹下如乳者,千里马也。颜师古《汉书注》:白草似莠而细,无芒,其干熟时正白色,牛马所嗜也。捝,减也。蓦,越也。马之旋毛生于腹间,人未之见,以常马视之;伯乐视之,乃知其为千里马。然刍秣不足,则马之筋力亦不充。今乃克减其草料,每食不饱,得知何日养成气力,可以驱骋山冈,而展其骥足乎?后二句当作伯乐口

中叹息之语方得。

【姚注】

士之怀才自匿，不事浮华，犹马之旋毛在腹，必遇孙阳始知之也。离群初出，腾空有时，今日之搭白草，知何日之蓦青山也？○《尔雅》：旋毛在腹下者，名千里。其旋曰乘镫旋。白草，塞外城也。白草城中春不入，黄花戍上雁初飞。

其十九

萧寺驮经马，元从竺国来。
空知有善相，不解走章台。[1]

【汇解】

〔1〕《释氏要览》：今多称僧居为萧寺者，是用梁武造寺以姓为题也。《魏书·释老志》：后汉孝明帝夜梦金人，顶有白光，飞行殿庭。乃访群臣，傅毅始以佛对。帝遣郎中蔡愔、博士弟子秦景等使于天竺，写浮屠遗范，得佛经《四十二章》及释迦立像。愔之还也，以白马负经而至，汉因立白马寺于洛城雍门西。《汉书》：张敞无威仪，时罢朝会，过走马章台街，使御吏驱，自以便面拊马。孟康注：章台街在长安中。此诗似为番僧之才俊者而作。○"元"，姚经三本作"原"。

【姚注】

宪宗召僧大通入宫禁，以炼药石为名。贺谓佛空知有善相耳，而章台朝谒之地，岂出世之人所宜游历耶？走马章台，必非驮经之属矣。○梁武命萧子云飞白大书曰"萧寺"。汉明帝时，西竺僧以白马驮经，今洛阳白马寺是也。张敞为京兆，走马章台。

其二十

重围如燕尾，宝剑似鱼肠。

欲求千里脚，先采眼中光。[1]

【汇解】

〔1〕首卷《贵公子夜阑曲》云："腰围白玉冷"，盖指腰带而言。此云重围，似亦谓双层腰带。如燕尾，谓带之馀者双垂而下如燕尾也。曾注：燕尾犹言双翼分两股而围之，似言将士被困状。恐未是。《吴越春秋》：吴王得越所献宝剑三枚，一曰鱼肠。高诱《淮南子注》：鱼肠，文理屈辟若鱼肠者，良剑也。二句先言壮夫束带挂剑，将有远行之状，以起下文求千里脚之意。郦炎诗：舒吾陵霄翼，奋此千里足。李善《文选注》：《相马经》曰，目成人者行千里。注云：成人者，视瞳子中人头足皆见。《齐民要术》：马目欲大而光，目中五采尽具，五百里，寿九十年，良。多赤血气也驽，多青肝气也走，多黄肠气也材智，多白骨气也材，多黑肾气也驽。

【姚注】

时危器利，断须出险之才。英爽之资，神明尤重。○《马经》云：眼中五彩行千里。

其二十一

暂系腾黄马，仙人上彩楼。

须鞭玉勒吏，何事谪高州？[1]

【汇解】

〔1〕《宋书》：腾黄，神马也，其色黄，王者德御四方则出。庾信《华林园马射赋》：控玉勒而摇星，跨金鞍而动月。玉勒吏，谓控玉勒之人，即驭马吏也。高州，唐时又谓之高凉郡，属岭南道，在西京南六千二百六十二里。地

有瘴疠,谪宦者多居之。此诗必是当时有正直之臣见忤时宰,而谪逐于高州者,长吉痛之,借马以为喻也。夫腾黄之马,不易得之马也。今暂系而不用,因仙人在彩楼之上,无所事于乘骑之故。乃玉勒之吏不思豢畜于平时,以备驰驱之用,而反弃之远方瘴疠之地,纰缪至矣。仅以一鞭罪断结,犹是轻典。

【姚注】

　　此追叹往事也。玄宗自蜀还京,称上皇。时御长庆楼,又常召将军郭英义上楼赐宴。李辅国因言于肃宗,谓上皇将谋不利,遂矫诏逼上皇迁西内。甲士露刃遮道,上皇惊,几坠马。力士怒,叱辅国,共鞚上皇玉勒以行。后竟流力士巫州。贺伤上皇甫离鞍马,自谓宴乐于彩楼之上,孰知即萌祸端?逼迁之日,近御骇散,以致惊成疾。肃宗竟不之究,而反远流力士,不得留侍左右。冤哉!○仙人,指上皇。力士,高州茂名人,故云谪高州也。曾云高州出犎马,不知其奇,而反谪高州非。《抱朴子》曰:腾黄之马,吉光之兽,皆寿三千岁。

其二十二

汗血到王家,随鸾撼玉珂。

少君骑海上,人见是青骡。[1]

【汇解】

　　〔1〕《汉书》:大宛国多善马,马汗血,言其先天马子也。"鸾"与"銮"字义同,谓王者所乘之车。《初学记》:服虔《通俗文》曰,凡勒饰曰珂。张华诗:"文轩树羽盖,乘马鸣玉珂。"玉珂者,以玉饰马勒之上,振动则有声,故有"撼玉珂"、"鸣玉珂"之语。《太平御览·神仙别传》曰:李少君死后百馀日,人有见少君在河东蒲坂,乘青骡。帝闻之,发其棺,无所有。此诗盖为有奇轶之材而隐居为黄冠者言也。汗血之马到王者之家,随鸾车之后,体

饰华美,岂非荣遇？若随少君于海上,人不过以凡畜视之,孰知为千里之骏,而刮目以观者哉？

【姚注】

汗血本王家所宜珍也。自少君去后,人只见有青骡。而主上唯方士是求,则才士不足贵矣。

其二十三

武帝爱神仙,烧金得紫烟。[1]

厩中皆肉马,不解上青天。[1]

【汇解】

〔1〕汉武帝好神仙之事,使方士炼丹砂为黄金,不就。又好西域汗血马,使贰师将军伐大宛,取其善马数十匹,中马以下牝牡三千馀匹。长吉谓其烧炼则黄金化为紫烟,终不成就;所获之马又皆凡马,不可乘之以上青天,所求皆是无益之事。此首似为宪宗好神仙信方士之说而作。○《马诗》二十三首,俱是借题抒意,或美或讥,或悲或惜,大抵于当时所闻见之中,各有所比。言马也,而意初不在马矣。又每首之中,皆有不经人道语。人皆以贺诗为怪,独朱子以贺诗为巧。读此数章,知朱子论诗,真有卓见。

【姚注】

武帝烧金,终鲜成效。而宪宗尤津津慕之,必欲以上升为愉快。嗟嗟！汉廷之老师宿儒,不减于唐,当时孰有谓爱神仙莫如武帝？究竟神仙安在？举朝皆庸人,无不知青天之难上也。《马诗》二十三首,首首寓意,然未始不是一气盘旋。分合观之,无往不可。

【姚本眉批】

　　[1]周云：烧金而仅得紫烟，则当时方士皆凡胎肉骨耳，岂解冲举之事？然此解较直截。

申胡子觱篥歌 并序

　　申胡子，朔客之苍头也。朔客李氏，亦世家子，得祀江夏王庙。当年践履失序，遂奉官北部。自称学长调短调，久未知名。今年四月，吾与对舍于长安崇义里，遂将衣质酒，命予合饮。气热杯阑，因谓吾曰："李长吉，尔徒能长调，不能作五字歌诗，直强回笔端，与陶、谢诗势相远几里！"吾对后，请撰《申胡子觱篥歌》，以五字断句。歌成，左右人合噪相唱。朔客大喜，擎觞起立，命花娘出幕，徘徊拜客。吾问所宜，称善平弄，于是以弊辞配声，与予为寿。[1]

　　　　颜热感君酒，含嚼芦中声。
　　　　花娘篸绥妥，休睡芙蓉屏。[2]
　　　　谁截太平管？列点排空星。
　　　　直贯开花风，天上驱云行。[3]
　　　　今夕岁华落，令人惜平生。
　　　　心事如波涛，中坐时时惊。[4]
　　　　朔客骑白马，剑仉悬兰缨。
　　　　俊健如生猱，肯拾蓬中萤！[5]

【汇解】

　　〔1〕杜氏《通典》：筚篥本名悲栗，出于胡中，其声悲。《文献通考》：觱

篥一名悲栗,一名笳管,羌、胡、龟兹之乐也。以竹为管,以芦为首,状类胡笳而九窍。所法者角音而甚悲栗,胡人吹之,以惊中国马焉。后世乐家者流,以其旋宫转器以应律管,因谱其音为众器之首,至今鼓吹教坊用之以为头管。然其大者九窍,以觱栗名之;小者六窍,以风管名之。六窍者犹不失乎中声,而九窍者其先盖与太平管同矣。江夏王名道宗,唐之疏属也。太宗时以战功累封江夏郡王,《唐书》有传。北部,谓北匈奴所居之地,其名始见于汉时,匈奴既分为两,遂称近南之部落曰南部,近北之部落曰北部。朔客,盖为北方边地之将者,故曰奉官北部,又谓之朔客云。长调谓七字句,短调谓五字句。《汉书·高祖本纪》:酒阑。文颖曰:阑,言希也。谓饮酒者半罢半在谓之阑。○吴本"李氏"下多一"本"字,"北部"作"北郡"。

〔2〕颜热,因酒酣而面热也。含嚼,唇含齿嚼而吹之,惟芦管为然,移加箫、笛不得。篸,与"簪"同。绥,下垂之貌。妥,平妥也。谓其簪下垂而安妥之貌。"休睡芙蓉屏",谓感觱栗声而听之,遂顿忘倦卧也。

〔3〕《文献通考》:太平管形如跋膝而九窍,是黄钟一均,所异者头如觱栗耳。唐天宝中史盛所作。按:觱栗与太平管自是二器。玩诗句知申胡子所吹者,实是太平管,而雅其名以冒称觱栗耳。言谁为此制者,截竹为管,而钻列空窍于其上如星点。然其器若无甚奇异,乃吹之作声,其劲能贯乎风而音流四远,其高能入乎云而响彻青冥如此。此真芦管之声,移赠箫、笛,便觉太猛烈矣。古称声之妙者曰"响遏行云",此借其说而反之,曰"天上驱行云",更善点化。

〔4〕在坐间闻觱篥之声,不觉有感于中,而惜光阴之虚逝。江淹诗:中坐溢朱组。吕延济注:中坐,谓坐中也。○"平生",曾本、二姚本作"年生"。

〔5〕弛当作"杷",剑之柄也。兰缨,剑柄上所悬之缨。猱,猕猴也,其性躁扰喜动,不肯安歇。《晋书》:车胤家贫,不常得油,夏月则练囊盛数十萤火以照书。梁简文帝《萤诗》:"逢君拾光采,不悋此身倾。"言朔客骑马佩剑,俊健如猱,乃武夫侠客之流,宜其于书格格不相合;肯学古人拾萤火以照书,可谓好学之人矣。夫朔客本武人,而自称能诗,盖有志自拔于侪辈

之中，而长吉因以古之好学者拟之。此以麻姑指爪而搔中其背大痒时也，宜其大喜，擎杯离席，且命爱妾出拜，以尽兴而极欢也与！○"肯拾"，曾本、姚经三本作"首拾"。

【姚注】

　　饮酒方醉，既闻苍头篥篥，致花娘不睡，出幕平弄。及五字歌成，配声为寿，管音清绝，风起云行。顾念岁华心事，安得不波涛涌也？其心事之所以波涛涌者，亦正以朔客李氏既有申胡子之能篥篥，又有花娘之善平弄，何我之独不尔乎？然朔客止一武人，驰马佩剑，健类生猱；顾乃首肯我五字之句，命花娘出拜为欢，何下珍腐草寒蛮若是也！宜贺深知己之感矣。萤，贺自喻也。首即首肯意。

老夫采玉歌

采玉采玉须水碧，琢作步摇徒好色。
老夫饥寒龙为愁，蓝溪水气无清白。[1]
夜雨冈头食蓁子，杜鹃口血老夫泪。
蓝溪之水厌生人，身死千年恨溪水。[2]
斜山柏风雨如啸，泉脚挂绳青袅袅。
村寒白屋念娇婴，古台石磴悬肠草。[3][1]

【汇解】

　　〔1〕《山海经》：耿山多水碧。郭璞注：亦水玉类。琦谓水玉是今之水精，水碧是今之碧玉。《释名》：步摇，上有垂珠，步则摇也。《瑯嬛记》：人谓步摇为女髻，非也。盖以银丝宛转屈曲作花枝，插髻后，随步辄摇，以增妩媚，故曰步摇。《太平寰宇记》：蓝田山在蓝田县西三十里，一名玉山，一名覆车山，灞水之源出此。《三秦记》：有川方三十里，其水北流，出玉。今

蓝田犹出碧玉,世谓之"蓝田碧"。诗言玉产蓝溪水中,因采玉而致蓝溪亦不能安静。不特役夫受饥寒之累,即水中之龙亦愁其骚扰,至于溪水为其翻搅,有浑浊而无清白矣。

〔2〕冈头夜雨,则寒可知;所食者惟榛子,则饥可知。吴正子云:"蓁"当作"榛"。按:《诗经正义》"榛"字或作"蓁",盖一木也,则"榛"、"蓁"故通用矣。《尔雅翼》:榛枝茎如木蓼,叶如牛李色,高丈馀,子如小栗,其核中悉如李,生则胡桃味,膏烛又美,亦可食噉,渔阳、辽、代、上党皆饶。郑注《礼》曰:榛似栗而小,关中、鄜坊甚多。然则其字从"秦",盖此意也。《华阳风俗录》:杜鹃大如鹊而羽乌,声哀而吻有血,春至则鸣。《尔雅翼》:子寯出蜀中。今所在有之。其大如鸠,以春分先鸣,至夏尤甚,日夜号深林中,口为流血,至章陆子熟乃止,农家候之。亦曰杜宇,亦曰杜鹃,亦曰周燕,亦曰买鹪,名异而实同也。"杜鹃口血老夫泪"者,乃倒装句法,谓老夫之泪如杜鹃口中之血耳。"厌生人"者,因采玉而溺死者甚众,故溪水亦若厌之。"身死千年恨溪水",谓身死之后,虽千祀之久,其怨魄犹抱恨不释。夫不恨官吏,而恨溪水,微词也。

〔3〕挂绳,谓结绳于身,悬挂而下以入溪采玉也。《汉书》:致白屋之意。颜师古曰:白屋,谓白盖之屋,以茅覆之,贱人所居。王肃《家语注》:白屋,草屋也。《释名》:人始生曰婴儿,胸前曰婴,抱之胸前,乳养之也。石磴,石山之上可以登陟之道。《述异记》:悬肠草,一名思子蔓,南中呼为离别草。夫己之生死正未可必,乃睹悬肠之草又动思子之情,触物兴怀,俱成苦境,深可哀矣。○按韦应物《采玉行》云:"官府征白丁,言采蓝溪玉。绝岭夜无人,深榛雨中宿。独妇饷粮还,哀哀舍南哭。"与此诗正相发明。

【姚注】

唐时贵玉,尤尚水碧。德宗朝,遣内给事朱如玉之安西于阗求玉。及还,诈言为回纥夺去。后事泄,流死。复遣使四出采取。蓝田有川三十里,其水北流,产玉。山峡险隘,水窟深杳。此诗言玉不过充后宫之饰,致驱苍黎于不测之地,少壮殆尽,耄耋不免,死亡相继,犹眷妻孥。而无益之征求,竟不知民命之可轸念也。可胜浩叹！○步摇，妇人首饰也。

【姚本眉批】

〔1〕钱云："斜山"以下句，言此老夫见风雨而念稚子之饥寒也。○蒋云：此言官责采玉之非也。

伤心行

咽咽学《楚》吟，病骨伤幽素。
秋姿白发生，木叶啼风雨。
灯青兰膏歇，落照飞娥舞。
古壁生凝尘，羁魂梦中语。[1]

【汇解】

〔1〕学《楚》吟，学《楚词》哀怨之吟。"木叶啼风雨"，谓木叶与风雨相搅，其声一如啼啸。"灯青兰膏歇"，灯久膏将尽，则其焰低暗作青色。"落照飞娥舞"，灯花谢落，因飞蛾舞触所致。羁魂，羁客之魂。通首皆言羁旅无聊之况。《楚辞》：兰膏明烛，华容错些。王逸注：兰膏，以兰香炼膏也。"飞娥"，曾本、姚经三本作"飞蛾"，是也。《古今注》：飞蛾善拂火，一名火花，一名慕光。

【姚注】

高才不偶，羁绁京华。吞声拟《骚》，茕茕在疚。时凋鬓改，闻落叶亦成啼声。灯青膏歇，槁灭将及也。落照蛾飞，光辉难再也。嘘拂无人，则微尘陈结，欲诉何由？梦中独语，心之云伤，良已极矣！

湖中曲

长眉越沙采兰若,桂叶水莏春漠漠。

横船醉眠白昼闲,渡口梅风歌扇薄。[1]

燕钗玉股照青渠,越王娇郎小字书。

蜀纸封巾报云鬟,晚漏壶中水淋尽。[2][1]

【汇解】

〔1〕长眉,已见前注。兰若,谓幽兰杜若,皆香草。颜延年诗:芬馥歇兰若。水莏,一作"水苤","苤"、"莏"二字通用。《尔雅翼》:龙红草也,一名马蓼,叶大而赤白色,生水泽中,高丈馀,今人犹谓之水红草,而《尔雅》又谓之茏古。漠漠,言其弥漫多生之貌。《太平御览》:五月有落梅风。《岭南录》:梅雨后,风曰梅风。然上文既有"春"字,此句又及夏景,必有一误。庾信诗:绿珠歌扇薄,飞燕舞衫长。吴正子曰:妇人以扇自障而歌,曰歌扇。诗言长眉之女,行越沙渚而采芳草。乃芳草不见,惟见桂叶水莏漠漠其间,于是醉眠横船之内,消此闲昼,微摇歌扇于渡口梅风之中。此句正描出上文"闲"字之意。○"横船",曾本、二姚本俱作"横倚"。

〔2〕燕钗,钗上作燕子形;玉股,钗脚以玉为之者。"青渠"当作"清渠",谓水渠之清浅者。张华诗:兰蕙缘清渠,繁华荫绿渚。沈约《丽人赋》:沾妆委露,理发清渠。上文言临风摇扇,此句言照水整妆,皆极状"闲"字之意。越王娇郎,喻王孙贵公子一流。《水经注》:南越王遣太子名始,降服安阳王,称臣事之。安阳王有女名眉珠,见始端正,与始交通。所谓越王娇郎者,疑用此事。《广博物志》:陆倕有《谢安成王赐西蜀笺纸一万幅》。《国史补》:纸则有蜀之麻面屑末滑石金花长麻鱼子十色笺。知蜀中笺纸自古见称。沈约诗:"云鬟垂宝花。"诗言湖中女子正在闲处无聊之时,忽有贵介公子以小字书之于巾,而以蜀纸封之,以报佳人,约其晚漏尽时,与相期会。

○"玉股",一作"玉服"。"娇郎",一作"娇娘"。"壶中",一作"铜壶"。

【姚注】

此即追咏范蠡五湖也。长眉,指西子。越沙,即越来溪。言西子自吴破后,春尽昼闲,别无事事。渡口临流,回忆歌舞旧地,燕钗照耀,犹是吴王所赐。越王娇郎,指蠡也。西子媚吴,皆越王与蠡指使。小字书,密授以计。蜀纸封巾,自吴亡后,蠡意谓无以为报。漏残水尽,恐芳时难再,自此遂谋与为五湖游矣。○越王娇郎,曾云:当指贵客。非。

【姚本眉批】

[1] 陈云:诗中有越王娇郎,其为追咏西施无疑矣。细玩首四句,当是西施未入吴之时。后四句,当是西施既入吴,与蠡合谋灭吴之时。"蜀纸封巾报云鬓",报越兵之至也。越兵至而宫漏尽,究吴王何负于西施哉?言外味之不尽。

黄家洞[1]

雀步蹙沙声促促,四尺角弓青石镞。
黑幡三点铜鼓鸣,高作猿啼摇箭箙。[2]
彩巾缠跨幅半斜,溪头簇队映葛花。[3]
山潭晚雾吟白鼍,竹蛇飞蠹射金沙。[4]
闲驱竹马缓归家,官军自杀容州槎。[5][1]

【汇解】

[1]《通鉴》:元和十一年十一月壬戌朔,容管奏黄洞蛮为寇。乙丑,邕管奏击黄洞蛮,却之,复宾、峦等州。十二月己未,容管奏黄洞蛮屠岩州。胡三省曰:黄洞蛮即西原蛮,其属黄氏者谓之黄洞蛮。《唐书》:西原蛮居

广、容之南，邕、桂之西。有窨氏者，相承为豪。又有黄氏居黄橙洞，其隶也，其地西接南诏。贞元十年，黄洞首领黄少卿者，攻邕管，围经略使。孙公器请发岭南兵穷讨之。德宗不许，命中人招谕。不从。俄陷钦、横、浔、贵四州。少卿子昌沔逾勇，前后陷十三州，气益振。乃以唐州刺史阳旻为容管招讨经略使，引师掩贼，一日六七战，皆破之，侵地悉复。元和初，邕州擒其别帅黄承庆。明年，少卿等归款，拜归顺州刺史，弟少高为有州刺史，未几复叛。又有黄少度、黄昌欢二部，陷宾、峦二州据之。十一年，攻钦、横二州。邕管经略使韦悦破走之，取宾、峦二州。是岁复屠岩州。桂管经略使裴行立轻其军弱，首请发兵尽诛叛者，徼幸有功，宪宗许之。行立兵出击，弥更二岁，妄奏斩获二万，罔天子为解。自是邕、容二道，杀伤疾疫，死者十八以上，调费斗亡，繇行立、阳旻二人，当时莫不咎之。又韩昌黎有元和十五年《上黄家贼事宜状》：臣去年贬岭外刺史，其州虽与黄家贼不相邻接，然见往来过客并谙知岭外事人所说，其贼并是夷獠，亦无城郭可居，依山傍险，自称洞主，衣服言语都不似人。寻常亦各营生，急则屯聚相保。比缘邕管经略使多不得人，德既不能绥怀，威又不能临制，侵欺虏缚，以致怨恨。蛮夷之性，易动难安，遂至攻劫州县，侵暴平人。或复私仇，或贪小利，或聚或散，终亦不能为事云云。读此见黄家贼之横，有与长吉诗相发明者，故摘录焉。

〔2〕雀步，状蛮人之行，犹雀之跃，蹩行沙上，促促有声。《后汉书》：邑娄国弓长四尺，力如弩矢，用楛长一尺八寸，青石为镞。引此以状蛮人弓矢之异。黑幡三点，状蛮人旗帜之异。铜鼓鸣，状蛮人聚众之异。《隋书》：诸蛮并铸铜为大鼓。初成，悬于庭中，置酒以招同类。来者有豪富子女，则以金银为大钗，执以叩鼓，叩竟，乃留遗主人，名为铜鼓钗。俗好相杀，多构雠怨，欲相攻则鸣此鼓，到者如云。有鼓者号为"都老"，群情推服。杜氏《通典》：铜鼓，铸铜为之，虚其一面，覆而击其上。南夷、扶南、天竺类皆如此，岭南豪家亦有之，大者广丈馀。《上南志》：都蛮呼铜鼓曰"诸葛鼓"，相传以为宝器。鼓有剥蚀又声响者为上，上者易牛千头，次者七八百头，递有等差。藏至二三面者，即得雄视一方，僭称王号。每出劫，击鼓高山，诸蛮顷

刻云集。集则椎牛数十头飨蛮，乃出劫。劫数胜，益以鼓为灵。高作猿啼，状蛮人叫呼声如猿啸。摇箭箙，状其动跃不静之态。郑玄《周礼注》：箙，盛矢器也，以兽皮为之。

〔3〕吴正子曰：蹲，胫也，合作"骹"，读如"敲"声。言蛮人以彩色之布斜缠其胫，在于溪头，簇立成队，与葛花相映。葛草蔓延而生，引长一二丈，其叶有三尖，如枫叶而长，面青背淡。七八月开花成穗，累累相承，红紫色。其皮治之作丝，以为绤绤。○"队"，曾本、二姚本作"坠"。

〔4〕二句状洞中景物之异，险不可入。《本草》：鼍，今江湖极多，形似守宫鲮鲤辈，长一二丈，背尾俱有鳞甲，夜则鸣吼，舟人畏之。《晋书》：孙亮初，公安有白鼍鸣。《本草》：竹根蛇，《肘后方》谓之青蜓蛇，最毒，喜缘竹木，与竹同色。"飞蠹"疑亦毒虫名，或是"飞蛊"之误。

〔5〕蛮人恣掠而去，闲驱竹马，缓缓归家，自来自往，若在无人之境。官军不能追讨，只自杀容州槎而已。竹马，恐是蛮中马名，如所称果下马之类；或是蛮中运载之器，若古所称木牛流马之类。曾注谓视酉如并州小儿之骑竹马者，非也。容州，汉合浦县地，隋为合浦郡之德流县。唐武德四年，分置铜州，贞观元年改容州，因州西容山而名，属岭南道。槎，斜斫木也。言官军不敢杀贼，但可自斩伐容州之树木，甚言其无用。吴正子注：谓官军出战，不能得真蛮，徒自杀容管之民。槎，或蛮称民之辞。

【姚注】

安南黄洞蛮黄少卿作乱。元和十一年，青容管以兵却之。先是祭酒韩愈上言："黄贼依山阻险，总由经略非人，将士意在邀功，杀伤疾疫，十室九空。若因改元大赦，自无侵叛。"上不听。贺诗峤讯行间之妄杀云。雀步挽强，树幡鸣鼓，高作猿啼，黄洞蛮之据得其险也。惟据得其险，是以幅巾躔蹲，簇映葛花，所闻止雾里白鼍之吟与竹中飞蛇之射。其曰飞射者，则又明黄洞蛮之巧于移祸于青容管耳。黄洞蛮作乱，青容管方图以兵却贼，[①]乃将

---

① 以上三"青"字，当作"邕"，见王琦汇解。

士畏险莫上，至杀良报功，容州槎且不免。贺故为谴告黄洞蛮之语曰：尔试闲驱竹马缓缓归家，官军之来，自为杀容州槎，而不为尔也。情词特妙。○雀步，状贼之跻捷。《汉书》：挹娄国弓长四尺如弩，以青石为镞。黑幡，旗也。夷獠俗尚铜鼓。伏波、武侯征蛮，皆铸铜鼓以镇服之。鼍鸣如桴鼓，其数应更，故昔谓之鼍更。含沙射影，状洞中之毒也。槎，水名。横州有江曰横槎。容州槎，即容管地。曾云：槎作山不茬藙，犹斜斫木也。又有云：槎或蛮称民之词。谬。

【姚本眉批】

　　[1] 钱云：极状洞蛮之狡。闲驱竹马，令官军自杀居民，可为痛愤，足知用人之失矣！

屏风曲

　　　　蝶栖石竹银交关，水凝绿鸭琉璃钱。[1]
　　　　团回六曲抱膏兰，将鬟镜上掷金蝉。
　　　　沉香火暖茉萸烟，酒觥绾带新承欢。
　　　　月风吹露屏外寒，城上乌啼楚女眠。[1]

【汇解】

　　〔1〕屏风上画蝴蝶栖石竹之形，而以银作交关。交关者，盖屏风两扇相连属处，即今之铰链也。又作鸭绿水波之文，或以琉璃作钱文加其上，盖言屏风上之雕饰。六曲，十二扇也，以十二扇叠作六曲，唐诗"山屏六曲郎归夜"是也。抱膏兰，谓围灯烛于其中。金蝉，首饰之类。酒觥绾带，谓两杯相并，以带系其足而联络之。今婚礼合卺用之，谓之合卺杯，即古之所谓连理杯也。观此，知唐时已有此制。○《文苑英华》本"绿鸭"作"鸭绿"，"团回"作"周回"，"膏兰"作"银兰"，"将鬟"作"解鬟"，"沉香火"作"沉香水"，"酒

舨"作"酒馀"。

【姚注】

蝶栖石竹,屏上所画之物也。银交关,以银为轴也。瑠璃碧色,作钱为饰,如水之凝绿似鸭头也。灯明妆卸,烬蒸筋传,露下乌啼,湘帏梦熟,又宁知人间苦寒耶? ○曾云:蝶与竹俱白,故银色交关。非。

【姚本眉批】

〔1〕蒋云:首句状开合,次句状颜色。

南山田中行

秋野明,秋风白,塘水潺潺虫喷喷。[1]
云根苔藓山上石,冷红泣露娇啼色。[2]
荒畦九月稻叉牙,蛰萤低飞陇径斜。[3]
石脉水流泉滴沙,鬼灯如漆点松花。[4][1]

【汇解】

〔1〕潺潺,谓水清深;喷喷,谓声轻细。○"秋风",姚经三本作"秋色"。

〔2〕《锦绣万花谷》:唐人多使云根为石,以云触石而生也。姚仙期訾其既云云根,又云山上石为重复。琦按:"云根"字本起自张协诗:"云根临八极,雨足洒四溟。"六臣俱无注释。然玩其文义,盖谓云起浓郁处,原不作石字使。冷红,谓花也,以其开于秋露之中,故曰冷红。

〔3〕荒畦,谓荒野中之田。蛰萤,萤遇冷气,光不甚明。

〔4〕鬼灯低暗不明,状如漆灯点缀松花之上。《述异记》:阖闾夫人墓中,周围八里,漆灯照烂如日月焉。○"点",曾本、二姚本作"照"。

【姚注】

此秋田月夜时也。桂魄皎然,野风爽朗,水静蛩吟,苔深花湿,芳蕙低垂,流萤历乱,石泉声细,磷火光微。陇上行吟,情思清绝。

【姚本眉批】

[1] 钱云:帝王陵多以漆为灯。鬼灯如漆,想当然耳。照松花,其光若明若暗,曲尽鬼态。

贵主征行乐[1]

奚骑黄铜连锁甲,罗旗香干金画叶。[2]
中军留醉河阳城,娇嘶紫燕踏花行。[3]
春营骑将如红玉,[1] 走马捎鞭上空绿。[4]
女垣素月角呼呼,牙帐未开分锦衣。[5]

【汇解】

〔1〕姚经三注:元和朝,王承宗反,诏以吐突承璀为神策河中、河阳等道行营兵马诸军招讨处置使讨之。承璀骄纵侈靡,威令不振。此诗盖讥其征行为乐耳。贵主即中贵作主帅。曾氏以为女主统兵而行者,非是。琦按:《后汉书·窦宪传》:今贵主尚见枉夺,谓沁水公主也。沈佺期《侍宴安乐公主新宅诗》:皇家贵主好神仙。是皆以公主为贵也。疑在当时有公主出行,宴饮于河阳城中,长吉见之而作是诗。其所从之将卒,皆护从之兵,而非战斗之兵,故其旌旗甲马,皆言其华靡艳丽而已。虽史传无考,而因文度事,略为近是。以为吐突承璀而作者,非也。

〔2〕郑玄《周礼注》:古者从坐,男女没入县官为奴,其少才智以为奚。今之侍史官婢或曰奚,宦女也。《十六国春秋》:狯胡铠如连锁,射不可入。周益公《二老堂诗话》:今谓甲之精细者为锁子甲,言其相衔之密也。"罗旗

香干金画叶",谓以罗为旗,以香木为干,而金画之。极言富丽之态。○"骑",一作"妓"。

〔3〕《元和郡县志》:河南府有河阳县,西南至府八十里。自乾元以后,常置重兵,贞元后加置节度,为都城之巨防。《一统志》:河阳城在河南怀庆府孟县西南三十里。《春秋》"天王狩于河阳"即此。刘劭《赵郡赋》:其良马则飞兔、奚斯、常骊、紫燕。

〔4〕《西京杂记》:赵后体轻腰弱,善行步进退;女弟昭仪弱骨丰肌,尤工笑语。二人并色如红玉,为当时第一。今以称骑将,盖言其仅取貌美者充之耳。上空绿,谓其驰马轻捷,如上腾空际。

〔5〕女垣即女墙,城上小墙也。角,军中吹之以司昏晓者。《太平御览》:《宋乐志》曰:角长五尺,形如竹筒,本细末稍大,未详所起。今军中用之,或以竹木,或以皮为之,无定制。按:古军法有吹角,此器俗名拨逻回,盖胡虏警军之音,所以书传无之。牙帐,主将所居之帐,建牙旗于帐前,故谓之牙帐。分锦衣者,以锦衣颁赐于下也。天色未明,主帐未开,而犒赉之令已下,以见号令不时,而赐予横滥之意。

【姚注】

元和朝,王承宗反。诏以吐突承璀为神策河中等道行营兵马诸军招讨处置等使讨之。承璀骄纵侈靡,威令不振。此盖讥其征行为乐耳。先承璀使乌重胤诱执卢从史,遂牒昭义留后。李绛谏止。乃以重胤镇河阳。而重胤之德承璀,故尔留醉河阳也。甲帜鲜艳,徒壮军容。紫燕蹋花,竟忘进取。纪律弛懈,士马以奔逐为戏。晓角初鸣,中军未发,即滥赏予。卒至玩寇丧师,竭财失律。夫刑余嬖幸,妄窃兵权。前朝鱼朝恩之败,以及窦、霍之奸,而主上犹然不悟,大可感已!○贵主,即中贵作主帅。曾以为女主统兵而行者,非。唐宦官有五局:一曰掖庭,二曰宫闱,三曰奚官,四曰内仆,五曰内府。曾以奚为女官,非。别本注河阳,俱无可据。

[1]钱云：骑将如红玉，是皆纨袴之子，美容貌事驰驱耳。以之随征，其为主将可知。

酒罢张大彻索赠诗时张初效潞幕[1]

长鬣张郎三十八，天遣裁诗花作骨。[2]
往还谁是龙头人？公主遣秉鱼须笏。[3]
水行青草上白衫，匣中章奏密如蚕。[4]
金门石阁知卿有，豸角鸡香早晚含。[5]
陇西长吉摧颓客，酒阑感觉中区窄。
葛衣断碎赵城秋，吟诗一夜东方白。[6][1]

【汇解】

〔1〕按：张彻，韩昌黎门人，又其从子婿也。中元和四年进士，累官至范阳府监察御史，长庆中迁殿中侍御史。以军乱被执，骂众而死。昌黎作墓志铭，详载其事。潞州，上党郡也，属河东道。

〔2〕《北史》：许惇美须，下垂至带，省中号"长鬣公"。三十八，纪彻之年也。董懋策曰："花作骨"，犹锦心绣肠之谓。○"八"或作"一"。

〔3〕《魏略》：华歆与北海邴原、管宁俱游学，三人相善，时人号三人为一龙：歆为龙头，原为龙腹，宁为龙尾。"往还谁是龙头人"，言往还之人，无有能出其上者。"公主遣秉鱼须笏"，似言以外戚荐引入仕。《礼记》：笏，大夫以鱼须文竹。《正义》云：文，饰也。庾氏云：以鲛鱼须饰竹以成文。卢云：以鱼须及文竹为笏。陆氏《音义》：崔云，用文竹及鱼斑也。《隐义》云：以鱼须饰文竹之边，须音"斑"。

〔4〕唐时无官人白衣，八品、九品官青衣。青草上白衫，正谓其初入仕途，脱白着青。旧注以水行谓往潞中程次，青草上白衫为春天之候，似非

是。○"水行",一作"太行"。

〔5〕言不久即当登侍从之班,晋御史之秩。《三辅黄图》:金马门,宦者署。武帝得大宛马,以铜铸象立于署门,因以为名。东方朔、主父偃、严安、徐乐,皆待诏金马门,即此。石渠阁,萧何造。其下砌石为渠以导水,若今御沟,因为阁名。藏入关所得秦之图籍,至于成帝,又于此藏秘书焉。《初学记》:《汉官仪》曰,獬豸兽性触不直,故执宪者以其角形为冠。杜氏《通典》:法冠一名獬豸冠,一角为獬豸之形,御史台监察以上服之。尚书郎口含鸡舌香,以其奏事对答,欲使气息芬芳。吴正子注:香可含,而以豸角连言,似是语疵。然古书多有此类。如大夫不得造车马,车可造,马不可造,不可以辞泥也。

〔6〕中区窄,谓心事不舒。赵城,县名,在河东道,属平阳郡。贺与彻相会饮酒,盖在其地。

【姚注】

张垍尚玄宗宁亲公主。彻,其裔也。贺谓彻髭美年壮,才冠时流,仅以外戚起家,得列大夫。"水行"二句,言作幕椽舟行野服时,时掌章奏甚多。然以彻之博雅当居馆阁,丰采当居台郎,自是分内之事。从此引汲,旦暮可致。乃贺自顾落落,大非彻比,郁抑穷愁,唯借长吟以遣中夜。○《礼记》:大夫笏饰以鱼须。

【姚本眉批】

[1]诗骨虽同而吟况各别。

罗浮山人与葛篇[1]

依依宜织江雨空,雨中六月兰台风。[2]
博罗老仙时出洞,千岁石床啼鬼工。[3]

蛇毒浓凝洞堂湿，江鱼不食衔沙立。[4]
欲剪湘中一尺天，吴娥莫道吴刀涩。[5]

【汇解】

〔1〕《艺文类聚》：《罗浮山记》曰，罗浮者，盖总称焉。罗，罗山也；浮，浮山也。二山合体谓之罗浮。在增城、博罗二县之境。○"山人"，曾本、二姚本作"山父"。

〔2〕二句略言时景。织，状密雨空蒙之意。宋玉《风赋》：楚襄王游于兰台之宫，有风飒然而至，王乃披襟而当之，曰："快哉此风，寡人所与庶人共者耶！"

〔3〕博罗即罗浮之异名，山中有朱明、黄龙、蝴蝶、夜乐诸洞。老仙即谓山人。石床即洞中之石床，名山洞府中多有之。鬼工，谓工作之巧者。以其精细之极，似非人工所能，故谓之鬼工。言此葛者，乃鬼工所为，今山人持之出洞，鬼工知其将以与人，故惜之而啼也。

〔4〕蛇因湿闷薰蒸而毒气不散，江鱼因水热沸郁而静伏不食。极言暑溽之象，以起下文命人剪葛制衣之意。○"蛇毒浓凝"，一作"毒蛇浓吁"。

〔5〕"湘中一尺天"，喻葛之莹白，如湘水清深，中含天光，与之一色，犹老杜所谓"焉得并州快剪刀，剪取吴淞半江水"也。吴本、姚经三本以"湘中"作"箱中"，以箧中解之，非也。或作"相中"，尤非。吴刀，谓吴地所出之剪刀。鲍照诗"吴刀楚制为佩补"，李白诗"吴刀剪彩缝舞衣"，皆作此解。以刀为刀剑解者，亦非。涩谓刀钝。

【姚注】

状葛之纤细如江雨濛濛，经纬莫辨。暑中服此，如得新雨之凉，即六月亦似游兰台之宫，有风飒然也。山父时出洞采葛。千岁石床，言非寻常机杼，不惟人力难致，即奇巧如鬼工，亦为之惊啼不及也。葛多生于深谷，或垂于江边，故蛇凭鱼依焉。一尺天，即"剪取吴淞半江水"意。此言所乞甚少，而司葛之女工勿致，吝惜靳予也。别本以"箱中"为"湘中"，凿。

仁和里杂叙皇甫湜[1]

大人乞马癯乃寒，宗人贷宅荒厥垣。
横庭鼠径空土涩，出篱大枣垂珠残。[2]
安定美人截黄绶，脱落缨裾瞑朝酒。
还家白笔未上头，使我清声落人后。[3]
枉辱称知犯君眼，排引才升强絙断。
洛风送马入长关，阖扇未开逢猰犬。[4]
那知坚都相草草，客枕幽单看春老。
归来骨薄面无膏，疫气冲头鬓茎少。[5]
欲雕小说干天官，宗孙不调为谁怜！
明朝下元复西道，崆峒叙别长如天。[6]

【汇解】

〔1〕湜新尉陆浑。○按《唐书·柳玭传》：仁和里在东都。《皇甫湜传》：湜字持正，睦州新安人。擢进士第，为陆浑尉，仕至工部郎中。褊急使酒，数忤同省，求分司东都，留守裴度辟为判官。陆浑，县名，隶河南府，为畿县。有尉二人，正九品下。

〔2〕大人是其尊行，宗人是其九族。向大人乞马，则得其瘦且寒者；向宗人借宅，则又得其垣之荒者。庭土秽塞，仅为鼪鼯所游之径；篱落败阙，果木又见凋残。四句长吉自叙困阨冷况。《魏志》：扶馀国出美珠，珠大者如酸枣。○"乃寒"，姚经三本作"且寒"。"垂珠"，吴本作"垂朱"，一作"垂红"。

〔3〕后汉皇甫规、皇甫嵩，皆安定朝那人。今湜虽占籍睦州，而族望本自安定，故谓安定美人。颜师古《汉书注》：丞尉职卑，皆黄绶。今湜为尉，

故借用黄绶事。其实唐时五品以上有绶,六品以下皆去绶。即五品以上所服之绶,有绿、紫、青、黑四色,亦无黄色者也。脱落缨裾,谓其不以朝服为重。暝,夜也。暝朝酒,谓其朝夜饮酒为乐。《魏略》:帝尝大会殿中,御史簪白笔侧阶而坐。上问左右:"此为何官?何主?"辛毗曰:"此为御史。"旧时簪笔以奏不法,今者直备官但眊笔耳。《唐书·车服志》:七品以上以白笔代簪,八品、九品去白笔。今湜之官职始及九品,所谓"白笔未上头"也。

〔4〕枉辱称知己,而得邀君之眄顾。方欲荐引升朝,而君又去。如强绳引物,忽然中断,更有何益?排引,引荐也。絚,当是"緪"字之讹。《说文》作"緪",云:大索也,古恒切,音与"庚"同。《吕氏春秋》:乃修阖扇。高诱注:阖扇,门扇也。"獀犬"当是"瘈犬"之误,读若"记",谓犬之狂者。《左传》"国人逐瘈狗"是也。此用其字。宋玉《九辨》:"岂不郁陶而思君兮?君之门以九重。猛犬狺狺而迎吠兮,关梁闭而不通。"此用其义。吴正子曰:长吉为皇甫诸公推挽,又为他人沮毁,故有逢犬之语。《小传》云"中人亦多排摈毁斥",可见矣。

〔5〕吴正子注:"坚都"一作"竖都",皆未详。曾益注以孟坚《两都赋》解之,恐无此用事法。下三句皆自言病起之状。○"疫气",一作"疢气"。

〔6〕《庄子》:饰小说以干县令。《白帖》:吏部为天官,选授之事,吏部主之。长吉以天潢之裔,淹久不调,故欲上书天官,乞其见怜之事。下元,十月望日也。《太平寰宇记》:禹迹之内,山名崆峒者有三:一在临洮,一在安定,一在汝州。时湜方仕陆浑,陆浑与汝州相近,殆指汝州之崆峒耶?

【姚注】

唐《百官志》:驾部给马,七品以下二匹。大人,长者之称,指湜也。尉职卑微,故所乞之马自瘠。宗人,贺自称也。王孙穷困,竟无庐舍,僦居废室,多穴鼪鼯,果树寂寞,荒凉篱落。安定美人,指韩愈也。愈初祖茂,有功于魏,封安定王。[1]贺与湜、愈俱交厚。时愈亦贬阳山令。昔陈子昂《送齐少府赋》云:黄绶位轻,而青云望重。以是脱落纵饮。及至还家,而当日所簪御史之白笔,未得上头。我方望君辈推毂,顷虽以新声见长,亦不得彰誉人前。辱两君垂顾,正将引汲,而一贬一去,如绠之断绝。令我自洛入关,未觏闾阎,即遇谗噬。本拟效孟坚作《两都》之赋,那知草草不能如愿。客枕幽单,徒看好景之逝。归来颜色枯槁,毛发凋谢。虽欲镂文饰词,冀邀铨衡,谁为哀王孙而手援者? 又当来晨远别,分袂于崆峒之阳,殊杳不可追已! ○宗人、宗孙,皆贺自称。曾以宗人引《周礼》掌家礼者。非。"坚都",即班孟坚赋《两都》也。

【姚本眉批】

[1] 钱云:证据安定,僻而确。

宫娃歌[1]

蜡光高悬照纱空,花房夜捣红守宫。[2]
象口吹香毾㲪暖,七星挂城闻漏板。[3]
寒入罘罳殿影昏,彩鸾帘额著霜痕。[4]
啼蛄吊月钩阑下,屈膝铜铺锁阿甄。[5]
梦入家门上沙渚,天河落处长洲路。
愿君光明如太阳,放妾骑鱼撇波去。[6]

【汇解】

〔1〕娃,美女也。此篇盖为宫女怨旷之词。

〔2〕《博物志》:蜥蜴或名蝘蜓,以器养之,食以丹砂,体尽赤。所食满七斤,治捣万杵,点女人肢体,终身不灭;惟房室事则灭,故又号守宫。《传》云:东方朔语汉武帝,试之有验。

〔3〕《香谱》:香兽以涂金为狻猊、麒麟、凫鸭之状,空中以燃香,使烟自口出,以为玩好,复有雕木埏土为之者。此云"象口吹香",盖为象形而香喷于口者也。毾㲪音"榻登"。《埤苍》:毛席也。《北堂书钞》:氍毹细者谓之

氍毹。《韵会》：氀毼，织毛褥也，一曰氍毹。《通雅》：中天竺有氍毹，今曰氆氇。秦、蜀之边多有之，似褐，五色方锦，从外徼来，广中洋泊亦有至者。七星，北斗也，夜久则北斗横斜，似挂于城上。漏板，以铜为之，随更鼓而击，以为每更深浅之节。

〔4〕罘罳音"浮思"。《说文》：罘罳，屏也。《汉书》：未央宫东阙罘罳灾。颜师古注：罘罳谓连阙曲阁也，以覆重刻垣墉之处。《古今注》：罘罳，屏之遗象也。臣来朝君，行至门内屏外，复应思惟。罘罳，复思也。汉西京罘罳合板为之，亦筑土为之，每门阙殿舍前皆有焉，于今郡国厅前亦树之。《酉阳杂俎》：士林间多呼殿榱桷护雀网为罘罳，其浅误也如此。《礼记》曰：疏屏，天子之庙饰。郑注云：屏谓之树，今罘罳也。刻之为云气虫兽，如今之阙。张揖《广雅》曰：罘罳谓之屏。刘熙《释名》曰：罘罳在门外。罘，复也；罳，思也。臣将入请事，于此复重思也。苏鹗《演义》谓罘罳织丝为之，象罗网交文之状，盖宫殿檐户之间。胡三省《通鉴注》：唐宫殿中，罘罳以丝为之，状如网，以捍燕雀，非如汉宫阙之罘罳也。合诸说观之，汉之罘罳，屏阙之异名；唐之罘罳，网户之别号。此诗所谓罘罳者，是指捍护鸟雀之网户。但网户亦有二种：其一镂木为之，其中疏通可以透明，或为方空，或为连琐，今之格亮之类；其一结线为之，如今之鱼网之类。彩鸾帘额，谓以缯帛为帘帷之额，而绣画彩鸾于上。

〔5〕蛄，蝼蛄也，一名蝼蝈，穴于土中，短翅四足。《本草衍义》云：此虫立夏后至夜则鸣，声如蚯蚓，《月令》"蝼蝈鸣"者是矣。吊月，向月而鸣也。钩栏，即栏杆，以其随屋之势高下湾曲相钩带，故谓之钩栏。《十六国春秋》：石虎作金银钮屈膝屏风。梁简文帝诗：织成屏风金屈膝。《辍耕录》：今人家窗户设铰具，或铁或铜，名曰环钮，即古金铺之遗意，北方谓之屈戌。李贺诗"屈膝铜铺锁阿甄"，"屈膝"当是"屈戌"。《研北杂志》：金铺为门饰，屈膝盖铰链。上二乘者为锯，下三衡者为钺云。琦按：屈膝是门与柱相交处之拳钉，其形折曲若人膝之屈者然，故曰屈膝。铜铺是门上之兽面环钮，所以受锁者。阿甄，魏文帝之甄夫人。初入宫有宠，后以郭后、李阴贵人并得幸，遂失意幽闭。六朝时称妇人多以阿字冠其姓上，如《南史》齐高帝称

周盘龙爱妾杜氏曰阿杜是也。○"铜铺",一作"金铺"。

〔6〕思归家而不得,惟有梦魂一往。所愿君之明如太阳,无不遍照,知宫人之幽怨而放出之,如骑鱼撇波而去,幸矣。"骑鱼"字甚怪,或传写之讹亦未可定。若依文而释之,不曰乘舟,而曰骑鱼,盖欲归之至,舟行稍缓,不似鱼游之速耳。夫宫娃未易得放,河鱼岂可骑乘? 以必不然之事,而设为痴绝之想,摹拟怨情,语意双极。《元和郡县志》:苏州长洲县,万岁通天元年析吴县置,取长洲苑为名,苑在县西南七十里。王褒《四子讲德论》:故膺腾撇波而济水,不如乘舟之逸也。李善注:《说文》曰,撆,击也。"撆"字今多作"撇",匹灭切,音"篇",入声。

【姚注】

元和八年夏大水,上以为阴盈之象,出后宫人三百车。此托有未出之宫人,当秋夜思遣之意。幽闭寂寞,未得临幸,犹如甄氏之失宠也。既因大水将遣,则梦魂中无之非水。[1]家门宛在沙渚,天河疑是长洲。亦止愿君王皜如秋日,使妾得再因大水放归,犹之乎骑鱼撇波去已。○甄氏,魏文帝后,失宠幽闭。宫娃,即吴娃也。别本以为如鱼撇波而济女,总与旨悖。

【姚本眉批】

[1] 蒋云:此咏宫人思家也。

堂 堂[1]

堂堂复堂堂,红脱梅灰香。
十年粉蠹生画梁,饥虫不食摧碎黄。[2]
蕙花已老桃叶长,禁院悬帘隔御光。[3]
华清源中礜石汤,徘徊白凤随君王。[4][1]

【汇解】

〔1〕《唐书》：隋乐府有《堂堂曲》。《乐府诗集·乐苑》曰：《堂堂》，角调曲。又曰：《堂堂》，本陈后主所作，唐为法曲，故白居易诗云"法曲法曲歌《堂堂》"是也。

〔2〕堂堂者，指堂室而言也，重言之以起其叹息之意。红脱梅灰香，谓其彩色脱落，香尘销歇。饥虫，谓梁木中蛀虫。碎黄，谓所蛀木屑。○"红脱梅灰香"，一作"红熟海梅香"。"摧"，一作"堆"。

〔3〕花木虽好，无人玩赏，悬帘不改，而御光隔绝。见君王久不行幸至此。

〔4〕骊山在陕西西安府，山下有温泉，秦、汉、隋、唐之君，皆尝游幸。唐太宗置温泉宫于其地，玄宗改名华清宫。王褒《温泉铭》：挺此温谷，骊丘之阴。白礜上彻，丹砂下沉。《渔隐丛话》：汤泉多作硫黄气，浴之则袭人肌肤，惟骊山是礜石泉。琦按：礜石性热，置水瓮中则水不冰。故骊山之温泉，古人以为下有礜石所致。白凤事未详。曹唐《游仙诗》"不知今夜游何处？侍从皆骑白凤凰"，疑是取神仙从卫，以喻当时侍从之臣。○此诗当是有离宫久不行幸，渐见弊坏，长吉见之而作。结处见华清之地，尚有君王巡幸、侍从络绎之盛，以反形此地之寂寞。

【姚注】

陈、隋作《玉树后庭花》而歌《堂堂》，以奢靡致亡。自开元以来，华侈已极，兵戎屡召，是《堂堂》者殆复见之矣。[2]复阁曲房，岁久荒废，梅灰粉壁，脱落堪伤。而又蠹生梁上，饥虫不食。盖蕙老桃长，御光隔绝不至者亦已久矣。因思华清源中，驾幸温泉，倾宫妃嫔，固当徘徊白凤随侍君王，而今安在哉？言下正因华清之冷落，而追忆明皇临幸之盛也。○汉武得丹豹之髓，白凤之膏，照于神坛，大风不灭。○曾注引曹唐诗云：侍从皆骑白凤凰。按：元和诸朝皆好神仙，故多引孝武事，则白凤膏似当。

【姚本眉批】

[1]陈云：末句无限凄凉。

[2] 钱云：复字不虚设。

勉爱行二首送小季之庐山[1]

洛郊无俎豆，弊厩惭老马。[2]
小雁过炉峰，影落楚水下。[3]
长船倚云泊，石镜秋凉夜。
岂解有乡情？弄月聊呜哑。[4]

【汇解】

〔1〕吴正子注：勉爱乃勉旃自爱之意。小季，谓其弟也。《唐书·地理志》：江州浔阳县有庐山。

〔2〕相送于洛阳郊野之地，无俎豆以饯行，即所乘之马亦非强壮。甚言贫窘之意。○"惭"，曾本、姚仙期本作"斩"。曾氏注：弊厩有老马，斩之以祖别。余光注：斩，训绝，即"无"字也。二说皆未妥，从"惭"字为是。

〔3〕小雁喻季弟。毛苌《诗传》：大曰鸿，小曰雁。炉峰即香炉峰，在庐山之东南。楚水，楚地之水，即鄱阳九江诸水。《一统志》：香炉峰在九江府城西南五十里，峰形圆耸，气霭氤氲若烟，故名。

〔4〕此预言别后情景。长船倚云而泊，四顾凄其，又当石镜秋凉之夜，益增寂寞。即不解有乡情者，对月不能不兴呜哑之悲，而况有乡情者哉！《江西通志》：石镜峰在南康府城西二十五里，金轮峰侧有一圆石，悬崖明净，照人见影，隐见无时。谢灵运诗"攀崖照石镜"即此。

【姚注】

相送洛郊，愧未设俎豆以饯小季。乃兴念庐山，老马识路，困于敝厩，益用自惭。[1]小雁，指小季。言尔过炉峰，湘、衡在望，故云"影落楚水下"。长舡倚云，即江船傍庐山而泊。石镜峰头，秋空明月，情景最佳。当此自不知有乡思，差堪吟咏以寄怀已。○曾云："我弊厩有老马，斩之以祖别。"未免以讹传讹矣。从"惭"字是。石镜峰在金轮峰侧。

【姚本眉批】

〔1〕周云：老马弊厩，是贺自伤不遇。

其 二^{〔1〕}

别柳当马头，官槐如兔目。^{〔2〕}
欲将千里别，持此易斗粟。^{〔3〕}
南云北云空脉断，灵台经络悬春线。
青轩树转月满床，下国饥儿梦中见。^{〔4〕}
维尔之昆二十馀，年来持镜颇有须。
辞家三载今如此，索米王门一事无。^{〔5〕}
荒沟古水光如刀，庭南拱柳生蝛蟮。^{〔6〕〔1〕}
江干幼客真可念，郊原晚吹悲号号。^{〔7〕}

【汇解】

〔1〕一本自"南云"之下作一首。

〔2〕别柳，送行饯别处之柳也。马头，谓水陆要道车马往来辐凑之处。官槐，官道中所植槐树。《国史补》：贞元中，度支欲斫取两京槐树造车。《旧唐书·吴凑传》：官街树缺，所司植榆以补之。凑曰：榆非九衢之玩，亟命易之以槐。是可证官槐之称。《艺文类聚》：《庄子》曰，槐之生也，入季春五日而兔目，十日而鼠耳。

〔3〕易斗粟，谓以升斗之需，而奔走千里之远，若持此身相易者然，即《左传》"糊口四方"之意。此盖指其弟而言也。旧本皆作"持我"，似与下文"索米"犯复。一本注云："我"一作"此"，今从之。

〔4〕兄弟之别，如云之在南北，两处隔断。乃中心悲恋，又如线之相牵，

而不能去于怀。及至夜深睡梦中,又见其弟所往之处,复遇饥馑,则益不堪为怀矣。白乐天谓"渴人多梦饮,饥人多梦餐。"今以糊口而往,反梦见饥儿,梦境颠倒,因想而成,往往如是。《庄子》:不可纳于灵台。郭象注:灵台,心也。虞炎诗:青轩明月时。树转,谓树影转移也。下国,是其弟所到之地,对京师而言,故曰下国。饥儿,饥民也。或谓指其弟言,则称谓之间既非伦类,又与末联"江干幼客"犯复,非是。

〔5〕古《陌上桑》词:鬤鬤颇有须。《汉书·东方朔传》:无令但索长安米。王门,王侯之门。一事无,谓一事无所成。○"持镜",姚经三本作"对镜"。

〔6〕二句承上起下,见家庭冷落之状。古水,谓积久之水。光如刀,言其明静不动。拱柳,谓拱抱之柳。曾氏作小柳解,盖以为拱把之拱。夫拱把之柳焉能生蛴螬乎?蛴螬状如蚕而大,生树根及粪土中,今谓之地蚕。又有蝤蛴,亦如蚕而大,生树木中,蠹木作孔,今谓之蛀虫。二物不同,然古人亦多混称。玩此诗所称蛴螬,盖指其生树木中者。

〔7〕因其弟以幼年作客江干,极为可念,侧听郊原晚风旋起,其声号号,似助人之悲切。

【姚注】

折柳相送,槐叶尚小。千里饥驱,仅借我而易薄糈,致令兄弟暌隔。目断心牵,孤轩月夜,魂梦相怜。愧我为兄,年已及壮,不惟不能为弟谋,方自羁愁穷困。沟水月明,柔枝虫蚀。言念小季,临风依依。[2]○《庄子》云:"不可内于灵台。"灵台,心也。

【姚本眉批】

[1] 钱云:沟水如刀,言别断肠,割□生虫,□堪扳□矣。此言别之时也。

[2] 陈云:妙笔竟是六朝。○黄云:前首叙离别之□,次首□兄弟之情。

致酒行〔1〕

零落栖迟一杯酒,主人奉觞客长寿。
主父西游困不归,家人折断门前柳。〔2〕
吾闻马周昔作新丰客,天荒地老无人识。
空将笺上两行书,直犯龙颜请恩泽。〔3〕
我有迷魂招不得,雄鸡一声天下白。
少年心事当挐云,谁念幽寒坐呜呃!〔4〕

【汇解】

〔1〕《文苑英华》录此诗,题下有"至日长安里中作"七字,本集无之。

〔2〕《汉书》:主父偃西入关,见卫将军。卫将军数言上,上不省。资用乏,留久,诸侯宾客多厌之。长吉引以自喻。"家人折断门前柳",谓攀树而望征人之归,至于折断而犹未得归,以见迟久之意。○"栖迟",《文苑》作"恓惶"。

〔3〕《旧唐书》:马周西游长安,宿于新丰,逆旅主人唯供诸商贩而不顾待。周遂命酒一斗八升,悠然独酌,主人深异之。至京师,舍于中郎将常何家。贞观五年,太宗令百僚上书言得失,何以武吏不涉经学,周乃为陈便宜二十馀事,令奏之,皆合旨。太宗怪其能,问何,对曰:"此非臣所能,家客马周具草也。"太宗即日召之,未至间,遣使催促者数四。及谒见,与语,甚悦,令直门下省。六年,授监察御史。毛稚黄曰:主父、马周作两层叙,本俱引证,更作宾主详略。谁谓长吉不深于长篇之法耶?○"龙颜",曾本、姚经三本作"龙鳞",《文苑》作"龙髯",误。

〔4〕挐云,喻言高远。

【姚注】

被放慨慷,对酒浩歌,自谓坎轲。正似偃之久困关西,周之受辱浚仪,

然皆以书奏时事,逆龙鳞以邀知遇。乃我则羁魂迷漫,中夜闻鸡,不寐达
旦。虽少年有凌云之志,而岑寂沉滞,谁为悯恻耶?[1]○主父偃西入关,见
卫将军,数言于上,上不省。资用乏,留久,诸侯多厌之。后拜齐相。马周
为浚仪令崔贤所辱。感激而西,舍新丰逆旅,主人不顾。至长安,舍中郎将
何常家。后周代为何条二十馀事,皆切务。奏之。太宗怪问,何曰:"此家
客马周所为。"召见,大悦,拜监察御史。

【姚本眉批】

[1] 陈云:主人进酒于贺。贺告主人,自叹有主父、马周之才,而不得
如其遇也。

长歌续短歌[1]

长歌破衣襟,短歌断白发。
秦王不可见,旦夕成内热。[2]
渴饮壶中酒,饥拔陇头粟。
凄凉四月阑,千里一时绿。[3]
夜峰何离离,明月落石底。
徘徊沿石寻,照出高峰外。[1]
不得与之游,歌成鬓先改。[4][2]

【汇解】

〔1〕古乐府有《长歌行》、《短歌行》,皆言人命不久,当及时自勉。或谓
长歌、短歌者,以人生寿命长短之分;或谓歌声有长短之别。未知孰是?傅
玄《艳歌行》曰"咄来长歌续短歌",则以歌之长声、短声言也。长吉命题,盖
出于此。

〔2〕时天子居秦地,故以秦王为喻。姚经三曰:"秦王指宪宗,言骋雄

武,好神仙,大率相类。"是亦一说也。成内热,即所谓不得于君则热中之意。《庄子》:我其内热与?

〔3〕阑,犹尽也。〇"凄凉",曾本、姚经三本作"凄凄"。

〔4〕上已言秦王不可见,此复借明月而喻言之。落石底,谓其光明未尝不照临下土,及俯仰求索其光,忽又在高峰之外。月为山峰所隔,则不得常近其光;君为左右所蔽,则不得亲沐其泽。引喻微婉,深得《楚骚》遗意。离离,即罗列之状。

【姚注】

紫绶未邀,玄丝将变。秦王指宪宗,言骋雄武,好神仙,大率相类也。觐光无从,忧心如沸。饥渴莫慰,荣茂惊心。仰看夜峰,明月自低渐高;遐迩照临,犹之明王当宁。乃遇合维艰,故不禁浩歌白首耳。

【姚本眉批】

〔1〕钱云:才见石上明月,寻之又照出峰外矣。只见其不遇之意。

〔2〕黄云:饥渴圣时,而光照不及。时不再来,故有"歌成鬓改"之叹。

公莫舞歌 并序

《公莫舞歌》者,咏项伯翼蔽刘沛公也。会中壮士,灼灼于人,故无复书;且南、北乐府率有歌引。贺陋诸家,今重作《公莫舞歌》云。〔1〕

方花古础排九楹,刺豹淋血盛银罂。〔2〕
华筵鼓吹无桐竹,长刀直立割鸣筝。〔3〕
横楣粗锦生红纬,日炙锦嫣王未醉。〔4〕
腰下三看宝玦光,项庄掉鞘拦前起。
材官小臣公莫舞,座上真人赤龙子。

芒砀云瑞抱天回，咸阳王气清如水。[5][1]

铁枢铁楗重束关，大旗五丈撞双环。

汉王今日须秦印，绝膑刳肠臣不论。[6]

【汇解】

〔1〕沈约《宋书》：《公莫舞》，今之巾舞也。相传项庄剑舞，项伯以袖隔之，使不得伤汉高祖，且语庄云"公莫"。古人相呼曰公，云莫害汉王也。今之用巾，盖像项伯衣袖之遗式。

〔2〕础，柱下石。方花，琢方石为花。楹，柱也。一室而排列九楹，言其室之大。刺豹淋血，见其宴饮豪华，不比寻常刍豢之味。○"古础"，一作"石础"。

〔3〕桐竹，谓琴、瑟、箫管之类。军中饮宴，但有鼓吹，并无丝竹于长刀直立之中。即有弹鸣筝者，其声全不成音，总见军中一片杀伐之气。○"华筵"，一作"军筵"。"鸣筝"，曾本、二姚本俱作"鸡筝"。

〔4〕楣，门户上横梁也，以锦饰之。生红纬，言锦色鲜明。日炙锦嫣，言为时已久。

〔5〕《史记》：项王留沛公与饮，范增数目项王，举所佩玉玦以示之者三，项王默然不应。范增起，出召项庄，谓曰："君王为人不忍。若入前为寿，寿毕，请以剑舞，因击沛公于座，杀之。不者，若属且皆为所虏。"庄入前为寿，寿毕，曰："军中无以为乐，请以剑舞。"项王曰："诺。"项庄拔剑起舞，项伯亦拔剑起舞，常以身蔽翼沛公，庄不得击。簠，音"宵"，又音"朔"，作乐时舞者所执竿也，又以竿击人亦曰簠，皆与剑无涉。此盖"削"字之讹，"削"音"笑"，刀剑之室。《释文》："刀室曰削。"是也，今作"鞘"。"材官小臣"以下数句，盖是作歌之意。明汉王为天所祐，必非范增辈所能害。刘须溪以为作项伯口语。夫未醉之楚王，与举玦之亚父，独不畏其闻之，而敢明目张胆以言耶？《汉书》：材官蹶发。薛瓒曰：材官，骑射之官也。颜师古曰：材官，有材力者。赤龙子，即赤帝子之变称。《史记》：秦始皇帝常曰"东南有天子气"，因东游以厌之。高祖即自疑，亡匿隐于芒砀山泽岩石之间。吕后

与人俱求，常得之。高祖怪，问，吕后曰："季所居上常有云气，故从往常得季。"裴骃注：徐广曰，芒，今临淮县也。砀县在梁。应劭曰：二县之界，有山泽之固，故隐于其间也。二句言汉氏将兴，秦运已终之兆。

〔6〕《潜夫论》：惧门之不坚，而作为铁枢。枢，门户开阖之机也。楗，限门之木，即户牡两端入牝孔，所以止门者。铁枢铁楗，言秦关之坚固。双环，门扉上双环。先是怀王与诸将约，先入定关中者王之。夫以秦关坚固，未易攻取。乃汉兵既到，子婴出降，五丈大旗撞其双环而入。更定约束，秦人大喜，惟恐沛公不为秦王。即皇帝印玺已入沛公掌握之中，而为所用其臣如樊哙之流，投身为之，虽绝膑刳肠亦所不论。天命有归，人心攸附，彼项庄者安得而杀之哉？"须"字当作"用"字解。或谓须汉高祖佩秦玺而为天子者，非也。又曾本、二姚本作"颁"，谓汉王当王关中，颁秦印以分诸侯王者，亦非也。膑，膝骨也。绝膑刳肠，即樊哙对项王所云"臣死且不避"之意。

【姚注】

花础，状宫室之丽。刺豹歃血，申盟军中。钲鼓严肃，故无桐竹。鸡筝，秦声。此时侍卫皆仗长刀，方欲割正，故先割秦声而不用耳。横楣，以红锦饰檐楹。粗锦，重锦也。日色方午，王饮未酣。"腰下三看"，范增以目示项王，王默不应；而庄即拔剑奋舞。"材官"句，伯止之也。云汉方天授，符瑞已归，以坚固之关中先为汉得；且楚与汉俱奉怀王约，以灭秦先入关者王之。今汉王已佩秦玺，且颁秦印以赐封诸侯王，则秦已为汉灭，而臣愿已足，即因此以受诛僇，原在所不论耳。[2]

【姚本眉批】

[1] 钱云：就项伯翼蔽，探出拥戴之意，代之立言。至"云抱天回"，言沛公已去，不可得而杀也。

[2] 钱云：贺代项伯设心。此注又补贺意所未尽。

昌谷北园新笋四首

箨落长竿削玉开,君看母笋是龙材。
更容一夜抽千尺,别却池园数寸泥。[1]

【汇解】

〔1〕箨,笋皮也。母笋,大笋也。○"泥",一作"埃"。

【姚注】

此贺借竹以自负也。玉质削立,本是龙种。倘一宵变化,自出尘溽于青冥之上矣。

其 二

斫取青光写《楚辞》,[1]腻香春粉黑离离。
无情有恨何人见?露压烟啼千万枝。[1]

【汇解】

〔1〕刮去竹上青皮,而写《楚辞》于其上。所谓《楚辞》者,乃长吉所自作之辞,莫错认屈、宋所作《楚辞》解。腻香春粉,咏新竹之美。黑离离,言所写字迹之形。无情有恨,即谓所写之《楚辞》,其句或出于无心,或出于有意,虽俱题竹上,无人肯寻觅观之;千枝万干,惟有露压烟啼而已。慨世上无人能知之也。《南园》诗有"舍南有竹堪书字"之句,是长吉好于竹上书写,与此诗可互相引证。

【姚注】

　　良材未逢,将杀青以写怨。芳姿点染,外无眷爱之情,内多沉郁之恨。然人亦何得而见之也? 深林幽寂,对此愈难为情。

【姚本眉批】

　　〔1〕黄云:湘妃啼竹,望彻九嶷。借《楚辞》以写怨耳。

其　三

家泉石眼两三茎,晓看阴根紫陌生。
今年水曲春沙上,笛管新篁拔玉青。[1]

【汇解】

　　〔1〕竹之根或时露生土上。阴根者,指其行鞭土内者而言,见其上有笋生出,则知其根所及之远近。紫陌,谓郊野间大路。王粲赋:"倚紫陌而并征。"夫在家泉石罅之中,初见两三茎笋出,晓看紫陌复有出者,其广生如是,则水曲春沙之地,其所生者不又美乎? 上二句指已见者而言,下二句指将来者而言。笛管,言新篁之材。玉青,言新篁之色。拔,挺生貌。

【姚注】

　　临泉傍石,托根本佳。今年材华艳发,留配新声,自多妙响。

其　四

古竹老梢惹碧云,茂陵归卧叹清贫。
风吹千亩迎雨啸,鸟重一枝入酒樽。[1][1]

【汇解】

〔1〕《史记·相如传》：相如既病免,家居茂陵。《货殖传》：渭川千亩竹,其人与千户侯等。次句以相如自比,谓其贫病无聊,家无长物。末二句见惟有此君可以快心娱目。

【姚注】

劲节干霄,清贫游倦,淋漓长啸,枝弱难栖。唯泛竹叶清樽拚自遣,以对宿鸟之影也。

【姚本眉批】

〔1〕蒋云：末言竹影也。

恼 公〔1〕

宋玉愁空断,娇娆粉自红。〔2〕
歌声春草露,门掩杏花丛。〔3〕
注口樱桃小,添眉桂叶浓。
晓奁妆秀靥,夜帐减香筒。〔4〕
钿镜飞孤鹊,江图画水涨。〔5〕
陂陀梳碧凤,腰袅带金虫。〔6〕
杜若含清露,河蒲聚紫茸。〔7〕
月分蛾黛破,花合靥朱融。〔8〕
发重疑盘雾,腰轻乍倚风。
密书题豆蔻,隐语笑芙蓉。〔9〕
莫锁茱萸匣,休开翡翠笼。〔10〕
弄珠惊汉燕,烧蜜引胡蜂。〔11〕
醉缬抛红网,单罗挂绿蒙。〔12〕

数钱教姹女，买药问巴賨。〔13〕
匀脸安斜雁，移灯想梦熊。〔14〕
肠攒非束竹，胘急是张弓。〔15〕
晚树迷新蝶，残蜺忆断虹。〔16〕
古时填渤澥，今日凿崆峒。〔17〕
绣沓褰长幔，罗裙结短封。〔18〕
心摇如舞鹤，骨出似飞龙。〔19〕
井槛淋清漆，门铺缀白铜。〔20〕
隈花开兔径，向壁印狐踪。〔21〕
玳瑁钉帘薄，琉璃叠扇烘。〔22〕
象床缘素柏，瑶席卷香葱。〔23〕
细管吟朝幌，芳醪落夜枫。〔24〕
宜男生楚巷，栀子发金墉。〔25〕
龟甲开屏涩，鹅毛渗墨浓。〔26〕
《黄庭》留卫瓘，绿树养韩冯。〔27〕
鸡唱星悬柳，鸦啼露滴桐。〔28〕
黄娥初出座，宠妹始相从。〔29〕
蜡泪垂兰烬，秋芜扫绮栊。〔30〕
吹笙翻旧引，沽酒待新丰。〔31〕
短佩愁填粟，长弦怨削菘。〔32〕
曲池眠乳鸭，小阁睡娃僮。
褥缝篸双线，钩绦辫五鬷。〔33〕
蜀烟飞重锦，峡雨溅轻容。〔34〕
拂镜羞温峤，熏衣避贾充。〔35〕
鱼生玉藕下，人在石莲中。〔36〕
含水湾蛾翠，登楼渂马鬃。〔37〕
使君居曲陌，园令住临邛。〔38〕

桂火流苏暖,金炉细炷通。〔39〕

春迟王子态,莺啭谢娘慵。〔40〕

玉漏三星曙,铜街五马逢。〔41〕

犀株防胆怯,银液镇心忪。〔42〕

跳脱看年命,琵琶道吉凶。〔43〕

王时应七夕,夫位在三宫。〔44〕

无力涂云母,多方带药翁。〔45〕

符因青鸟送,囊用绛纱缝。〔46〕

汉苑寻官柳,河桥阂禁钟。〔47〕

月明中妇觉,应笑画堂空。〔48〕

【汇解】

〔1〕姚经三注:《恼公》,即乐府《恼怀》也。曾氏引李白诗云:"一面红妆恼杀人",犹恼人意。琦按:今谓可爱曰可憎,即"恼公"之意。盖狭邪游戏之作。

〔2〕宋玉喻男,娇娆喻女。二句言其始之相慕,而未能即合之意。宋玉《九辩》:余委约而多愁。后汉宋子侯有《董娇娆诗》。杜子美诗:佳人屡出董娇娆。

〔3〕歌声之美,累累如草上露珠之圆,而闻其出自杏花丛中,于是识其住处。

〔4〕奁,镜匣也。靥音"叶",妇人面颊上之饰。始自孙吴邓夫人以琥珀屑傅颊伤,及差,而有赤点如朱,视之更益其妍。宫人欲要宠者,以丹脂点颊效之。尔后相沿至唐益盛,或朱、或黄、或黑,其色不一,随逐时好所尚。大抵面有痕痣,多借此掩之;其无痕痣者,亦仿作此妆以为妖艳。香筒,帐中烧香器,至晓火烬故香减。

〔5〕《说文》:钿,金华也。此言镜背以金华饰之,作单飞鹊形。《太平御览》:《神异经》曰,昔有夫妻将别,破镜,人各执半以为信。其妻与人通,

镜化为鹊，飞至夫前，夫乃知之。后人因铸镜为鹊安背上，自此始也。曾益注：江图，屏障属，画水萍之草于上。

〔6〕陂陀，高低不平之貌。碧凤，凤髻也。腰袅，宛转摇动之貌。金虫，以金作蝴蝶、蜻蜓等物形而缀之钗上者。又宋祁《益部记》：利州山中有金虫，其体如蜂，绿色，光若泥金，俚人取作妇女钗环之饰。吴均《古意》：宝粟钿金虫。

〔7〕以香草比其柔艳也。《本草》：陶弘景曰，杜若，今处处有之。叶似姜而有文理，根似高良姜而细，味辛香，又绝似旋蕳根，殆欲相乱，叶小异耳。《楚辞》云"山中人兮芳杜若"是也。河蒲，蒲草生水际，似莞而褊，有脊而柔，至老收之，可以为席，又可作扇及包裹之类，或谓之香蒲者是也。《本草》：苏颂曰，香蒲处处有之。春初生嫩叶，出水时红白色，茸茸然；至夏抽根于丛叶中，花抱梗端，如武士棒杵，故俚俗谓之蒲槌，亦曰蒲莩。其蒲黄即花中蕊屑，细若金粉，当欲开时便取之，市廛以蜜搜作果食货卖。谢灵运诗"新蒲含紫茸"，正谓此草。

〔8〕如新月两分于额上，是其蛾眉之描黛；如好花点缀于腮侧，是其笑靥之施朱。"破"字作分开之意。靥，颊辅也，俗云笑窝，腮斗也。与上文秀靥有别。

〔9〕《桂海虞衡志》：红豆蔻花丛生，叶瘦如碧芦。春末发，初开花，先抽一干，有大箨包之。箨解花见，一穗数十蕊，淡红鲜妍如桃杏花色。蕊重则下垂如蒲萄，又如火齐璎珞及剪彩鸾枝之状。此花无实，不与草豆蔻同种，每蕊心有两瓣相并，词人托兴如比目、连理云。古《读曲歌》云："雾露隐芙蓉，见莲讵分明。"又曰："湖燥芙蓉萎，莲汝藕欲死。"又云："芙蓉腹里萎，怜汝从心起。"又云："芙蓉万层生，莲子信重沓。"又云："行滕点芙蓉，深怜非骨念。"盖以芙蓉者，莲也，暗合"怜"字之意。题豆蔻者，密喻有同心之订；笑芙蓉者，隐语相怜爱之意。○"密书"，曾本、二姚本作"寄书"。

〔10〕茱萸，古时锦名。《十六国春秋》：锦有大茱萸、小茱萸。吴均诗：玉检茱萸匣。又云：茱萸锦衣玉作匣。知茱萸匣者，以茱萸锦糊匣也。翡翠笼者，以翡翠羽毛点饰箱笼为观美。

〔11〕《酉阳杂俎》：《世说》，蓐泥为窠，声多稍小者，谓之汉燕。《尔雅翼》：越燕小而多声，颔下紫，巢于门楣上，谓之紫燕，亦谓之汉燕。蜜者，小蜂采花蕊酿之而成，故烧之，蜂闻其气，则竞集不去，然其蜂即名蜜蜂，与胡蜂异。胡蜂不能作蜜。长吉徒以"胡"、"汉"字偶相对而借用之。

〔12〕《韵会》：缬，系也，谓系缯染为文也。《广韵》：结也。《韵增》：文缯也。胡三省《通鉴注》：缬，撮彩以线结之，而后染色。既染则解其结，凡结处皆原色，馀则入染色矣，其色斑斓谓之缬。庾信诗：花鬟醉眼缬，龙子细文红。《唐书·地理志》：成都府蜀州土贡单丝罗。琦按：醉缬即醉眼缬，单罗即单丝罗。皆当时采色缯帛之名。红网、绿蒙，亦当时妇女衣佩之饰。吴正子以为庾信以醉眼为缬眼，醉眼空花如红网。罗轻薄，色如绿草蒙蒙。徐文长以为屏风。姚经三以上句为帘，下句为幕，皆非是。

〔13〕姹，丑雅切，"嗏"上声。《说文》：少女也。《广韵》：美女也。《后汉书》：桓帝之初，京师童谣曰：河间姹女工数钱。颜师古《汉书注》：巴俞之人，所谓賨人也。《十六国春秋》：廪君后种类繁盛，秦并天下以为黔中郡，薄赋敛之，口岁出钱四十，巴人呼赋为賨，因谓之賨民焉。姹女，谓小婢。巴賨，谓巴人之为僮仆者。

〔14〕匀脸，匀粉傅面也。斜雁，吴正子以为靥花之类，曾益以为首饰，未知孰是？《诗·小雅》："吉梦维何？维熊维罴，维虺维蛇。""维熊维罴，男子之祥；维虺维蛇，女子之祥。"用此只作吉梦解，以求贤偶之意。以下五联遂极言之。作求子解者，非是。

〔15〕攒，聚也。胘音"贤"。《韵会》：胘，胃之厚肉，今俗言肚胘。束竹即喻其攒聚，张弓即喻其紧急，非束竹正言其似束竹，而反言以明之也。○胘，吴氏云一作"弦"者，非。今曾本、二姚本俱作"弦"。

〔16〕蝶向晚则欲栖树，故曰迷。虹蜺，天地间不正之气，雨晴则见。鲜盛者为雄，暗者为雌，雌曰蜺，雄曰虹。

〔17〕《子虚赋》：浮渤澥。颜师古曰：渤澥，海别枝也。澥音"蟹"。司马贞曰：案《齐都赋》，海旁曰渤，断水曰澥也。填渤澥、凿崆峒，似言欲去其阻隔之意。

〔18〕古《杨叛儿辞》:"绣沓织成带,严帐信可怜。"据此则绣沓是指帐带而言。吴正子疑为帷帐上覆,非也。

〔19〕"如舞鹤",言其盘旋不定之状。"似飞龙",言其消瘦之状。古《读曲歌》:自从别郎后,卧宿头不举。飞龙落药店,骨出则为汝。

〔20〕以下八联,赋其室中之美丽。

〔21〕偎,当作"偎",作"倚"字释。

〔22〕《艺文类聚》:《汉武故事》曰,上起神屋,扇屏悉以白琉璃作之,光明洞彻。以白珠为帘,玳瑁压之。《洞冥记》:编翠羽麟毫为帘,青琉璃为扇。梁简文帝诗:金铺玉锁琉璃扇,花钿宝镜织成衣。

〔23〕《艺文类聚》:《汉武故事》曰,以象牙为床。缘素柏,谓以素柏缘其边际。《楚辞》:"瑶席兮玉镇。"香葱,即水葱也,生水中,如葱而中空,可以为席,杜氏《通典》"东牟郡贡水葱席六领"是也。姚仙期注:自井槛以下,总言其门内之华丽。曾益注:由井而门,而径,而壁,而帘扇,而床席,以渐次言也。

〔24〕幌,帷幔也。上句言朝吟,下句言夜饮。落夜枫,未详。

〔25〕二句言所植花卉之美。宜男兆子,栀子同心,故特举二花言之。庾信诗:"不如山栀子,犹解结同心。"徐悱妻《摘同心栀子赠谢娘诗》:"两叶虽为赠,交情永未因。同心何处恨?栀子最关人。"李善《文选注》:陆机《洛阳记》曰,金墉城在宫之西北角,魏故宫人皆在中。杜氏《通典》:金墉城在洛阳故城西北角,魏明帝所筑也。"生楚巷"、"发金墉",言其来自远方之意。

〔26〕《初学记》:郭子横《洞冥记》曰,上起神明台,上有杂玉为龟甲屏风。盖言其文似龟甲上纹路也。鹅毛,帛也。吴均诗:笔染鹅毛素。○"渗",吴本作"澡"。

〔27〕《晋书》:卫瓘与尚书郎索靖俱善草书,时人号为一台二妙。汉末张芝善草书,论者谓瓘得伯英筋,靖得伯英肉。其写《黄庭经》于书传无考,大抵借言善书者耳。《太平广记》:韩朋鸟者,乃凫鹥之类。此鸟好双飞泛溪浦。水禽中鸂鶒。鸳鸯、鸂鶒,岭北皆有之,惟韩朋鸟未之见。按:干宝《搜神记》云:大夫韩朋,其妻美,宋康王夺之。朋怨,王囚之,朋遂自杀。妻

乃阴腐其衣,王与之登台,自投台下,左右提衣,衣不胜手,遗书于带曰:"愿以尸还韩氏而合葬。"王怒,令埋之,二冢相望。经宿见梓木生二冢之上,根交于下,枝连于上,有鸟如鸳鸯,恒栖其树,朝暮悲鸣。南人谓此禽即韩朋夫妇之精魂,故以韩朋名之。"韩朋"或作"韩冯",或作"韩凭",传者不一,止一人也。

〔28〕写夜深之候。

〔29〕黄娥,谓其长者;宠妹,谓其次者。

〔30〕兰烬,谓烛之馀烬状似兰心也。秋芜,采秋草作帚以扫尘者。绮栊,即绮窗。张协《七命》:兰宫秘宇,雕堂绮栊。《韵会》:栊,《说文》,房室之疏也。徐曰:窗也。小曰窗,阔远曰栊。

〔31〕翻旧引,翻旧引为新曲也。梁元帝诗:试酌新丰酒,遥劝阳台人。陆放翁《入蜀记》:长安新丰出名酒,见王摩诘诗,至今居民市肆颇盛。

〔32〕古玉佩之上多满琢为粟文,今其式犹然。愁心之多,犹玉佩粟文之多,所谓"短佩愁填粟"也。崧山,高山也,岂能削之使卑?而怨情之见于弦声者,亦不能削之使平,所谓"长弦怨削崧"也。○"削崧",吴本作"削菘"。

〔33〕吴正子曰:篸,针缀物也。钩,带钩。绦与"绦"同,编丝绳。钩绦,谓系带钩之绦也。徐文长云:"五揔"当是"五揔"。《召南》诗云:羔羊之皮,素丝五纰;羔羊之缝,素丝五总。《韵会》:《诗传》曰,古者素丝以英裘。纰,数也;总,亦数也。《疏》释之曰:谓纰丝之饰有五,非谓纰总为数。纰,缝也;总,亦缝也。严氏《诗缉》曰:有素丝为组纰,五处纰缝而饰之也。○"揔",诸本皆作"揔",而引《毛诗》作"五总",解亦同。惟姚经三本竟作"总"字。

〔34〕蜀烟峡雨,即为雨为云之意。重锦轻容,指其衣裳衾帐而言。《左传》:重锦三十两。杜预注:重锦,锦之熟细者。《九域志》:越州土贡轻容纱五匹。《齐东野语》:纱之至轻者,有所谓轻容,出《唐类苑》,云:轻容,无花薄纱也。

〔35〕《世说》:温公丧妇,从姑刘氏家值乱离散,惟有一女甚有姿慧。姑以属公觅婚,公密有自婚意,答曰:"佳婿难得,但如峤比云何?"姑曰:"丧

乱之馀，乞粗存活，便足慰吾馀年，何敢希汝比？"却后少日，公报姑曰："已觅得婚处，门第粗可，婿身名宦尽不减峤。"因下玉镜台一枚。既婚，交礼，女以手披纱扇笑曰："我固疑是老奴！"韩寿美姿容，贾充辟以为掾。充每聚会，贾女于青琐中见寿，悦之，恒怀存想，发于吟咏。后婢往寿家具述如此，并言女光丽，寿遂请婢潜修音问。自是充觉女盛自拂拭，说畅有异于常。后会诸吏，闻寿有奇香，是外国所贡，一着人则历月不歇。充计武帝惟赐己及陈骞，馀家无此香，疑寿与女通。取女左右婢考问，即以状对。充秘之，以女妻寿。

〔36〕玉藕，藕之嫩白似玉者。《子夜歌》："玉藕金芙蓉，无称我莲子。"人谓莲子中之青心，传所谓薏者是也。莲实经秋，房枯子黑，其坚如石者，谓之石莲子。二句亦隐语体，取其同音之义，谓欢娱生于求偶之念，而其人实为可怜中人也。

〔37〕旧注或以含水为泪，或以马鬃为发，俱恐未是，姑阙其疑也。○"蛾"，吴本作"娥"。

〔38〕使君，用《陌上桑》古词"使君调罗敷"事，然"居曲陌"则无有事实，殆亦凑迫语耶？司马相如为孝文园令，未达时在临邛，以琴心感卓王孙女。

〔39〕吴均诗：香薪桂火炊雕胡。徐陵诗：流苏锦帐挂香囊。左思《吴都赋》：构流苏。胡三省《通鉴注》：毛晃曰，流苏，盘线绘绣之毯，五采错为之，同心而下垂者是也。苏犹须也，又散貌，以其蕊下垂，故曰苏。今人谓条头须为苏。○"桂火"，一作"桂帐"。

〔40〕《诗》云：春日迟迟。《毛传》云：迟迟，舒缓也。莺啭，比其声音婉丽。曾益曰：王子，谓凝之；谢娘，谓道韫。琦意：王子谓东晋时王氏子弟，谢娘指谢安所携之妓，要为近之。

〔41〕玉漏谓宫禁中刻漏以玉为饰者，此则借作更鼓之称。三星，用《诗》"三星在天，今夕何夕？见此良人"事。胡三省《通鉴注》：《水经注》，洛阳城中太尉、司徒两坊间，谓之铜驼街，魏明帝置铜驼于闾阖门南街即此。沈约《丽人赋》：狭邪才女，铜街丽人。《陌上桑》古词：使君从南来，五马立踟蹰。使君遣吏往，问是谁家姝？

〔42〕《游宦纪闻》：犀中最大者曰堕罗犀，一株有重七八斤者。《本草》：犀角治心烦，止惊，镇肝，安五脏。水银主治安神镇心。银液，即水银也。

〔43〕繁钦《定情篇》：绕腕双跳脱。《唐诗纪事》：文宗问宰臣："古诗云'轻衫衬跳脱'，跳脱是何物？"宰臣未对，上云："即今之腕钏也。"《真诰》言安妃有斫粟金跳脱，是臂饰。旧解"跳脱看年命"，谓以重物酬谈命者。琦谓：此必唐时有看跳脱而知年命吉凶法，如古时相手板之类。虽书传未载，以对句观之，此解似优。琵琶亦唐时卜法，女巫弹琵琶以迎神，自云有神凭之，为言休咎。《异苑》：南平国蛮兵在姑熟，有鬼附之，声呦呦细长，或在檐宇之际，或在庭树上。每占吉凶，辄先索琵琶，随弹而言，事事有验。《朝野佥载》：江南洪州土人何婆，善琵琶卜，士女填门，遗饷满道。崇仁坊阿来婆能琵琶卜，朱紫填门。张鷟曾往观之，见一将军紫袍玉带甚伟，下一匹细绫请一局卜。来婆鸣弦烧香，合眼而唱：东告东方朔，西告西方朔，南告南方朔，北告北方朔，上告上方朔，下告下方朔。将军顶礼。既告请甚多，必望细看以决疑惑，遂即随意支配云云。所谓琵琶卜者，大约可见。

〔44〕此承上年命吉凶而言也。王时，即良时之意。应七夕，谓男女会遇之期，与七夕牛、女会合之期相应。"夫位在三宫"，言其夫必是贵人。王逸《楚辞章句》：天有三宫，谓紫宫、太微、文昌也。又星命家以地支十二宫分配十二事，所谓"夫位在三宫"，其夫应在寅宫软？

〔45〕按《本草》：云母生土石间，有五色，作片成层可析，明滑光白者为上。其片有绝大而莹洁者，古时取以为屏风，或以为灯扇之饰。方士家制炼以为服食之药。及粉泽面黡，恶疮、火疮之类，则用云母粉涂之。此言闺阁丽冶事，而以涂云母入词，似另有解。

〔46〕《搜神记》：吴猛书符掷屋上，有青鸟衔去。《续齐谐记》：汝南桓景随费长房游学，长房谓曰："九月九日，汝家中当有灾，宜令家人各作绛囊，盛茱萸以系臂，登高饮菊花酒，此祸可除。"此承上文，因其多病，而送假术以禳之。

〔47〕将与别去，入汉苑而寻春色，又闻河桥之外禁钟已止，不能复留。

"阂"与"碍"同,止也,阻也,限也。徐文长注:阂,歇也。

〔48〕言与美人会遇之时,极其欢乐。回忆在家之中,妇独眠而觉,应笑画堂空寂矣。他人于此多用"怨"字,而长吉反用一"笑"字,其意婉而深矣。○吴炎牧曰:见色闻声,遂切思慕;心怀彼美,仿佛仪容。揣摩情态,始因媒而通芳讯,继订约而想佳期。当赴招时,由门而径,由壁而帘屏以及床席,对酒盟心,题诗鸣爱,方承欢于永夜,又惜别于终宵。美人之出座相送,携手叮咛,再图良会,惊喜悲恐,曲尽绸缪。篇中起结不爽丝黍,读者但见其色之浓丽,而忽其法之婉密。琦按:董氏注以为纪梦之作,盖缘结语而附会之。姚仙期本中诸注悉从其说,殊失贺意。吴氏所云,可云超乎诸说之上者也。然细读本文,有重复处,又有难解处。当是取一时谑浪笑傲之词,欢娱游戏之事,相杂而言。读者略其文通其意可也;若句句释之,字字训之,难乎其说矣。

【姚注】

宋玉愁空断,自谓以彼美致愁也。娇娆粉自红。美人靓靓也。歌声春草露,门掩杏花丛。言歌声之圆如珠,奈双环常闭,自不能时觌芳容,每闻声而相思也。注口樱桃小,唇也。添眉桂叶秾。黛也。晓奁妆秀靥,以丹青点额曰靥。唐宫妆有黄星靥。夜帐减香筒。鸳衾夜暖,则香自宜减也。钿镜飞孤鹊,欲效双飞也。江图画水葓。屏风图画,水浅生葓,可不忧褰涉也。陂陀梳碧凤,状云鬟嵯峨也。腰褭带金虫。状簪饰也。杜若含清露,河蒲聚紫茸。状其香艳也。月分蛾黛破,花合靥朱融。双蛾如月破也,言施翠及添脂也。发重疑盘雾,腰轻乍倚风。发之浓,身之轻也。寄书题豆蔻,豆蔻不凋,期久要也。隐语笑芙蓉。语中有芙蓉,当知并蒂期也。莫锁茱萸匣,恐夜深久待,当加衣以防寒也。休开翡翠笼。恐好鸟惊唤也。弄珠惊汉燕,《南都赋》云:游女弄珠于汉皋。言曾以游冶相遇,致慕其奇艳也。烧蜜引胡蜂。自以芳秾相感,引之使来也。醉缬抛红网,帘也。单罗挂绿蒙。幕也。言于帘幕下相流眄也。数钱教姹女,买药问巴賨。河间姹女工数钱。蜀有三市,一药市。巴有賨人。言情思款曲,必择媒使以通殷勤。犹数钱必教姹女,买药必问巴賨,非其人则不可使也。匀脸安斜雁,钗也。又雁谓雁婿。移灯想梦熊。熊,即男子也。

言向夜则思郎也。肠攒非束竹，肠中相念诚实，非如竹心之空也。**弦急是张弓**。是待尔以入彀中也。**晚树迷新蝶**，树晚宜蝶栖也。**残蜺忆断虹**，蜺孤，思虹匹也。雌蜺、雄虹。**古时填渤澥，今日凿崆峒**。如水之远，如山之高，何以时阻彼美？恨欲填之凿之也。借精卫、愚公以自嘲也。**绣沓褰长幔**，褰幔以待其夜来也。**罗裙结短封**。结封以待其亲开也。**心摇如舞鹤**，《舞鹤赋》云："惊身蓬集，矫翅雪飞。"心之摇摇，如舞鹤之欲奋飞冲举也。**骨出似飞龙**。《读曲》："自从郎别后，卧宿头不举。飞龙落药店，骨出只为汝。"言相念致瘦损也。**井檠淋清漆，门铺缀白铜**。入门见其室壮丽也。**限花开兔径**，使自小径而入也。**向壁印狐踪**。心似狐疑，而不敢遽前也。**玟瑁钉帘薄**，至其帘下也。**瑠璃叠扇烘**。至其屏内也。**象床缘素柏**，见床之艳也。**瑶席卷香葱**。席之洁也。**细管吟朝幌**，期唱酬至晨兴也。**芳醪落夜枫**。欢饮不知叶降也。**宜男生楚巷**，志忘忧也。**栀子发金墉**。盟同心也。**龟甲开屏涩**，不使屏即开也。**鹅毛渗墨浓**。裁帛以留题也。《黄庭》留卫瓘，瓘善书，佳帛上所题之字也。**绿树养韩冯**。韩冯夫妇死，两墓相望，有交梓木生焉。上栖双鸟，人谓韩夫妇所化。此佳帛所题之诗，比物言情，极为浓至也。**鸡唱星悬柳，鸦啼露滴桐**。将晓也。**黄娥初出坐**，美人睡起，至此时将晓，故初出坐也。**宠妹始相从**。宠妹即爱婢也，至此方相从美人以送欢也。**蜡泪垂兰烬**，将去垂别泪也。**秋芜扫绮栊**。扫去迹也。**吹笙翻旧引**，再觅良期也。**沽酒待新丰**。又相待以图欢醉也。[1]**短佩愁填粟**，临去解佩珠以赠。填粟，犹填愁也。**长弦怨削菘**。去后将援琴写怨，而恨山高也。**曲池眠乳鸭，小阁睡娃僮**。去时尚早，而池中之乳鸭尚眠，阁中之娃僮犹睡也。**褥缝萦双线**，双线待双栖也。**钩绦辫五总**。言绦辫束结以系身也。**蜀烟飞重锦，峡雨溅轻容**。回忆衾裯云雨之乐也。**拂镜羞温峤，熏衣避贾充**。对镜含娇，戒衣香勿令泄也。**鱼生玉藕下**，此后当使双鱼生于玉臂之下，写相思以寄也。**人在石莲中**。知人在莲心，苦境也。徐云：玉藕状轻逸洁白，石莲以鱼比人。谬。曾云：鱼在藕下，深藏愈密；在石莲中，相惜愈坚。亦觉凿而迂。**含水湾蛾翠**，别去相念，故含泪以理容也。曾云：以水刷眉。无味。又有谓含水当属下临邛，引文君《白头吟》"沟水"、"锦水"等意。相去不几万程耶？水作"泪"较是。**登楼溪马鬉**。《柳毅传》：龙子以银瓶水注马鬉即雨。此言别后登楼远望，不禁泪如雨下。而徐云：马鬉，岂服饰为鬉所结耶？董云：以鬉喻发。曾云：马鬉用以理饰。又有谓罗敷登秦氏之楼，而溪使君之马鬉者。更足令人喷饭也。**使君居曲**

陌,园令住临邛。忆郎所居住之处也。言使君则宜念罗敷,园令则宜思卓氏矣。桂火流苏暖,望其再至,毋令帐苦寒也。金炉细炬通。金炉细炬,如依心之诚,可通郎处也。春迟王子态,莺啭谢娘慵。留春住以待郎来,毋致闻莺声,使依郁郁也。玉漏三星曙,铜街五马逢。言去时三星将曙,正铜街五马晏罢方归际也。犀株防胆怯,银液镇心忪。嘱再来时,毋过于畏怯也。《本草》:犀株安魄。银液,水银。跳脱看年命,琵琶道吉凶。命中当有偶匹,故捐金钗以酬。且向巫求琵琶卜,而验其休咎也。王时应七夕,言命卜中云:旺时当七夕,与牛、女同佳会矣。夫位在三宫。言夫方贵显,而我以夫位论之,自居小妇之列,故下言中妇也。无力涂云母,言别后自慵施粉泽矣。[2]多方带药翁。嘱其善自珍摄也。符因青鸟送,囊用绛纱缝。别后当致书邮以通声息,囊约以绛纱为志也。汉苑寻官柳,河桥阔禁钟。苑中将别,无柳可折,而河桥远隔禁钟,疑其分袂太早也。月明中妇觉,应笑画堂空。依自笑画堂已空,而郎之来去,中妇总未之知也。

即乐府《恼怀》也。徐云:恼公者,犹乱我心曲。曾引李白诗云:"一面红妆恼杀人。"犹恼人意。愚按:隋杨素豪侈,后房妇女,锦衣玉食者甚众。李百药夜入其室,为宠姬所召,后被执将斩之。素令百药作《自叙诗》。怜其少隽,竟以姬与焉。及唐相张说事亦类此。贺追配之,而托当时之艳情以致消也。长篇因作逐句解。它本以为纪梦。非。

【姚本眉批】

[1] 吴云:见色闻声,遂切思慕。心怀彼美,仿佛仪容。揣摩情态,始因媒而通芳讯,继订约而想佳期。当赴招时,由门而径,由壁而帘屏以及床席,对酒盟心,题诗鸣爱。方成欢于永夜,又惜别于终宵。美人之出坐相送,携手叮咛,再图良会。惊喜悲恐,曲尽绸缪。篇中起缴,不爽丝黍。读者止见其色之浓丽,而忽其法之婉密。细玩此注,情景如画,直似身入其境,非千古大有情人不能作,非千古大有情人不能解。

[2] 蒋云:此仙艳也。又喜无脂粉气,温、李学而不及。

感讽五首[1]

合浦无明珠，龙洲无木奴。

足知造化力，不给使君须。[1]

越妇未织作，吴蚕始蠕蠕。[2]

县官骑马来，狞色虬紫须。

怀中一方板，板上数行书：

不因使君怒，焉得诣尔庐？[3]

越妇拜县官：桑牙今尚小。

会待春日晏，丝车方掷掉。

越妇通言语，小姑具黄粱。

县官踏飧去，簿吏复登堂。[4][2]

【汇解】

〔1〕《后汉书》：孟尝迁合浦太守，郡不产谷实，而海出珠宝。与交趾比境，常通商贩贸籴粮食。先时，宰守并多贪秽，诡人采求，不知纪极，珠遂渐徙于交趾郡界。于是行旅不至，人物无资，贫者死饿于道。尝到官，革易前弊，求民利病。曾未岁馀，去珠复还，百姓皆反其业，商贾流通，称为神明。《襄阳记》：李衡每欲治家，妻辄不听。后密遣客十人于武陵龙阳洲上作宅，种甘橘千株。临死，敕儿曰："汝母恶吾治家，故穷如是。吾州里有千头木奴，不责汝衣食，岁上一匹绢亦可足用耳。"衡亡后二十馀日，儿以白母。母曰："此当是种甘橘也。汝家失十户客来七八年，必汝父遣为宅。汝父恒称太史公言：江陵千树橘，当封君家。吾答曰：人患无德义，不患不富，若贵而能贫方好耳，用此何为？"吴末，衡甘橘成，岁得绢数千匹，家道殷足。晋咸康中，其宅上枯树犹在。○"龙洲无"，曾本、姚仙期本作"龙阳有"。"造化"，姚经三本作"造物"。

〔2〕蠕蠕，微动貌，谓蚕尚小。

〔3〕陈开先注：板，即纸也。如今之牌票，古所谓符檄是也。

〔4〕《本草》：苏恭曰，黄粱出蜀、汉、商、浙间。穗大毛长，谷米俱粗于白粱，而收子少，不耐水旱。食之香美，胜于诸粱。宗奭曰：黄粱、白粱，西洛农家多种，为饭尤佳。踏飧，饱食之意。○此章讽催科之不时也。蚕事方起，而县官已亲自催租，何其火迫乃尔！狞色虬须，画出武健之状，彼却又能推卸以为使君符牒致然，似乎不得已而来者。果尔，言语既毕，即当策马而去，乃必饱飧，不顾两妇子之拮据，为民父母者，固如是乎？县官方去，簿吏又复登堂。民力几何，能叠供此辈之口腹耶？夫于女丁犹不恤乃尔，男丁在家者，其诛求又可想矣！

【姚注】

数诗皆感讽往事也。德宗以裴延龄判度支事，延龄务掊克苛敛。染练丝纩，取支用未尽者充羡馀，以为己功。县官市物，再给其直，民不堪命。此言珠本出于合浦，橘多生于龙洲，天产地产，总不足以供诛求。且追呼不时，方春蚕桑未出之日，即索女丝。吏胥迭至，饔飧亦觉难具，况机轴乎？应对炊作仅两妇子，则丁男又苦于力役远去可知矣。○孟尝为合浦太守，前政贪残，珠悉去。尝至悉还。李衡为丹阳守，欲治家于龙阳洲上，种柑千树。

【姚本眉批】

［1］陈云：五首逼真汉、魏。汉、魏犹逊其奥折。

［2］蒋云：此讽横征也。比杜更雅，仁者之言。

其　二

奇俊无少年，日车何蹢躅。

我待纡双绶，遗我星星发。[1]

都门贾生墓，青蝇久断绝。[1]

寒食摇扬天，愤景长肃杀。[2]
皇汉十二帝，惟帝称睿哲。
一夕信竖儿，文明永沦歇。[3]

【汇解】

〔1〕吴正子注："奇俊无少年"，谓奇俊之人，不能常少年也。日车，谓日之行于天，如车之行于地。李尤诗："年晚岁暮日已斜，安得壮士翻日车？"躃躃，去而不止之意。纡，绾也。谢灵运诗："星星白发垂。"李周翰注：星星，白发貌。

〔2〕青蝇，指谗谮之人。《荆楚岁时记》：去冬节一百五日，即有疾风甚雨，谓之寒食。张说《清明日诏宴宁王山池诗》："摇扬花杂下，娇啭莺乱飞。"观此"摇扬"字义可见。旧注或以摇扬为白杨，非也。诗意谓过贾生墓下，叹昔时谮言之人亦归乌有，怨恨之气可以消平。乃当寒食摇扬之时，不散肃杀愤景之意何哉？盖妒能嫉贤虽只在一时，而千载之下，犹令人恨恨而不能释。○"摇扬"，姚经三本作"垂杨"。

〔3〕西汉起高帝，历惠帝、文帝、景帝、武帝、昭帝、宣帝、元帝、成帝、哀帝、平帝而止，凡十一帝。而云十二帝者，中间盖连高后所立之少帝言也。《书·舜典》："濬哲文明。"吴氏、曾氏以竖儿指绛灌、东阳之属，且疑其称拟非是。琦按：《风俗通》，贾谊与邓通俱侍中同位。谊恶通为人，数廷讯之，由是疏远，迁为长沙太傅。是长吉所称竖儿，盖指邓通而言之。一夕，犹言一朝。"文明永沦歇"者，谓弃贾谊不用，不能成文明之治也。○"一夕信竖儿"，一作"反信竖儿言"。

【姚注】

德宗信任裴延龄，竟以谗贬陆贽、阳城官。此言少年怀才，得志不易，及致青紫，日月又驰，而况加以谗间！贾生既死，谮言虽息，奈白杨风雨，馀恨犹存。信谗妨贤，睿哲如孝文且不免焉，况下此者乎？

　　〔1〕董云：青蝇为吊客，今并青蝇亦断绝矣。

其　三

　　南山何其悲？鬼雨洒空草。
　　长安夜半秋，风前几人老！
　　低迷黄昏径，袅袅青栎道。
　　月午树立影，一山惟白晓。
　　漆炬迎新人，幽圹萤扰扰。〔1〕[1]

【汇解】

　　〔1〕谢灵运诗：白杨信袅袅。李善注：袅袅，风摇木貌。《本草》：栎叶似栗叶，所在有之，木坚而不堪充材。月午，谓月至中天当午位上，则树影不斜，其直如立。白晓，谓月色皓然，如天将晓之状。漆炬，鬼灯也。新人，新鬼也。幽圹，墓冢也。萤扰扰，谓鬼火聚散，如萤光之扰扰。○"风前几人老"，曾本、姚经三本作"风剪春姿老"。"立影"，姚仙期本作"无影"。

【姚注】

　　陆贽贬忠州，阳城贬国子司业，寻以他事贬道州。永贞即位，诏追两人回京师，俱以未闻诏卒。"南山"者，嗟荟蔚也。"夜半秋"，言时已去也。"风剪"，言已剪折至尽也。"低迷"二句，悲窜死也。"月午"，喻顺宗鉴两人之冤，而形影得表其直，又如幽夜方值白晓也。[2]那知漆炬已照而腐草已化，悲夫！

　　[1]陈云：不曰"新鬼"而曰"新人"，妙极。○钱云：旧鬼迎新鬼，漆炬如萤，见死人之多也。

　　[2]周云：如此印合，犹锥画沙，确不可易。

其　四

星尽四方高，万物知天曙。
己生须己养，荷担出门去。
君平久不反，康伯遁国路。
晓思何诮诮，阛阓千人语。[1]

【汇解】

〔1〕《汉书》：严君平卜筮于成都市，以为卜筮者贱业而可以惠众，人有邪恶是非之问，则依蓍龟为言利害。与人子言依于孝，与人弟言依于顺，与人臣言依于忠，各因势道之以善，从吾言者已过半矣。裁日阅数人，得百钱足自养，则闭肆下帘而授《老子》。《后汉书》：韩康字伯休，京兆霸陵人，家世著姓。常采药名山，卖于长安市，口不二价，三十馀年。时有女子从康买药，康守价不移，女子怒曰："公是韩伯休耶？乃不二价乎？"康叹曰："我本欲避名，今小女子皆知有我，何用药为？"乃遁入霸陵山中，博士公车连征不至。桓帝备玄纁之礼，以安车聘之。使者奉诏造康，康不得已，乃许诺，辞安车自乘柴车，冒晨先使者发，因道逃遁。长吉正用此事，而曰康伯，盖误称也。《韵会》：诮诮，语也。《古今注》：阛，市垣也；阓，市门也。诗意贫人以治生为务，不能不荷担入市。乃古之贤而隐于市者，若严君平、韩伯休，今既不可复作，阛阓之中，喧嚣杂沓，殊难复问。甚言市井浊气之不可耐也。

【姚注】

德宗立宫市，白望宦者为使，白夺民物。沽浆卖饼之家，亦不免其骚骚。五方小儿张捕鸟雀，肆为暴害。此言卖卜市药之人如严、韩辈，亦且不能安业。东方既白，阛阓诮诮，流弊大抵然矣。[1]

【姚本眉批】

[1] 黄云：非惟注确，如此文字，洵不可及。

其 五

石根秋水明,石畔秋草瘦。

侵衣野竹香,蛰蛰垂叶厚。[1]

岑中月归来,蟾光挂空秀。

桂露对仙娥,星星下云逗。[2]

凄凉栀子落,山矗泣清漏。[3]

下有张仲蔚,披书案将朽。[4][1]

【汇解】

〔1〕蛰蛰,多貌。

〔2〕《释名》:山小而高曰岑。○"空秀",一作"云秀"。"桂露",一作"秋露"。

〔3〕矗音"问"。《广雅》:矗,裂也。"山矗泣清漏"者,山石裂处,清泉流出,状如漏水点滴。

〔4〕赵岐《三辅决录注》:张仲蔚,扶风人也,隐居不仕。明天官,博学,好作诗赋。所居蓬蒿没人。庾信诗:不废披书案。

【姚注】

此追思李泌也。泌辞上,为有五不可留。上不得已,听之归。言山中水清草瘦,无复轻肥,野服筠光,自知积厚。峰月归来,即指泌也。明哲保身,清光难及。月露交明,天高下逮。栀子落,谓虽山野散人,亦因同心陨丧,深为泪零。唯拥邺架以终老蓬蒿之径,不复身入风波矣。○皇甫谧《高士传》云:张仲蔚,汉人。

【姚本眉批】

[1]蒋云:此讽安贫之少也。

三月过行宫

渠水红繁拥御墙，风娇小叶学娥妆。
垂帘几度青春老，堪锁千年白日长。[1]

【汇解】

〔1〕渠水，行宫外御沟之水。吴正子注：红繁，荷也。小叶，柳也。琦
按：以红繁为荷，出自臆拟。三月时荷钱始贴水，于"拥御墙"三字亦不甚妥
切。窃谓红是水荭，繁是蘩蒿，二月多生水旁。《尔雅·释草》云：红，茏古，
其大者茵。郭璞注：俗呼红草为茏鼓，语转耳。《本草》：陶弘景曰：茏生下
湿地，似马蓼而甚长大。《诗》称"隰有游龙"，郭璞云：即茏古也。苏颂曰：
茏，即水荭也，似蓼而叶大，赤白色，高丈馀。《埤雅》：《尔雅》曰，蘩，皤蒿，
白蒿也。叶粗于青蒿，从初生至枯，白于众蒿，颇似细艾者。所在有之，今
人谓之蓬蒿，可以为菹。《夏小正传》：繁，游胡。游胡，旁勃也。《尔雅疏》
及《埤雅》皆以为即蘩蒿。《后汉书》载边让《章华赋》："振弱支而纤绕兮，若
绿繁之垂干。"据诸书，茏红、蘩繁通用。盖古人书"芙蓉"作"夫容"，亦有不
加草头者，即此可以类推。曾本、二姚本俱以"繁"字作"蘩"字，是也。小叶
即是茏蘩。二草之叶，初生尚小，为春风摇动，娇绿可爱，比之女子画眉之
色。古之画眉以黑，至隋唐则尚绿。《韩非子》曰"粉白黛黑"，韩昌黎文则
曰"粉白黛绿"，于此可证。

【姚注】

水草逼墙，无人芟薙。柔姿妩媚，仿佛宫娃。御帘低垂，久无跸驻。千
年永日，何时得再邀驾幸也！意又谓帝京多士，恒苦陆沉，虽欲竞效浮华，
终亦无用。幽郁穷年，芳时不遇，又安能得觐龙光乎？

李长吉歌诗卷三

追和何谢铜雀妓⁽¹⁾

佳人一壶酒，秋容满千里。⁽²⁾
石马卧新烟，忧来何所似？⁽³⁾
歌声且潜弄，陵树风自起。⁽⁴⁾
长裾压高台，泪眼看花机。⁽⁵⁾

【汇解】

〔1〕《乐府诗集》：《铜雀台》，一曰《铜雀妓》。《邺都故事》曰：魏武帝遗命诸子曰："吾死之后，葬于邺之西冈上。妾与妓人皆著铜雀台。台上施六尺床，下繐帐，朝晡，上酒脯粻糒之属。每月朔十五，辄向帐前作伎，汝等时登台望吾西陵墓田。"按：铜雀台在邺城，建安十五年筑。其台最高上有屋一百二十间，连接榱栋，侵彻云汉。铸大铜雀置于楼巅，舒翼奋尾，势若飞动，因名为铜雀台。《乐府解题》曰：后人悲其意而为之咏也。何逊、谢朓皆有《铜雀妓诗》。何诗曰："秋风木叶落，萧瑟管弦清。望陵歌对酒，向帐舞空城。寂寂檐宇旷，飘飘帷幔轻。曲终相顾起，日暮松柏声。"谢诗曰："繐帷飘井干，樽酒若平生。郁郁西陵树，讵闻歌吹声？芳襟染泪迹，婵娟空复情。玉座犹寂寞，况乃妾身轻！"长吉美其诗，故追和之。

〔2〕酒，即朝晡所上酒脯粻糒之酒。台上佳人因上酒而瞻望西陵之墓田，但见秋容极目，言外见操之音容笑貌已化为乌有也。

〔3〕古墓荒坟，石兽倾倒者，多如所谓"苑边高冢卧麒麟"是也。若曹氏正当盛时，茔中石马宁有倒卧之理？盖谓其蹲立草中，寂然不动，有似卧

然,不可作倒卧解。新烟,新草也,自远望之,漠漠如烟也。古称"忧心如
醒","忧心如惔","忧心如熏",又有"如结如捣"各种譬喻。今曰"忧来何所
似",则其不堪之状,又觉非言语所能形容矣!

〔4〕台上伎人歌声潜唱,而陵中寂然不闻。所闻者,风吹坟树之声而
已。谢诗所谓"郁郁西陵树,讵闻歌吹声",同是一意。

〔5〕"长裾压高台",谓伎妾众多,满列台中。机,即几也。《周易》:涣
奔其机。《家语》:俯察机筵。"机"、"几"二字,古书通用。花机谓台上供灵
之案。曾谦甫注:泪眼看几,非哭老瞒,正自伤薄命耳。

【姚注】

元和朝,魏博节度使田季安卒。季安淫虐,夫人元氏立其子怀谏为副
大使。按:魏博即魏郡。贺即借魏事以讥之也。佳人洒酒,千里悲风。陇
上新烟,石马初卧。哀声低唱,陵树凄凄。舞衣虽长,几空人逝。当日雄姿
谋略,今安用乎?

送秦光禄北征

北虏胶堪折,秋沙乱晓鼙。^{〔1〕}

犷胡频犯塞,骄气似横霓。^{〔2〕}

灞水楼船渡,营门细柳开。^{〔3〕}

将军驰白马,豪彦骋雄材。^{〔4〕}

箭射欃枪落,旗悬日月低。^{〔5〕}

榆稀山易见,甲重马频嘶。^{〔6〕}

天远星光没,沙平草叶齐。

风吹云路火,雪污玉关泥。^{〔7〕}

屡断呼韩颈,曾燃董卓脐。^{〔8〕}

太常犹旧宠,光禄是新阶。^{〔9〕}

宝玦麒麟起，银壶鸊鵜啼。[10]

桃花连马发，彩絮扑鞍来。[11]

呵臂悬金斗，当唇注玉罍。[12]

清苏和碎蚁，紫腻卷浮杯。[13]

虎鞴先蒙马，鱼肠且断犀。[14]

趁趣西旅狗，蹙额北方奚。[15]

守帐然香暮，看鹰永夜栖。[16]

黄龙就别镜，青冢念阳台。[17]

周处长桥役，侯调短弄哀。[18]

钱唐阶凤羽，正室劈鸾钗。[19]

内子攀琪树，羌儿奏《落梅》。[20]

今朝擎剑去，何日刺蛟回？[21]

【汇解】

〔1〕《汉书》：欲立威者，始于折胶。苏林曰：秋气至，胶可折，弓弩可用，匈奴常以为候而出军。颜师古《急就篇注》：鞪，骑鼓也，其形似鼗而庳薄。

〔2〕《后汉纪》：匈奴频犯塞。《史记》：匈奴日已骄，岁入边，杀掠人民畜产甚多。以上言北征之由。

〔3〕《元和郡县志》：灞水在雍州万年县东二十里。杜氏《通典》：楼船，船上建楼三重，列女墙战格，树幡帜，开弩窗矛穴，置抛车垒石铁汁，状如城垒。《史记》：文帝后六年，匈奴大入边。乃以河内守亚夫为将军，军细柳以备胡。服虔曰：细柳在长安西北。如淳曰：长安细柳仓在渭北，近石徼。张揖曰：在昆明池南，今有柳市是也。

〔4〕《魏志》：庞德常乘白马，羽军谓之"白马将军"，皆惮之。

〔5〕《尔雅》：彗星为欃枪。箭发而妖星可落，言弓矢所及之远；旗悬而日月若低，言帜旆之高而鲜明。以上言军容之壮。

〔6〕《汉书》：蒙恬为秦侵胡，辟数千里，以河为境，累石为城，树榆为塞。如淳曰：塞上树榆也。

〔7〕云路火，谓烽火，其高上冲云霄。《太平寰宇记》：玉门关在沙州寿昌县西南一百十八里。以上预言征途之景。

〔8〕《汉书》：姑夕王与乌禅幕及左地贵人共立稽侯狦为呼韩邪单于，称臣入朝于汉，立二十八年而死。《后汉书》：吕布持矛刺董卓，趣兵斩之，乃尸卓于市。天时始热，卓素充肥，脂流于地。守尸吏然火置卓脐中，光明达曙，如是积日。按：燃董卓脐是实事，断呼邪颈非实事，乃借说，此以实对虚之法。二句言光禄平昔之威望。

〔9〕《唐书·百官志》：太常寺卿正三品，少卿正四品；光禄寺卿从三品，少卿从四品。今以太常而移光禄，是左迁也，恐光禄是散阶中之号，所谓光禄大夫之名耳。○"脐"，一作"阶"。

〔10〕宝玦上刻为麒麟像，银壶外画作狒狖之形。狒音"废"，狖音"又"，二兽名。狒类人，而被发长唇反踵；狖似猿，而昂鼻长尾。

〔11〕首联言折胶秋沙，此联言桃花彩絮，春秋互见者。盖首联追叙髳胡犯塞之时，此联正点光禄北征之时。不曰柳絮，而曰彩絮，避上"细柳"字重见。

〔12〕《世说》：周侯曰："今年杀诸贼奴，当取金印如斗大，悬肘后。"玉罍，玉杯也。

〔13〕《释名》：泛齐浮蚁在上泛泛然也。曾益注：汉禽白波贼饮酒者，谓之"卷白波"。清酥、紫腻，皆酒。琦按：清苏恐即"清酥"。长吉又有"白鹿清苏夜半煮"之句，可以互证。酥，酪属，以牛羊乳为之，和酒饮之，极佳。碎蚁，酒初开时，面有浮花，状若蚁然。紫腻，恐是看馔之名。卷者，谓以是下酒，而易于干，若卷而去之之意也。潘岳《闲居赋》：浮杯乐饮，丝竹骈罗。李善注：《说苑》曰，公乘不仁，举大白浮君。《广雅》曰：浮，罚也。吕向注：浮杯，流杯也。夫军行而出钱，不应有罚爵，且又非流水泛觞之时，合是顺流而饮之义。

〔14〕《左传》：胥臣蒙马以虎皮。改用"鞯"字以协音调，然虎皮而已。

鞯安用蒙马？此是才人疏处。鱼肠，剑名，已见二卷注。李尤《宝剑铭》：陆断犀象，水截鲸鲵。二句是预试战时器技之精利。

〔15〕左思《吴都赋》：趁趋拉揸。李善注：相随驰逐众多貌。《广韵》：趁趋，走貌。《书经》：西旅底贡厥獒。孔安国《传》：西戎之长，致贡其獒。犬高四尺曰獒，以大为异。《旧唐书》：奚国盖匈奴别种，所居亦鲜卑故地，即东胡之界也。在京师东北四千馀里，东接契丹，西至突厥，南拒白狼河，北至霫国，自营州西北饶乐水以至其国。蹙额者，奚人之状。

〔16〕香，谓记时刻之香，故曰"守帐然香暮"。养鹰者夜不令得睡，睡则生膘，而怠于搏击，故睡辄警之，所谓"看鹰永夜栖"也。

〔17〕《水经注》：白狼水又北径黄龙城东。《十三州志》曰：辽东属国都尉，治昌黎道，有黄龙亭者也。《太平寰宇记》：青冢在振武军金河县西北，汉王昭君葬于此。其上草色常青，故曰青冢。《一统志》：王昭君墓在古丰州西六十里，地多白草，此冢独青，故名。宋玉《高唐赋》：先王尝游高唐，怠而昼寝，梦见一妇人曰："妾在巫山之阳，高邱之阻。旦为朝云，暮为行雨，朝朝暮暮，阳台之下。"

〔18〕《初学记》：祖台之《志怪》曰：义兴郡溪渚长桥下，有苍蛟吞瞰人。周处执剑桥侧，俟久之，遇其出，于是悬自桥上投下蛟背，而刺蛟数创，流血出溪，自郡渚至太湖勾浦乃死。琦按：此处忽用周孝侯事，甚觉不伦。以对句观之，意者钱饯饮时，伶人所扮者乃周处刺蛟，所弹者乃箜篌短调，即景而言之耶？《风俗通》：谨按《汉书》，孝武皇帝赛南越，祷祀太乙后土，始用乐人侯调依琴作坎侯之乐，言其坎坎应节奏也，侯以姓冠章耳。短弄，谓箜篌所弹之曲其调短者。

〔19〕旧注释上句曰与子偕行，下句曰与妇赠别，盖以凤羽为凤毛也。而上三字殊不可解，恐有错谬。

〔20〕郑康成《礼记注》：内子，卿之嫡妻也。卢思道诗：庭前琪树已堪攀，塞外征人殊未还。《乐府杂录》：笛，羌乐也。古有《落梅花曲》。李白诗："笛奏《梅花曲》。"二句叙家人送别之事，攀琪树即攀柳赠行之意。上文已用正室，此句复用内子，不应重复至此，亦恐有误。

〔21〕吴正子引《淮南子》：荆有佽非，得宝剑于干队。还反渡江，至于中流阳侯之波，两蛟夹绕其船。佽非谓枻船者曰："尝有如此而得活者乎？"对曰："未尝见也。"于是佽非瞑目，勃然攘臂拔剑曰："武士可以仁义之理说也，不可劫而夺也。此江中之腐肉朽骨，弃剑而已，予有奚爱焉？"赴江刺蛟，遂断其头，船中人尽活，风波毕除。荆爵为执珪。此以喻斩馘敌人。周处亦刺蛟，吴氏不引周事，而引佽非事以释此句，恐与"长桥"句犯复耳。然此篇自"黄龙就别镜"以下，意多重复，又难通解。或系章句舛错，兼之字误鱼豕，俱未可定，姑缺其疑可也。

【姚注】

时吐蕃入寇，屡侵内地。当秋胶折，骄横不庭。言光禄渡水行营，将雄士锐，器利帜明。榆稀，言敌垒在望也。甲重，言士马精强也。提军深入，阴晴并进；况威望素著，品位特加。腰围带式，崇新秩也。箭箙鲜明，蒙宠颁也。桃花名马，彩絮饰鞍；塞外星驰，勇于王事。肘悬金印，口饮玉罍。万里立勋，倾樽为别。奇驹宝剑，猎火胡雏。帐前香薰，鹰驯斗静。经过古迹，自动乡思。缘以为国除凶，不顾《骊歌》悲怨。携子从征，以为功名阶级计。钱塘潮信，来秋便可成功。故夫人分钗，以期早合也。攀枝奏曲，望其凯旋，即图欢聚耳。[1]○苏林云：秋气胶可折。

【姚本眉批】

[1] 黄云：借注了题，以《骚》翼《雅》。一以为光禄赞，一以为《北征赋》也。

酬答二首

金鱼公子夹衫长，密装腰鞓割玉方。
行处春风随马尾，柳花偏打内家香。[1]

【汇解】

〔1〕《通典》：三品以上紫衣金鱼袋，五品以上绯衣银鱼袋。金鱼公子，谓公子而佩金鱼袋者，盖贵胄也。鞓音"汀"，皮带也。曾本、二姚本作"鞓"，同一字耳。割玉方，谓裁玉作方样，而密装于皮带之上也。内家，宫人。《刘无双传》云"有中使押领内家三十人往园陵"是也。内家香，谓宫中所制之香。徐文长注：公子佩内家之香，而柳花偏打之，即蝼蚁也解寻好处之意。

【姚注】

德宗崩，顺宗以风疾即位，一切惟宦官李忠言、昭容牛氏是任，百官奏事，自帷中可其奏。王伾、王叔文辈，得坐翰林中使决事。凡入言于李、牛者，称诏行下。而柳宗元辈亦推奉奔逐，采听谋议，汲汲如狂。贺意谓小人趋附求荣，金鱼玉带，冀邀非分，固无论已。而文人才士，亦偏望风承旨，求媚宫嫔。观柳花内家，不可识其所指邪？

其 二

雍州二月梅池春，御水鸂鶒暖白蘋。
试问酒旗歌板地，今朝谁是拗花人？[1]

【汇解】

〔1〕唐时雍州即西京地，又为京兆府。郭璞《尔雅注》：鸂鶒似凫，脚高毛冠，江东人家养之，以厌火灾。《辍耕录》：南方谓折花曰拗花。○"梅"，一作"海"。

【姚注】

此即讥结事李忠言、牛氏者也。西京风物，淑气融和。因忆开元朝，内庭赏花，龟年捧檀板以歌，而供奉睥睨力士，致脱六缝乌皮，作《清平》以消妃子。近日谁有丰采如此者乎？则奔竞媚悦惟恐后矣。酒旗即酒星，指太白也。"拗"与"傲"同意。是时以诗才著名者，如韩泰、柳宗元、刘禹锡且不免焉。观夫李白可以愧矣！

画角东城^{〔1〕}

河转曙萧萧，鸦飞睥睨高。^{〔2〕}
帆长摽越甸，壁冷挂吴刀。^{〔3〕}
淡菜生寒日，鲡鱼溅白涛。^{〔4〕}
水花沾抹额，旗鼓夜迎潮。^{〔5〕}

【汇解】

〔1〕曾益注：全首与画角无涉，"角"字误，当是"画甬东城"，犹画江潭苑之意也。《左传集解》：甬东，越地，会稽句章县东海中洲也。《史记集解》：贾逵曰，甬东，越东鄞甬江东也。韦昭曰：句章，东海口外洲也。《元和郡县志》：明州鄮县翁洲入海二百里，即《春秋》所谓甬东地也。越灭吴，请吴王居甬东，其洲周环五百里，有良田湖水，多麋鹿。琦按：今浙江之定海县是其处。

〔2〕河汉运转，天晓之候。睥睨音"譬诣"。《释名》：城上垣曰睥睨，言于其孔中睥睨非常也。亦曰陴。陴，裨也，言裨助城之高也；亦曰女墙，言其卑小，比之于城，若女子之于丈夫也。

〔3〕海舟之帆较江湖中之帆更为长大。摽，高举貌。杜预《左传注》：郭外曰郊，郊外曰甸。越甸，谓越地郊外之地。壁，军营。《韵会》：军垒临危谓之壁。冷者，军令严肃，不闻喧扰意。吴刀即军士所佩者。挂者，悬而不用。

〔4〕淡菜，海中介虫，蚌蛤类。胡三省《通鉴注》：淡菜状如蝤而小，黑壳，唇有须如茸。《本草》：淡菜生东、南海中，似珠母，一头小，中衔少毛，

《说文》：鮞，鱼子也。又《吕氏春秋》：鱼之美者，东海之鲕。其形状无考。潠，音与"巽"同，喷水也。涛，大波也。涛头涌起作白色，故曰白涛。鲕鱼能潠白涛，则非鱼子也。

〔5〕水花，乃水波相激而起若雨点者。抹额，军士扎巾。《中华古今注》：昔禹王集诸侯于涂山之夕，忽大风雷震，云中甲马及卒士千馀人，中有服金甲及铁甲，不服甲者以红绡抹其首额。禹王问之，对曰：此抹额盖武士之首服，皆佩刀以为卫从，乃是海神来朝也。秦始皇巡狩至海滨，亦有海神来朝，皆戴抹额，绯衫，大口袴，以为军容礼。至今不易其制。迎潮者舟行海中，遇潮至，则操舟者正其舟首，触涛而进，虽颠荡于层波叠浪之中，终不覆没；不迎潮则舟为软浪所拍，多遭沉溺。此诗言曙，言鸦飞，言寒日，皆是晓景。末联乃说夜中事，盖是倒装句法。见军士抹额之上为水花沾湿，而知其旗鼓夜迎潮也。迎潮而用旗鼓，是水军习战事。○姚经三訾曾注改"角"字作"甬"字为谬。夫全首无一字言及画角，不应脱略如许。若越甸，若淡菜，若鲕鱼，若迎潮，则惟东越近海之地可以言之。曾氏之说是居八九矣。

【姚注】

此城头晓角也。画角既吹，东城始旦。以下皆咏晓景而不及角，曾益欲以"角"字改作"甬"，大谬矣。银河方收，旭日将上，城头角响，宿鸟高飞于女墙之上。帆樯早发，而城守戎器犹悬于壁。淡菜向薄蔼而生，鲕鱼跃初浪以出。抹额，篙师首所饰也。晨兴濯船，如夜迎潮头，而令抹额溅湿耳。○抹额，一作"袜"，武士之首服。秦始皇巡海，海神来朝，皆带袜额。擢船黄头郎，应以黄饰额也。

谢秀才有妾缟练改从于人秀才引留之不得后生感忆座人制诗嘲诮贺复继四首

谁知泥忆云？望断梨花春。[1]

荷丝制机练,竹叶剪花裙。[2]
月明啼阿姐,灯暗会良人。[3]
也识君夫婿,金鱼挂在身。[4]

【汇解】

〔1〕泥在地,云在天,言不相及之意。梨花落尽,已过一春,思而不见,眼儿望断矣。

〔2〕服饰如此,可谓美矣,而心志不乐,复生感忆。此即《国风》副笄六珈之义。合下文四句观之,其意始出。练,熟素缯也。徐陵诗:竹叶裁衣带,梅花奠酒盘。

〔3〕阿姐,似指秀才之正室而言。悲啼月下,不敢显言,忆谢而以阿姊当之,托词也。灯暗会良人,谓其心虽感忆,无由相晤,或者灯下可订佳期一会耳。

〔4〕嘲其择人而嫁,已得所从,何必又忆故夫? 金鱼,见前四首注。金鱼在身,言其官职之不卑。

【姚注】

史氏曰:良玉不烬,精金不变。人材如是者,往往而难。元稹初论宦官,致经折挫,不克固守,中道改操,遂与贤人君子为仇。贺适遇缥练之事,因以寓讽,而作此四首。其意不专为谢妾咏,而诗无不为谢妾咏也。云、泥,不相属也,嘲妾既高飞远去,而生犹怀思眷眄,梨花虽春,不我属矣。衫裙新艳,已着他姓衣裳。空啼向月,知不由中,方即剪烛以图良会。今日夫婿金鱼,非复从前寒士耳。

<h2 style="text-align:center">其　二</h2>

铜镜立青鸾,燕脂拂紫绵。
腮花弄暗粉,眼尾泪侵寒。[1]

碧玉破不复,瑶琴重拨弦。[2]
今日非昔日,何人敢正看![3]

【汇解】

〔1〕对镜晓妆,施朱傅粉,而眼角却有泪痕,知其为忆故夫。"铜镜立青鸾"者,镜台为青鸾跱立之象,而以镜倚其上也。

〔2〕吴正子注:"破不复",或云合作"破瓜后",众本作"破不复",非也。碧玉,宋汝南王之妾,王宠幸之,作歌曰:"碧玉初破瓜,相为情颠倒。""不复"与"瓜后"字相近而讹耳。琦谓:此二句皆是喻意,谓其既改从于人,如彼碧玉破而不可复完,如彼瑶琴重为他人鼓拨,以诮其此时感忆无益之意。若订作"碧玉破瓜后",不但对句直致无味,亦与前四句不相联属。江淹诗:瑶琴岂能开?李周翰注:瑶琴,玉琴也。《春渚纪闻》:秦、汉之间,所制琴品多饰以犀玉金彩,故有瑶琴绿绮之号。

〔3〕今日为贵人之姬,非昔日秀才妾可比,何人敢正看?当此扬扬得意之日,而忽生感忆,又何为乎?此与上首同一结法,但上首借其夫作衬,此首借旁观者作衬。

【姚注】

立镜饰容,强为悲态,那知此身已非完璧,仅续断胶。此日知属贵人,威仪严肃,人不敢正看,亦安禁冷眼者之心鄙乎!

其　三

洞房思不禁,蜂子作花心。[1]
灰暖残香炷,发冷青虫簪。[2]
夜遥灯焰短,睡熟小屏深。[3]
好作鸳鸯梦,南城罢捣砧。[4]

【汇解】

〔1〕言其感忆之情不能自禁,犹蜂子之营营不静。

〔2〕梁昭明太子诗:"袖轻见跳脱,珠概杂青虫。"琦按:广中有绿金蝉,大者如班猫,其背作青绿泥金色,喜匿朱槿花中,一一相交。传云带之令夫妇相爱,妇女多以为钗簪之饰。段公路《北户录》所谓金龟子,竺法真《罗浮山疏》所谓金花虫,陈藏器《本草》所谓吉丁虫,宋祁《益部方物略》所谓利州金虫,皆此物也。旧注谓以青玉为簪而雕镂虫式者,恐未是。

〔3〕夜遥灯暗,方得睡熟,以见感忆之切,不能即寐之况。

〔4〕思而不见,惟梦中得以相会。当此夜分人静,捣碪之声寂然不作,庶几得一佳期之梦,以少慰其辗转反侧之思耳。董懋策注:罢者,冀其罢也。即"打起黄莺儿,莫教枝上啼"之意。其说亦通。《韵会》:碪,捣缯石也。

【姚注】

皆由其心之荡佚以至此也。虽冷灰复然,而香则已残矣。浓鬟艳饰,欢乐终宵,自此绣幔流苏,宁复似旧时操作,月上敲砧耶?亦且恐他处砧声致惊好梦矣。

其 四

寻常轻宋玉,今日嫁文鸯。〔1〕
戟干横龙簜,刀环倚桂窗。
邀人裁半袖,端坐据胡床。〔2〕
泪湿红轮重,栖乌上井梁。〔3〕〔1〕

【汇解】

〔1〕宋玉,喻谢秀才;文鸯,喻其后夫。《魏氏春秋》:文钦中子淑,小名鸯,年尚幼,勇力绝人。《晋书》:文钦子鸯,年十八,勇冠三军。《十六国春秋》:石勒攻幽州,幽州刺史王浚遣鲜卑段文鸯率骑救之。是文鸯有二:一

为将家子,一为蕃人。缟之后夫,非蕃将亦武夫也。

〔2〕四句皆写武人粗鄙傲慢之状,宜缟练之不乐而复思谢生也。《礼记》:夏后之龙簨虡。郑康成注:簨虡,所以悬钟磬也。横曰簨,饰之以鳞属;植曰虡,饰之以蠃属、羽属。孔颖达《正义》:簨虡之上,以龙饰之。簨即"虡"字,音"渠",上声。《释名》:刀本曰环,形似环也。梁元帝诗:"桂窗斜月辉。"半袖亦谓之半臂。《释名》曰:半袖,其袂半襦而施袖也。胡三省《通鉴注》:胡床,隋改曰交床,今之交椅是也。旧注以裁半袖为裁剪半袖之衣。夫以佩金鱼贵人端坐胡床,命姬妾剪裁半袖,亦属常事,未见骄傲态。琦谓:"裁"字古与"才"字通用,作"仅"字解,仅服半袖而见人,自据胡床而端坐,是言其平素接人妄自尊大之意。待客如此,闺房之内自可知矣。

〔3〕曾益注:红轮,即吹轮,妇女所执,如暖扇之类。引沈约诗"画扇迎初暑,红轮映早寒"以证。又徐文长以红轮为车轮。董懋策以红轮为半袖。琦按:皆非是。庾信诗:"步摇钗朵动,红轮披角斜。"李颀诗:"织成花映红纶巾。"二诗"轮"、"纶"字体虽殊,详义则一。疑是妇女所佩巾披之类,故为泪所沾湿也。井,藻井也。梁,屋梁也。薛综《西京赋》注:藻井当栋中,交木方为之,如井干也。《梦溪笔谈》:屋上覆橑,古人谓之绮井,亦曰藻井。井梁之地,非栖乌所止,而有乌集其上,喻言其身不当为武夫之配,而今为其配也。疑当时有此喻,而长吉引以为比。今俚俗歌词有"谁知逐魂鸟,空占画眉笼"之句,以喻拙夫而配巧妇者,亦是此意。○"栖乌",一作"投乌"。

【姚注】

向薄文人,今从武士。凶器满前,衣皆戎饰,非复琴书罗列。裙袖翩翩,端坐胡床,绝无风韵。当此亦不禁泣下,或未免悔心之萌。栖乌井梁,亦念及故人孤零否?○文鸳,猛将,魏文钦子。

【姚本眉批】

〔1〕钱云:四首言泪、言啼,似俱属缟练。岂题之所云,后生感忆,指缟练耶?

昌谷读书示巴童

虫响灯光薄,宵寒药气浓。
君怜垂翅客,辛苦尚相从。[1]

【汇解】

〔1〕《后汉书·冯异传》:"始虽垂翅回溪,终能奋翼黾池。"盖以斗鸟为喻,败则垂翅而遁,胜则奋翼而鸣。此诗是下第后所作。

【姚注】

长夜抱疴,遭时蹭蹬,而巴童犹然恋恋,深足嘉已。

巴童答

巨鼻宜山褐,庞眉入苦吟。
非君唱乐府,谁识怨秋深。[1]

【汇解】

〔1〕巨鼻,谓巴童。庞眉,长吉自谓。后《高轩过》中,亦有"庞眉书客感秋蓬"之句。"庞"字一作"厐",古通用。王褒《四子讲德论》:厐眉耆耈之老。李善注:厐,杂也,谓眉有黑白杂色。张衡《思玄赋》:"尉厐眉而郎潜。"用颜驷厐眉皓发,老于郎署事。按长吉年未过三十,安得遽有庞眉如颜驷?或者其眉黑白庞杂,生而已然,今人亦间有之。又"庞"字一训厚,一训大。李义山作《长吉小传》,谓长吉通眉,盖其眉浓密,中间相连,不甚开豁。自谓庞眉者,或取厚大之义,亦未可定。

童言陋质，不慕荣华。知君深于吟咏，致感无知之人，亦娴秋怨。高才如此，忍不相从？

代崔家送客[1]

行盖柳烟下，马蹄白翩翩。
恐送行处尽，何忍重扬鞭！[2]

【汇解】

〔1〕"家"，曾本作"是"。

〔2〕"恐送行处尽"，曾本作"恐随行处尽"，二姚本作"恐随送处尽"。"重"，一作"复"。

【姚注】

其亦睹元稹《会真记》而拟此别曲乎？

出　城

雪下桂花稀，啼乌被弹归。[1]
关水乘驴影，秦风帽带垂。[2][1]
入乡试万里，无印自堪悲。[3]
卿卿忍相问，镜中双泪姿。[4]

【汇解】

〔1〕二句皆喻言不第。

〔2〕归路萧条之况。

〔3〕自昌谷至长安,路途不远,"万里"字恐误。一作"诚万重",一作"诚可重",言还乡本人之所乐,今以无官而归,自堪悲耳。

〔4〕预拟闺人怜己,点额忍苦以相劳问,不觉双泪垂下,镜中自顾,方始知之。《世说》:王安丰妇常卿安丰,安丰曰:"妇人卿婿,于礼为不敬。后勿复尔。"妇曰:"亲卿爱卿,是以卿卿;我不卿卿,谁当卿卿!"遂恒听之。○"姿",一作"垂",重第二韵,非。

【姚注】

帝京寒雪,铩羽空回。策蹇斓缕,凄凉跋踬。感愧交集,恐无颜以对妻孥,当亦见怜于妇人女子矣。

【姚本眉批】

〔1〕钱云:帽带垂,即在乘驴影上看出。

莫种树

园中莫种树,种树四时愁。
独睡南床月,今秋似去秋。[1][1]

【汇解】

〔1〕"南床",二姚本作"南窗"。

【姚注】

陶潜云:"眄庭柯以怡颜。"此则对繁枝而愈增牢骚也。卧月南窗,犹似旧秋零落,此景自难为怀矣。

【姚本眉批】

〔1〕陈云：起虽合四时言之，而诗则自为秋日作也。四时皆令人愁，秋夜更愁。

将　发

东床卷席罢，护落将行去。
秋白遥遥空，日满门前路。〔1〕

【汇解】

〔1〕卷席，束装而行也。《魏书》：“已护落而少成，又臃肿而无立。”濩落、护落同义。○“遥遥”，一作“逍遥”，非。

【姚注】

不尽展转留恋之情。卷席时以为尚早，或可暂停；而旭日盈途，促我就道，奈何！

追赋画江潭苑四首〔1〕

吴苑晓苍苍，宫衣水溅黄。〔2〕
小鬟红粉薄，骑马佩珠长。
路指台城迥，罗薰袴褶香。〔3〕
行云沾翠辇，今日似襄王。

【汇解】

〔1〕吴正子注：按《金陵六朝事迹》，江潭苑乃梁苑也。梁大同九年置，

在上元县东南二十里。《景定建康志》：古江潭苑，其地在新林路西，去城二十里，梁大同初立。按《舆地志》，武帝从新亭凿渠通新林浦，又为池，开大道，立殿宇，亦名王游苑，未成而侯景乱。蔡宗旦《金陵赋》云：访江潭之大苑，惟萧沟之名存。注：今有沟名萧家沟，即此也。四诗皆咏宫人早起游猎之景。盖因观画而赋其事如此。

〔2〕苑在金陵，乃古之吴地，故曰吴苑。苍苍，晓色。水溅黄，采色之名，今之鹅黄色。

〔3〕《六朝事迹》：《建康实录》，晋成帝咸和七年，新宫成，名建康宫。注：即今之所谓台城也，在县东北五里，周回八里。又按《舆地志》云：同泰寺南与台城隔路，今法宝寺及圆寂寺，即古同泰寺基，故法宝亦名台城院。以此考之，法宝、圆寂之南，盖古台城地也，今基址尚在。袴音"库"，褶音"习"。《韵会》：袴褶，骑服也。《隋书》：袴褶，近代服以从戎。今纂严则文武百官咸服之。《中华古今注》：袴，盖古之裳也。周武王以布为之，名曰褶。敬王以缯为之，名曰袴，但不缝口而已。琦按：恐即今马上所着战裙之类。

【姚注】

《金陵六朝事迹》：江潭苑，一名王游苑，梁大同九年置。德宗好游畋，常宴鱼藻池，令宫人张水嬉为棹歌，时率宫人猎于苑中，又猎于东城。贺意为六朝侈靡，自难永祚，当观画江潭苑而追赋以志戒也。苑中方晓，宫娃即艳妆驰马，从事田猎。绮绣馥郁，翩翩似行云，以邀同梦矣。

其　二

宝袜菊衣单，蕉花密露寒。〔1〕

水光兰泽叶，重带剪刀钱。〔2〕

角暖盘弓易，靴长上马难。〔3〕

泪痕沾寝帐，匀粉照金鞍。〔4〕

【汇解】

〔1〕杨升庵曰：袜，女人胁衣也。隋炀帝诗："锦袖淮南舞，宝袜楚宫腰。"卢照邻诗"倡家宝袜蛟龙被"是也。《古今注》谓之腰彩。菊衣，衣之黄色如菊花者。姚注以《周礼》之"鞠衣"证之。夫鞠衣乃皇后六服之一，亲蚕则衣之，非宫人游猎所宜衣。"蕉花"句，徐文长以为申言袜色之黄。琦按：宝袜者，宫人近身之服，人所不见，然其色之红艳有似蕉花。其上以菊衣罩之，菊衣既单，则不能掩却宝袜之色，而密露其红艳之影。"寒"字即从"单"字生出，是以下句申上句法。

〔2〕宋玉《神女赋》："沐兰泽，含若芳。"李善注：沐，洗也，以兰浸油泽以涂头也。枚乘《七发》："蒙清尘，被兰泽。"张铣注：览其发如被沐兰泽也。兰泽，以兰渍膏者。观此则知水光者，是美其发光如水之光，缘以兰叶渍膏涂之，致有此美。重带，带之下垂者。古者谓钱为刀。《汉书·食货志》：货宝于金，利于刀。如淳曰：名钱为刀者，以其利于民也。则刀与钱一也。于带上剪刀钱之文以为饰，犹竹叶剪花裙之类。○"重带"，吴本作"带重"。

〔3〕盘，曲也。弓不用则弛其弦，将上弦则必盘曲其弓体。天寒角劲，盘之为难；天暖角软，盘之则易也。女子着靴跨马，俱非素习。今以游猎，改装而兼用之，故觉其难。二句摹写宫人虽作军装，而娇弱之态宛然如在。

〔4〕夜眠怨泪，不觉沾渍寝帐。殆晓起而匀粉傅面，从驾出游，冶容艳色，照耀于金鞍之上。见者方以为从行之乐，而岂知其中心之隐忧哉？

【姚注】

衣薄露寒，鬓浓带丽，弱腕岂能盘弓？偶因角暖则似易。纤足本艰上马，加之靴长则愈难。虽从游猎，仍复孤眠。长夜暗啼，恐人知觉；又匆匆催促上马，无从觅镜，聊就金鞍拭面以掩泪痕耳！○以下皆言早猎。

其　三

剪翅小鹰斜，絛根玉镟花。[1]
鞦垂妆钿粟，箭箙钉文牙。[2]
狒狒啼深竹，鵁鶄老湿沙。[3]
宫官烧蜡火，飞烬污铅华。[4]

【汇解】

〔1〕姚经三注：刷羽斜击，其翅如剪。此说是也。曾注谓剪翅以调习，则似平时畜养之法，非猎时用以搏击之禽，且于“斜”字无当。絛，系鹰之索。镟，转轴也。绳之根以玉作镟，而琢花其上也。○“镟”，曾本作“簇”。

〔2〕鞦，马辔也。曾本、二姚本作“锹”，误。金华曰钿，钿粟者，钿文粒粒然，如粟之文也。箭箙，盛箭之筒。钉文牙，钉象牙于箙上以为饰。

〔3〕狒音“废”。《韵会》：狒，《说文》本作“𥝢”。周成王时，州靡国献𥝢𥝢，人身，反踵自笑，笑即上唇掩其目，食人，北方谓之土蝼。尔雅：𥝢如人，被发迅走，一名枭羊，俗谓山都。今交州山中有之。或作“狒”，亦作“𪕰”。《文选·吴都赋》：𪕰𪕰笑而被格。又作“费”。《校猎赋》：蹈飞豹，绢嘄羊。师古曰：嘄阳，费费也。人面，黑身，有毛。《集韵》又作“𧲝𧲝”。琦按：吴本、姚经三本作“狒狒”，曾本、姚仙期本作“狒狒”，同一字耳。今之所谓人熊野人是也。《本草》：鵁鶄，水鸟也。出南方池泽，似鸭，绿毛，人家养之，驯扰不去，可厌火灾。二句见苑中多有奇禽异兽。

〔4〕天时尚暗，故宫官烧蜡以照其行，而飞烬污触粉面也。《洛神赋》：铅华弗御。李善注：铅华，粉也。《博物志》曰：烧铅成胡粉。

【姚注】

刷羽斜击，其翅如剪。絛，用以臂鹰。玉镟花，言小鹰羽毛之丰洁，在絛根下者如玉镟花也。锹箙奇丽，所猎之处，林中水上，皆所不免。且旭日未升,猎骑即出,宫官烧蜡,早戒前途,铅华至为烬污矣。

其 四

十骑簇芙蓉,宫衣小队红。[1]

练香熏宋鹊,寻箭踏卢龙。[2]

旗湿金铃重,霜干玉镫空。

今朝画眉早,不待景阳钟。[3]

【汇解】

〔1〕十骑为一小队,皆着红衣,相簇聚如芙蓉然。

〔2〕《博物志》:宋有俊犬曰鹊。《埤雅义训》曰:良犬韩有卢,宋有鹊。卢,黑色;鹊,黑白色。曾益注:练香使通鼻以知嗅。董懋策注:猎犬须药熏乃捷。练对寻即炼药也,非衣香也。姚经三注:宫娃云集,猎犬亦惹衣香。琦谓姚说是也。《太平寰宇记》:卢龙山在升州上元县西北二十里,周回五里,西临大江。《景定建康志》:卢龙山在城西北二十五里,周回一十二里,高三十六丈,东有水下注平陆,西临大江。今张陈湖北岗陇北接靖安皆此山地。晋元帝初渡江,见此山岭绵延,远接石头,真江上之关塞,以比北地卢龙山,因以为名。按,今江宁城西北二十里之狮子山,即其山也。

〔3〕《南齐书》:上数游幸苑囿,载宫人从后车。宫内深隐,不闻端门鼓漏声。置钟于景阳楼上,宫人闻钟声,早起妆饰。

【姚注】

骑以十为队,而红者艳如芙蓉,宫娃云集,猎犬亦惹衣香。《金陵山川志》:钟山西北为卢龙山。因出苑而逐射于卢龙之上。早起霜落,旗为霜所湿而铃似重,玉着霜不化而镫似空。楼上钟声未动,即起画眉,盖知出畋之早也。○曾益云:练香熏犬,使通鼻以知嗅。犬善腾,故龙名之。以箭落处,犬腾而拾之。似乎凿矣。

潞州张大宅病酒遇江使寄上十四兄[1]

秋至昭关后，当知赵国寒。[2]
系书随短羽，写恨破长笺。[3]
病客眠清晓，疏桐坠绿鲜。
城鸦啼粉堞，军吹压芦烟。[4]
岸帻褰纱幌，枯塘卧折莲。[5]
木窗银迹画，石磴水痕钱。[6]
旅酒侵愁肺，离歌绕懦弦。[7]
诗封两条泪，露折一枝兰。
莎老沙鸡泣，[8]松干瓦兽残。[9]
觉骑燕地马，梦载楚溪船。[10]
椒桂倾长席，鲈鲂斫玳筵。
岂能忘旧路？江岛滞佳年。[11]

【汇解】

〔1〕二卷内有《酒罢张大彻索赠诗时张初效潞幕》。此云潞州张大宅，即张彻之宅也。

〔2〕昭关，十四兄所住之地。赵国，长吉所寓之地。《江南通志》：昭关在和州含山县小岘西，伍子胥自楚奔吴过昭关即此。潞州，春秋时潞子国。战国时为上党地，初属韩，其后冯亭以上党降赵，又为赵地，故曰赵国。

〔3〕短羽，旧注用苏武雁足系书事。琦谓短羽当作羽檄解。凡警急檄书，则以鸟羽插其上。所谓江使，盖奉檄而行者。破，犹"裁"字之义。

〔4〕军吹，军中所吹如胡笳之类。

〔5〕覆髻之巾曰帻。岸帻者，谓戴帻而露额也。《世说》：谢奕在桓温座席，岸帻啸咏，无异常日。幌音"黄"，上声，帷幔也。○"纱"，曾本、二姚

本作"沙"。

〔6〕银画,吴正子以银沫彩画为解。盖谓木窗之上,原有涂银彩画,但年深色涴,仅存其迹而已。其说本是。徐文长以为篇中无侈语,似述穷居,疑指蜗迹者,似太凿。石磴,山上登陟之道。今与木窗作对,似指庭院之石凳。水痕钱,谓石上水渍之痕渐成苔藓,有似钱状。○"银迹画",二姚本作"银画迹"。

〔7〕陆机诗:急弦无懦响。

〔8〕沙鸡即莎鸡。陆玑《草木疏》:莎鸡如蝗而斑色,毛翅数重,其翅正赤,或谓之天鸡。六月中飞而振羽,索索作声,幽州谓之"蒲错"。《本草》:莎鸡居莎草间,蟋蟀之类。泣者,谓鸣声凄切。

〔9〕松,瓦松也,生屋瓦上,高尺许,远望如松苗。瓦兽,屋土鸱尾、狻猊之类。年深残毁,为瓦松所蔽,故不见。今松既干死,而瓦兽残败之状始见。二句皆言秋日萧条之景。

〔10〕燕地马,谓燕地所产之马。燕、赵地相邻接,故云。和州乃战国时楚地,十四兄在其处,时时怀想,故遂梦至其处。

〔11〕姚经三注:兄处椒桂鲈鲂,虽江南风景可乐,岂得竟忘旧路而久滞江岛耶?《楚辞》:"奠桂酒兮椒浆。"王逸注:桂酒,切桂置酒中也。椒浆,以椒置酒中也。曹植《瓜赋》:瓜布象牙之席,香薰玳瑁之筵。

【姚注】

兄客昭关,弟羁赵国。秋至,兄应念弟寒矣。寄书写恨,情绪缕缕。客病零落,大似秋桐。鸦啼晓吹,旅寓军幕,秋景岑寂,病肺不胜杯斝。兼值使临去,洒泪封诗,芳馨贻赠,严霜洊至,莎老松干。身虽在此,梦已南游。兄处椒桂鲂鲈,江南之风景自乐。岂得竟忘旧路,而久滞江岛耶?○兄当是李益。

难忘曲[1]

夹道开洞门,弱杨低画戟。[2]

帘影竹华起,箫声吹日色。[3]
蜂语绕妆镜,画蛾学春碧。[4]
乱系丁香梢,满栏花向夕。[5]

【汇解】

〔1〕《乐府诗集》:《相逢行》,一曰《相逢狭路间行》,亦曰《长安有狭邪行》。李贺有《难忘曲》,亦出于此。盖《相逢行》古辞云:"君家诚易知,易知复难忘。"长吉本此辞而命名也。

〔2〕《汉书·董贤传》:重殿洞门。颜师古注:洞门,谓门门相当也。弱杨,杨之弱者,即垂柳也。画戟,戟之彩画有文饰者。唐时,三品以上官皆列戟于门,以为仪饰。二句言门外之壮丽。○"弱",姚仙期本作"强"。

〔3〕竹华,谓帘竹之华纹。起者,因风荡摇而其纹见也。二句言室中之沉静。○"竹华",一作"竹叶",非。

〔4〕蜂语,蜂声也。蜂飞则有声,闻花香处则群萃焉。美人晓妆之地,花气馥郁,故蜂声绕之。春碧,草也。江淹《别赋》:"春草碧色。"言所画之蛾眉,如春草之色也。邱象升注,以春碧为远山之色。亦通。○"画蛾",吴本、曾本作"拂蛾"。

〔5〕杜子美诗:丁香体柔弱,乱结枝犹垫。

【姚注】

时襄阳公主下嫁张克礼。主纵恣,有薛浑等皆得私侍。克礼不能禁,竟以上闻。贺吟此曲以诮之。洞门画戟,府第深严。"竹华起",卷湘帘也。"吹日色",送斜阳也。良媒密语,以通音问,遂修眉饰黛以候佳会也。"乱系丁香梢",言幽情荡漾难拘束也。"满栏花向夕",约夜来也。

贾公闾贵婿曲[1]

朝衣不须长,分花对袍缝。[2]

嘤嘤白马来，满脑黄金重。[3]

今朝香气苦，珊瑚涩难枕。[4][1]

且要弄风人，暖蒲沙上饮。[5]

燕语踏帘钩，日虹屏中碧。[6]

潘令在河阳，无人死芳色。[7]

【汇解】

〔1〕按《晋书》：贾充，字公闾，官至太尉。前妻李氏生二女：一名荃，为齐王攸妃；一名裕，未详所嫁。后妻郭氏生二女：一名时，为晋惠帝后；一名午，为韩寿所窃而后嫁者。寿官至散骑常侍、河南尹。此云贾公闾贵婿，殆谓韩寿。

〔2〕言衣服之时式。

〔3〕古诗"黄金络马头"，不过以黄金为络头之饰而已。今满脑之上皆黄金而嫌其重，其装饰之繁多可知。

〔4〕香气本甜而云苦，珊瑚枕本滑而云涩，以见富贵骄奢之态。二句言其不安家居，而骑马出游之故。

〔5〕弄风，即行云行雨之意。二句似指其挟妓宴饮。或谓弄风人指贾女言者，恐未是。

〔6〕《后汉书》：凡日旁气色白而纯者，名为虹。日虹者，谓日光透入室中，晃成白气，有如虹状，映射屏中，遂成碧色。二句言其出游至晚，室中寂寥之景。

〔7〕《晋书》：潘岳为河阳令，美姿仪，辞藻绝丽。少时常挟弹出洛阳道，妇人遇之者，皆连手萦绕，投之以果，遂满车而归。诗意谓如潘岳之才貌，宜为贵族所择而以为婿者也。乃远在河阳，无人为其芳色而心死，盖深薄乎目中所见之狂且也。此诗当是贵臣之婿挟妓出游，长吉遇之，恶其轻薄而作此诗。其借贾公闾之名以立题者，或以其妇翁之姓相同，或以其婿结缡之先，有类午、寿所为者，故因之而有所讽耶？○"芳色"，一作"花色"。

【姚注】

　　此追诮李林甫也。林甫有女数人，乃设选婿窗。每有贵族子弟入谒，女即于窗中择其美者配之，时多秽声。当必有始误因其美而为贵婿，后不安于婿之无才者而有悔心，致别生思慕也。朝衣取其称身，袍缝取其花之相合，此贵婿之衣也。嘤嘤白马，满脑黄金，此贵婿之乘也。服此衣，乘此马，贵婿岂不可爱？乃往日所与之香，而今觉其苦；往日所共之枕，而今觉其涩。且又愿要弄风人，有如暖浦鸳鸯，同作沙上之饮。亦以婿虽贵而才实不足耳！当此紫燕翻飞，日光内射，有才如潘令，抑又远在河阳。固无人足当芳色之一死，即不能不为芳色惜矣！潘令出贾充之门，与谧为友。贺固连而及之，当是贺之自谓。然余于此，不免鄙贺之轻薄，益信贺之必然早死。盖充女自嫁韩之后，如贺所称述无闻焉。而潘令又充女之儿辈，不伦。贺何至以意中所指，污蔑从前朽骨，造成文人之业哉？要之婚姻正始如充女者，当亦自怨其始之不正也。

【姚本眉批】

　　[1] 钱云：香苦枕涩，曲尽富贵家骄态。

夜饮朝眠曲

筋酣出座东方高，[1]腰横半解星劳劳。[2]
柳花鸦啼公主醉，薄露压花蕙兰气。[3]
玉转湿丝牵晓水，[4]热粉生香琅玕紫。[5]
夜饮朝眠断无事，楚罗之帏卧皇子。[6]

【汇解】

　　〔1〕出座，酒罢也。东方渐明，天晓之候。

　　〔2〕腰横，腰带也。半解，酒后衣冠不整之貌。

〔3〕柳花，一作"柳苑"，其义似长。"蕙兰"，吴本作"蕙园"。

〔4〕玉转，谓井上辘轳。湿丝，谓汲水绳。

〔5〕姚仙期注：面热则粉香，酒上面，色如红玉。

〔6〕诗意是公主之家，宴请皇子，而为长夜之饮者作。

【姚注】

山南东道节度使于顿子季友求尚主，宪宗以普宁公主妻之。李绛谏曰："季友虏族庶孽，不足以辱帝女。"上不听。山南东道属襄阳，故末云"楚罗之帏"，盖伤之矣。[1]"断无事"，宁真保其不跋扈耶？

【姚本眉批】

〔1〕钱云：从楚罗上生解，妙极，确极。

王濬墓下作〔1〕

人间无阿童，犹唱水中龙。〔2〕
白草侵烟死，秋荠绕地红。〔3〕
古书平黑石，神剑断青铜。〔4〕
耕势鱼鳞起，坟科马鬣封。〔5〕
菊花垂湿露，棘径卧干蓬。
松柏愁香涩，南原几夜风！

【汇解】

〔1〕《太平寰宇记》：虢州恒农县有王濬冢。濬仕晋，平吴有功，卒葬于此。《晋书·王濬传》：濬卒，葬柏谷山大营茔域，葬垣周四十五里，面别开一门，松柏茂盛。

〔2〕《晋书》：时吴有童谣曰："阿童复阿童，御刀浮渡江。不畏岸上虎，

但畏水中龙。"羊祐闻之,曰:"此必水军有功,当思应其名者耳。"会益州刺史王濬,征为大司农。祐知其可任,濬又小字阿童,因表留濬监益州诸军事,加龙骧将军,密令修舟楫为顺流之计。

〔3〕白草,经霜衰草,其色变白。藜即灰藋之红心者。《史记正义》:藜似藋而表赤。○"秋藜",吴本作"秋梨",误。

〔4〕黑石,墓上碑版,岁久而字画渐平。铜剑,殉葬之物,年深而锈蚀断坏。上句是得之目击,下句是得之臆度。因见墓上之碑字渐灭,而知其墓中之古剑且断也。古剑铜铁皆为之。《西京杂记》:魏襄王冢有铜剑二枚。郭璞《山海经注》:汲郡冢中得铜剑一枚,长三尺五寸。是其证。

〔5〕班固《西都赋》:沟塍刻镂,原隰龙鳞。吕延济注:刻镂龙鳞,皆地之畦疆相交错成文章。《檀弓》:孔子之丧,子夏曰:"昔者夫子言之曰:吾见封之若堂者矣,见若坊者矣,见若覆夏屋者矣,见若斧者矣。从若斧者焉,马鬣封之谓也。"○"坟科",一作"坟斜"。

【姚注】

晋太康元年,濬受孙皓降,与王浑争平吴功。每进见,即陈攻伐之劳,与见枉之状。益州护军范通谓其居美者未善也。元和杜黄裳平蜀,颇自矜伐,当时讥之,史引濬以为比拟。贺此时亦不无此意。① 至写墓前景况,荒丘残陇,倍尽凄凉。其亦贬杜之雄心,而进之以旷达耶?[1]

【姚本眉批】

[1] 黄云:此解不独为杜君知己,更向修文郎示一进步。○陈云:高识妙笔。

客　游

悲满千里心,日暖南山石。

---

① "时",疑为"诗"之讹。

不谒承明庐，老作平原客。[1]

四时别家庙，三年去乡国。

旅歌屡弹铗，归问时裂帛。[2]

【汇解】

〔1〕《汉书·严助传》：君厌承明之庐，劳侍从之事。张晏曰：承明庐在石渠阁外，直宿所止曰庐。《史记》：平原君赵胜者，赵之诸公子也。喜宾客，宾客盖至者数千人。长吉时游赵地，故曰平原客。"老"字当作"久"字解，下文"三年"字可见。不然长吉年未及壮，安得遽称老乎？

〔2〕《战国策》：齐人冯驩[1]，贫乏不能自存，使人属孟尝君，愿寄食门下。居有顷，倚柱弹其铗，歌曰："长铗归来乎，食无鱼！"孟尝君曰："食之。"居有顷，复弹其铗，歌曰："长铗归来乎，出无车。"孟尝君曰："为之驾。"后有顷，复弹其铗，歌曰："长铗归来乎，无以为家。"孟尝君使人给其食用。铗，剑把也。古《乌夜啼曲》：裂帛作还书。江淹《恨赋》：裂帛系书。

【姚注】

失意浪游，离家久客，时裂帛系书以寄乡信也。○裂帛，江淹赋。

崇义里滞雨[1]

落漠谁家子？来感长安秋。[1]

壮年抱羁恨，梦泣生白头。

瘦马秣败草，雨沫飘寒沟。

南宫古帘暗，湿景传签筹。[2]

---

① "冯驩"，《史记》作"冯谨"，《战国策》作"冯谖"，鲍彪注本作"冯煖"，形近音同，皆读为"暄"。

家山远千里,云脚天东头。^{[3][2]}
忧眠枕剑匣,客帐梦封侯。^[4]

【汇解】

〔1〕按《长安志》:朱雀街东第二街有九坊,崇义坊其一也。

〔2〕按《雍录》:尚书省在朱雀门北正街之东,自占一坊,六部附隶其旁。又曰:礼部既附尚书省矣,省前一坊,别有礼部。南院者,即贡院也。《长安志》曰:四方贡举所会。其说是也。有试其中而赋诗曰:"才到第三条烛尽,南宫风月画难成。"则以试所为南宫也。或谓尚书省六部皆在省之南,故礼部郎为南宫舍人。然唐人通呼尚书省为南宫。白居易诗"我为宪部入南宫",是除刑部时诗也;卢纶诗"南宫树色晓森森",是酬金部王郎中诗也;李嘉祐诗"多雨南宫夜,仙郎寓直时",是和都官员外诗也。数诗可证。第尚书省在朱雀街东第一街之西,崇义坊在第二街之东,何缘咏及?疑所谓"南宫古帘暗",是隐喻有司之不明;"湿景传签筹",是隐喻有司之去取不能无误。盖签筹者,报时辰之筹,雨中无日景可验,所报之筹,安得无差误耶?

〔3〕长吉家于河南之福昌县,在长安东,相去八百馀里,曰千里者,约其大数也。旧注以为指陇西成纪者,非。陇西在长安之西,与"天东"句不合。

〔4〕思于昼者梦于夜,因试文不合,有投笔从戎之意,故见于梦者若此。

【姚注】

客馆悲凉,雨声滴沥。幽愁壮志,旅魂时惊。云蔽宫帘,更筹声细。家山遥隔天涯,毋亦求遂封侯之愿耶?究之忧眠枕剑匣,客帐徒作封侯之梦耳!

【姚本眉批】

[1]陈云:一"来"字妙极,本是自悔其来。

[2]钱云:"云脚"句指千里外家之所在。

冯小怜[1]

湾头见小怜,请上琵琶弦。
破得东风恨,今朝值几钱?[2]
裙垂竹叶带,鬓湿杏花烟。[3]
玉冷红丝重,齐宫驾妾鞭。[4]

【汇解】

〔1〕《隋书》:齐后主有宠姬冯小怜,慧而有色,能弹琵琶,尤工歌舞。后主惑之,拜为淑妃。

〔2〕"东风",吴本作"春风"。

〔3〕梁简文帝诗:帷寨竹叶带。徐陵诗:竹叶裁衣带。《女红馀志》:桓豁女字女幼,制绿锦衣带,作竹叶样,远视之无二。

〔4〕吴氏谓红丝即琵琶弦,以朱丝为之。邱氏谓红丝是衣。琦谓恐是指马鞭而言也。盖是以玉饰鞭,而以红丝为其系。夫以玉饰鞭而嫌其冷;以红丝为系而嫌其重,写其娇弱之状。玩诗意,似是女怜将入宫供奉,拥琵琶骑马而行,长吉见之,而借小怜以喻者。○"驾妾鞭",吴本、曾本作"妾驾鞭"。

【姚注】

德宗朝,朱泚陷长安,朝臣陷贼者甚众。贺追讽之,而托小怜以为词也。湾头为所逼小怜之地。小怜既为所逼,已不免于别抱琵琶矣。然则后主往日所借小怜以破东风之恨,将谓无钱可买,今朝抑值几钱耶?是时小怜乘马而去,裙垂竹带,鬓湿杏烟,而手中所抱"玉冷红丝重"者,固居然齐宫驾妾之鞭也,其亦不知有故主之思哉!○《北史·后妃传》:齐穆后从婢,小字小怜。善琵琶,后主纬大幸之,立为淑妃。周兵及邺,小怜出诸井中。

赠陈商[1]

长安有男儿,二十心已朽。
《楞伽》堆案前,《楚辞》系肘后。
人生有穷拙,日暮聊饮酒。
只今道已塞,何必须白首?[2]
凄凄陈述圣,披褐钮俎豆。
学为尧、舜文,时人责衰偶。[3]
柴门车辙冻,日下榆影瘦。
黄昏访我来,苦节青阳皱。[4]
太华五千仞,劈地抽森秀。
旁苦无寸寻,一上戛牛斗。[5]
公卿纵不怜,宁能锁吾口?[6]
李生师太华,大坐看白昼。[7]
逢霜作朴樕,得气为春柳。[8]
礼节乃相去,颠顿如刍狗。[9][1]
风雪直斋坛,墨组贯铜绶。
臣妾气态间,唯欲承箕帚。[10]
天眼何时开?古剑庸一吼。[11]

【汇解】

〔1〕吴正子注:陈商字述圣,陈宣帝五世孙,散骑常侍彝之子也。登进士第,仕至秘书监,封许昌县男。有集十七卷,见《艺文志》。按《登科记》,商中元和九年进士。

〔2〕以上自述年少而不遇于时。《文献通考》:《楞伽经》四卷,宋天竺僧求那跋陀罗译。楞伽,山名。佛为大慧演道于此山。元魏僧达磨以付僧慧可

曰："吾观中国所有经教，惟《楞伽》可以印心。"谓此经也。道已塞，谓道不行。

〔3〕邱象升注：俎豆何可钮？盖即耕治礼乐之谓。琦谓：恐是带经而钮，休息辄读诵之意。谓其耕钮之间，又习俎豆之事。韩昌黎有《答陈商书》曰："辱惠书，语高而旨深，三四读尚不能通达。"所谓"学为尧、舜文，时人责衰偶"者，于此可证。衰偶，衰弱排偶之意。

〔4〕柴门二句，自言居处冷落之况。日下，日落时也。《尔雅》：春为青阳。郭璞注：气青而温阳也。皱者，郁而不舒之意。言固守其节，而春气亦若为之不畅。

〔5〕《山海经》：太华之山，削成而四方，其高五千仞，其广十里。盖太华之峰，拔地峭立，有如削成之状，不似他山坡陀易涉。所谓"旁苦无寸寻"者，言其无寸寻平坦之处。戛，轹也，谓其高上犯牛斗之宿也。四句喻言陈商人品之高。○"旁苦"，徐本、曾本、二姚本俱作"旁古"。

〔6〕"不怜"，曾本、二姚本作"不言"。

〔7〕李生，长吉自谓。吴注疑当为陈生者，非是。"师太华"者，以陈商为师法，亦欲立品如太华之高，不肯奔走于富贵之门，长坐而过白日，了无一事。

〔8〕又言己才浅薄，遇艰难之时，则如逢霜之朴樕；遇盛明之朝，亦不过为得气之春柳，无甚奇特。毛苌《诗传》：朴樕，小木也。孔颖达《正义》：《释木》云，朴樕，心。某氏曰：朴樕，槲樕也，有心能湿，江淮间以作柱。孙炎曰：朴樕，一名心，是朴樕为木名也。言小木者，以林有此木，故言小木也。郑樵《尔雅注》：朴樕，其树易大，花叶似栗。

〔9〕《庄子》：夫刍狗之未陈也，盛以筐衍，巾以文绣，尸祝斋戒以将之。及其已陈也，行者践其首脊，苏者取而爨之而已。陆德明注：刍狗，结刍为狗，巫祝用之。言己虽师法陈商，而才能浅薄，与人相接，礼节之间，较之于商相去甚远，为人所贱，如已祭之刍狗，不堪极矣。

〔10〕长吉为奉礼郎，祭祀之事，是其所职。故当风雪之时，直事斋坛。虽佩戴印绶，俨然王臣，而仰臣妾之气态，只欲亲承扫除之细务，其礼节乃如是乎！《汉书·百官公卿表》：秩比六百石以上，皆铜印黑绶。唐之奉礼郎从九品官也，掌祭祀君臣之板位，陈设祭器，赞道拜跪之节，无印绶可佩。

而云墨组铜绶者,盖借古之仪制而言耶? 抑与祭之官得有此章服耶? 铜固印矣,绶即组也。今以墨组而贯铜绶,理不可解,恐有舛误。《书·费誓》:臣妾逋逃。孔安国《传》云:役人贱者,男曰臣,女曰妾。又其下文曰:诱臣妾。《传》云:诱偷奴婢。郑玄《周礼注》:臣妾,男女贫贱之称。是臣妾者,即今奴婢之谓。诗意似指宦竖辈。唐自中叶之后,宦官得势,想当祭祀,亦有宦官监视者,指挥礼臣,故作气态。长吉愤焉,故欲亲箕帚之事,而自杂于贱役之中,以避其骄焰。所以申明上文"颠领如刍狗"之实。

〔11〕言己之不遇,由天意不肯睢顾耳。若天眼苟开而见顾,得时遇主,腾踏而上,如古剑之鸣吼而去,何至如今日之颠领乎?《太平御览》:《世说》曰,王子乔墓在京陵,战国时人有盗发之者,睹无所见,惟有一剑停在空中。欲取之,剑作龙鸣虎吼,遂不敢取,俄而径飞上天。

【姚注】

贺现奉礼,官卑不迁。因自叙年少沮废,皆以不效时趋,为世所摈。即今道塞,白首可知。乃商学成不仕,孤处寡谐,惟故人如李生在所不弃。苦节自矢,虽春姿亦为之枯槁也。以商岩岩屹立,骨气干霄,如太华高峙,故致朝贵不为奖掖,然亦安能禁我之不言? 我窃师其为人,是以静坐观空,不事营逐,究竟逢霜为朴樕之凋,得气仅春柳之茂。而又礼节不到,憔悴无异刍狗。当此风雪斋坛,墨组铜绶,身奉箕帚,盖已极俯仰之苦矣。然则天眼何时为李生而开,古剑亦孰肯为李生而吼哉? 贺盖欲师陈商,并奉礼而去之也。○商字述圣,陈宣帝五世孙。登进士,官秘书监。

【姚本眉批】

〔1〕钱云:"礼节"句自述未了,忽接"颠领"句,以下极言仕宦之丑。此等章法,工部时有之。

钓鱼诗

秋水钓红渠,仙人待素书。

菱丝萦独茧，菰米蛰双鱼。[1][1]

斜竹垂清沼，长纶贯碧虚。

饵悬春蜥蜴，钩坠小蟾蜍。[2]

詹子情无限，龙阳恨有馀。

为看烟浦上，楚女泪沾裾。[3]

【汇解】

〔1〕《列仙传》：陵阳子明者，铚乡人也。好钓鱼，于旋溪钓得白龙，子明惧，解钩拜而放之。后得白鱼，腹中有书，教子明服食之法。子明遂上黄山采五石脂，沸水而服之。所谓"仙人待素书"，疑用此事。《列子》：詹何以独茧丝为纶，芒针为钩，荆条为竿，剖粒为饵，引盈车之鱼于百仞之渊、汨流之中，纶不绝，钩不伸，竿不挠。《尔雅翼》：其独成茧者，谓之独茧；自二以上，谓之同功茧。《本草》：苏颂曰：菰生水中，叶如蒲苇。其苗有茎梗者，谓之菰蒋草，至秋结实，乃雕苽米也。古人以为美馔，今饥岁人犹采以当粮。蛰者，伏其下而不出，犹虫之蛰于土中。○"菰米"，吴本作"蒲米"，而注云：蒲米，菰米也。

〔2〕纶，钓缗也。细者谓之钓丝，稍肥者谓之纶。碧虚，水也。蜥蜴，似蛇而有四足，长五六寸，有水、陆二种，生陆地者，色黄褐；生水中者，背上色黑如漆，腹下红如丹砂，人谓之水蜥蜴，亦谓之泉龙。蟾蜍似虾蟆而大，第虾蟆多在陂泽中，蟾蜍多居陆地。钩鱼于水，而得陆地之蟾蜍，此句似因趁韵之误。然陶弘景《别录》谓虾蟆一名蟾蜍，疑古人亦多混呼之。○"清"，曾本、二姚本作"青"。"纶"，曾本、姚仙期本作"轮"，误。

〔3〕詹子，即《列子》所称之詹何。《战国策》：魏王与龙阳君共船而钓鱼，龙阳君得十馀鱼而涕下。王曰："何谓也？"对曰："臣之始得鱼也，臣甚喜。后得又益大，直欲弃臣前之所得矣。今以臣之凶恶，而得为王拂枕席，爵至人君，走人于庭，避人于途。四海之内，美人亦甚多矣，闻臣之得幸于王也，欲褰裳而趋王。臣亦犹曩臣前所得之鱼也，臣亦将弃矣！臣安能无涕出乎？"○此诗似为钓而不得鱼者言。首四句是一意：初联"仙人待素

书",观"待"之一字,则鱼之未获可知也;三、四承上而言,钓丝为菱根所萦,双鱼又伏于丛草之间而不出,求其获也,不亦难乎? 中四句是一意:言钓鱼之具,若竿、若丝、若饵、若钩,无一不具,乃所获者只蜥蜴、蟾蜍之类,而鱼则竟一无所得,语尤明晰。末四句是一意:詹子之钓也,以小钩粒饵而获盈车之鱼,其心则有无限之乐;龙阳之钓也,因前鱼之欲弃而涕下,其心则动有馀之恨。若钓而不得者,何能无艰难不遇之感耶? 回瞻烟浦之上,适有泪下沾裾之楚女,非伤逢人之不淑,即悲生世之无聊,其情其恨,谅亦与余有同感矣! 全诗旧解皆不甚切,或指蜥蜴为芳饵,或解蟾蜍为如初月之利钩,尤为未确。

【姚注】

"待素书",借云鲤中有尺素也。"斜竹"四句,状竿丝饵钓之属。《列子》:詹何芒刺为钩,剖粒为饵,于百仞之泉,引盈车之鱼。魏王婴奴,有前鱼之泣。唐有人得二鲤,烹食之。后有妪曰:"吾子偶出戏,为人妄杀。"贺谓当时权贵贪位固宠,独不思避祸以自全耶?

【姚本眉批】

[1] 钱云:"芰丝"二句,言鱼之潜处。

奉和二兄罢使遣马归延州[1]

空留三尺剑,不用一丸泥。[2]
马向沙场去,人归故国来。[1]
笛愁翻《陇水》,酒喜沥春灰。[3]
锦带休惊雁,罗衣向斗鸡。[4]
还吴已渺渺,入郢莫凄凄。[5]
自是桃李树,何患不成蹊?[6]

【汇解】

〔1〕唐时延州属关内道，在京师东北六百三十一里。○"和"，二姚本作"贺"。

〔2〕二句言罢使后闲废不用。《后汉书》：隗嚣将王元说嚣曰："请以一丸泥为大王东封函谷关。"

〔3〕《陇水》，《陇头流水曲》，即《陇头吟》也。《文献通考》：《鼓角横吹》十五曲，有《陇头吟》，亦曰《陇头水》。酒初熟时，下石灰水少许，易于澄清，所谓灰酒。

〔4〕锦带、罗衣，皆燕游之服，犹言缓带轻裘之意。惊雁，用更羸事。《战国策》：更羸谓魏王曰："臣为王引弓虚发而下鸟。"有间，雁从东方来，更羸以弓虚发而下之。王曰："然则射可至此乎？"更羸曰："此孽也，其飞徐而鸣悲。飞徐者，故疮痛也；鸣悲者，久失群也。故痛未息，惊心未去，闻弦音烈而高飞，故疮陨也。"庾肩吾诗："惊雁避虚弓。"二句言既已罢使闲居，可以不必再习射事，且尚斗鸡游戏之务，以寄其雄心。○"向"，吴本作"尚"。

〔5〕《晋书》：顾荣征为散骑侍郎，以世乱不应，遂还吴。入郢事未详。

〔6〕《汉书》：桃李不言，下自成蹊。颜师古注：蹊，谓径道也。言桃李以其花实之故，非有呼召，而人争归趋，来往不绝，其下自然成径。此用其意，谓既有其材，人将争用之矣，不必以一时之罢使为戚。○"何患"，吴本、曾本作"何畏"。

【姚注】

二兄自延州罢使，而以官马发回也。解职则剑无所施，其实朝廷用之，本可以塞关隘，亦如不用何？马去人来，不复驰驱王事。然与其曲奏《陇头》，又不如新春相聚，得欢饮醇醪也。"锦带"，春时丽饰。勿令塞雁惊心，动思北去。长安华侈，三春以斗鸡为乐，罗衣正可游观。思及南归，尚尔遥远，幸毋以罢职为怅。然以兄之令望而遭贬斥，公道自在人间，如桃李不言而下自成蹊耳。故不言慰，而反言贺也。

【姚本眉批】

[1] 徐云:"一丸泥",比二兄可当长城,而人不用,故归也。

答　赠[1]

本是张公子,曾名萼绿华。[1]
沉香熏小像,杨柳伴啼鸦。[2]
露重金泥冷,杯阑玉树斜。[3]
琴堂沽酒客,新买后园花。[4]

【汇解】

〔1〕玩全首诗意,是贵公子家新买宠妓宴客而作也。张公子喻贵公子,萼绿华喻宠妓。《汉书》:成帝时童谣曰:"燕燕尾涎涎,张公子,时相见。"其后帝为微行出游,常与富平侯张放俱。张公子谓富平侯也。《真诰》:萼绿华者,自云是南山人,不知是何山也。女子年可二十上下,青衣,颜色绝整。以升平三年十一月十日夜降羊权家,自此往来,一月之中,辄四五过来耳。云:本姓杨。赠权诗一篇,并致火浣布手巾一条,金玉条脱各一枚。神女语权:"君慎勿泄我,泄我则彼此获罪。"访问此人,云是九疑山中得道女罗郁也。宿命时,曾为师母毒杀乳妇元州,以先罪未灭,故令谪降于臭浊,以偿其过。今在湘东山,此女已九百岁矣。此妓想曾为女冠,故以萼绿华比之。

〔2〕以小像对啼鸦,则"像"字当是"象"字之讹。长吉《宫娃歌》内亦有"象口吹香"之句。盖肖象形作薰炉,今时尚有此式。吴正子注云:小像,香器也。其说甚是而欠明,馀注皆误。古乐府:"暂出白门前,杨柳可藏乌。欢作沉水香,侬作博山炉。"长吉演作对句,以喻相依而不能离之意。

〔3〕露重,夜深之候。金泥,是泥金衣。杯阑,酒阑也。"玉树斜"者,醉而身体倚斜貌。以玉树为比者,即杜子美所谓"宗之潇洒美少年,举觞白眼望青天,皎如玉树临风前"也。

〔4〕"琴堂沽酒客",谓司马相如。相如善琴,其旧宅基址有琴台故迹。琴堂即琴台也。相如又尝卖酒于临邛,故以"琴堂沽酒客"称之,而取之以喻贵公子。"后园花"以比宠妓。

【姚注】

以公子而得萼绿华,宜乎"沉香薰小像,杨柳伴啼鸦"矣。但萼绿华而曰曾名者,前此之事也。未几露重而金泥忽冷,杯阑而玉树空斜。新买佳丽,其能保宠之不移乎?交道始相慕而中忽弃捐,此答赠之所以作也。○陶隐居《真诰》云:升平元年,萼绿华降羊权家,自称我九疑山得道女罗郁也。"琴堂",当是"琴台"。

【姚本眉批】

〔1〕钱云:当是赠娈童之作。张公子,名放,为汉成帝所幸。

题赵生壁

大妇然竹根,中妇舂玉屑。[1]
冬暖拾松枝,日烟生蒙灭。[2]
木藓青桐老,石泉水声发。[3]
曝背卧东亭,桃花满肌骨。[4]

【汇解】

〔1〕然竹根以供炊,舂米作粉以为饵。玉屑,谓米粉细白有如玉屑。

〔2〕蒙灭,不明之状。日光山气相映,未即解散,若有若无,冬日最多此景。○"生",吴本作"坐",误。

〔3〕生所居之处有古木流水之趣。木皮上生苔藓,惟老木有之。○"石泉",吴本作"石井"。

〔4〕古称色如桃花,言其面色美好也。此言桃花满肌骨,则遍体之色皆美好矣,所以言其颐养之善。○赵生盖隐居自乐者也。所谓大妇、中妇,实指其家人而言。与乐府所称"大妇织罗绮,中妇织流黄;小妇无所作,携琴上高堂"云云,迥然不同。旧注引以作证,而或且美其能截作两句,为诗家剥换法,皆非是。

【姚注】

妻妾偕隐,笑傲林泉。赵生乐复不减,自足动才人之艳慕也。

感　春

日暖自萧条,花悲北郭骚。〔1〕〔1〕
榆穿莱子眼,柳断舞儿腰。〔2〕
上幕迎神燕,飞丝送百劳。〔3〕
胡琴今日恨,急语向檀槽。〔4〕

【汇解】

〔1〕《吕氏春秋》:齐有北郭骚者,结罘网,捆蒲苇,织屦履,以养其母。庾信诗:"学异南宫敬,贫同北郭骚。"长吉有母而家贫,故以北郭骚自比。

〔2〕吴正子注:"莱子"当作"来子"。宋废帝景和元年,铸二铢钱,文曰"景和"。形式转细,无轮郭不磨凿者,谓之来子,尤轻薄者谓之荇叶。今谓榆荚似之。又《宋书》作"耒子"。如此则"耒"字误作"来",又转误作"莱"也。琦按:旧本《昌谷集》有作"菜"字者,亦误。杜子美诗:隔户杨柳弱袅袅,恰似十五女儿腰。

〔3〕上幕,张幕也。《月令》:仲春之月,玄鸟至。至之日,以太牢祀于高禖。盖古人以燕至为祈嗣之候,上幕迎神燕,盖是其事。谓之神燕,美其称也。庾肩吾诗:金箔图神燕。张华《禽经注》:鶪,伯劳也,状类鹧鸪而

大。《左传》谓之"伯赵"。《方言》曰：孤鸡鸣则草衰。《易通卦验》：伯劳性好单飞，其飞拨，其声嗅嗅，夏至应阴而鸣，冬至而止。曹植《恶鸟论》：侍臣曰："世人同恶伯劳之鸣，敢问何谓也？"王曰："昔尹吉甫用后妻之说，杀孝子伯奇。吉甫后悟，追伤伯奇。出游于田，见鸟鸣于桑，其声嗷然。吉甫心动，曰：'伯劳乎？'鸟乃抚翼，其音尤切。吉甫顾谓曰：'伯劳乎？是吾子，栖吾舆；非吾子，飞勿居。'鸟寻声而栖于盖，吉甫遂射杀后妻以谢之。"故俗恶伯劳之鸣，言所鸣之家必有凶也。此好事者附名为之说，而今普传恶之，斯实否也。伯劳以五月而鸣，应阴气而动，阴为贼害，盖贼害之鸟也。其声鵙鵙然，故俗憎之。若其为人灾害，愚人之所信，通人之所略也。燕来主吉祥，故迎之；伯劳鸣主有凶兆，故送之。想长吉居处风俗有此言，故云。送者，遣去之义。飞丝事未详。

〔4〕昔人谓琵琶即是胡琴。考岑参《白雪歌》云："中军置酒饮归客，胡琴琵琶与羌笛。"则胡琴、琵琶乃二物也。又琵琶，据傅玄赋：汉遣乌孙公主嫁昆弥，念其行道思慕，故使工人裁筝筑为马上之乐，欲从方俗语，故曰琵琶。杜挚云："长城之役，弦鼗而鼓之。"是琵琶本不起胡中，谓之胡琴，当不其然。考唐时有五弦琵琶一器，如琵琶而小，北国所出。旧以木拨弹，乐工裴神符初以手弹，太宗悦甚。后人习为拎琵琶。唐人所谓胡琴，应是五弦琵琶耳。檀槽，谓以紫檀木为琵琶槽。张祜诗"金屑檀槽玉腕明"，王建诗"黄金捍拨紫檀槽"，王仁裕诗"红装齐抱紫檀槽"是也。

【姚注】

日暖花开，本自和畅；以旅人当之，不觉岑寂。"榆穿"，思省亲也。"柳断"，伤离歌也。燕来雁去，触目惊心。聊借琵琶写怨，忧从中来，自促节成哀响耳。○檀槽，琵琶。

【姚本眉批】

〔1〕曾云：庾信诗有"贫同北郭骚"。○陈云：谁人解此？

仙 人

弹琴石壁上,翻翻一仙人。
手持白鸾尾,夜扫南山云。
鹿饮寒涧下,鱼归清海滨。
当时汉武帝,书报桃花春。[1]

【汇解】

〔1〕仙人居山泽间,养静守闲,悠然自得,如鹿之饮于寒涧,鱼之归于清海。藏身远害,与世漠不相与,乃其宜也。奈何生当汉武帝之时,闻其志慕神仙,招致方术,遂不能守其恒志,而上书以报桃花之春。悟道修真之士,应不如是。姚经三谓元和朝,方士辈竞趋辇下,帝召田伏元入禁中。诗为此辈而作,良不诬也。鸾色五采而多紫,为瑞应之鸟。其色多青者为青鸾,多白者为白鸾,皆仙禽也。以鸾尾为帚,故可以扫云。作塵尾解者,非是。涧曰寒涧,海曰清海,为热闹场中浑浊世界作一对证。桃花春者,谓王母仙桃,三千年一开花,三千年一结实,届当其时,以为求之而可得也。○"翻翻",曾本作"翩翩"。

【姚注】

元和朝,方士辈竞趋辇下。帝召田伏元入禁中。贺言此辈修饰仪表,自谓仙侣,弹琴挥塵,妄栖禁苑。[1]不知夫鹿宜饮于寒涧,鱼宜归于清海。即好神仙如汉武,不过书报桃花,岂有自称仙人而居内庭耶?

【姚本眉批】

[1] 钱云:正论,亦确论。

河阳歌[1]

染罗衣,秋蓝难着色。[2]

不是无心人,为作台邛客。[3]

花烧中潬城,颜郎身已老。

惜许两少年,抽心似春草。[4]

今日见银牌,今夜鸣玉宴。

牛头高一尺,隔坐应相见。[5]

月从东方来,酒从东方转。[1]

觥船饫口红,蜜炬千枝烂。[6]

【汇解】

〔1〕唐时河南府东北有河阳县,相去八十里。《行水金鉴》:今怀庆府孟县西有河阳废县。

〔2〕罗衣染色,初非难事,乃有时而难着色。以喻两美相遇,初无难合,而有时不能相合。盖诗之兴而比者也。

〔3〕言其人来为河阳客者,不是无心而来,盖有所为而来也。吴正子曰:台邛,疑为临邛,用司马相如为临邛令客事。

〔4〕花烧,谓花盛开其色如烧也。潬音“但”,水中沙渚也。《广韵》:河阳县南有中潬城。《泊宅篇》:河阳三城,其中城曰中潬。黄河两派,贯于三城之间。秋水泛溢时,南北二城皆有濡足之患,惟中潬屹然如故。相传此潬随水高下,若所谓地肺浮玉者。《一统志》:河阳三城在河南怀庆府孟县西南,旧有三城。按《北齐书》:神武使潘乐镇北城,即旧北中府城,今下孟州是;高永乐守南城,今孟津是;中潬城,今夹滩是。旧传宋嘉祐八年秋,为大水凭襄,中潬城遂废,今河中之郭家滩是其故处。《汉武故事》:颜驷不知何许人,汉文帝时为郎。至武帝辇过郎署,见驷厖眉皓发,上问曰:“叟何时

为郎？何其老也？"对曰："臣文帝时为郎，文帝好文而臣好武；至景帝好美而臣貌丑；陛下即位，好少而臣已老。是以三世不遇，老于郎署。"上感其言，擢拜会稽都尉。萧子显诗："皆笑颜郎老，尽讶董公超。"诗言花方盛开，而客年已老。乃见两少年女子而惜许之，心生怜爱，有若春草之心勃发而起。○"中渲"，一作"中诞"，误。"惜许"，曾本、二姚本作"昔许"。

〔5〕自"今夜鸣玉宴"以下，至末联，皆预拟席中之事。曾谦甫注：唐官妓佩银牌，刻名其上。《国语》：王孙圉聘于晋，定公享之，赵简子鸣玉以相。鸣玉宴，谓鸣玉佩而佐宴也。牛头，酒卮。陆德明《庄子音义》：牺尊，王肃云刻为牛头。○"鸣玉"，一作"乌玉"，非。

〔6〕觥船，酒觥之大者，故以船名之。《太平广记》：裴弘泰次第揭座上小爵，以至觥船，凡饮皆竭。见《乾𦜔子》。又杜牧诗："觥船一棹百分空。"饫者，厌饱之意。着此似不称，当是"沃"字之讹。蜜炬，即蜡炬也。蜂采花蕊，酝酿成蜜，其房如脾，谓之蜜脾。蜜脾之底为蜡，可以为烛。然蜡与蜜，古人亦浑称之。如贾公彦周礼疏言，燎烛之状，以布缠之，以蜜涂其上。《西京杂记》：南越王献高帝蜜烛三百枚。是皆以蜡为蜜也。○姚经三注：此贺再过河阳，见向来所狎官妓而作云云。盖以"惜许"作"昔许"，而遂创为此解。夫"惜"、"昔"二字，固难别其孰真孰舛，然以三十未及之年，而遽以老颜郎自比，恐拟非其伦也。当是有客于河阳之人，年甲已过，风情不减，见少年官妓而爱恋者，长吉嘲调而作此诗欤？

【姚注】

此贺再过河阳，与向来所狎官妓而作也。言当日往应制举，拟夺高第。今罗衣当秋，非复春柳之汁可染蓝袍矣。台、邛，以比河阳，如琴台、临邛也。以未尝忘情，故又来客此中渲，即河阳旧名也。言当春盛，正及花繁，而我仅为奉礼，如颜驷为郎之日，不复少矣。因忆昔方少年，两人互相珍爱，如春草抽心，极其浓至。今日尔尚为官妓，银牌值事，今夜当鸣玉侍宴。牺尊虽高，隔座自见尔歌舞之妙。计月上时，酒亦当转剧，觥筹交错，银烛辉煌，亦未得与绸缪也。○唐官妓以银牌值事。牛头，牺尊也。

【姚本眉批】

〔1〕钱云："东方转"，当是此妓饮过，传觞及贺，故酒器犹沾妓口之红也。

花游曲 并序

  寒食诸王妓游，贺入座，因采梁简文诗调赋《花游曲》，与妓弹唱。[1]

  春柳南陌态，冷花寒露恣。
  今朝醉城外，拂镜浓扫眉。
  烟湿愁车重，红油覆画衣。[2]
  舞裙香不暖，酒色上来迟。[3]

【汇解】

〔1〕曾本、姚仙期本"寒食"下多一"日"字。

〔2〕烟，谓雨之极细，摇扬空中似烟者。杨士佳注：红油，幕也。画衣，妓女之衣，以红油幕覆之，防雨湿也。

〔3〕第三句已说"醉"字，末句复云"酒色上来迟"，盖以天气尚寒，醉色不易即现于面，故迟迟而后上也。

【姚注】

  上四句以喻诸妓之娇艳也。郊游微雨，薄体轻寒，故云"裙香不暖"、"酒色来迟"也。○唐时大食国进红油锦，可以蔽雨。

春　昼

  朱城报春更漏转，光风催兰吹小殿。

草细堪梳,柳长如线。
卷衣秦帝,扫粉赵燕。〔1〕
日含画幕,蜂上罗荐。
平阳花坞,河阳花县。〔2〕
越妇撘机,吴蚕作茧。
菱汀系带,荷塘倚扇。〔3〕
江南有情,塞北无限。〔4〕

【汇解】

〔1〕朱城,紫禁也。更漏转,言夜漏尽而天晓也。光风,见一卷注。《乐府古题要解》有《秦王卷衣曲》,言咸阳春景及宫阙之美,秦王卷衣以赠所欢也。扫粉,谓匀粉也,与上首画眉为扫眉之义相同。赵燕,赵飞燕也。《赵后外传》:飞燕姊弟事阳阿主家为舍直,专事膏沐澡粉,其费无所爱。

〔2〕曾谦甫注:汉平阳公主治花坞,号平阳坞。然未详出何书。白帖:潘岳为河阳令,种桃李花,人号曰河阳一县花。

〔3〕撘,挂也。织机欲得平实而不摇动,故欲织者必先撘其机也。菱丝初出,浮漾似带;荷叶已长,圆大似扇。按:蚕入夏而茧始成,荷入夏而叶始大。以二事写入春昼似欠切。

〔4〕此篇言同一春昼,而其中人地各有不同。"朱城报春"六句,是宫禁中之春昼;"日含画幕"四句,是富贵家之春昼;"越妇撘机"四句,是田野间之春昼;至于江南,则为有情之春昼;塞北则为寂寥之春昼。景以人而异,时以地而殊,万有不齐之致,正未易尽其形容。"无限"字稍晦,似为歇后语,吴本作"无恨",更费解,而韵亦不叶,尤非。

【姚注】

按:德宗兴元元年,帝于奉天,四月未授春衣,军士犹服裘褐。及元和五年春,王承宗反,诏诸道发兵讨之。贺当春昼作此,讥内地之侈靡,而不知远戍之愁苦也。"朱城",言紫禁也。"更漏转",言方春而夜短昼长也。小殿花香,正当游宴也。芳草垂杨,君王卷衣,而妃子艳饰。帷帘之内,欢乐未央。花坞花城,芬华特盛。吴、越机杼,辛勤女丝,以佐春服。菱荷初发,淑景渐薰。而江南安堵之人,自多荡佚。那知朔漠征夫,当此不增悲怨耶?[1]○乐府有《秦王卷衣》。赵燕,飞燕也。汉平阳公主治花坞。潘岳栽花满河阳。

【姚本眉批】

[1] 钱云:从"塞北无限"句,根寻原委,不负作者深心。

安乐宫[1]

深井桐乌起,尚复牵清水。
未盥邵陵瓜,瓶中弄长翠。[2][1]
新成安乐宫,宫如凤凰翅。
歌回蜡板鸣,左悺提壶使。[3]
绿蘩悲水曲,茱萸别秋子。[4]

【汇解】

〔1〕《太平寰宇记》:安乐宫在武昌县西北,水路二百四十里。吴黄武二年,筑宫于此。赤乌十三年,取武昌材瓦缮修建业,遂停废。王僧虔《技录》:《相和歌·瑟调》二十八曲中,有《新城安乐宫行》。《乐府古题要解》:《新城安乐宫》,备言雕饰刻镂之美。长吉此诗,则为凭吊慨叹之作。姚经三曰:此借梁、陈旧宫名,以吊安乐公主。按:安乐公主,中宗爱女。恃宠骄横,所营第宅及安乐佛庐,皆宪写宫省而工致过之。又尝夺临川长公主宅以为第,旁撤民庐,怨声嚣然。第成,禁藏空殚。姚说或是。

〔2〕宫中之井已为民间所汲,见宫室败坏。桐即井边所植桐树,树上所

栖之乌飞起,乃天晓之候。邵陵瓜,即召平瓜也。《史记》:召平者,故秦东陵侯。秦破,为布衣。贫,种瓜于长安城东,瓜美,故世俗谓之东陵瓜,从召平以为名也。然不曰召平瓜,不曰东陵瓜,而曰邵陵瓜,盖字讹也。未盥,未及盥也。汲此水者将以盥洗瓜果,乃未盥之时,而见其瓶内之清泚,言其井源之甘洁。弄者,摇动之意。长翠,清水色。○"深井",一作"漆井"。"尚复",一作"尚服"。"清水",曾本、二姚本皆作"情水"。"邵陵瓜",吴本作"邵陵王",而以"瓜"字为非,甚误。

〔3〕言今日之安乐宫虽已毁败,回思此宫新成之时,形势高昂,有若凤凰布翅之状。室中歌声宛转,拍板徐鸣,虽以天子亲信之宦者,亦来给提壶使令之役。盖极言盛时景象。徐文长注:蜡板,以蜡研光拍板也。《后汉书·宦者列传》:左悺,河南平阴人。桓帝初为小黄门史,以诛梁冀功迁中常侍,封上蔡侯。此借其名以为宦侍之称。○"新成",曾本、二姚本俱作"新城"。"左悺",一作"大绾",误。

〔4〕蘩,白蒿也,似青蒿而叶粗,上有白毛,从初生至枯,白于众蒿。潘尼诗:"绿蘩被广隰。"傅亮《登凌嚣馆赋》:"悴绿蘩于清渚。"盖谓之白蒿者,以较之青蒿为少白耳。其本色终是淡绿,故文人又称之为绿蘩也。吴本以"蘩"字作"繁"字,盖古字通用,辨见二卷中。悲,言草木憔悴之状。《本草》:苏颂曰,茱萸,木高丈馀,皮青绿色,叶似椿而阔厚,紫色。三月开红紫细花,七八月结实似椒子,嫩时微黄,熟则深紫。别者,谓其子堕落。诗意当日歌吹盈耳,中使传觞之地;今则徒见野卉闲葩,摇落于荒池败苑之中而已。感叹之意,皆自古诗《麦秀》、《黍离》二首化出。

【姚注】

此借梁、陈旧宫,以吊安乐公主之故苑也。鸦啼井槛,已就颓败。情水即胭脂井意也。井泉当春,漪碧如故。盖在当日未盥邵瓜,瓶中固尝弄翠,即今能不深《黍离》之感耶?忆宫初建时,丽瑰奇壮,美人歌舞,中使传觞。及今野草闲花,徒付颓垣断岸而已。左悺,汉宦者名。

【姚本眉批】

〔1〕钱云：井久不汲，则成翠色。

蝴蝶舞^{〔1〕}

杨花扑帐春云热，龟甲屏风醉眼缬。
东家蝴蝶西家飞，白骑少年今日归。^{〔2〕}

【汇解】

〔1〕二姚本作"蝴蝶飞"。

〔2〕"龟甲屏风醉眼缬"，解见二卷《恼公》注中。白骑，白马也。《典略》曰：黑山黄巾诸帅，谓骑白马者为张白骑。

【姚注】

春闺丽饰，以待良人。乃走马狭邪，如蝴蝶翩翻无定。今忽游罢归来，喜可知已。

梁公子

风采出萧家，本是菖蒲花。^{〔1〕}
南塘莲子熟，洗马走江沙。^{〔2〕}
御笺银沫冷，长簟凤窠斜。^{〔3〕}
种柳营中暗，题书赐馆娃。^{〔4〕}

【汇解】

〔1〕二句言其家世之美。《梁书》：太祖献皇后张氏，尝于室内忽见庭

前菖蒲生花，光采照灼，非世间所有。后惊视问侍者曰："见否?"对曰："不见。"后曰："常闻见者当富贵。"因取吞之，是月产高祖。按：所称梁公子必萧姓，以其为萧梁后裔，故谓之梁公子耳。

〔2〕二句言其意兴之豪。古《西洲曲》：采莲南塘秋，莲花过人头。低头弄莲子，莲子清如水。○"沙"，曾本、二姚本俱作"涯"。

〔3〕二句言其服用之精。御笺，笺之佳好可以供御者。银沫，洒银屑于上，堆起如水上浮沫者。潘岳诗："长簟竟床空。"是"长簟"乃床上所施之簟。唐时有独窠绫、两窠绫。所谓窠者，即团花也。凤窠，织作团花为凤凰形者耳。

〔4〕二句言其行乐之韵。《晋书》：陶侃镇武昌，尝课诸营种柳。盖公子所往之地是江夏武昌之所，故用种柳营事。《太平寰宇记》：《越绝书》云，吴人于砚石山置馆娃宫。刘逵注：《吴都赋》引扬雄《方言》云，吴有馆娃宫。吴人呼美女为娃，故《三都赋》云："幸乎馆娃之宫中，张女乐而宴群臣。"今吴县有馆娃乡。按：种柳营、馆娃乡不在一处。且止用"馆娃"二字，本意谓馆娃中美人耶？然终是歇后语气。愚意"馆娃"疑是营妓之别称，与吴郡之馆娃宫了无干涉。想公子为人，必自夸工书，而又好狭邪之游者，故以此赠之。

【姚注】

元和中，知制诰萧俛，介洁疾恶，于时最有风彩。当讨蔡未克，萧请罢兵。上不听，黜之。言方夏时而挂冠去矣。既不典制诰，不得复睹银沫凤窠之字。冷，言去其职。斜，非复似当日之严肃也。[1]罢兵之议不行，而营中植柳愈茂。其启事仅付馆娃，安得复亲御座耶？○梁张太后梦吞菖蒲花而生武帝。曾益以凤窠作髻，且解全诗不畅。

【姚本眉批】

[1]陈云：妙解。不然，几不可解。

牡丹种曲

莲枝未长秦蘅老,走马驮金䯄春草。[1]
水灌香泥却月盆,一夜绿房迎白晓。[2]
美人醉语园中烟,晚花已散蝶又阑。[3]
梁、王老去罗衣在,拂袖风吹《蜀国弦》。[4]
归霞帔拖蜀帐昏,嫣红落粉罢承恩。[5]
檀郎、谢女眠何处?楼台月明燕夜语。[6]

【汇解】

〔1〕宋玉《风赋》:猎蕙草,离秦蘅。李善注:秦,香草也。蘅,杜蘅也。《范子计然》曰:秦蘅出于陇西天水,芳香也。按:秦蘅至牡丹开时已老,不知是何花,决非杜蘅。杜蘅虽是芳草,然其花殊不足观,难与莲枝、牡丹为伍。走马驮金,吴正子以为马负锹锸之属以䯄掘者,非也。夫锹锸而安事马驮乎?姚仙期谓唐时牡丹甚贵,不惜多金以买之。按:白居易诗:"共道牡丹时,相随买花去。一丛深色花,十户中人赋。"柳浑亦有诗云:"近来无奈牡丹何,数十千钱买一窠。"《国史补》:京师贵游,尚牡丹三十馀年矣。每春暮,车马若狂,以不耽玩为耻。执金吾铺官围外寺观,种以求利,一本有直数万者。观此三则,则姚氏之说是也。春草,即指牡丹,谓亦是春草之类。走马驮金而往者,只掘此春草而归,以见一时好尚之奢。

〔2〕古有却月城、却月障,盖其形似月之半缺者也。花盆似之,故谓之却月盆。绿房,花之蕊也。花未开时,其苞房皆绿色。迎白晓,谓迎天晓而花放也。

〔3〕宴饮已久,侍酒美人渐作醉语。园中晚烟徐起,花瓣披离,蝶又尽歇,赏花者将去之候。散,落也。阑,希也,尽也。

〔4〕二句旧注皆无解,惟姚仙期注谓花谢而种仍在。愚意梁、王当是二

妓之姓，罗衣亦是妓女之名，皆善于歌吹者。梁、王虽然衰老，罗衣今在席中，拂袖临风而吹《蜀国弦》之曲，以娱宾客，有将去而尚流连意。《蜀国弦》，乐府曲名，详见一卷注中。

〔5〕吴正子注：帔拖，帐额也。则归霞作帐额上云霞解。又归霞或是晚霞，而帔拖为霞影离披拖曳解，与下文"昏"字更衬得起。"帔"字亦有"披"音，即作"披"字解者。或"帔"字原是"披"字之讹也。蜀帐，遮花之幕，以蜀中所出布帛为之，故曰蜀帐。嫣红落粉，花色衰败之喻。罢承恩，谓宴罢也。

〔6〕檀郎、谢女，即赏花之人。宴罢而去，醉眠何处？花畔之楼台顿然冷静，明月依然，惟闻燕语而已。吴正子注：檀奴，潘安小字，后人因目曰檀郎。谢女，旧注以为谢道韫，盖以才子才女并称耳。然唐诗中有称妓女为谢女者，大抵因谢安石畜妓而起，始称谢妓，继则改称谢女，以为新异耳。○"楼台"，曾本、二姚本作"楼庭"。

【姚注】

此移牡丹种也，故后皆不及花。按《神隐花经》：牡丹，春社前可移。"莲枝未长秦蘅老"，此时已及春社时。花既开罢，斯种可移。洛阳进花，驲马一日夜即至京师。许浑诗云："近来无奈牡丹何，数十千钱买一科。"此远求花种，故云"走马驮金驙春草"也。盛以盆盎，时加灌溉，初恐难活，今枝叶茂盛矣。"美人"六句，追怅谢落也。芳姿艳质，今眠何处？楼庭明月，唯闻小燕呢喃，而花容不复见矣。[1]○曾益云：秦蘅堪佩之以走马，且注咏花。似不得题旨矣。作移种似当。

【姚本眉批】

[1] 结句似言花谢后，赏花之人俱散，只不过暂时荣华耳。

后园凿井歌[1]

井上辘轳床上转，水声繁，弦声浅。[2][1]

情若何？荀奉倩。〔3〕
城头日，长向城头住。
一日作千年，不须流下去。〔4〕

【汇解】

〔1〕《晋书》：《拂舞歌诗·淮南王篇》云："淮南王，自言尊。百尺高楼与天连，后园凿井银作床，金瓶素绠汲寒浆。汲寒浆，饮少年，少年窈窕何能贤？扬声悲歌音绝天，我欲渡河河无梁。愿作双黄鹄，还故乡。还故乡，入故里，徘徊故乡，苦身不已。繁舞奇歌无不泰，徘徊桑梓游天外。"长吉此诗略祖其义，而名与调及辞意皆变焉。盖为夫妇之相爱好者，思得长相依也。

〔2〕《广韵》：辘轳，圆转木也。今井上圆木转绳，悬汲器以取水者是。床，井栏也。弦，即汲水之绳。水声与弦声相和而成音，以比男女相配而成好合。

〔3〕裴松之《三国志注》：荀粲字奉倩。常以妇人者才智不足论，自宜以色为主。骠骑将军曹洪女有美色，粲于是聘焉。容服帏帐甚丽，专房欢宴。历年后，妇病亡。傅嘏往唁粲，粲不病而神伤。嘏问曰："妇人才色并茂为难。子之娶也，遗才而好色，此自易遇。今何哀之甚？"粲曰："佳人难再得，顾逝者不能有倾城之色，然未可谓之易遇。"痛悼不能已，岁馀亦亡。

〔4〕欲夫妇长得相守而不老也。

【姚注】

此叹士人沉沦，必赖在上者有以引汲之也。瓶初入井，水多则声繁；弦从上转，水深则声浅。多且深，可知水之不竭也。人情好德，如奉倩之好色，自无竭时。使城头旭日，光明长旦；一日之知，便作千年之遇。从幽泉深谷而引汲之使上，岂尚令其沉沦乎？○荀粲妻曹氏，冬日病热，粲遂取冷身以熨之。曰：德不足称，妇贵在色耳。后亦病死。○陈二如曰：题为《后园凿井》,而诗则代恨于井之多此一凿,为闺阁言之也。有井必有辘轳,其实自转井上。而曰床上转者,床上闻其转也。既闻其转,则井上之水声繁,而床上之弦声不得不浅矣。那能不恨?乃恨之情为何?情盖必出于少年多情之荀奉倩。情如奉倩,而能保其不为情死乎?故指城头日而祝之曰:城头日,长向城头住。只此一日作千年,不须流下去可也。甚矣!夫后园之井,其亦可以不凿也。

【姚本眉批】

〔1〕钱云:水声弦声,静中听出,深于物理。

开愁歌〔1〕

秋风吹地百草干,华容碧影生晚寒。
我当二十不得意,一心愁谢如枯兰。
衣如飞鹑马如狗,临岐击剑生铜吼。
旗亭下马解秋衣,请贳宜阳一壶酒。〔2〕
壶中唤天云不开,白昼万里闲凄迷。
主人劝我养心骨,莫受俗物相填豗。〔3〕

【汇解】

〔1〕花下作。○"花下",旧本作"笔下",误。

〔2〕《荀子》:子夏贫,衣若悬鹑。《后汉书》:车如鸡栖马如狗。《史记集解》:《西京赋》曰,旗亭五重。薛综注:旗亭,市楼也。立旗于上,故取名焉。《汉书·高帝纪》:尝从王媪、武负贳酒。颜师古注:贳,赊也。《旧唐书》:河南府福昌县,本隋宜阳县。义宁二年置宜阳郡,领宜阳、黾池、永宁三县。武德元年,改宜阳郡为熊州,改宜阳县为福昌县。

〔3〕醉后叫天,天亦不知;浮云蔽塞,白昼凄迷。当此不堪为怀之际,赖

有主人相劝,养此心骨,待时而行,莫为俗物填塞其中,先自失其本体也。壶中,即醉中之意。吴正子注:《玉篇》、《广韵》无"狹"字,止有"狹"字,同"灰"音。《唐音统签》云:狹即"㶟"字,音"灰",相击也。填狹,写俗物填塞心胸之意也。琦按:字书既无此字,则为讹写无疑。曾本、姚经三本俱作"嗔欺"。愚意或是"嗔诙"二字,谓受俗人之嗔怪诙笑。未知合否? ○"壶中唤天云不开",曾本、姚经三本作"酒中唤云天不开"。

【姚注】

当秋凋折,芳色易摧。年少羁迟,不禁慷慨悲壮。究竟天高难问,惟逆旅主人来相慰勉耳。○宜阳,属古弘农郡,今河南府宜阳县。是贺归陇西至洛也。

秦宫诗 并序

汉秦宫,将军梁冀之嬖奴也。秦宫得宠内舍,故以骄名大噪于人。予抚旧而作长辞,辞以冯子都之事相为对望。又云昔有之诗。[1]

越罗衫袂迎春风,玉刻麒麟腰带红。
楼头曲宴仙人语,帐底吹笙香雾浓。[2]
人间酒暖春茫茫,花枝入帘白日长。
飞窗复道传筹饮,十夜铜盘腻烛黄。[3]
秃襟小袖调鹦鹉,紫绣麻鞋踏哮虎。[1]
斫桂烧金待晓筵,白鹿清酥夜半煮。[4]
桐英永巷骑新马,内屋深屏生色画。
开门烂用水衡钱,卷起黄河向身泻。[5]
皇天厄运犹曾裂,秦宫一生花底活。[2]
鸾篦夺得不还人,醉睡氍毹满堂月。[6]

【汇解】

〔1〕《后汉书》：梁冀爱监奴秦宫，官至太仓令，得出入冀妻孙寿所。寿见宫辄屏御者，托以言事，因与私焉。宫内外兼宠，威权大振，刺史二千石皆谒辞之。《汉书》：霍光爱幸监奴冯子都，常与计事。及显寡居，与子都乱。长吉以古乐府《羽林郎》一首言冯子都事，而秦宫事古未有咏者，故作此诗与之作对。而又有云者，昔已有人作此题者矣。○曾本、姚仙期本"汉"字下多一"人"字，《唐文粹》本"汉"字在"宫"字下。

〔2〕《三国志》：景初元年，帝游后园，召才人以上曲宴极乐。胡三省曰：曲宴，禁中之宴，犹言私宴也。又曰：内宴于宫中谓之曲宴。仙人语，谓人之望见者，疑以为仙也。香雾浓，谓香气浓郁似雾。○"衫袂"，一作"夹衫"。"香雾"，一作"烟雾"。

〔3〕《史记》：上从复道望见诸将。裴骃注：如淳曰：复音"复"，上下有道故谓之复道。○"人间"，一作"人闲"。吴正子注："传筹"，一作"传头"者，非。杜诗："杯行不计筹。""十夜铜盘"，一作"半夜朦胧"，一作"午夜朦胧"，姚经三本作"卜夜铜盘"。愚意昼饮不足，继之以夜；夜宴未终，又预治晓筵。沉湎之状，一串说下。则"半夜"、"午夜"皆是。作"十夜"者，非也。

〔4〕调，调习而使之知人意也。靸音"遝"，履也。《广韵》：靸，履跟后帖也。"调鹦鹉"，言宫多精细事；"踏哮虎"，言宫能服强暴。深论之，以鹦鹉喻孙寿，宫能得其欢心；以哮虎喻梁冀，宫能柔其粗猛。斫桂，言其以桂为薪；烧金，言其以金为釜。《述异记》：鹿千五百年化为白，是不易得之物。而以充口腹之味，则馀之山珍海错重叠罗列者，举一而具见矣。○"麻靸"，吴正子云：见《唐文粹》两本作"霞"，一本作"靸"。言踏虎，则麻靸必履舄属，作"霞"恐或讹。然琦所见《文粹》本又有作"遝"者，更讹。"哮虎"一作"虓虎"，一作"吼虎"。"清酥"，吴本作"青苏"。"夜半"，一作"夜来"。

〔5〕吴正子注：桐英，桐花也，永巷所植。《诗经正义》：王肃曰，今后宫称永巷，是宫内道名也。《三辅黄图》：永，长也。永巷，宫中之长巷。陈仁锡曰：宫中长庑相通曰永巷。生色画，谓之鲜明，色像如生者。《汉书》：

以水衡钱为平陵徙民起第宅。应劭曰：水衡，天子私藏也。"卷起黄河向身泻"，言其用之无节，若卷黄河之水而泻之，以见无所爱惜之意。向身，是为己一身而用。此句本是足上句"烂用"二字之意。吴正子注以为，言其权势足以翻河倒海，而遂己之贪欲。另作一意者，非也。正子又谓：秦宫止得幸于冀家，非得幸于大内。今"永巷骑新马"，"烂用水衡钱"等说，如邓通、董偃之流，若议其非是者。琦按：冀以贵戚可以出入禁中，宫亦随之出入禁中。人主之私钱，冀得擅自盗用，宫即盗之以为己用。专权据位，目无天子如梁冀，其宠奴亦敢妄作妄为，势所必至，不可以寻常正论疑之也。○"新马"，一作"主马"。"深屏"，一作"珍屏"。

〔6〕《晋书》：惠帝元康二年二月，天西北大裂。案刘向说：天裂，阳不足；地动，阴有馀。篦，所以去发垢，以竹为之，侈者易以犀象、瑇瑁之类。鸾篦，必以鸾形象之也。《广韵》：《声类》曰，氍毹，毛席。《通俗文》曰：织毛褥谓之氍毹。《说文》：氍毹、毲𣯛，皆毡缛之属。上四句言宫之得宠于冀，此四句言宫之得宠于寿。鸾篦戏夺，醉睡氍毹，写小人恃宠骄肆，竟忘主父为何物，谁寔阶之厉欤？

【姚注】

此借以丑武、韦及杨氏辈也。贺谓汉世子都、秦宫之事，相为对望。不知唐世，如梁、霍事所在接踵，况更有上焉者乎？以监奴而冶妆丽服，更窃朝廷名器。玉麟红鞑，诸王所服，竟尔侈僭若此。楼头帐底，肆行淫荡。"春茫茫"，沉湎至浓极也。"花枝"，喻宫也。"白日长"，不待卜夜也。别馆传觞，夜以继日。褻衣妖服，倚翠偎红。巧语柔声，互相调笑。奇珍异馔，不辨昏朝。"新马"，乃所赐之马也。"内屋深屏"，冶容相映也。水衡钱，本人主之私帑，而为冀所擅，兹冀又为宫擅矣。妄行权势，惊涛骇浪，总由己意。夫以皇天犹有厄运，何宫见怜乎美女，而恣行一生乎？骄淫嬉戏，凡寿之左右无不狂纵，故常夺篦不还也。酣极高眠，清辉皎洁，而宫与寿总无所忌，异哉！○鸾篦，妇人钗饰。

【姚本眉批】

〔1〕钱云：哮虎，指梁冀。以冀之凶悖而幸宫。宫与寿通，可谓伴虎眠矣。冀竟不问，宫卒无恙。

〔2〕钱云："一生花底活"，非羡宫竟笑冀也。

古邺城童子谣效王粲刺曹操〔1〕

> 邺城中，暮尘起。
> 探黑丸，矸文吏。〔2〕
> 棘为鞭，虎为马。
> 团团走，邺城下。
> 切玉剑，射日弓。
> 献何人，奉相公。〔3〕
> 扶毂来，关右儿。
> 香扫涂，相公归。〔4〕

【汇解】

〔1〕一本少"刺"字。

〔2〕《汉书·尹赏传》：长安中奸滑浸多，闾里少年，群辈杀吏。受赇报仇，相与探丸为弹，得赤丸者矸武吏，得黑者矸文吏，白者主治丧。城中薄暮尘起，剽劫行者，死伤横道，枹鼓不绝。

〔3〕切玉剑，见一卷注。射日弓，用羿射日事，见后四卷注。

〔4〕知有相公，不知有天子。

【姚注】

按：德宗崩时，太子患风疾失音，仓卒未知所立。众以太子地居冢嫡，遂立焉。王伾、王叔文素为顺宗所狎，至是居学士。庶事先下翰林，使叔文可否,然后宣于中书。使韩泰、柳宗元、刘禹锡辈,采听谋议,汲汲如狂。叔文以上疾得专大权,挟天子以临天下,荣辱生死,惟其所欲,其门昼夜如市。人但知有相公,不复知有天子。然当唐之时,天后、中宗之朝,妄窃国柄者先后不乏,几至玉历暗移。贺伤本朝往事而作此也。斫文吏,用尹赏事。言邺城薄暮,乱作尘飞,杀伤横道,谗邪凶残之辈,皆得效驱驰奔走,分布中外。宝剑良弓,以奉相公,供谋篡逆。若杨奉、韩暹,本欲借奉车驾为乱,而不知操反挟天子以归。盖小人急于邀功,奸雄故为不测有如此。

杨生青花紫石砚歌[1]

端州石工巧如神,踏天磨刀割紫云。[2]
佣刓抱水含满唇,暗洒苌弘冷血痕。[3]
纱帷昼暖墨花春,轻沤漂沫松麝薰。[4]
干腻薄重立脚匀,数寸光秋无日昏。[5]
圆毫促点声静新,[1]孔砚宽顽何足云![6]

【汇解】

〔1〕李肇《国史补》:端溪紫石砚,天下无贵贱通用之。《端溪砚谱》:李贺有《端州青花石砚歌》。盖自唐以来,便以青眼为上,黄、赤为下。○吴注云:京本无"紫"字,曾本、二姚本少"青花"二字。

〔2〕《端溪砚谱》:端州治高要县,自唐为高要郡。郡东三十三里有山曰斧柯,在大江之南。盖灵羊峡之对山也,峻峙壁立,下际潮水。自江之湄登山,行三四里,即为砚岩也。先至者曰下岩,下岩之中有泉出焉,虽大旱未尝涸;下岩之上曰中岩;中岩之上曰上岩;自上岩转山之背曰龙岩。龙岩,盖唐取砚之所。后下岩得石胜龙岩,龙岩不复取。龙岩石色深紫眼少。又旧《砚谱》:端石,水中石,其色青;山半石,其色紫;山极顶者,尤润,如猪肝色者佳。据二《谱》言之,则唐时端砚取自山顶之龙岩,其下岩

水中之石尚未取用。所谓"踏天磨刀割紫云",是登最高山顶而取其紫色之石,一如登天而割紫云。吴正子谓踏天言水中之天。端岩之下,四时水浸,砚工取石皆于水中凿取,故曰踏天。说非不巧,然是宋时取砚之法,似非确证。

〔3〕佣,齐也。刓,刻也。齐其所刻之池,而注水满中。"暗洒苌弘冷血痕",谓砚中有碧色眼也。其眼或散布有似花葩之象,故曰青花。否则其时尚无诸眼之名,故谓之青花未可知。《砚谱》:端石有眼者最贵,谓之鹡鸰眼。永叔以端溪为后出,不然也。李贺有《端州青花石砚诗》云"暗洒苌弘冷血痕",则谓鹡鸰眼,知端石为砚久矣。《庄子》:苌弘死于蜀,藏其血,三年而化为碧。

〔4〕沤,沫,皆水中细泡。轻沤漂沫,谓蘸少水以磨墨也。古墨以松烟为之,中和以麝。薰,香也。

〔5〕言以墨磨其上,则干处、腻处、薄处、重处,其墨脚皆匀静。数寸中光色皎洁如秋阳之镜,白无纤毫昏翳,言其发墨也。○"光秋",姚经三本作"秋光"。

〔6〕"圆毫促点声静新",美石质细致,以笔试之,其声细静,不伤毫颖。大凡砚石之发墨者,多损笔。上文已言其发墨,此句又言其不损笔,砚石之美可知矣。《初学记》:伍缉之《从征记》曰,孔子床前有石砚一枚,作甚古朴,盖孔子平生时物。因杨生一砚,而以孔砚为不足云,太无忌惮。杜牧之惜其不能少加以理也,然唐之诗人往往如此。姚经三注:以孔砚为孔方平之歙砚,盖为长吉护短耳。殊不知歙砚后五代李后主时方见珍于世,前此安有所谓孔方平之歙砚哉?○"宽顽",姚仙期本作"宽硕"。

【姚注】

上九句皆咏端溪取石制石之妙,及石色之艳、石质之润,置之书帷中,笔墨无不相宜。孔砚,孔方平歙砚也。《歙砚铭》云:"非端溪温润而漪纹,非铜雀摧残而色新。"贺谓不足以当此耳。○曾云:孔子庙中石。似谬。

［1］钱云："数寸秋光"二句，言秋窗日暮，点笔吟诗，其声更静新耳。皆得砚之助也。

房中思

新桂如蛾眉，秋风吹小绿。[1]
行轮出门去，玉鸾声断续。[2]
月轩下风露，晓庭自幽涩。
谁能事贞素？卧听莎鸡泣。

【汇解】

〔1〕新生桂叶，其嫩绿之色，如闺人所画蛾眉之色。梅妃诗所谓"桂叶双眉久不描"也。其叶尚小，故曰小绿。

〔2〕张衡《思玄赋》：鸣玉鸾之嘤嘤。章怀太子注：鸾，铃也，在镳。

【姚注】

新月如眉，凉飔堕叶。征夫远别，鸾声依依。暮云晨静，不尽凄清。寂守空闺，幽怀独抱，贞素固难为哉。若当时朝士竞趋权贵，谬附羽仪；至于一朝罢斥，又逐逐他属，贞素难全。贺盖托此以致诮矣。

石城晓[1]

月落大堤上，女垣栖乌起。[2]
细露湿团红，寒香解夜醉。[3][1]
女、牛渡天河，柳烟满城曲。[4]

上客留断缨，残蛾斗双绿。^{〔5〕}

春帐依微蝉翼罗，横茵突金隐体花。^{〔6〕}

帐前轻絮鹅毛起，欲说春心无所似。^{〔7〕〔2〕}

【汇解】

〔1〕《一统志》：石城在湖广安陆州城西北，古有女子名莫愁者居此。乐府所谓"莫愁在何处？莫愁石城西"者是也。长吉此诗，专为娼女晓起将别之况，故题曰《石城晓》，与乐府所传《石城乐》一章不同。

〔2〕月落乌飞，天晓之景。

〔3〕团红，花也。有露润之，其香甚寒，嗅之可以解夜来之醉。

〔4〕织女、牵牛，夜来相会，至晓亦分别渡河，复归本位。天暗未晓，柳色不甚分明；既晓，则见其浓绿如烟，满于城曲之中矣。○吴正子注："女牛"，京本作"石子"。

〔5〕断缨，旧注引《说苑》"楚庄王饮酒，命群臣尽绝冠缨"事，与此似无涉。按：《内则》"衿缨綦履"之文，解者以缨为香囊。此盖谓上客断其香囊，留以赠别也。女子宿妆未理，其蛾眉犹是昨日所画，故曰"残蛾"。斗者，蹙其两眉，有似乎斗，盖不忍离别之况。

〔6〕《白帖》：蝉翼，罗名，谓罗之轻薄状似蝉翼者。魏文帝诗："绢绡白如雪，轻花比蝉翼。"吴迈远诗："罗衣飘蝉翼。"横茵，卧褥也。突金，金色鲜异有如突起。隐体花，谓暗花也。

〔7〕轻絮，柳絮也。庾信《杨柳歌》："独忆飞絮鹅毛下。"上客已去，卧具依然。此后春心荡佚，不知又将谁属。欲举一物以拟，一时无有似之者，因观飞絮而觉其相似。陈二如曰：无所似，言舍此则无所似，甚见其相似也。○"鹅毛"，吴本作"鹤毛"。

【姚注】

讥江南宴乐沉湎，连宵达旦。月落乌飞，花寒露重，宿醒可解。当牛、女欢会时,而城烟已曙也。客醉娥倦,迷恋春帏。觉来见柳絮之飞,又恐芳辰骀荡莫禁耳。○魏文帝:江东白绡,白如雪花,轻如蝉翼。

【姚本眉批】

　　[1] 陈云:寒香夜醉,连上句来,谓花也。

　　[2] 陈云:鹅毛,即是柳絮。"无所似"者,言舍此则无所似,甚见其相似也。

苦昼短

　　飞光飞光,劝尔一杯酒。[1]
　　吾不识青天高,黄地厚,
　　惟见月寒日暖,来煎人寿。
　　食熊则肥,食蛙则瘦。[2]
　　神君何在,太一安有?[3]
　　天东有若木,下置衔烛龙。
　　吾将斩龙足,嚼龙肉,
　　使之朝不得回,夜不得伏。
　　自然老者不死,少者不哭。[4]
　　何为服黄金,吞白玉?[5]
　　谁是任公子,云中骑白驴?[6]
　　刘彻茂陵多滞骨,嬴政梓棺费鲍鱼。[7]

【汇解】

　　〔1〕沈约诗:飞光忽我遒。张铣注:飞光,日月光也。《晋书》:孝武帝末年,长星见于华林园。举酒祝之曰:长星劝汝一杯酒。

　　〔2〕熊掌及背中白脂,皆为珍味,富贵者食之;蛙龟,粗味,贫贱者食之。

《埤雅》：熊似豕，坚中，山居冬蛰。当心有白脂如玉，味甚美，俗呼熊白。冬蛰不食，饥则自舐其掌，故其美在掌。

〔3〕《史记·封禅书》：是时上求神君，舍之上林中蹄氏馆。神君者，长陵女子，以子死。见神于先后宛若。宛若祠之其室，民多往祠。平原君往祠，其后以尊显。及今上即位，则厚礼置祠之内中，闻其言，不见其人云。又云：天子病鼎湖甚，巫、医无所不致，不效。游水发根言上郡有巫，病而鬼神下之。上召置祠之甘泉。及病，使人问神君。神君言曰："天子无忧病。病少愈，强与我会甘泉。"于是病愈，遂起，幸甘泉，病良已。大赦，置酒寿宫神君。寿宫神君最贵者太一，其佐曰大禁、司命之属，皆从之。弗可得见，闻其言，言与人音等。时去时来，来则风肃然。居室帷中，时昼言，然常以夜。天子祓，然后入。因巫为主人，关饮食。所以言，行下。又置寿宫、北宫，张羽旗，设供具，以礼神君。神君所言，上使人受书其言，命之曰"书法"。[①] 其所语，世俗之所知也，无绝殊者，而天子心独喜。其事秘，世莫知也。

〔4〕《山海经》：西北海外，大荒之中，有洞野之山。上有赤树，青叶赤华，名曰若木。郭璞注：生昆仑西附西极，其花光赤下照地。《楚辞》：日安不到，烛龙何照？王逸注：天之西北有幽冥无日之国，有龙衔烛而留照之。是若木不在天东，而衔烛龙亦不在若木之下。又其衔烛而照者，乃是西北幽暗日月不照之地，与中国日月所照之处，若风马牛之不相及。玩长吉诗意，以日有出没，遂成日月岁时；若日长在天不落，则无日月岁时，而人自然可以不死。"天东"当是"天西"之讹。"衔烛龙"当是指驾日车之六龙。《淮南子》：爰止羲和，爰息六螭，是谓悬车。注云：日乘车驾以六龙，羲和御之。日至此而薄虞泉，羲和至此而回六螭。殆本此立说，而不觉其讹欤？〇姚仙期本缺"使之"二字。

〔5〕《抱朴子》：经曰，服金者寿如金，服玉者寿如玉。又其书中有饵黄金方，及服玉诸法。〇"服"，曾本、二姚本俱作"饵"。

〔6〕据文义，任公子是古仙人骑驴上升者，然其事无考。旧注引投竿东海之任公子解，上句引以纸为白驴之张果解，下句牵扯无当。〇"谁是"，曾

---

① 据《史记·封禅书》，"书"应作"画"字。

本、姚经三本作"谁似"。"白驴",吴本作"碧驴"。

〔7〕刘彻,汉武帝姓名。死葬茂陵。嬴政,秦始皇姓名。《史记》:始皇崩于沙邱平台。丞相斯谓上崩在外,恐诸公子及天下有变,乃秘之,不发丧。棺载辒凉车中,故幸宦者参乘,所至上食。百官奏事如故,宦者辄从辒凉车中可其奏事。遂从井陉抵九原。会暑,上辒车臭,乃诏从官令车载鲍鱼一石,以乱其臭。行从直道至咸阳,发丧。《礼记》:天子之棺四重,水兕革棺被之,其厚三寸,杝棺一,梓棺二。此诗大旨虽以"苦昼短"为名,其意则言仙道渺茫,求之无益而已。

【姚注】

宪宗好神仙,贺作此以讽之。日月递更,老少代谢,即神君、太乙,亦未见常存人间。云中仙侣,果丹药可致乎? 英武雄伟如汉武、秦皇,犹且不免,而更妄思上升。则君王方求长年,我更忧昼短矣! ○晋武见长星,恶之,举酒祝曰:长星劝尔一杯酒,自古安有万岁天子? 汉武封禅,求神君祠之上林。又以太乙立祠长安。灰野之山有树,青叶赤华,厥名若木。章尾山有神,人面蛇身,其瞑为晦,其视为昼,是谓烛龙。任公子钓大鱼海上,张果以纸为白驴。汉武讳彻,葬茂陵。秦始皇死沙丘,载辒车以鲍鱼混臭。

章和二年中〔1〕

云萧索,田风拂拂,麦芒如篲黍如粟。〔2〕
关中父老百领襦,关东吏人乏诟租。〔3〕
健牸春耕土膏黑,菖蒲丛丛沿水脉。〔4〕
殷勤为我下田租,百钱携偿丝桐客。〔5〕
游春漫光坞花白,野林散香神降席。〔6〕
拜神得寿献天子,七星贯断姮娥死。〔7〕

【汇解】

〔1〕吴正子注：按《晋书·乐志》，此题乃古《鞞舞曲》第二章。魏改《章和二年中》为《太和有圣帝》，晋改为《天命》。章和，汉章帝年号也。诗大意言时和岁丰，吏戢民安无事，赛神以祝君寿也。

〔2〕《韵会》：萧索，萦纡貌。《汉志》：萧索轮困是谓庆云。篲，扫帚也。麦芒如篲，谓其穗之大而多，有如篲也。黍是稷之粘者，粟是粱之细者。黍大而粟细。黍如粟，似言颗粒之多亦如粟耳。○"田风"，一本无"田"字。

〔3〕《说文》：襦，短衣也。父老有百领之襦，足以见无冻馁之患；吏人无催租诟詈之声，足以见民间之殷实。

〔4〕《说文》：犊，牛子也。《国语》：土膏其动。韦昭曰：膏，土润也。土有肥则色黑。菖蒲沿水而生，见雨旸时若，不虞夫旱，亦不虞乎水也。

〔5〕殷勤，见其急于还租之意。还租之外，尚有赢余，以百钱酬弹唱之客，以为娱乐。○"租"，一作"钮"。

〔6〕漫光，谓春光遍漫也。坞，山阿也。散香，焚香以请神，其气散布也。神降席，神来而止于所供之席也。

〔7〕时和年丰，百姓安乐，皆天子圣德所致。故愿献无疆之寿于天子，使得长享天位，而我民蒙其利乐，亦得长享无疆之泽。七星在天，屈曲相次，若有绳贯之者，而终古不移动。七星之贯无断理，姮娥之寿亦无死期。以此为祝，则其寿尚何终尽哉？毛驰黄曰：李太白"苍梧山崩湘水竭"，张文昌"菖蒲花开月长满"，李长吉"七星贯断姮娥死"，俱是决绝语，遣词绝工。○"姮娥"，姚仙期本作"嫦娥"。

【姚注】

章和二年，汉章帝年号。是岁大稔。元和七年，天下有秋，斗米有直二钱者。是岁太子宁卒，系之以章和二年中，盖汉章帝于二年中卒也。先是国嗣未立，李绛谏请，上从之，以宁为太子。六年，册礼用孟夏。雨，不克；改孟秋，亦雨；改冬后，册毕。至七年而薨。贺谓太子方当册立之吉，而以雨灾屡更。迄今民和年丰，上下宴乐，乃无禄即世。而帝犹溺于长生之说，人争祈神献寿以媚天子。七星,即七襄也。顷虽有秋而冢君夭折,即天孙为之摇落无色,姮娥为之惨淡不明矣。○《星占》云:南斗主爵禄,七星主衣裳。天孙七襄,即此星也。《唐书·天文志》:元和六年正月,流星大如斛,坠兖、郓间。七年正月,月掩荧惑。五月,荧惑犯右执法。六月,月犯南斗魁。陈二如曰:此诗本为伤太子之卒而作,而诗则却全其为颂祷之诗。为言时和年丰,丝桐报赛,人之思得献寿天子。其献寿于天子曰:"七星贯断姮娥死。"谓天子与天同终极也。然则亦何所据,而以为诗之伤太子?言外之意,是又在解人于言外会之。诗犹云,大稔之岁,人方愿天子万年。而预有太子之变,是可怪也。如此有愈见作者、注者之符合已。

春归昌谷

束发方读书,谋身苦不早。
终军未乘传,颜子鬓先老。[1]
天网信崇大,矫士常慅慅。[2]
逸目骈甘华,羁心如荼蓼。[3]
旱云二三月,岑岫相颠倒。
谁揭赪玉盘,东方发红照。[4]
春热张鹤盖,兔目官槐小。[5]
思焦面如病,尝胆肠似绞。[6]
京国心烂漫,夜梦归家少。[7][1]
发轫东门外,天地皆浩浩。[8]
青树骊山头,花风满秦道。
宫台光错落,装画遍峰峤。
细绿及团红,当路杂啼笑。[9]
香气下高广,鞍马正华耀。
独乘鸡栖车,自觉少风调。[10]

心曲语形影，只身焉足乐！
岂能脱负担？刻鹄曾无兆。[11]
幽幽太华侧，老柏如建纛。
龙皮相排戛，翠羽更荡掉。
驱趋委憔悴，眺览强笑貌。
花蔓阁行辀，縠烟暝深微。[12]
少健无所就，入门愧家老。[13]
听讲依大树，观书临曲沼。
知非出柙虎，甘作藏雾豹。[14]
韩鸟处缯缴，湘猴在笼罩。[15]
狭行无廓路，壮士徒轻躁。[16]

【汇解】

〔1〕《汉书·终军传》：军年十八，至长安上书言事。武帝异其文，拜军为谒者、给事中，使行郡国，建节东出关，所见便宜以闻。又《高帝纪》：田横乘传诣洛阳。颜师古注：传者，若今之驿。古者以车谓之传车，其后又单置马谓之驿骑。《家语》：颜回，鲁人，字子渊，年二十九而发白，三十一而死。

〔2〕曹植《与杨修书》："吾王于是设天网以该之，顿八纮以掩之。"盖言其收罗贤杰，如以网网取之也。极言其大，谓之天网。矫士，谓士之强直者。《尔雅》：愮愮，劳也。诗意谓朝廷搜取贤才，其网非不高且大，而若己矫矫强直之士，终日劳劳，竟不能为所收用。○"愮愮"，曾本、二姚本作"瑶瑶"。

〔3〕逸目，纵目也。骈，联也。言放眼而观，虽甘美华彩之物，并陈于前，无如羁旅之中，心事不堪。荼，苦菜也。蓼，木蓼也。荼味苦，蓼味辛，故取以喻心之苦辛。

〔4〕时值天旱，故以其云为旱云。《吕氏春秋》："旱云烟火。""岑岫相颠倒"者，言旱云之状似之。頳玉，红玉也。李太白诗："颜如頳玉盘。"此则指言晓日之状似之。

〔5〕刘桢《鲁都赋》："盖如飞鹤,马如游龙。"刘孝标《广绝交论》:"鹤盖成阴。"官槐兔目,已见二卷《勉爱行》注。

〔6〕《史记》:越王句践反国,乃苦身焦思,置胆于坐,坐卧即仰胆,饮食亦尝胆也。曰:"汝忘会稽之耻耶?"长吉奚事尝胆? 大抵言愁肠绞结,有似尝胆之况。故作倒装句法者,一以为上句之对,一以为韵脚之押耳。

〔7〕在京国之中应酬大不易,心事纷扰,无暇念及家事,即夜梦归家之时亦少,概可知矣。以上言在京之无益,而动归与之念也。

〔8〕以留京为苦,故出东门外,乃觉天地间如此浩浩广大,何为留滞此方?《楚辞》:朝发轫于苍梧。王逸注:轫,揣轮木也。冯衍《显志赋》:发轫新丰兮装回镐京。章怀太子注:轫,止车木也,将行故发之。

〔9〕《一统志》:骊山在陕西临潼县东南二里,因骊戎所居故名。山之麓温泉所出,唐玄宗更名昭应山。上有骊山老母庙。山左肩曰东绣岭,右肩曰西绣岭。秦道,谓秦地往来之大道。宫台,谓骊山上下宫殿台榭,如华清宫、集灵台、按歌台、舞马台之属,光彩错落,遍于峰峤之间,有如装画。细绿,树草之叶;团红,则其花也。啼,谓花叶之带露如啼;笑,谓花叶之含日似笑也。"宫台"二句,承上骊山而言;"细绿"二句,承上花风而言。

〔10〕香气,游人之香气,即指鞍马华耀者而言。高广,谓郊野之中,地高且广可以盘桓宴坐者。《尔雅》"广平曰原,高平曰陆"是也。《后汉书》:谚曰:"车如鸡栖马如狗,疾恶如风朱伯厚。"《北齐书》:崔儦学识有才思,风调甚高。《北史》:崔昂有风调才识。○"香气",曾本、二姚本俱作"香风"。

〔11〕心曲,谓心中委曲处。《诗·秦风》:"乱我心曲。"只身,谓此身也。"岂能脱负担",谓未能脱往来奔走之劳。《左传》:"弛于负担。"刻鹄,用马援《诫兄子书》中事,书云:"龙伯高敦厚固慎,口无择言,谦约节俭,廉公有威。吾爱之重之,愿汝曹效之。效伯高不得,犹为谨敕之士,所谓刻鹄不成,尚类鹜者也。"长吉盖用其事,谓学为谨饬之士,却亦不见有佳处。兆,吉也。○吴正子本作"刻鹤",引李抱真刻鹤服羽衣习乘之,非是。

〔12〕《初学记》:郭缘生《述征记》及《华山记》云:山下自华岳庙列柏南行十一里。纛,军中大旗也。柏木枝干,亭亭直上,以建纛拟之,形状绝肖。

皮老而皱文纽裂，故比之以龙皮；叶细而绿色鲜好，故比之以翠羽。驱驰趋走，委实憔悴。眺览之中，忽遇好景，心目为之开爽，遂乃强作笑貌。阁，与"碍"同，隔阂也。辀，车前曲木上钩衡者，亦谓之辕。縠，纱也。縠烟，烟之轻薄有似乎縠者也。徼，境也，又小路也。花蔓或与车辕萦拂，如相阻阁；远烟起于深徼，如天色将暝之状。皆眺览中所见之景。以上十二韵俱述归途之景，以下五韵述归家之事。○"笑貌"，吴本作"容貌"。

〔13〕家老，谓一家之尊长。《淮南子》：家老异饭而食，殊器而享。

〔14〕《说文》：柙，槛也，以藏虎兕。《列女传》：南山有玄豹，雾雨七日而不下食者何也？欲以泽其毛而成文章也，故藏而远害。

〔15〕此二句喻世间名士，入于世网而不能自适者。韩鸟，吴正子以为即韩冯鸟，解见前《恼公》注中。琦谓当是韩地所产之鸟耳。缯缴，乃"矰缴"之讹。郑玄《周礼注》：结缴于矢谓之矰。贾公彦《疏》：缴则绳也。谓结绳于矢以弋射鸟兽。《史记集解》：韦昭曰，缴，弋射也，其矢曰矰。《韵会》：白鲦，鱼名。陆佃云：形狭而长若条，性浮似鲦而白，或作"鯈"。《庄子》：鯈鱼出游。琦按：以鲦作"鯈"，盖省笔耳，古文多有之。湘鯈，谓湘水中之鯈也。笼，捕鱼器也。罩亦谓之篧，编细竹为之，用以掩取鱼者。韩鸟湘鲦，当是实有所指。其人一在古韩地境内，一在楚地湘水之滨，为人所羁縻笼絷，欲去而不能者。故以矰缴笼罩为言，而嗟其失所也。

〔16〕行，步也。廓，大也。言人之狭步而行，以无廓大之路故耳。虽有壮士，心生轻躁，亦属无益。我之归昌谷以言旋者此耳。○"廓路"，吴本、曾本俱作"廓落"。

【姚注】

稍长知书，进取未遂。徒怀弃繻，恐凋华发。天高志迫，击目惊心。燠热盈胸，自相颠倒。若旱云之发岑岫，谁能高秉明鉴？如旭日东升，朗无爽焰。凡物当春，感思荣畅。故功名之士当此，则鹤盖交驰，官道槐枝，叶如兔目。独我焦劳憔悴，苦境萦怀。忆初至京国之日，壮志烂漫，方以远大为期，自信必登廊庙，即梦中亦不作放归之想。迄今出自东门，感愤交集，俯仰难舒,觉天地亦皆有浩浩不平之意。归途花柳,倍觉伤神。宫殿交辉,层峦如绘。柔枝艳蕊,泣露娇风。高原广陌,遍地芳芬。而得志之辈,照耀鞍马。惟我乘敝车,对此愈增萧瑟。伤心吊影,自顾堪怜。生平矢志,肩荷匪轻,自不能脱此负担。昔马援《戒子侄书》云:"士所谓刻鹄不成当类鹜。"今我刻鹄又何所兆耶?驱车过太华,见山色阴翳,古柏离披。"驱趋委憔悴",言奔走劳顿,委身于此,因少憩其下。景色真堪赏悦,遂强变愁容为笑貌也。花蔓盈车,轻烟漫野。当此之时,献策无成,抱愧无颜以对亲长。用是益奋志诗书,锐加研究。今未得骋我雄才,必须深藏静息,泽我毛羽,而成其文章焉。韩鸟犹言韩冯也。高才为时所忌,如好鸟之处缯缴,嘉鱼之在笼罩。安能振羽鼓鳞,任我飞跃?举步穷途,轻躁又安庸乎?○曾以"刻鹄"为"刻鹤",谬。

【姚本眉批】

　　〔1〕钱云:二语似杜《北征》诗。

昌谷诗[1]

昌谷五月稻,细青满平水。
遥峦相压叠,颓绿愁堕地。[2]
光洁无秋思,凉旷吹浮媚。[3]
竹香满凄寂,粉节涂生翠。[4]
草发垂恨鬓,光露泣幽泪。[5]
层围烂洞曲,芳径老红醉。[6]
攒虫锼古柳,蝉于鸣高邃。[7]
大带委黄葛,紫蒲交狭涘。[8]
石钱差复藉,厚叶皆蟠腻。[9]
汰沙好平白,立马印青字。[10]
晚鳞自遨游,瘦鹘暝单峙。[11]

嘹嘹湿姑声,咽源惊溅起。[12]

纡缓玉真路,神娥蕙花里。[13]

苔絮萦涧砾,山实垂颣紫。[14]

小柏俨重扇,肥松突丹髓。[15]

鸣流走响韵,垅秋拖光矮。[16][1]

莺唱闽女歌,[2]瀑悬楚练帔。[17]

风露满笑眼,骈岩杂舒坠。[18]

乱篆迸石岭,细颈喧岛毖。[19]

日脚扫昏翳,新云启华闷。[20]

谧谧厌夏光,商风道清气。[21]

高眠复玉容,烧桂祀天几。

雾衣夜披拂,眠坛梦真粹。[22][3]

待驾栖鸾老,故宫椒壁圮。

鸿珑数铃响,羁臣发凉思。[23]

阴藤束朱键,龙帐着魈魅。[24]

碧锦帖花栎,香衾事残贵。[25]

歌尘蠹木在,舞彩长云似。[26]

珍壤割绣段,里俗祖风义。[27]

邻凶不相杵,疫病无邪祀。[28]

鲐皮识仁惠,丱角知巤耻。[29]

县省司刑官,户乏诟租吏。[30][4]

竹薮添堕简,石矶引钩饵。[31]

溪湾转水带,芭蕉倾蜀纸。[32]

岑光晃縠襟,孤景拂繁事。[33]

泉樽陶宰酒,月眉谢郎妓。[34]

丁丁幽钟远,矫矫单飞至。[35]

霞巘殷嵯峨,危溜声争次。[36]

淡蛾流平碧,薄月眇阴悴。[37]

凉光入涧岸,廓尽山中意。[38]

渔童下宵网,霜禽辣烟翅。[39]

潭镜滑蛟涎,浮珠唅鱼戏。[40]

风桐瑶匣瑟,萤星锦城使。[41][5]

柳缀长缥带,篁掉短笛吹。[42]

石根缘绿藓,芦笋抽丹渍。[43]

漂旋弄天影,古桧挐云臂。[44]

愁月薇帐红,胃云香蔓刺。[45]

芒麦平百井,闲乘列千肆。[46][6]

刺促成纪人,好学鸱夷子。[47][7]

【汇解】

〔1〕五月二十七日作。○吴本、姚经三本无此注。

〔2〕远山重叠,状如倾颓,故愁其堕地。

〔3〕所见景物皆光润洁净,不似秋时之象。风气凉旷,百物遇其吹动皆浮媚可观。浮媚,犹妩媚也。

〔4〕竹节边微有白粉。生翠,谓其翠色鲜明。

〔5〕细草稠生,如鬓发之垂零;露沾其上,如泪珠之将滴。董懋策曰:"竹香"四句遥对。

〔6〕层层围转,烂然入目:或开豁如山洞,或宛转成曲路,乃芳径之老红醉也。老红,花之红而将萎者。醉,倚斜倾侧之态。

〔7〕攒,簇聚也。镂音"搜",雕刻也。谓古柳中蠹虫群聚,而镂蚀其木也。高邃,谓树木高而深远之处。

〔8〕古诗有《黄葛篇》。葛之茎叶皆青,以其皮沤练作绤绤,始成黄色。谓之黄葛者,以蔓草中有白葛、紫葛、赤葛诸名,故以此别之耳。"大带委黄葛",谓葛茎蔓垂而下,若大带之垂于地者然。"委"字用《曲礼》"主佩倚则

臣佩垂,主佩垂则臣佩委"之义。盖微俯则佩倚于身,小俯则佩垂,大俯则佩委于地也。紫蒲,水中蒲草,嫩时之叶红白色,已详见二卷注中。浃音"士",亦音"以",水涯也。○"大带",吴本作"天带",误。

〔9〕石钱,石上苔藓圆生如钱者。差,参差不齐也。藉,重叠相次如枕藉也。厚叶,草叶之厚大者。蟠,盘结也。腻,肥大也。○"厚叶",吴本作"重叶"。

〔10〕《韵会》:汰,或作"汏"。《说文》:汰,淅灡也。徐曰:水激过也,音与"代"同。沙土为水漫流而过,则平铺洁白,有似淘汰也。"立马印青字",似谓马立草间,离合断续相配,仿佛印成字形。青谓草色也。吴正子谓马身上所印之字。按《唐六典》有诸监马印。凡诸监马驹,以小"官"字印印左膊,以年辰印印右髀,以监名依左右厢印印尾侧。若形容端正,拟送尚乘者,则不须印。监名至二三岁起,脊量强弱,渐以"飞"字印印右膊。细马、次马,俱以龙形印印项左。送尚乘者,于尾侧依左右闲印以三花。其馀杂马,上乘者以"风"字印印左膊,以"飞"字印印右髀。经印之后,简入别所者,各以新入处监名印印左颊。官马赐人者,以"赐"字印。配诸军及充传送驿者,以"出"字印,并印于右颊。此是官马之印。若民间私牧,其印各有记别。长吉所见之马,适有印"青"字者,遂以入咏未可知。然语义俱稚拙,不应出自才人笔底。董懋策谓此状立马之迹,与杜工部"六印带宫字"不同,盖亦不从吴解。然走马之迹,可以辨其成字与否,马尚立而不动,安能知其迹之如字乎?

〔11〕晚鳞,将暮而浮游之鱼也。鹄即鹤也,古书或有通用者。"暝单峙",天色将暝,鸟渐归飞,惟有瘦鹤独峙立而不动也。○"峙",吴本作"跱",义同。

〔12〕姑,蝼蛄也。穴土而居,下湿粪壤之中尤多,故曰湿姑。天晚则鸣。咽源,泉源流缓,触石惊溅而起,其声细涩,如人声之幽咽者,以状蝼蛄之声似之也。

〔13〕玉真路,元注近武后巡幸路。琦按:文义当是往兰香神女庙中之路,故谓之玉真路。玉真犹云玉女也。若指武后,恐未是。不云"自注",而云"元注",其非长吉自注可知矣。神娥,谓神女也。其祠庙之处必有兰蕙

罗生,故曰"神娥蕙花里"。此是遥指其处。至"高眠"二联,方是实言其处。

〔14〕苔絮,水中绿苔,长弱似絮者。洞砾,洞中小石。山实,山中果实。

〔15〕柏木中有侧柏一种,其叶扁而侧生,团栾成片,微风动摇,俨似扇形。重者,重叠相比也。突,流出意。松树流出之脂皆黄白色,而谓之丹髓者,喻其为道家服食之用,有如丹髓。《龙虎经》云:"丹髓流为汞。"谓丹砂之液也。

〔16〕鸣流,溪声也。董懋策以光稜为稻。按五月细青之稻,安得遽有稜生?盖缘"秋"字之讹,"秋"当作"楸"。楸树与梓相似,惟以木理为别,理白者为梓,理赤者为楸。其树高大,茎干直耸可爱,其上结角状如箸,长尺馀,下垂若线,谓之楸线。诗意谓陇上楸木,其线下拖,光洁若稻之稜也。

〔17〕莺声圆美,以忧闵女子歌声相比,殊不类。钱饮光疑其当作"闽"字者,是也。盖闽人语似鸟音,谓莺之绵蛮巧唱,与闽女之歌甚似;且"闽"字与下句"楚"字正相对也。楚练,楚地所出白缯。"帔"有二音二义,作"辔"音读者,遮肩背之衣也;作"披"音读者,亦披字解也。今谓瀑流悬挂似楚练之帔,当作"披"字解;而上下叶韵,又当作"辔"音读。黄山谷谓晋魏人作诗多借韵,长吉殆亦借韵耶?

〔18〕"笑眼",恐是"笑恨"之讹。笑恨与下句"舒坠"亦相对。风露及物,受其益者则喜,受其损者则恨也。山洞曰岩。骈岩,山洞之相并而列者,或舒张开豁,或倾坠颓败也。姚经三本以"笑眼"作"眼笑",盖亦以"笑眼"难通故耳。

〔19〕《说文》:篆,小竹也。吴正子注:细颈,谓鸟也。毖,泉始出貌。《诗·邶风》:"毖彼泉水。"山岛之中,有泉水流出,鸟群飞往饮,故喧闹其中也。

〔20〕空中昏翳浮气,在日下者,消灭已尽。其新起之云,为日光所映,华采璀错可玩。阆,深也,云气深厚不浅薄也。

〔21〕谧谧,清静貌。夏光,夏日之色,炎热可畏,故厌之。《岁华纪丽》:秋风曰商风。时方夏五,而用秋时风名,殆以西风为商风耳。

〔22〕元注:谷与女山岭阪相承,山即兰香神女上天处也,遗几在焉。

女山即女几山也。《元和郡县志》：女几山在河南府福昌县西南三十四里。高眠，谓静卧斋戒，将以进见于神也。复，白也，白己之心事也。玉容，即指神女而言。陆云诗：仰瞻玉容。张铣注：玉容，谓容如玉也。烧桂，焚香也。天几，谓神女所遗之几，敬而称之，故曰天几。雾衣，神女所服之衣也。神女之灵，或夜中来降，故眠于坛上，真心粹念，思得梦见。四句咏庙中之事，细玩有似今祈梦以卜休吉之象。○"复"，吴本作"服"。

〔23〕元注：福昌宫在谷东。《唐书·地理志》：河南府福昌县有故隋福昌宫，显庆二年复置。《一统志》：福昌宫在河南府宜阳县西坊郭保，隋炀帝建。以下五联皆指福昌宫而言。栖鸾，当是福昌宫中器物，如汉时建章宫之铜凤凰，魏铜雀台上之铜雀类。当时置此，原以待天子巡幸之驾。今巡幸久旷，栖鸾如昔，想其历年故已长矣。《艺文类聚》：《汉官仪》曰，皇后称椒房，以椒涂室，取温暖、除恶气也。铃，谓宫殿檐角上所悬之铃。鸿珑，其声也。羁臣，羁旅之臣。凉思，凄凉之思。

〔24〕键，门关也。王宫之键，故以朱涂之。无人启闭，有藤延其上，若束其键者然。藤生室内，不见天日，故曰阴藤。龙帐，御帐有画龙于上者也。魈，山魈也，生深山中，如人而一足，俗谓之独脚仙，亦魖魖之类。《说文》：魅，老精物也。贾公彦《周礼疏》：魅，人面兽身而四足，好惑人，山林异气所生，为人害。室内久无人迹，乃为异物所占。

〔25〕柽，一名赤杨，一名观音柳，今谓之西河柳。小干弱枝，叶色嫩绿，状如新柏，鲜翠可爱。"碧锦帖花柽"，谓花木无人翦伐，枝干横斜，与窗壁所漫之碧锦相帖。姚仙期解上句以为旛，刘须溪解下句谓异代而人事之，是皆以此数句犹说神女庙中事，而不知其为说福昌宫中事也。疑当时福昌宫中，或有所供昏淫之祀，及贵嫔灵位设于其中，故有"龙帐着魈魅"及"香衾事残贵"之语耳。

〔26〕刘向《别录》：汉兴以来，善雅歌者，鲁人虞公，发声清哀，远动梁尘。李义府诗：镂月成歌扇，裁云作舞衣。诗意谓清歌久歇，故尘满蠹梁之上而不动；艳舞无人，仅存彩服，有似长云而已。

〔27〕珍壤，谓地土珍贵，人竞购买，有如割锦绣段也。风义，淳风高义。

以下四联言昌谷风俗之美。

〔28〕《礼记》：邻有丧，舂不相。郑康成注：相，谓送杵声。《盐铁论》：古者邻有丧，舂不相杵，巷不歌谣。

〔29〕《释名》：九十曰鲐背，背有鲐文也。郭璞《尔雅注》：鲐背，背皮如鲐鱼。邢昺《疏》：舍人曰，老人气衰，皮肤消瘦，背若鲐鱼。《诗·齐风》：总角丱兮。毛苌《传》云：总角，聚两髦也。丱，幼稚也。朱子云：丱，两角貌。《韵会》：丱，束发貌；角，头髻也。琦按：丱角，童子之称。发始长，总而结之以为两角，故曰总角。丱则状其总角之貌，如"丱"字之形。此盖因字形而释其义如此。觍，面惭也。〇"鲐皮"，曾本、二姚本作"鲐文"。

〔30〕见昌谷之民，不好争讼，不少王税。

〔31〕古者以竹为简，用以写书。昌谷之竹多而成薮，可以制之为简，以添修古简之堕败者。〇"钩"，一作"刌"。

〔32〕芭蕉叶大光滑，可以书字。观其欹倾之状，无异蜀纸。

〔33〕山光明晃，与纱縠衣襟相映。孤日之景将落，可以扫除一切繁事，犹"日入群动息"之意。

〔34〕泉樽，即有酒如泉之意。晋陶潜好酒，尝为彭泽令，故曰陶宰酒。梁武帝诗："容色玉耀眉如月。"谓眉之湾环，状如初月也。谢安携妓东山，故诗人有谢妓之目；而称安为谢郎欠妥。

〔35〕矫矫，高举貌。单飞，孤飞之鸟。

〔36〕霞巘，山石赤黑如云霞之色。殷，当作于闲切，与"黯"音同，赤黑色也。嵯峨，高峻貌。危溜，泉之自高而直下，不平流，遇有激石，则声起；石有层次，致水声亦有层次如争鸣也。

〔37〕淡蛾，月也。平碧，夜色清明也。薄，侵也。眇阴，微云也。月至二十七日，夜半后方出于卯地，其状亦如蛾眉，流行于碧天之上，而为微云所侵，见者心意悴然为之不快。

〔38〕廓，开爽之意。

〔39〕霜禽，鸟之白色者，鸥、鹭之属。

〔40〕潭水深处，多有蛟龙居之。蛟龙不可见，有时见涎沫浮出，知其下

有蛟龙潜矣。昌谷中或有龙潭在焉,故云。一卷中之《南园》诗,有"松溪黑水新龙卵"句,可以互证。《韵会》:唅,鱼口动貌。《增韵》:鱼口上见貌,读作"严"声。鱼每日未出及日入后,群于水面出口吸水,久则喷出之,累累如珠。

〔41〕风吹桐木,作声悲凉,如鼓瑶匣中之瑟。萤飞往来,有似天星之流行。锦城使,用使星向益州事。《华阳国志》:李郃为郡候吏,和帝遣使者二人微行至蜀,宿郃候舍,郃为出酒夜饮露坐。郃问曰:"君来时,宁知二使何日发耶?"二人怪问之,郃指星言曰:"有二使星入益部。"锦城即益州也。《成都志》云:以山川明丽,错如锦绣,故曰锦城。

〔42〕缀,连也。柳条下垂,有似青色之长带连缀其上。掉,摇也。竹声与短笛声殊不似,此特言其形质相类耳。作声音解者,大误。

〔43〕丹渍,水之浑浊作红色者。

〔44〕漂,浮也。"旋"当作"漩",回泉也。桧树,松身而柏叶,性耐寒,其材大而多寿。"挐云臂"者,其干亭亭直上,无旁枝相附,茎叶皆丛于顶间,有似臂形,而极言其高为挐云也。

〔45〕薇帐,蔷薇交延,丛遮若帐也。《韵会》:罥,挂也,读作"狷"音。香蔓,蔓生而有刺之花也。

〔46〕芒麦,麦之有芒者。平百井,言其广而盛也。《礼记》:唯社丘乘共粢盛。郑康成注:丘,十六井也,四丘六十四井,曰甸,或谓之乘。乘者,以其车赋出长毂一乘。《正义》曰:丘乘者,都鄙井田也。九夫为井,四井为邑,四邑为丘,四丘为乘。肆,市鬻之舍也;又官府造作之处,亦谓之肆。诗意谓其闲空不耕之地有一乘之广,其中则列为千肆,言其屋室之多也。按:古者地方一里为井,井中之田九百亩,百井则地百里,为田九万亩矣。乘得六十四井之地,约计其田亦五万七千六百亩。昌谷中未必有此,姑侈言之耳。

〔47〕剌促,详见一卷注。成纪人,长吉自谓,李氏系出陇西成纪,故云。"好学鸱夷子",言欲隐居此地,不复出而仕宦也。《史记》:范蠡浮海出齐,变姓名,自谓鸱夷子皮,耕于海畔苦身勠力。○吴正子注:本传言长吉旦出乘马,奚奴背古锦囊自随,遇有所作,投入囊中。其未成者,夜归足成之。

今观此篇可验。盖其触景遇物，随所得句，比次成章，妍蚩杂陈，斓斑满目，所谓天吴紫凤，颠倒在短褐者也。○"成纪人"，曾本、二姚本作"成几人"，不成文句。

【姚注】

此归昌谷山居即事而作也。昌谷与神女山相近。兰香神女上天处，其祠宇在焉。水漾禾青，山秾林绿。淑景和风，中怀容与。翠竿细草，古干落花，柳葛蒲苔，芳菲盈目。马迹印沙，仿佛如字。鳞跃羽翔，鸟鸣泉涌。仙祠香径，花树锦簇，溪声鸟韵。飞瀑悬崖，竹色鹤鸣。山幽景静，不复知有炎威矣！高眠，指祠中道士也。静息清修，闲卧怡颜。烧桂焚香，以事神女也。雾衣，言夜披道帔，而诚可致神女降也。往驾，言道士时时视听，如冉冉之来临也。宫已久建而粉将堕，朝铃声响，触我放弃之悲。"阴藤"四句，状祠之幽寂阴翳。香衾久设，虽就残败，犹以为神物而贵之。歌尘舞彩，多颓废也。土膏俗厚，家给人足。深林可以读书，石矶可以垂钓。溪回如衣带之围环，蕉多可当蜀纸，以供挥洒。而钓与读，自无不宜。山明人静，当扫除胸中一切，于以徜徉其际。且宜饮酒携杖，听远梵之声，观飞鸟之度，面山临流，坐俟月上，消受此山中之幽致也。薄暮新凉，童子夜渔。鸟归鱼戏，风动萤飞。柳带篁吹，苔生芦落。晚波如拭，水镜炤天。古树参空，清光掩映。麦获井平，乘闲肆静。夜来寂然，无喧扰矣。即此景物，差堪自适。何必逐逐，徒自劳苦无益？鸥夷荒遁，不更可则耶？[8]

【姚本眉批】

[1] 以上言昌谷景物可供游玩也。

[2] 钱云："闵"疑作"闽"。

[3] 以上言昌谷神祠殿宇焚修之盛也。

[4] 以上言昌谷风俗淳厚也。以下言昌谷中最宜读书、垂钓、饮酒、携妓为乐也。

[5] 钱云："锦城使"，用使星入益州事。

〔6〕此言昌谷又可居也。

〔7〕末言昌谷虽美,终不如五湖之乐更□也。

〔8〕陈云:竟是一篇乐志论,而浓至过之。

铜驼悲[1]

落魄三月罢,寻花去东家。[2]
谁作送春曲?洛岸悲铜驼。
桥南多马客,[1]北山饶古人。[3]
客饮杯中酒,驼悲千万春。
生世莫徒劳,风吹盘上烛。[4]
厌见桃株笑,铜驼夜来哭。[5]

【汇解】

〔1〕陆机《洛阳记》:铜驼街有汉铸铜驼二枚,在宫之南四会道。头高九尺,头似羊,颈似马,有肉鞍,夹路相对。俗语云:"金马门外聚群贤,铜驼陌上集少年。"言人物之盛也。

〔2〕《汉书》:郦食其家贫,落魄无衣食业。郑氏曰:魄,音"薄"。应劭曰:落魄,志行衰恶貌。颜师古曰:落魄,失业无次也。

〔3〕桥南,行乐之地。马客,骑马寻春之客也。北山,殡葬之处。古人,已死人也。

〔4〕古《怨诗行》:百年未几时,奄若风吹烛。

〔5〕《史通》:今俗文士谓鸟鸣为啼,花发为笑。

【姚注】

落魄寻花,无聊情绪,作曲送春。时去不复,致来《铜驼》之悲也。桥南紫陌,正骅骝骄骋之地;及夫举首北邙,悉皆前贤陵墓。乃贵客行乐,饮酒高会,而铜驼阅历已多,不胜变迁之感。日月几何,当风炬焰,夭桃虽艳,行将委质泥涂。驼见之数,故厌其笑,而夜来反为之哭也。[2] ○桥,天津桥。北山,北邙。

【姚本眉批】

　　[1] 钱云:乐府有《贵客吟》,即贵客也。

　　[2] 周云:桃株笑春,铜驼哭夜,总是悲凉,不必牵合。厌见,犹言常见也。

自昌谷到洛后门

　　九月大野白,苍岑竦秋门。[1]
　　寒凉十月末,雪霰蒙晓昏。[2]
　　淡色结昼天,心事填空云。[3]
　　道上千里风,野竹蛇涎痕。[4]
　　石涧冻波声,鸡叫清寒晨。
　　强行到东舍,解马投旧邻。[5]
　　东家名廖者,乡曲传姓辛。
　　杖头非饮酒,吾请造其人。[6]
　　始欲南去楚,又将西适秦。
　　襄王与武帝,各自留青春。[7]
　　闻道兰台上,宋玉无归魂。
　　缃缥两行字,蚀虫蠹秋芸。
　　为探秦台意,岂命余负薪?[8][1]

【汇解】

　　[1] 大野,旷野也。白者,草木零落,遥望地上,均作白色也。张协《七

命》:"据苍岑而孤生。"苍岑,山之苍然多树木者。竦峙两旁,有似门阙。因在秋时,故曰秋门。旧注以洛阳之宜秋、延秋二门为释,盖以为即洛后门耳,不知首五联皆言未到洛时事也。

〔2〕一本"十"字作"交"字,盖以昌谷至洛,程路只一百五十里,安有九月起行,至十月末方到之理? 不知此联是言在昌谷时事。九月中,在家无事,秋高气爽如此。十月末,有事往洛,乃雪霰杂下,昏晓蒙昧,如此岂非闷事。《韵会》:霰,《说文》:稷雪也。徐按《诗》"如彼雨雪,先集维霰",郭璞谓雨雪杂下也。雪初作未成花,圆如稷米,直撒而下。陆佃云:闽俗谓之米雪,今名涩雪,亦曰湿雪,又曰粒雪。

〔3〕惨淡之色,结而不解,虽昼亦然,则不但晓昏时矣。而我之心事,亦如空中阴云,填塞而不能解。

〔4〕千里风,大风也。野竹沾雨而冻,其痕有似蛇涎。

〔5〕道路之中,雪霰风冷若此,然不得不勉强而行。东舍是长吉在洛之旧居。

〔6〕《左传》:毕万筮仕于晋,遇《屯》之《比》,辛廖占之,曰:吉。杜预注:辛廖,晋大夫。《世说》:阮宣子常步行,以百钱挂杖头,至酒店,便独酌酣畅。此借用其事,而谓杖头之钱非以饮酒,用以酬卜筮者耳。

〔7〕楚地有襄王,秦地有汉武帝,皆古来好文之主。留青春,犹云其名今日尚存,其人至今如在也。襄王喻当时藩镇,武帝喻时君,意中不决,故造筮者卜之。

〔8〕上四句言去楚之意,下二句言适秦之意。《风赋》:楚襄王游于兰台之宫,宋玉、景差侍。《文选序》:"词人才子,则名溢于缥囊;飞文染翰,则卷盈于缃帙。"缥囊,谓以青白色之帛为书囊;缃帙,谓以浅黄色之帛为书衣。仅举上二字以为囊帙之称,诗人往往有此。《尔雅翼》:仲冬之月芸始生。芸,香草也,谓之芸蒿,似邪蒿而香美可食,其茎干婀娜可爱,世人种之中庭。故成公绥赋云"茎类秋竹,叶象春桢"是也。沈括曰:芸类豌豆,作小丛生,其叶极芳香。秋后,叶间微白如粉污,南人采置席下,能去蚤虱,今谓之七里香。古者,秘阁藏书置芸以辟蠹,故号为芸阁。《韵会》:芸,《说文》,

草也,似苜蓿。《淮南》说:芸草可以死复生。徐案:芸草著于衣书辟蠹,汉种之于兰台石室藏书之府。蠹虫,谓藏匿书卷中之虫。芸本辟蠹,今秋芸亦为所蠹蚀,则书卷之不堪可知矣。诗意谓兰台之上,已无宋玉之流,所存书册,大抵半坏蠹鱼,其地并无好文之显者。楚地之行,可以绝想。今将西适秦地,必将有所遇合,岂令余穷困无聊,而至于负薪自给乎!

【姚注】

此贺深秋赴秦作也。贺时入洛,故云"投旧邻"。辛廖当善卜筮,非为饮酒而解杖头以造之,是以西、南之游,劳占决也。楚襄之于宋玉,兰台竟无归魂;汉武之于相如,《封禅》仅留遗简。才人不偶,古今同叹。今将入秦,诚恐命同叔敖之负薪,以故解杖头买卜,求示其荣枯为行止也。《史记》:孙叔敖子穷困负薪。

【姚本眉批】

[1]陈云:秦下接是武帝,云汉本都长安也。"兰台"四句,顶楚来。末一句顶秦来。章法正以参差入妙。

七月一日晓入太行山[1]

一夕绕山秋,香露溘蒙茸。[2]
新桥倚云阪,候虫嘶露朴。[3]
洛南今已远,越衾谁为熟?[4][1]
石气何凄凄,老莎如短镞。[5]

【汇解】

〔1〕《元和郡县志》:太行山在怀州河内县北二十五里。《图书编》:太行山在怀庆府城北。其山西自济源,东北接河内、修武、辉县、林县,至磁州

界,绵亘数十里。峰谷岩洞,景物万状。虽各因地立名,然实皆太行,为中州巨镇。《山西志》:太行山跨山西、河南、直隶三省,形大而原远,延袤千馀里不绝。地界中外,省画东西,耸为恒岳,融为霍镇,秀如中条,奇如五台,险如三关。灵境名迹,随地异称,皆其支脉云。

〔2〕六月为夏,七月为秋,晦朔之间,仅隔一夕,而绕山已作秋色,谓时景之不同也。露本无香,草木得其润泽而香气发越,故曰香露。溢,依也。蒙,兔丝也。菉,王刍也。见《尔雅·释草篇》。

〔3〕《说文》:坡者曰陂,一曰泽障,一曰山胁也。云阪,山深有云气生处之阪。候虫,候时而鸣之虫。鲍照诗:寒光萧条候虫急。朴,木之丛生者。阪际生云,朴间凝露,皆是晓景。○"嘶"字,曾本、二姚本俱作"新"。上句甫下一"新"字,对句复用之,恐误。

〔4〕洛南即昌谷山居。越衾,越布之衾。谁为熟,志在早起而行,不能熟寐也。○"洛南",姚仙期本作"洛阳"。"越衾",姚经三本作"越禽",谓越地来禽果,非是。

〔5〕《尔雅翼》:莎,茎叶都似三棱,根若附子,周匝多毛,大者如枣,近道者如杏人许,谓之香附子,一名雀头香,合和香用之。

【姚注】

七月一日为孟秋之朔,昨犹夏景,仅隔一夕,而绕山觉有秋色。是月也,白露降,而草虫皆濡新露。越禽即来禽,果也。诸本即作"布衾"解亦宜。第梅圣俞有诗云:"右军好佳果,墨客求来禽。"以右军为会稽,故名越禽。当是南国有此,而身方在客,不知为谁熟也。石冷莎残,俨然秋意之渐至矣。

【姚本眉批】

〔1〕"禽",一作"衾"。○陈云:断宜作"来禽"解,不然,"熟"字何用接?注妙。

秋凉诗寄正字十二兄

闭门感秋风,幽姿任契阔。[1]

大野生素空,天地旷肃杀。[2]

露光泣残蕙,虫响连夜发。[3][1]

房寒寸辉薄,迎风绛纱折。[4]

披书古芸馥,恨唱华容歇。

百日不相知,花光变凉节。[5]

弟兄谁念虑,笺翰既通达。[6]

青袍度白马,草简奏东阙。[7]

梦中相聚笑,觉见半床月。

长思剧循环,乱忧抵《覃葛》。[8]

【汇解】

〔1〕幽姿,幽雅之姿,谓十二兄也。俗以久不相见为契阔,与毛苌《诗传》勤苦之训不同。

〔2〕素空,秋气清明貌。

〔3〕露沾蕙上,有如人泪。虫声夜以继日,达旦不止。○"露光",曾本、二姚本俱作"光露"。

〔4〕寸辉,灯也。薄者,不明貌。绛纱,谓帐帷类。《后汉书》:马融常坐高堂,施绛纱帐,前授生徒,后列女乐。折者,因风而转折也。

〔5〕花光,指春景。凉节,指秋时。

〔6〕笺翰,书信也。

〔7〕见十二兄为正字之荣。正字官从九品,其服青色。度作骑乘解。草,谓造为草稿也。简,手版也。古者以竹为牒,谓之简。后世易之以纸,不可名以简矣。而手板之类犹谓之简,御史弹章谓之白简,盖沿古为名耳。

《史记》：萧丞相营作未央宫，立东阙、北阙。〇"白马"，一作"瘦马"。

〔8〕傅玄《怨歌行》：情思如循环，忧来不能遏。鲍照诗：忧来无行伍，历乱如《覃葛》。《诗·周南》：葛之覃兮，施于中谷。《毛传》云：覃，延也，谓葛之蔓延也。

【姚注】

此贺家居寄兄正字之诗也。时序倏迁，百日暌违，冷落何似？犹幸兄弟书邮，互相问存。至于己遭沦落，绝迹京华。白马青袍，草简东阙，仅能见之于梦。虽梦中暂得欢集，而觉来则徒有寒光之逼人矣。心焉愁如，正回转延蔓，惟环与葛之相类耳。[2]

【姚本眉批】

[1] 钱云："连夜发"三字，极写虫响之急。

[2] 陈云：神解。

李长吉歌诗卷四

艾如张[1]

锦襜褕,绣裆襦。[2]
强饮啄,哺尔雏。[3]
陇东卧秫满风雨,莫信笼媒陇西去。[4]
齐人织网如素空,张在野田平碧中。[5]
网丝漠漠无形影,误尔触之伤首红。
艾叶绿花谁剪刻? 中藏祸机不可测。[6][1]

【汇解】

〔1〕按《宋书》:汉《鼓吹铙歌》十八曲中有《艾如张曲》,其词曰"艾而张罗,夷于吾行,成之四时和。山出黄雀亦有罗,雀以高飞奈雀何?"云云。《野客丛书》:《艾如张》,"艾"与"刈"同如训。而古词之意,谓芟除草木而张罗也。至温子升所作则曰:"谁在闲门侧? 罗家诸少年。张机蓬艾侧,结网槿篱边。若能飞自勉,岂为缯所缠? 黄雀尚为戒,朱丝犹可延。"是以艾为蓬艾也。长吉"艾叶绿花"之句,亦沿其说,非古题本意。

〔2〕襜褕,蔽膝也。裆,袴也。襦,短衣也。皆人身所服。借喻鸟之羽毛。锦绣,喻羽毛之有彩色。○"襜"音近"詹"。"襦"音"如"。

〔3〕《唐文粹》作"强强啄食哺尔雏",《乐府诗集》作"强强饮啄哺尔雏"。

〔4〕陇与"垄"同,田埒之高者。卧秫,五谷之秫,经风雨而偃仆者,以见尽有啄食之处。笼媒,取雏鸟畜之,长乃驯狎笼而置之圹野,得其鸣声,以

招集同类而掩取之。《西京杂记》：茂陵文固阳善驯野雉为媒，用以射雉，是其事也。○"笼媒"，曾本、姚经三本作"良媒"，一作"龙媒"，非。

〔5〕"野田"，一作"野春"。

〔6〕以艾叶绿花剪刻之，而置于网之上下四旁。鸟以为丛，薄而就之，则入死地。故曰"中藏祸机不可测"。徐文长曰："绿花"当作"缘花"。盖以"艾"字与古题异解，若以"绿"字作"缘"字，则"艾"字仍当同"刈"。刈去草叶以置网，而以花缘饰网上以给鸟，另作一解。

【姚注】

元和朝，李吉甫、于顿皆劝上竣刑。后李逢吉拜平章，性本猜刻，势倾朝野。贺谓羽仪文采，宜自韬晦。勉安粗粝，以给幼稚。若所处稍堪自赡，勿轻为膻地所饵。宵小罗织，杳无形影，偶中其机，必罹大害。深文峻法，崄巇难窥，良可惧欤！逢吉，陇西人也。[2]

【姚本眉批】

〔1〕蒋云：此伤人世祸机不可测也。

〔2〕钱云：如此看出，诗中一字不落空。

上云乐[1]

飞香走红满天春，花龙盘盘上紫云。[2][1]
三千宫女列金屋，五十弦瑟海上闻。[3]
天江碎碎银沙路，[2]嬴女机中断烟素。
缝舞衣，八月一日君前舞。[4]

【汇解】

〔1〕《古今乐录》：《上云乐》七曲，梁武帝制：一曰《凤台曲》，二曰《桐柏

曲》,三曰《方丈曲》,四曰《方诸曲》,五曰《玉龟曲》,六曰《金丹曲》,七曰《金陵曲》。其词皆言神仙之事。

〔2〕言宫禁之中香烟瑞彩,溢洋散布,有若五色斑龙盘旋而上,接于紫云之中。二句一直联下,不可作两意说。春者,如春气之融和,无不周遍。下文有八月一日之词,不可实作"春"字解。

〔3〕《汉武故事》:武帝数岁,长公主抱置膝上,问曰:"儿欲得妇否?"指左右长御百馀人,皆曰:"不用。"指其女:"阿娇好否?"笑对曰:"若得阿娇,当作金屋贮之。"《汉书》:泰帝使素女鼓五十弦瑟,悲,帝禁不止。"海上闻",谓远至海上,犹得闻之,则近地无不闻也。○"宫女",一作"彩女"。

〔4〕曾谦甫注:天江,天河也。吴正子注:"天江",一作"天河"。嬴女,谓织妇。借天河织女以比之。然谓之嬴女,殊不可晓。"八月一日",吴正子引韦应物诗"世间彩翠亦作囊,八月一日仙人方"为注。徐文长引金镜节为注,皆似不的。当是八月一日,宫庭将有庆会歌舞之事,宫人预为习乐,其声飘扬,远闻于外。又见断素裁缝,以制舞人之服而备用。长吉职隶太常,故得与闻其事而赋之如此。苟欲援古事以证,其失之也远矣。○"嬴女机中断烟素,缝舞衣",曾本、二姚本皆同吴本,作"嬴女机中烟素素,断烟素,缝衣缕",似非。

【姚注】

舞女杂沓,春色盈空。花龙,钗也。大历中,日林国献龙角钗,上以赐独孤后。后泛舟,有紫云自钗上生,遂化为二龙,腾空而去。又玄宗梦月中仙媛授《紫云曲》。此言舞时纤转婉丽,疑龙盘紫云欲上也。宪宗好神仙,求长生,又耽声色。美嫔充斥,弦索喧阗,声彻海上。君王欲得上升,而宫娃辈仰视银河亦思良会。嬴女,比织女也。机中织素,用裁舞衣。八月一日乃君王合仙方之日也。此时当献舞称寿,冀得一邀恩光矣。○韦应物歌云:世间彩翠亦作囊,八月一日仙人方。[3]

【姚本眉批】

［1］周云：笔飞墨舞，心花怒开。

［2］钱云：天江即天河。

［3］钱云：恰好有韦诗作证。

摩多楼子^{〔1〕}

玉塞去金人，二万四千里。^{〔2〕}
风吹沙作云，一时渡辽水。^{〔3〕〔1〕}
天白水如练，甲丝双串断。^{〔4〕}
行行莫苦辛，城月犹残半。
晓气朔烟上，趀趍胡马蹄。^{〔5〕}
行人临水别，陇水长东西。^{〔6〕}

【汇解】

〔1〕《摩多楼子》，乐府曲名，莫详所自。大抵言从军征戍之事。《乐府》收入《杂曲歌辞》中。吴正子曰：今诸本皆误作"栖子"。

〔2〕谢庄《舞马赋》："乘玉塞而归宝。"玉塞，玉门关也。《太平寰宇记》：玉门关在沙州寿昌县西南一百十八里。霍去病开玉门关，通西道七十馀国。《汉书·地理志》云：龙勒县有玉门关，都尉治。《西域传》云：东则接汉，扼以玉门、阳关。《汉书》：汉使骠骑将军去病将万骑出陇西，过焉耆山千馀里，得休屠王祭天金人。按：金人，当作休屠右地解，然"人"字终恐是书写之讹。

〔3〕塞外多沙，风吹之成陈而起，远望蒙昧若云气。《汉书·地理志》：大辽水出辽东塞外，南至安市入海，行千二百五十里。高诱《淮南子注》：辽水出碣石山，自塞北东流，直辽东之西南入海。○"风吹"，姚经三本作"风卷"。

〔4〕纫甲用双线贯之,今又断矣,见行役劳苦之久。

〔5〕曾益注:天将曙,故朔烟随晓气而上。吴正子注:趦趄音"鹿镞"。《东京赋》:狭三王之趦趄。薛综注:趦趄,局小貌。

〔6〕行人临水而别,而水亦东西分流,不能同归一处,以见触景伤心之意。凡山脊之上有泉流出,东出者则归于东,西出者则归于西,势必然也,不仅陇山之分水岭为然。且陇山地在中土,不在边塞,此诗所谓陇水者,指所见冈陇之水而言,不谓陇头之水也。又玉门关与休屠右地,相去未必有二万四千里。而辽水远在东北,与西域了不相干,乃长吉连类举之若在一方者,盖兴会所至,初不计其道路之远近而后修词,学者玩其大意可也。〇"陇水",吴本作"隔陇"。

【姚注】

德宗贞元九年,吐蕃既陷盐州,又阻绝灵武,侵扰鄜坊。诏发兵城盐州,使泾原、山南、剑南各发兵深入吐蕃,以分其势。贺谓军士调发勿以远涉为苦。若燉煌以至休屠,有二万四千里之遥,古人且深入焉。今吐蕃虽远,而众军齐征,一时可以渡辽水也。鸭绿天险,波涛弥漫,朔风直贯甲丝。而兼程以进,带月犹行,及曙而敌骑时在望矣。征人临水以别,而远驰塞上,陇水虽隔,东西永分。自是灵武、银夏、河西赖以安矣。〇乐府《摩多楼子》,即《塞下曲》。金人,休屠祭天者。

【姚本眉批】

[1]钱云:玉塞去辽水,东西不相及。此言风沙渡辽水,见塞外风之狂耶。

猛虎行[1]

长戈莫舂,强弩莫抨。[1]

乳孙哺子，教得生狞。〔2〕

举头为城，掉尾为旌。〔3〕

东海黄公，愁见夜行。〔4〕

道逢驺虞，牛哀不平。〔5〕

何用尺刀？壁上雷鸣。〔6〕

泰山之下，妇人哭声。〔7〕

官家有程，吏不敢听。〔8〕

【汇解】

〔1〕《史记》：鲁败翟于咸，获长狄侨如，富父终甥舂其喉，以戈杀之。服虔曰：舂，犹冲也。抨音"繃"。《广韵》：抨，弹也。陈素子曰：莫者，乃莫能之词。虽有长戈强弩，而莫能舂抨，其恶甚矣。〇"强弩"，吴本作"长弩"。"抨"，一作"烹"，非。

〔2〕狞，恶也。

〔3〕《论衡》："鲧为诸侯，欲得三公，而尧不听。怒甚，猛兽欲以为乱。比兽之角可以为城，举尾以为旌。"长吉此等句法，世所诧为"牛鬼蛇神、鲸咶鳌掷"者也，而不知其盖有所本，非出于杜撰。

〔4〕《西京杂记》：东海人黄公，少时为术，能制蛇御虎。佩赤金刀，以绛缯束发，立兴云雾，坐成山河。及衰老，气力羸惫，饮酒过度，不能复行其术。秦末有白虎见于东海，黄公以赤刀往厌之，术既不行，遂为虎所杀。

〔5〕毛苌《诗传》：驺虞，义兽也。白虎黑文，不食生物，有至性之德则应之。《淮南子》："昔公牛哀转病也，七日化为虎。其兄掩户而入，觇之，则虎搏而杀之。"言驺虞仁兽，不食生物，牛哀见之而心为之不平，以其具虎之形，冒虎之名，而无虎食人之暴也。甚言其虎之残虐，非仁德所能感化。

〔6〕刀之灵异者，风雨之夕往往能作啸声，所谓雷鸣亦其类也。人方畏虎，无能与角，虽有尺刀，但悬之壁间而无所用。刀作雷鸣，似愤人不能见用之意。然人终不肯用也，虽雷鸣又何用乎？〇"尺刀"，曾本、二姚本作

"刀尺"。

〔7〕《檀弓》：孔子过泰山侧，有妇人哭于墓者而哀。夫子式而听之，使子路问之曰："子之哭也，一似重有忧者。"而曰："然。昔者吾舅死于虎，吾夫又死焉，今吾子又死焉。"夫子曰："何为不去也?"曰："无苛政。"夫子曰："小子识之，苛政猛于虎也。"长吉用此，不过言虎之伤人累累，与苛政绝不相干。而旧注多云为讥猛政而作者，非是。

〔8〕刘须溪注云：吏畏严刑，犯险穿虎而行，是谓不敢听妇人之哭声也。邱季贞注云：官家虽有程命捕虎，而吏不敢听者，惧又伤于虎，是谓不敢听官司之期限也。二说皆可，而邱注似优。

【姚注】

于頔、李吉甫劝上峻刑。后頔留长安，不得志，使子敏赂梁正言，求出镇，不遂。敏诱其奴支解之。时又中使暴横，皆以锻炼为雄。此权德舆所以引秦政之惨刻为谏也。贺睹时事，故拟此为讽耳。○晋叔孙得臣败狄，得长狄侨如。富父终甥搘其喉，以戈杀之。《国策》：强弩在后。《西京杂记》：黄公能制虎，后为虎所杀。《淮南子》：牛哀，鲁人。疾七日化为虎。孔子过太山，闻妇人哭，问之，妇曰："吾舅死于虎，夫与子又死焉。"

【姚本眉批】

[1] 蒋云：讥苛政也。○钱云：虎生二日，母即教以搏噬之法。○陈云：通首皆是纵虎杀人，莫敢谁何之意。

日出行

白日下昆仑，发光如舒丝。[1]
徒照葵藿心，不照游子悲。[2]
折折黄河曲，日从中央转。[1]

旸谷耳曾闻,若木眼不见。[3]

奈尔铄石,胡为销人?[4]

羿弯弓属矢,那不中足?

令久不得奔,讵教晨光夕昏![5]

【汇解】

〔1〕《史记》:昆仑,其高二千五百馀里,日月所相隐蔽为光明也。

〔2〕曹植《求通亲亲表》:若葵藿之倾叶,太阳虽不为之回光,终向之者,诚也。

〔3〕《河图》:河出昆仑,千里一曲,九曲入海。《尔雅》:河出昆仑墟,色白,所渠并千七百。一川色黄,百里一小曲,千里一曲一直。钱饮光曰:河流最急,犹九曲以逝。岂如日从中央取道甚直,更急于河,言去之速也。《淮南子》:旸谷榑桑在东方。高诱注:旸谷,日之所出也。《楚辞》:折若木以拂日。王逸注:若木在昆仑西极,其华照下地。

〔4〕《楚辞·招魂》:十日代出,流金铄石。王逸注:铄,销也。言东方有扶桑之木,十日并在其上,以次更行,其势酷烈,金石坚刚皆为销释也。○"奈尔",二姚本作"奈何"。

〔5〕《楚辞章句》:《淮南》言,尧时十日并出,草木焦枯。尧令羿仰射十日,中其九日,日中九乌皆死,堕其羽翼。诗意谓羿已射中九日,此一日何不射中其足,令不得奔驰,可以长在天上。即古人长绳系白日之意,与前《苦昼短》一篇意旨相类。○《文苑英华》作"羿能弯弓属矢,那不中足? 令乌不得翔,火不得奔,讵教晨光夕昏"。

【姚注】

旭日初升,无微不照,当能鉴我之忠,独不鉴我之摇落耶? 黄河九曲,日转于中;游人悲肠,正复相类。旸谷若木,为闻见之不及,而铄石销人,亦无如此日何也! 昔十日并出,羿射死九乌,何不将此乌亦射其足,使之不得疾驰而多变易矣？

【姚本眉批】

[1] 钱云：河流最急，犹九曲以逝。岂如日从中央，取道甚直，更急于河。言去之速也。

苦篁调啸引[1]

请说轩辕在时事，伶伦采竹二十四。
伶伦采之自昆邱，轩辕诏遣中分作十二。
伶伦以之正音律，轩辕以之调元气。
当时黄帝上天时，二十三管咸相随。
唯留一管人间吹，无德不能得此管，
此管沉埋虞舜祠。[2]

【汇解】

〔1〕吴正子注：乐府有《调笑引》。"笑"一作"啸"。

〔2〕《风俗通》：黄帝使伶伦自大夏之西、昆仑之阴，取竹于嶰谷，生其窍厚均者，断两节而吹之，以为黄钟之管，制十二筒以听凤之鸣。其雄鸣为六，雌鸣亦为六。天地之风正，而十二律之，五声于是乎生，八音于是乎出。《史记·五帝本纪》：黄帝者，少典之子，姓公孙，名曰轩辕。《封禅书》：上曰："吾闻黄帝不死，今有冢何也？"或对曰："黄帝已仙上天，群臣葬其衣冠。"《风俗通》：昔章帝时，零陵文学奚景，于冷道舜祠下得笙，白玉管。知古以玉为管，后乃易之以竹耳。○此章以见于史传实有之事，而杂以虚无荒诞之词，似近乎戏，而实有至理在焉。唯留一管者，谓黄钟一管，为万事之根本，其制可考而知也。无德不能得此管，谓非有圣贤之德，不能得此管之制度音律。其实此管尚在人间，人自不能知之耳，非竟无可考也。想当

时新声竞作,上下之人,皆习闻之而溺好焉,任古律之日沦于亡,而不能正。长吉身为协律郎,有掌和律吕之职,目击其弊,思欲正之而作此诗欤?元遗山曰:七言长诗,于中独一句九言,韦郎有此例,长吉亦有此例。盖谓"轩辕诏遣中分作十二"之句是也。○"昆邱",曾本、二姚本作"昆仑"。

【姚注】

德宗朝,昭义节度使王虔休,以帝诞辰未有大乐,乃作《继天诞圣乐》,以宫为调。于頔又献《顺圣乐》。贺作此讥之,云无德不可作乐。自轩辕以及虞舜三代,圣王且难为继。乃今擅作,则乐亦不足称矣。

拂舞歌辞[1]

吴娥声绝天,空云闲徘徊。
门外满车马,亦须生绿苔。[2]
樽有乌程酒,劝君千万寿。
全胜汉武锦楼上,晓望晴寒饮花露。[3]
东方日不破,天光无老时。[4]
丹成作蛇乘白雾,千年重化玉井土。
从蛇作土二千载,吴堤绿草年年在。
背有八卦称神仙,邪鳞顽甲滑腥涎。[5]

【汇解】

〔1〕《晋书》:《拂舞》出自江左,旧云吴舞。检其歌,非吴辞也。琦按:《拂舞》者,持拂而舞,兼歌其辞也。古辞五篇:一曰《白鸠篇》,二曰《济济篇》,三曰《独禄篇》,四曰《碣石篇》,五曰《淮南王篇》。长吉不言篇名,而但曰《拂舞歌辞》,郑诗言谓撮其大意而为之是也。

〔2〕《淮南王》古辞:"少年窈窕何能贤?扬声悲歌音绝天。"绝天,言声

之高亮上及于天也。《史记·天官书》："绝汉抵营室。"《索隐》曰："绝，过也。"此"绝"字亦当作此解。空云徘徊，用秦青抚节安歌，响遏行云事。"门外"句，见宾客来往之盛。"亦须"句，就车马喧阗之时，逆叹此地不久即生绿苔，所谓胜地不常，倏忽之间已成陈迹矣。

〔3〕李善《文选注》：盛弘之《荆州记》曰：渌水出豫章康乐县，其间有乌程乡，有酒，官取水为酒，酒极甘美。《吴地理志》曰：吴兴乌程县若下酒有名。《太平寰宇记》：湖州乌程县，按《郡国志》云，古有乌氏、程氏居此，能酝酒，故以名县。《方舆胜览》：乌程美酒，吴兴新绿。秦时程林、乌巾二家，以酿美酒因得其名。《三辅黄图》：武帝承云表之露，和玉屑服之以求仙道。曾益注：全胜，言饮酒胜饮露也。○《文苑英华》"汉武"作"汉舞"，"晴寒"作"晴空"。

〔4〕日出东方，使常在其所而不西堕，则天光无昼无夜，常得如此，安得有老时耶？然此乃必无之理，日不能常在天而不落，人又安能长在世间而不死耶？破者，谓日将堕时，先没其下体，渐渐亏蔽，犹物之圆者忽破也。老时，谓日暮时。

〔5〕《碣石篇》古辞曰："神龟虽寿，犹有竟时。腾蛇乘雾，终为土灰。"此诗后六句全用其语。背有八卦，邪鳞顽甲，指龟而言也，而上下不露一"龟"字，何乃晦涩至此？其间似有讹缺。郭茂倩《乐府诗集》本作"千年重化玉井龟，从蛇作龟二千载"，一本作"千年重化玉井龟。玉井龟，二千载"云云。按：上文"时"字只一韵，今以"龟"字联上作二韵，似属可从。○此诗首言声色之娱，转眼成空，幸有酒在尊，正可乐饮。想汉武帝有志神仙，饮云表之露以求长生，终竟不得。我今日饮酒自乐，岂不远胜之乎？观之于天，不能常昼而不夜，而人可知矣。即物中之多寿者，皆称龟蛇，浸假而化为蛇，能乘云雾而游，殆至千岁之后，终亦必死而化为土灰；又浸假而化为神龟，虽能行气道引，历久不死，见称于神仙之流，然而鳞则邪鳞，甲则顽甲，腥涎滑浊，终是异类，亦焉足贵耶！大旨总言长生不可求，即求得长生，亦无可羡可贵之处，不如及时行乐为是之意。○"二千载"，一作"一千载"，《文苑》作"三千载"。"绿草"，《文苑》作"春绿"，姚仙期本作"陆草"。"背有"，《文苑》作"背文"。

【姚注】

　　宪宗求长生,贺作此诮之。《拂舞歌辞》,本吴《白鸠献寿曲》也,故云吴声。辐辏之地,有时苔生,可知消长亦有定数。劝君饮樽中荆南之酒,犹愈汉武饮铜盘仙掌之露以求长生。日行循环,十二时中岂能长旦?若采药以俟丹成,则为蛇、为土、为龟,千年屡变,亦止属荒诞不经之物矣。○《晋志·碣石篇》云:神龟虽寿,犹有竟时;腾蛇乘雾,化为土灰。贺即本此意也。车频《秦书》云:符坚时,高陆人穿井得龟,大二尺六寸,背负八卦。

夜坐吟[1]

踏踏马蹄谁见过?眼看北斗直天河。[2]
西风罗幕生翠波,铅华笑妾鬈青娥。[3]
为君起唱《长相思》,帘外严霜皆倒飞。[4]
明星烂烂东方陲,红霞稍出东南涯,[5]
陆郎去矣乘斑骓。[6][1]

【汇解】

　　〔1〕乐府有《夜坐吟》,始于鲍照。

　　〔2〕夜深之候。

　　〔3〕陆机诗:兰室接罗幕。张铣注:罗幕,罗帐也。风吹罗帐,闪闪而动,有若水波之状,见室中寂静之意。铅华,粉也,妇人傅粉靓妆,本为悦己者容;今所欢不来,深夜鬈青蛾而坐,无人见怜,铅华亦应见笑矣。○“青娥”,姚经三本作“青蛾”。

　　〔4〕《长相思》,乐府曲名。严霜倒飞,见歌声之妙。○“起唱”,曾本、二姚本俱作“起舞”。

　　〔5〕明星烂烂,将晓之候;红霞稍出,则天大明矣。《诗·郑风》:“子兴视夜,明星有烂。”古《鸡鸣歌》:东方欲明星烂烂。

〔6〕此句是回念前此去时之况，因其不来而追思之，遂有无限深情。夜坐者，夜坐而俟其来也。为君起唱《长相思》，君者，即指其人。通篇总是思而不见之意。徐文长以来迟去早为解，反觉末句无甚隽永。乐府《明下童曲》："陈、孔骄白赭，陆郎乘斑骓"，陈、孔，谓陈宣、孔范，陆谓陆瑜，皆陈后主狎客。《说文》：骓，马苍黑杂毛也。

【姚注】

知己俱遭放斥，同心寂寥，故无见访之人，遂托思妇以怀彼美也。天河明历，风激空帏，粉黛慵施，谁知侬怨？起舞霜飞，终宵待旦，犹忆陆郎初去，所乘乃斑骓。及今踏踏马蹄，孰如陆郎之我顾也？

【姚本眉批】

〔1〕钱云：初犹耐寒久坐，以庶几其来。至东南霞起，郎真去不来矣。

箜篌引[1]

公乎公乎，提壶将焉如？
屈平沉湘不足慕，徐衍入海诚为愚。[2]
公乎公乎，床有菅席盘有鱼。
北里有贤兄，东邻有小姑。
陇亩油油黍与葫，瓦瓶浊醪蚁浮浮。
黍可食，醪可饮，公乎公乎其奈居！[3]
被发奔流竟何如？贤兄小姑哭呜呜！

【汇解】

〔1〕《古今注》：《箜篌引》，朝鲜津卒霍里子高妻丽玉所作也。子高晨起刺船而濯，有一白首狂夫披发提壶，乱流而渡，其妻随呼止之，不及，遂堕

河水死。于是援箜篌而鼓之,作《公无渡河》之歌,声甚凄怆,曲终亦投河而死。霍里子高还,以其声语妻丽玉,丽玉伤之,乃引箜篌而写其声,闻者莫不堕泪饮泣。丽玉以其声传邻女丽容,名曰《箜篌引》焉。古辞曰:公无渡河,公终渡河。公堕河死,当奈公何!

〔2〕如,往也。《新序》:屈原者名平,疾暗王乱俗,汶汶嘿嘿,以是为非,以清为浊,不忍见于世,遂自投湘水汨罗之中而死。王褒《九怀》:屈子兮沉湘。《汉书》:徐衍负石入海。服虔曰:周之末世人也。

〔3〕《山海经》:白菅为席。郭璞注:菅,茅属也,音"间"。葫,《广韵》、《类篇》以为雕胡,《玉篇》以为大蒜,然与上陇亩油油不甚合。按《箕子歌》曰:"麦秀渐渐兮禾黍油油。"《索隐》曰:油油者,禾黍之苗光悦貌。一本有作"禾"字者近是,然嫌其出韵。《礼记》:"君尊瓦瓶。"郑康成注:壶大一石,瓦瓶五斗。《玉篇》:瓶,盛五升小罂也。蚁,已见二卷注。又郝天挺曰:南中竹筒筒酒,常带米壳,故谓之浮蚁。"浮"字亦出韵,当叶作"夫"音读。○"菅席",姚仙期本作"管席"。"葫",一作"菰"。"其奈居",曾本、二姚本作"其奈君",一作"可奈君"。

【姚注】

此即《公无渡河曲》也。德宗朝,蔡廷玉为朱泚幕府,劝泚入朝。而泚内畏弟滔偪己,滔亦劝泚入,乃以兵属滔,廷玉谏不听。及入,帝素知廷玉贤,因授大理少卿。会滔以幽州叛,而表言廷玉与朱体微离间,泚亦归罪二人。因贬廷玉于柳州司户,以慰滔。滔谍伺诸朝曰:"上若不杀廷玉,当谪去出洛,我缚致支解之。"帝劳廷玉曰:"尔姑行为国受屈,岁中当还。"廷玉告子少诚、少良曰:"我为天子不血刃下幽州十一城,乃败于将成,天助逆耶?今使我出东都,殆滔计。吾不可以辱国。"至灵宝,投河而死。贺盖作此以挽之欤?[1]○邹阳书云:徐衍负石入海。《礼记》:君尊瓦瓶。

【姚本眉批】

[1] 钱云:作者未必有此解。正须借题发挥,表扬廷玉一片贞心。

巫山高⁽¹⁾

碧丛丛,高插天,大江翻澜神曳烟。⁽²⁾[1]
楚魂寻梦风飔然,晓风飞雨生苔钱。
瑶姬一去一千年,丁香筇竹啼老猿。⁽³⁾
古祠近月蟾桂寒,椒花坠红湿云间。⁽⁴⁾

【汇解】

〔1〕《宋书》:汉《鼓吹铙歌》十八曲,有《巫山高》曲。《四川省志》:巫山在夔州巫山县东三十里,形如"巫"字。

〔2〕陆放翁《入蜀记》:过巫山凝真观,谒妙用真人祠。真人,即世所谓巫山神女也。祠正对巫山,峰峦上入霄汉,山脚直插江中。议者谓太华、衡、庐皆无此奇。然十二峰不可悉见,所见八九峰,惟神女峰最为纤丽奇峭,宜为仙真所托。祝史云:每八月十五夜月明时,有丝竹之音往来峰顶,山猿皆鸣,达旦方渐止。烟,云也。曳烟,即行云之意。○首句一作"巫山丛碧高插天"。《文苑英华》本"高插天"作"齐插天"。"大江",作"巴江"。

〔3〕昔日楚王之魂寻梦于此,而空山之中渺无踪迹。盖瑶姬之去已久,今之所见,惟有竹木蒙笼、猿狄哀啼而已。《说文》:飔,凉风也。《襄阳耆旧传》:"赤帝女曰瑶姬,未行而卒,葬于巫山之阳,故曰巫山之女。楚怀王游于高唐,昼寝,梦见与神遇,自称是巫山之女,遂为置观于巫山之阳。"丁香树生交、广南番,非蜀地所产,恐是今之紫丁香耳。叶小而有岐,花紫色,状如药中之母丁香,故亦得冒其名,而其实不香也。今园圃中多植之,唐人诗中亦多人咏。刘渊林《蜀都赋注》:"邛竹出兴古盘江,似南竹,中实而高节,可以作杖。"《史记正义》:邛都邛山出此竹,因名邛竹。高节实中,可为杖。按《史记》、《汉书》言邛竹事皆作"邛",后人加"竹"作"筇"。筇竹、邛竹一也。○"飔",一作"飒"。

〔4〕近月蟾桂寒,言其高峻。椒花坠红,即无人花自落之意。《图经本草》:蜀椒,今归峡及蜀川、陕、洛间人家,多作园圃种之。木高四五尺,似茱萸而小,有针刺,叶坚而滑,可煮饮食。四月结子,无花,但生于枝叶间,颗如小豆而圆,皮紫赤色。据此,则椒无花也。所谓"椒花坠红",即是指其红实耳。长吉生长中原,身未入蜀,蜀地之椒,目所未睹,出于想像之间,故云耳。

【姚注】

此追吊马嵬也。苍翠逼天,波涛迷漫,楚魂寻梦,讥上皇也。上皇觅少君之术,求见玉真,抑知竟成永别耶? 苦竹哀猿,荒祠寒月,愁红自坠,风雨凄其,未审芳魂犹有凭依否?

【姚本眉批】

[1] 钱云:神曳烟,"曳"字如画,画出渐展渐拓之景。

平城下[1]

饥寒平城下,夜夜守明月。
别剑无玉花,海风断鬓发。[2]
塞长连白空,遥见汉旗红。
青帐吹短笛,烟雾湿画龙。[3]
日晚在城上,依稀望城下。
风吹枯蓬起,城中嘶瘦马。[4]
借问筑城吏:"去关几千里?"
惟愁裹尸归,不惜倒戈死![5]

【汇解】

〔1〕按《元和郡县志》:河东道之云州,即秦雁门郡地,在汉雁门郡之平

城县也。《史记》曰：汉七年，韩王信亡走匈奴，上自将逐，遂至平城，为匈奴所围是也。汉末大乱，匈奴侵边，其地遂空。曹操鸠集荒散，又立平城县，属新兴郡，晋改属雁门郡。晋乱，刘琨表封猗卢为代王，都平城。后魏道武帝于此建都，孝文帝改为司州，又改恒州。周武平齐，改置恒安镇，隋因之。唐为云州及云中县之地。《新唐书·地理志》谓云州有云中、楼烦二守捉城，有阴山道、青坡道，皆出兵路。是即古时之平城县也。唐时亦有平城县，隶河东道之仪州，与太原上党相邻，不在边境。此所云平城，乃古之平城，非唐时之平城也。

〔2〕别剑，谓别家时所携之剑。玉花，谓剑光明洁有同玉色，久而不用，则锈涩而其光晦也。海风，谓严厉之风自瀚海而至者。

〔3〕白空，塞外空旷之色，与天相连接之状。画龙，即旗帜上所画者也。诗意遥望塞外，亦有屯戍之兵，彼则旗帐鲜明，士卒嬉戏而吹短笛，与我之苦饥忍寒者大不相同。古诗云："从军有苦乐，但问所从谁？"正是此意。自两汉以后，长城以外之人称长城以内地，总曰汉地，相沿不改。此云汉旗，概言汉地之旗，与汉高祖平城被围杳无干涉。

〔4〕不但人苦饥，即马亦苦饥而嘶也。

〔5〕死于饥寒与死于战斗等死耳。然死于战斗者，英魂毅魄，犹足以称国殇而为鬼雄，较之饥饿而死者，不大胜乎？故今所愁者，惟饥寒死而裹尸以归，若倒戈而死，固不自惜矣！《后汉书·马援传》："男儿要当死于边野，以马革裹尸还葬耳。何能卧床上，在儿女子手中耶？"倒戈者，谓战死而戈倒于地，与《武城篇》中前徒倒戈之解不同。○此章以守边之将，不恤其士卒之饥寒，其下苦之，代作此辞以刺。然通首竟不作一怨尤之语，洵为高妙。旧注以平城及汉旗红之语，作汉高祖被困平城之解者，非是。

【姚注】

元和八年振武河溢，毁受降城。李吉甫请徙于天德军。李绛、卢坦云："振武美水草，当要冲，欲避河患，退二三里可矣。"上卒用吉甫言。冬十月，振武节度使李进贤不恤士卒，使牙将杨遵宪将五百骑趣东受降城，以备回鹘,军遂乱。平城即振武,今云中雁门也。明月海风,白空雾湿,皆状平城之水为患,致士马饥寒也。又当远徙天德,未知去关几许,而将帅仍肆苛暴,谁乐为用? 虽效命疆场,徒死无益,遂不惜倒戈以致乱矣![1]

【姚本眉批】

[1] 钱云:观末句,此解正合。

江南弄[1]

江中绿雾起凉波,天上叠巘红嵯峨。[2]
水风浦云生老竹,渚暝蒲帆如一幅。[3]
鲈鱼千头酒百斛,酒中倒卧南山绿。[4]
吴歈越吟未终曲,江上团团贴寒玉。[5]

【汇解】

〔1〕《乐府诗集》:《乐府解题》曰:《江南》古辞,盖美芳晨丽景,嬉游得时。若梁简文"桂楫晚应旋",唯歌游戏也。按:梁武帝作《江南弄》以代《西曲》,有《采莲》、《采菱》,盖出于此。

〔2〕天色将晚,水中先见雾气。天上云气为落日反照,皆作红霞,其嵯峨层起者,如叠巘之状。

〔3〕风云与竹相杂,似从竹中生出。洲渚渐暝,远望蒲帆不甚分明,仿佛见一幅而已。《广韵》:《风土记》曰,大水有小口别通曰浦。《国史补》:舟船之盛,尽于江西,编蒲为帆,大者数十幅。○"如",姚仙期本作"犹"。

〔4〕《世说》:"庾冰为起大舍,市奴婢,使门内有百斛酒终其身。"酒中,饮酒方半也。倒卧者,酒酣倒地而卧也。南山绿者,悠然见南山之色也。徐文长以为山影入杯斝者,意似巧,而反觉味短。

〔5〕左思《吴都赋》:荆艳楚舞,吴歈越吟。刘渊林注:歈,吴歌也。寒

玉,喻月初出。○"吴歈",一作"吴觎"。"贴",一作"叠"。俱非。

【姚注】

　　此羡江南之景物艳冶也。绿雾在水,红霞映天;翠篆阴凝,江船晚泛;鲈鱼美酒,山影垂尊;洗耳清音,月浮水面。自足令人神往矣![1]○《江南弄》,即乐府《江南曲》也。写尽江南好景,而更于月下清音想见胜概。所谓"曲终人不见,江上数峰青"也。

【姚本眉批】

　　[1] 周云:一幅《秋江采莼图》。

荣华乐[1]

　　鸢肩公子二十馀,齿编贝,唇激朱。[2]
　　气如虹霓,饮如建瓴,走马夜归叫严更。[3]
　　径穿复道游椒房,龙裘金玦杂花光。
　　玉堂调笑金楼子,台下戏学邯郸倡。[4]
　　口吟舌话称女郎,锦袪绣面汉帝旁。
　　得明珠十斛,白璧一双,新诏垂金曳紫光。[5]
　　煌煌马如飞,人如水,九卿六官皆望履。
　　将回日月先反掌,欲作江河惟画地。[6]
　　峨峨虎冠上切云,辣剑晨趋凌紫氛。
　　绣段千寻贻皂隶,黄金百镒赒家臣。[7]
　　十二门前张大宅,晴春烟起连天碧。
　　金铺缀日杂红光,铜龙齧环似争力。[8]
　　瑶姬凝醉卧芳席,海素笼窗空下隔。[9]
　　丹穴取凤充行庖,獲獲如拳那足食。[10]

金蟾呀呀兰烛香，军装武妓声琅珰。^{〔11〕}

谁知花雨夜来过？但见池台春草长。^{〔12〕}

嘈嘈弦吹匝天开，洪崖箫声绕天来。

天长一矢贯双虎，云弨绝骋聒旱雷。^{〔13〕}

乱袖交竿管儿舞，吴音绿鸟学言语。^{〔14〕}

能教刻石平紫金，解送刻毛寄新兔。^{〔15〕}

三皇后，七贵人，五十校尉二将军。^{〔16〕}

当时飞去逐彩云，化作今日京华春。^{〔17〕〔1〕}

【汇解】

〔1〕此篇专咏梁冀事，以为贵戚之戒。○一本作《东洛梁家谣》。

〔2〕《后汉书·梁冀传》：冀为人鸢肩豺目，洞精矖盱。章怀太子注：鸢，鸱也。鸢肩，上竦也。《汉书·东方朔传》：目若悬珠，齿若编贝。李善《文选注》：贝，海螺，其色白。《庄子》：唇如激丹，齿如齐贝。司马彪云：激，明也。

〔3〕刘劭《赵郡赋》：煦气成虹霓。《汉书》：譬犹居高屋之上，建瓴水也。如淳注：瓴，盛水瓶也。居高屋之上而翻瓴水，言其向下之势易也。"建"音"蹇"。苏林曰："瓴"读曰"铃"。传言冀性嗜酒，又言少为贵戚，游逸自恣。

〔4〕《史记》：乃作复道。韦昭曰：阁道也。《三辅黄图》：椒房殿在未央宫，以椒和泥涂壁，取其温而芬芳也。后世称皇后宫曰椒房，本此。或云：兼取椒实蕃衍之义。梁冀姊为顺帝皇后，故得出入椒房也。《左传》：衣之龙服，佩以金玦。杜预注：龙，杂色也。玦，如环而缺不连。《冀传》称其改易舆服之制，作埤帻狭冠，折上巾，拥身扇，孤尾单衣。此云龙裘金，盖喻言冀之衣佩皆不正也。古诗："调笑酒家胡。"王金珠《欢闻歌》："艳艳金楼女，心如玉池莲。"古《相逢行》："黄金为君门，白玉为君堂。堂上置尊酒，作使邯郸倡。"二句甚言冀在宫中无礼之状，然史传未尝载其事，疑另有所据。○"龙裘"，曾本作"龙裳"。"戏学"恐当作"戏狎"为是。

〔5〕《冀传》称：冀口吟舌话，裁能书计。章怀太子注："谓语吃不能明

了。"称女郎者,谓其才能本无可称,惟女郎称之耳。盖谓其姊也。锦袪绣面,犹言为鬼为蜮之状。曾益注以为能媚君,而姚仙期非之,谓以冀之凶暴,必不肯进媚于君。而不知冀之跋扈,在顺帝既崩之后,若其前未必不巧言令色以邀恩宠也。垂金曳紫,垂金印曳紫绶也。

〔6〕《后汉书·马皇后纪》:前过濯龙门上,见外家问起居者,车如流水,马如游龙。《西京杂记》:画地成江河,撮土为山岳。冀本传:专擅威柄,凶恣日积。机事大小,莫不咨决之。宫卫近侍,并所亲树,禁省起居,纤悉必知。百官迁召,皆先到冀门笺檄谢恩,然后敢诣尚书。

〔7〕上二句言其畜养勇士,势逼君上;下二句言其广收贿赂,遍及家人。《广雅》:峨峨,高也。虎冠,疑是"危冠"之讹,"虎"与"危"字略相类。《楚辞》:冠切云之崔嵬。王逸注:戴崔巍之冠,其高切青云也。左思《吴都赋》:危冠而出,竦剑而趋。李周翰注:竦剑,谓带剑竦立而趋也。冀本传:客到门不得通,皆请谢门者,门者累千金。此云皂隶家臣,乃推广而言之也。

〔8〕《后汉书》:洛阳城十二门,其正南一门曰平城门,其馀上西门、雍门、广阳门、津门、小宛门、开阳门、耗门、中东门、上东门、谷门、夏门,凡十二门。张,开也。左思《蜀都赋》:金铺交映。刘渊林注:金铺,门铺首以金为之。冀本传:冀乃大起第舍,而妻孙寿亦对街为宅,殚极土木,互相夸兢。堂寝皆有阴阳奥室,连房洞户,柱壁雕镂,加以铜漆。窗牖皆有绮疏青琐,图以云气仙灵。台阁周通,更相临望。飞梁石磴,陵跨水道。金玉珠玑,异方珍怪,充积藏室。

〔9〕瑶姬,喻姬妾之类。海素,海中鲛人所织之素,即鲛绡也。以鲛绡笼窗,其明亮如空也。

〔10〕甚言饮食之奇异。《山海经》:丹穴之山有鸟焉,其状如鸡,五采而文,名曰凤凰。首文曰德,翼文曰义,背文曰礼,膺文曰仁,腹文曰信。是鸟也,饮食自然,自歌自舞,见则天下安宁。《益部方物略记》:貜出邛、蜀间,与猿猱无异。但性不躁动,肌质丰腴,蜀人炮蒸以为美味。

〔11〕金蟾,铸金肖蟾形为烛台薰炉之类。呀呀,蟾张口貌。军装武妓,侍立之妓,皆令武扮作军士装束。琅珰,甲胄声。

〔12〕宴饮喧哗,继之以夜,天色晴雨,亦不知觉。冀本传:冀、寿共乘辇车,张羽盖,饰以金银,游观第内,多从倡妓,鸣钟吹管,酬讴竟路,或连日继夜,以骋娱恣。

〔13〕匝,遍也。《西京赋》:洪崖立而指挥。薛综注:洪崖,三皇时伎人。弰音"霸",弓弰中手执处也。旱雷,谓弓弦震烈之声。冀本传曰:冀能挽满。《后汉纪》:冀与寿及诸子,相随游猎诸苑中,纵酒作倡乐。

〔14〕《楚辞》:衽若交竿,抚案下些。王逸注:言舞者便旋,衣衽掉摇,回转相钩,状若交竹竿。吕向注:言舞人回转,衣衿相交如竿也。吴音,吴地之歌声。绿鸟,鹦鹉也。谓歌者作吴地之歌声,其音娇好,有似鹦鹉学人言语。上句言舞,下句言歌,正相对也。旧注有直作鹦鹉解,谓异方珍怪充积冀室者,非是。

〔15〕刻石平紫金,谓刻石作穴,积金其中而与地相平,见冀之聚敛无厌。旧注谓刻石立碑而以金平之者,非是。紫金,金之美者,谓之紫磨金。冀本传:起兔苑于河南城西,经亘数十里,发属县卒徒缮修楼观,数年乃成。移檄所在调发生兔,刻其毛以为识。人有犯者,罪至刑死。尝有西域贾胡,不知禁忌,误杀一兔,转相告言,坐死者十馀人。按:下句是冀之实事,上句亦必冀之实事,而范史不载,今失传者耳。

〔16〕冀本传:冀一门前后七封侯,三皇后,六贵人,二大将军。夫人女食邑称君者七人,尚公主三人,其馀卿将尹校五十七人。○吴本、曾本、姚仙期本俱作"三皇皇后",误。

〔17〕承上言冀一门之盛如此,诚莫与之京矣。一旦身死家破,化为乌有,若彩云散灭,曾不可以久存。今日京华之贵戚,则亦有然者也。彼前车之覆,独非后车之鉴乎?此二句乃《文赋》所云"立片言而居要,乃一篇之警策"者也。其戒之也深矣!

【姚注】

大历中,元载为相。载先冒曹王明妃元氏姓。载性憸险,初依李辅国,拜平章。复结中人,厚啖以金,使刺取密旨,帝意必先知之。恃宠骄横,贪

猥残暴,凡仕进干请,必结子弟主书。城中开南、北二第,室宇奢广,名姝异
伎,禁中不逮,蓄姬妾为倡优。子扬州兵曹伯和,祠部郎仲武,授书郎季能,
牟贼聚敛,荒淫特甚。又元和朝李翛本寒贱,由庄宪太后娅婿得进,历坊、
绛二州。性纤巧,饰厨传,结纳阉寺,专敛聚以固恩宠。数毁近臣,大纳贿
赂,一时侧目。贺抚今追昔,因引梁家以讥之也。^[2]鸢肩唇齿,状其美也。
骄昵夜饮,金吾莫禁,出入宫闱,华侈自炫。《金楼子》乃梁元帝所制。徐妃
淫妒,帝赐之死,作此以丑之。言其敢于内苑肆行调笑,而自学倡女之歌
舞。柔声妖饰,思以亵戏媚至尊。既得重赏,更加新秩,朝贵皆望尘趋朝,
而下役皆邀厚赐。府第巍峨,直逼禁闼。狎妖娥于鲛帐,罗方物于珍厨。
炬焰珮声,阴晴莫辨。丝竹醋阗,弓矢角技,舞女杂沓,鹦鹉交鸣。刻石而
填以紫金,使碑碣不致磨灭。昔冀妻孙寿起兔苑于河南,调发生兔,皆刻其
毛以识,犯者立死。而一门之中,男女皆贵,内壸外朝,尊宠赫奕。乃一旦
淹灭,如彩云易散,梁家之荣华尽矣,那知又化作今日之京华春耶?

【姚本眉批】

    [1] 钱云:前事不悟,后事复然。

    [2] 钱云:《东雒梁家谣》,指东汉梁冀一门而言。

相劝酒

羲和骋六辔,昼夕不曾闲。

弹乌崦嵫竹,抶马蟠桃鞭。^[1]

蓐收既断翠柳,青帝又造红兰。^[2]

尧、舜至今万万岁,数子将为倾盖间。^{[3][1]}

青钱白璧买无端,丈夫快意方为欢。^[4]

臞蛴臞熊何足云?

会须钟饮北海，箕踞南山。[5]

歌淫淫，管愔愔，横波好送雕题金。[6]

人生得意且如此，何用强知元化心。[7]

相劝酒，终无辍。

伏愿陛下鸿名终不歇，子孙绵如石上葛。[8]

来长安，车骈骈，

中有梁冀旧宅，石崇故园。[9]

【汇解】

〔1〕《广雅》：日御曰羲和。《初学记》：《淮南子》："爰止羲和，爰息六螭，是为悬车。"注曰：日乘车，驾以六龙，羲和御之。《春秋元命苞》：阳成于三，故日中有三足乌。《山海经》：西南三百六十里曰崦嵫之山。郭璞注：日没所入山也。《楚辞章句》：崦嵫，日所入山也。下有蒙水，其中有虞渊。《楚辞》：暾将出兮东方，照吾槛兮扶桑，抚余马兮安驱。王逸注：言日既升天运转，而西将过太阴，徐抚其马，安驱而行也。是言日轮之运，有马牵之而行也。《淮南子》"日入虞渊，爰息其马"，亦是此义。杨升庵曰：古者羲和为日御。《庄子》因"御"字遂有日车之说，《楚辞》、《淮南》因"车"字遂有马之说。《河图括地象》：桃都山有大桃树，盘屈三千里，上有金鸡，日照则鸣。弹，击也。抶音"叱"，亦击也。弹之、抶之，欲其流行不住。○"昼夕"，《文苑英华》作"昼夜"。"崦嵫竹"，一作"崦嵫石"。

〔2〕《月令》：孟秋之月，"其神蓐收"；仲秋之月，"其神蓐收"；季秋之月，"其神蓐收"。盖其神专司秋令者也。青帝，东方之神，司春令者。江淹《别赋》："见红兰之受露。"盖春兰之花，其色带微红者是也。李周翰《文选注》谓兰至秋而色红，非也。二句言春秋代谢。○"又造"，《文苑》作"更造"。

〔3〕自尧、舜至唐元和中，未满三千岁，云万万岁，趁笔之误也。徐文长注：数子指羲和、蓐收、青帝。倾盖间，言其为时不久。《家语》：孔子之郯，遭程子于途，倾盖而语。王肃注：倾盖，驻车也。《史记》：白头如新，倾盖如故。

《索隐》曰:《志林》云,倾盖者,道行相遇,辂车对语,两盖相切小敬之义。

〔4〕光阴迅疾,纵有青钱白璧,亦不能买其留而不去,可不及时行乐耶?

〔5〕《楚辞》:露鸡臛蠵,厉而不爽。王逸注:有菜曰羹,无菜曰臛。蠵,大龟也。刘勰《新论》:炮羔煎鸿,臛蠵臑熊,众口之所嗛。袁孝政注:臑是臇,即熊掌也,煮熟以蜜淹之可食。"臛熊"字未见所本,恐是"臑熊"之讹。曹植《与吴质书》:"愿举泰山以为肉,倾东海以为酒。"此云"钟饮北海",盖本其意。"箕踞南山",言其坐处之宽广。臛音"熇",蠵音"奚",臑音"而"。○"云",《文苑》作"言"。

〔6〕淫淫,歌声洋溢貌。愔愔,管声安和貌。周舍乐府:"歌管愔愔,铿鼓锵锵。"傅毅《舞赋》:"目流睇而横波。"雕题金,谓南蛮中所出之金也。《礼记》:南方曰蛮,雕题、交趾。郑玄注:雕题,谓刻其肌,以丹青涅之。孔颖达《正义》:雕,谓刻也。题,谓额也。谓以丹青雕刻其额。"横波好送雕题金",吴正子以目送金杯,宴饮以乐为解。姚仙期以缠头费为解。姚经三以异域航海贡金为解。三说之中,言缠头费者近是。

〔7〕元化,造化也。盖谓不必逆料未来之事。

〔8〕惟愿者天子圣明,国祚久远,天下得享太平无事之福,使我辈快意欢饮终无止矣。《封禅书》:前圣之所以永保鸿名,而常为称首。吕向注:鸿,大也。《诗·国风》:绵绵葛藟,在河之浒。《毛传》云:绵绵,长而不绝之貌。

〔9〕骈骈,联缀并行之貌。梁冀宅、石崇园,皆在河南,长吉盖举其路中所见者言之耳。权贵如梁冀,豪富如石崇,不久之间,身死家灭,徒留园宅故迹于荒烟茂草之中。富贵之不足恃如此,以见人生当行乐之意。《一统志》:金谷园在河南府城西十三里,地有金水,自太白原南流经此谷,晋石崇因川阜造园馆。崇自作《诗序》有清凉台,即崇妾绿珠坠楼处。○"来长安,车骈骈",《文苑英华》作"东洛、长安车辚辚",曾本、姚仙期本少一"骈"字。

【姚注】

李藩尝谏宪宗,以太宗饵天竺长年药为戒,云:"励志太平,拒绝方士,何忧无尧、舜之寿?"帝不听。然其时朝贵希宠固恩,迎合上意,屡进方士丹术。贺盖伤之。谓晨昏递代,春秋相禅,尧、舜虽久,日月之循环相遇,如在俄顷,虽金玉亦难挽也。大丈夫及时行乐,饮食歌舞,富贵自适,何必更妄求苍玄,祈延寿算?然媚君以方术,何如道君以令名,永垂奕禩,而使嗣叶昌茂。乃欲左道蛊惑,冀专宠幸,此乃速亡之道,独不观梁、石之骄侈遽为榛莽耶?〇崦嵫,日入处也。抶,音叱,朴也。《淮南子》云:日出虞渊,爰息其马。蓐收司秋令,青帝司春令也。矑,眹也。蟕,大龟也。昔虞悰善为滋味,于王凝处曰:"恨无黄颔蟕。"即熊蟕也。横波,言异域航海以贡金也。吴笺以横波为目,引傅毅赋云:目流睇以横波。谬。

【姚本眉批】

　　[1] 钱云:"数子"似指羲和及蓐收、青帝诸神言。尧、舜即"万万岁",自数子视之,直一倾盖间耳。

瑶华乐[1]

　　穆天子,走龙媒。
　　八鬐冬珑逐天回,[1]五精扫地凝云开。[2]
　　高门左右日月环,四方错镂棱层殿。
　　舞霞垂尾长盘跚,江澄海净神母颜。[3]
　　施红点翠照虞泉,曳云拖玉下昆山。[4]
　　列斾如松,张盖如轮。
　　金风殿秋,清明发春。
　　八銮十乘,矗如云屯。[5]
　　琼钟瑶席甘露文,玄霜绛雪何足云?[6]
　　薰梅染柳将赠君,铅华之水洗君骨,
　　与君相对作真质。[7]

【汇解】

〔1〕《楚辞》：折疏麻兮瑶华。王逸注：瑶华，玉华也。《拾遗记》："周穆王即位三十二年，巡行天下，驭黄金碧玉之车，旁气乘风，越朝阳之岳，自明及晦，穷寓县之表。有书史十人记其所行之地，又副以瑶华之轮十乘，随王之后，以载其书也。三十六年，王东巡大骑之谷，诣春宵宫。西王母乘翠凤之辇而至，前道以文虎文豹，后列雕麟紫麏，曳丹玉之履，敷碧蒲之席，黄莞之荐，供玉帐高会，荐清澄琬琰之膏以为酒，进洞渊红葩、嶪山甜雪、昆流素莲、阴岐黑枣、万岁冰桃、千年雪藕。"此篇专咏穆王事，而题曰《瑶华乐》，殆采记中瑶华轮事以立名耶？曾谦甫曰：当为《瑶池乐》。其说应是。

〔2〕《列子》：周穆王肆意远游，命驾八骏之乘。右服骅骝而左骐耳，右骖赤骥而左白牺。主车则造父为御，离离为右。次车之乘，右服渠黄而左逾轮，左骖盗骊而右山子。柏夭主车，参百为御，奔戎为右。驰驱千里，至于巨蒐氏之国，遂宿于昆仑之阿，赤水之阳。别日升昆仑之邱，以观黄帝之宫而封之，以诏后世。遂宾于西王母，觞于瑶池之上。西王母为王谣，王和之，其辞哀焉。乃观日之所入，一日行万里。王乃叹曰："予一人不盈于德，而谐于乐，后世其追数吾过乎？"汉武帝《天马歌》："天马徕，龙之媒。"应劭曰："天马者，乃神龙之类。今天马已来，此龙必至之效也。"辔，马缰也。一马两辔，故《诗经正义》谓四马则八辔。长吉则以八马为八辔。冬珑，辔声。逐天回，与天之行相逐而回转，言其速也。《汉书》："五星者，五行之精也。"张衡《东京赋》："五精帅而来摧。"薛综注：五精，五方星也。姚仙期注：五精扫地，即风伯清尘，雨师洒道意。○"冬珑"，吴本作"冬晚"，姚经三本作"玲珑"。

〔3〕此言穆王至王母所居之处也。门之左右日月环之，其四方皆有雕文错镂，棱层突起作殷红色。殷音"烟"，赤黑色也。又有采霞旋绕，或如蛟龙之垂尾，或如龟鼋之盘跚。盘跚即"蹒跚"，跛行貌。神母即王母也。江澄海净，喻其清净不动声色之意。

〔4〕穆王升昆仑之邱，及观日之所入，与宾于西母，原是三事。诗意似谓偕王母以往观虞渊、上昆仑也，故用"施红点翠"、"曳云拖玉"等字。红翠，谓妇人妆饰。云，云衣也。玉，玉佩也。李峤诗："罗裙玉佩当轩出，点

翠旄红竞春日。”《楚辞》:“囚灵元于虞渊。”王逸注:虞渊,日所入也。《淮南子》:“日入于虞渊之汜,曙于蒙谷之浦。”虞泉即虞渊也。唐人以避高祖讳,故以“泉”字易“渊”字。

〔5〕《韵会》:“旆,《说文》:继旐之旗也。沛然而垂,旐以全帛为之,续旐末为燕尾者,旆也。《释名》:“杂帛为旆,以杂色帛缀其边,为翅尾也。将帅所建,象物杂也。”军前曰启,军后曰殿。发即“启”字之意。盖谓侍从之后,以秋时金风为殿,其前以春时清明之气为导,即楚辞“前望舒使先驱,后飞廉使奔属”之意。《岁华纪丽》:“秋风曰金风。”《楚辞·九思》:“阳气发兮清明。”《诗·小雅》:“约𫐄错衡,八鸾玱玱。”郑康成笺:“鸾在镳,四马则八鸾也。”盖以八鸾为马上之八铃。后人用之,或作“銮”,或作“鸾”,其事一也。《玉篇》:“矗,齐也。”《集韵》:“矗,长直貌。”谢灵运《山居赋》:“直陌矗其东西。”陆机诗:“胡马如云屯。”云屯,云之聚也。六句皆言王母侍从之盛。○“殿秋”,一作“敛秋”。

〔6〕琼钟,玉杯也。《楚辞》:“瑶席兮玉镇。”王逸注:瑶玉为席也。《初学记》:《瑞应图》云:露色浓为甘露。王者施德惠,则甘露降其草木。《晋中兴书》曰:“甘露者,仁泽也。其凝如脂,其美如饴。”江淹《别赋》:“露下地而腾文。”露有五色,照着草木故成文。《汉武内传》:“其次药有玄霜绛雪,子得服之,白日升天。”二句言宴飨之盛。

〔7〕薰梅染柳,亦似指仙药而言。仙家丹法,先用黑铅一味,炼起铅华之木,盖谓金丹神水也。洗骨,洗去凡质浊垢。真质,长生不老之质。

【姚注】

秦皇、汉武屡见篇章,此又以穆王咏者,总之,嘲求仙服丹之误也。《东京赋》云:“五精帅而来摧。”五精,星也。八骏凌空,直驾星辰而上。“高门”三句状瑶池之丽也。神母,指西母。庄严耀日,环珮俨临,旌簜赫赫,顷刻而能变秋气为春和。车驾龙旗,直如云集,而王母宴帝于瑶池之上。有不止于玄霜绛雪之丹药者,梅柳为赠,言能使君长春也。且更濯涤凡躯,相与抱真以游耳。

【姚本眉批】

　　[1] 钱云："玲珑"，一作"冬珑"，辂声。○陈云：极言仙家之乐，实则子虚乌有，以为讽耳。

北中寒

　　一方黑照三方紫，黄河冰合鱼龙死。
　　三尺木皮断文理，百石强车上河水。[1]
　　霜花草上大如钱，挥刀不入迷蒙天。[2]
　　争潜海水飞凌喧，山瀑无声玉虹悬。[3]

【汇解】

　　[1]《汉书》："胡貉之地，阴积之处，木皮三寸，冰厚六尺。"此云"三尺"，恐是"三寸"之误。因冻，故木皮虽厚，亦至拆裂。河冰坚甚，虽以百石重车行其上，亦不碎陷。

　　[2] 霜凝草上，有似花葩。挥刀不入，亦言其冱寒凝结之甚。

　　[3] 争潜，波涛回旋互激之谓。凌，积冰也。北海近岸浅狭之处，至十月即冻，而天色暄和，暂或解散，其碎冰为波涛所拥触，作声甚喧。山中瀑水激流而下，如挂匹练，遇寒而冻，寂然无声，似白虹悬于涧中。

【姚注】

　　元和七年冬，吐蕃寇泾州，上患之。时初置神策镇兵，欲以备御吐蕃。然皆鲜衣美食，乃值严寒，忽闻调发，俱无心奔赴，况乎朔漠阴凝之地耶？"一方黑"，状北方阴玄之气也。三方之日，不敌一方之寒，故云"一方黑炤三方紫"也。[1]《晁错传》云：胡貉之地，阴积之处，木皮一寸，冰厚六尺。河水冻合，可挽百石之车。霜重严威，军士不愿提兵以入。海水波翻，加与冰激而愈喧也。山瀑既冻，则冰如玉虹之悬也。长安市儿，未习征战，方且北望而不前矣。

【姚本眉批】

［1］钱云：首句得此注，生出许多曲折。

梁台古意[1]

梁王台沼空中立，天河之水夜飞入。
台前斗玉作蛟龙，绿粉扫天愁露湿。[2]
撞钟饮酒行射天，金虎蹙裘喷血斑。[3]
朝朝暮暮愁海翻，长绳系日乐当年。[4]
芙蓉凝红得秋色，兰脸别春啼脉脉。
芦洲客雁报春来，寥落野湟秋漫白。[5][1]

【汇解】

〔1〕"意"，吴本作"愁"。

〔2〕《西京杂记》："梁孝王好营宫室苑囿之乐，作曜华之宫，筑兔园。园中有百灵山，山有肤寸石、落猿岩、栖龙岫，又有雁池，池间有鹤洲凫渚。其诸宫观相连，延亘数十里，奇果异树，瑰禽怪兽毕备，王日与宫人宾客弋钓其中。"诗言平地之中本无台沼，乃积土以为台，若空中忽然而立者；凿地以为池，又若天河之水飞泻而入者也。《说文》："斗，遇也。"今人谓木石镶榫合缝之处谓之斗。斗玉，以玉相斗合，作台前栏楯，而镂为蛟龙之形也。绿粉扫天，指竹而言。《水经注》："睢水又西南流，历于竹圃，水次菉竹，荫渚菁菁，世人言梁王竹园也。"《白帖》：梁孝王有修竹园。

〔3〕《史记·殷本纪》："帝武乙无道，为革囊盛血，仰而射之，命曰射天。"《宋世家》："宋王偃盛血以韦囊，悬而射之，命曰射天。"梁孝王未尝有射天事，当是喻言其怙亲无厌，时有犯上之意。盖指其不得为嗣，阴使人刺

杀汉臣袁盎等十馀人也。《礼记》:"君之右,虎裘喷血斑,裘色鲜赤。"琦按:张衡《东京赋》:"周姬之末,政用多僻,始于宫邻,卒于金虎。"李善注:"应劭《汉官仪》曰,不制之臣,相与比周。比周者,宫邻金虎。言小人在位,比周相进,与君为邻,贪求之德坚若金,谗谤之言恶若虎。"此用"金虎"、"喷血"等字,虽指衣裘而言,意则指梁王亲近小人,听信其谗谄阿谀之辞。

〔4〕沧海无翻转之期,白日非长绳所能系。盖言其朝暮行乐,不知所止也。《傅玄》诗:"安得长绳系白日。"

〔5〕言秋而春,春而秋,四时代谢,倏成今古。凭其迹而吊者,但见芙蓉兰蕙,客雁野潦而已,台上梁王竟安在哉!骆宾王诗:"宿雁下芦洲。"雁春至则自南往北,秋至则自北徂南,有似客然,故曰客雁。野湟,野水也。漫,广大貌。○"野湟",吴本作"野篁",恐误。

【姚注】

此追讽太平公主也。主权震天下,将相皆出其门。作观池乐游原,瑰瑶山集,侈靡过于天子。乃潜谋大逆,竟至伏诛。后台沼荒凉,野水弥漫。贺盖抚景而托梁孝王以比之,言孝王台逼霄汉,沼通银河,琢玉以为台饰。绿粉扫天,状东苑之修竹也。高会奢靡,时怀觊觎,故愁海翻澜。初欲长绳系日,为乐无涯;讵知艳质芳姿,遽罹肃杀。雁去春来,园荒沼废,为问好景今安在哉?

【姚本眉批】

〔1〕钱云:后四句言春秋代谢之速。方得秋色而别春,忽又报春来而秋去矣。

公无出门

天迷迷,地密密。
熊虺食人魂,雪霜断人骨。

嗾犬啀啀相索索，舐掌偏宜佩兰客。〔3〕
帝遣乘轩灾自灭，玉星点剑黄金轭。〔4〕
我虽跨马不得还，历阳湖波大如山。
毒虬相视振金环，狻猊㺉㺚吐馋涎。〔5〕
鲍焦一世披草眠，颜回廿九鬓毛斑。〔1〕
颜回非血衰，鲍焦不违天。
天畏遭衔啮，所以致之然。〔6〕
分明犹惧公不信，公看呵壁书问天。〔7〕

【汇解】

〔1〕徐文长注：此即《小招》四方上下俱不可往意，故曰公无出门。盖有意于弃世违俗也。

〔2〕《楚辞·招魂》："雄虺九首，往来儵忽，吞人以益其心些。"王逸注：言有雄虺，一身九头，往来奄忽，常喜吞人魂魄以益其心，贼害之甚也。○"雪霜断人骨"，一作"雪风破人骨"，二姚本作"霜雪断人骨"。

〔3〕嗾，使犬声。《左传》：公嗾夫獒焉。啀啀，乃"狺狺"之讹。《楚辞·九辨》："猛犬狺狺而迎吠。"《韵会》：狺狺，犬吠声，音与"银"同。《离骚》："纫秋兰以为佩。"王逸注：佩，饰也，所以象德也，故行清洁者佩芳。诗意谓恶物害人，偏于修身清洁之士为尤甚。○"嗾"，曾本、二姚本作"㖟"，误。

〔4〕徐文长注：言一死则灾自灭矣，是天厚之，故令其死也。下文引颜、鲍以实其说。帝，天帝。乘轩，谓精魂乘轩而上升。按《真诰》：赤水山中学道者朱孺子，乘五色云车登天。潜山中学道者郑景世、张重华，以云軿白日升天。是仙人多乘云车而去世也。轭，辕端横木以驾马领者。此句言去时服饰之精好，非世间富贵者可比。○"自灭"，吴本作"自息"。

〔5〕言我虽跨马出门，未得还家，然尚在善地。闻他险阻之处，多有害人恶物。所谓毒虬、狻猊、㺉㺚，疑指当时藩镇郡守而言。其人必暴戾恣睢，难可与居。长吉知其不可往也，而人将有往者，故作《公无出门》之诗以

阻之。《搜神记》:"历阳之郡,一夕沦入地中而为水泽,今麻湖是也。"《一统志》:"麻湖在和州城西三十里,周围七十里,为郡之巨浸,旧名历湖,后讹为麻湖。"《淮南子》云:"历阳之都,一夕为湖。"夫历阳本陆地,一旦陷而为湖。长吉用此,当是暗喻平地有风波之意,或者是其人所往之地,故举以为言。《说文》:"虬,龙子有角者。"毒虬,谓凶恶之龙,人触其毒气即死。《尔雅》:"狻麑如虦猫,食虎豹。"郭璞注:即狮子也,出西域。《穆天子传》曰:"狻猊日走五百里。"是"狻麑"、"狻猊"同一物也。又《尔雅》:"猰貐类貙,虎爪,食人,迅走。"《述异记》:"猰貐,兽中最大者,龙头,马尾,虎爪,善走,以人为食。遇有道君即隐,无道君即出食人。"虬音"求",狻麑音"酸倪",猰貐音"揠愈"。

〔6〕《风俗通》:鲍焦耕田而食,穿井而饮,非妻所织不衣,饿于山中食枣。或问之:"此枣,子所种耶?"遂呕吐立枯而死。《史记》:"颜回年二十九,发尽白,早死。""廿"读如入声,俗作"念"音读者,非。

〔7〕观鲍、颜二子,事理分明,可以深信不疑。若犹不信,再观屈原之书壁问天,知志洁行芳之士,不容于人世如此。戒其无事出门,叮咛反复之意深矣!《楚辞章句》:《天问》者,屈原之所作也。屈原放逐,忧心愁悴,彷徨山泽,经历陵陆,嗟号旻昊,仰天叹息。见楚有先王之庙及公卿祠堂,图画天地山川神灵,琦玮僪佹,及古圣贤怪物行事。周流罢倦,休息其下,仰见图画,因书其壁,呵而问之,以渫愤懑,舒写愁思。

【姚注】

贺与韩愈友善。愈高才,屡坐罪贬官。元和十二年,上命裴度讨吴元济,度表愈为行军司马。愈请乘驲自先入汴。初,愈以阳山、江陵暨职方,皆被谤数黜。及改比部,进中书舍人,而以论兵忤执政,又有人诋愈,复改庶子。贺伤其时晦遭噬,金壬之毒,真如猛兽。顷帝遣之乘轩,而群口自不能为害。宝剑金车,从事征讨。乃我虽滞京华,时以公此行为念。历阳属和州,亦淮西地。正当波涛汹涌,凶暴横行,宜加珍重为嘱。[2] 至已命偃蹇,勋名无分,穷愁早凋,数自应尔。当是天不欲致我于危,使卑微可以免祸耶? 公当观屈原之书壁问天,知祸福不足凭矣。《庄子》云:鲍焦饰行非世,抱木而死。

【姚本眉批】

〔1〕蒋云：颜、鲍二人贫夭，俱天玉成之也。

〔2〕钱云：历阳一夜陷为湖，合城人皆葬鱼腹。极言可畏。

神弦曲⁽¹⁾

西山日没东山昏，旋风吹马马踏云。⁽²⁾
画弦素管声浅繁，花裙绰绰步秋尘。⁽³⁾
桂叶刷风桂坠子，青狸哭血寒狐死。⁽⁴⁾
古壁彩虬金帖尾，雨工骑入秋潭水。
百年老鸮成木魅，笑声碧火巢中起。⁽⁵⁾

【汇解】

〔1〕《乐府诗集》：《古今乐录》曰，《神弦歌》十一曲：一曰《阿宿》，二曰《道君》，三曰《圣郎》，四曰《娇女》，五曰《白石郎》，六曰《清溪小姑》，七曰《湖就姑》，八曰《姑恩》，九曰《采菱童》，十曰《明下童》，十一曰《同生》。左克明并云古辞。然观《阿宿》、《圣郎》诸曲，虽为水仙之类，不在祀典者也。琦按：《神弦曲》者，乃祭祀神祇，弦歌以娱神之曲也。此诗言狸哭狐死，火起鸮巢，是所祈者其诛邪讨魅之神欤？

〔2〕日没云昏，旋风忽起，乃神降时景象。旋风，风之旋转而吹者，中必有鬼神依之。低三尺以下，鬼风也；高丈馀而上者，神风也。旷野中时有之，遇者亟避焉。马，谓神所乘之马。

〔3〕神既至，于是作乐以迎之，女巫起舞以娱之。班婕好赋："纷綷縩兮纨素声。"颜师古注：綷縩，衣声也，音与"翠蔡"同。縩，即"縩"字。

〔4〕刷，刮也。神将用威以驱戮妖邪，故猛风飙起，而树叶刮落，桂子飘坠。狐狸之类哭者，死者，悉受其驱除矣。狸与狐相似而异类，今人混而称之曰"狐狸"，非也。《尔雅翼》：狸者，狐之类。狐口锐而尾大，狸口方而身

文,黄黑彬彬,盖次于豹。狐,妖兽,说者以为先古淫妇所化,善为媚惑人,故称狐媚。

〔5〕又言古壁画龙有作孽者,则驱之而放于潭水;百年老鸮有成魅者,则逐之而焚其巢穴。盖言神威之无不慑伏。《柳毅传》:毅过泾阳,见有妇人牧羊于道畔,曰:"妾,洞庭龙君女也。"毅曰:"子之牧羊何所用哉?神祇岂宰杀乎?"女曰:"非羊也,雨工也。"曰:"何为雨工?"曰:"雷霆之类也。"数复视之,则皆矫顾怒步,饮龁甚异,而大小毛角则无别羊焉。《埤雅》:鸮大如斑鸠,绿色,所鸣,其民有祸证。俗云,鸮,祸鸟也。今谓之画鸟,盖声之误也。《草木疏》云:恶声之鸟也,入人家,凶。贾谊所赋鹏鸟是也。《说文》:魅,老精物也。鲍照《芜城赋》:"木魅山鬼,野鼠城狐。"碧火,火之碧色者,盖鬼神所作之火。笑声,火焰四出,有声如笑也。

【姚注】

唐俗尚巫。肃宗朝王玙以祷祠见宠,帝用其言,遣女巫乘传分祷天下名山大川。巫皆美容盛饰,所至横恣赂遗,妄言祸福,海内崇之,而秦风尤甚。贺作三首以嘲之。此言巫迎神时,薄暮阴翳,隐隐有神乘马而至。丝竹轻扬,女巫罡步,桂树阴浓,风生哀响。古壁乃巫所悬图画,奇神异鬼,光怪惊人。阴气昏凝,鸱鸮磷见,而女巫以为神至之候也。

神 弦

女巫浇酒云满空,玉炉炭火香冬冬。[1]
海神山鬼来座中,纸钱窸窣鸣飚风。[2]
相思木帖金舞鸾,攒蛾一啑重一弹。[3]
呼星召鬼歆杯盘,山魅食时人森寒。[4]
终南日色低平湾,神兮长在有无间。
神嗔神喜师更颜,送神万骑还青山。[5]

【汇解】

〔1〕女巫浇酒以迎神，而神将降止，遂有云满空中，于是焚香击鼓以迓之。冬冬，鼓声，然与上五字不合，疑有讹文。

〔2〕《鼠璞》：《法苑珠林》载纸钱始于殷长史。唐《王璵传》载，汉以来丧葬皆有瘗钱，后世里俗，稍以纸寓钱，璵乃用于祠祭。《封氏闻见记》：纸钱，案古者享祀鬼神有圭璧币帛，事毕，则埋之。后代既宝钱货，遂以钱送死。《汉书》称盗发孝文园瘗钱是也。率易从简，更用纸钱。纸乃自汉蔡伦所造，其纸钱魏、晋以来始有其事，今自王公逮于士庶通行之矣。凡鬼神之物，其像似亦犹涂车刍灵之类。古埋帛，今纸钱则皆烧之，所以示不知神之所为也。《天禄识馀》：唐临《冥报录》云，镂纸为钱以供鬼神，自唐以来始有之，谓之寓钱，言其寄形象于纸也。窸窣，音"悉速"，声小貌。杜子美诗："枝撑声窸窣。"

〔3〕《太平广记》载：店妇以子中恶，令人召一女巫至，焚香弹琵琶召请。盖唐时巫师之状，大率相同如此诗所云。以相思木为琵琶，而金画舞鸾之状于其上。攒蛾者，蹙其眉也。唼音"接"，多言也。一唼重一弹者，每出一言，则弹琵琶一声以和之也。曾谦甫以金帖木鸾为巫所执以凭神者，姚经三以为画板，皆非也。若依其说，下文"弹"字杳无根着。刘渊林《三都赋》注：相思，大树也。材理坚斜，斫之有文，可作器，其实如珊瑚，历年不变。按：今相思木多出广东，他处亦间有，其木多文理，作器皿可玩。子如大豆而赤，谓之相思子，亦谓之红豆者是也。

〔4〕《说文》：歆，神食气也。盖鬼神陟降所飨者，肴酒之气而已。若山妖木魅之类，其形虽不能见，而食物之形体必有亏缺。人之见者，为之森然寒栗。山魅，山中精怪，为神所收役以为仆从者。下文所云万骑中之一种，不可以为即巫所召之邪神。

〔5〕《元和郡县志》：终南山在京兆府万年县南五十里。日色低平湾者，日衔山而将落也。平湾，谓山峰空缺处。有无间，谓神之来格来享，或有或无，人不能知。今忽而言神嗔，忽而言神喜，仅于巫师之颜色更变知之，亦荒忽难信矣。刘须溪曰：读此章使人神意森索，如在古祠幽黯之中，亲睹巫觋赛神之状。

【姚注】

　　巫言神既临而飨之也。洒酒焚香，众灵毕集。楮钱风飒，神鬼凭依。巫乃手持画板，舞奏哀丝，眉目向空，大招冥漠。受飨日暮，视听勿遗。人视师颜忻愠，谓神之嗔喜于是见焉。万骑奔腾，惝乎去已。[1]

【姚本眉批】

　　[1]周云：诗与注俱摹写女巫见神说鬼，隐隐跃跃，皆有令人森寒之意。如观吴道子《地狱变像图画》，真称双绝。

神弦别曲

　　巫山小女隔云别，春风松花山上发。
　　绿盖独穿香径归，白马花竿前子孑。[1]
　　蜀江风淡水如罗，堕兰谁泛相经过？
　　南山桂树为君死，云衫浅污红脂花。[2][1]

【汇解】

　　〔1〕绿盖，神之盖也。白马花竿，神之前驱也。姚仙期注以为皆指巫而言，若神灵何以知其绿盖者？然则《楚辞·九歌》之"孔盖翠旌，青衣白裳"，何以言之耶？《诗·鄘风》："孑孑干旄，在浚之郊。"孑孑，特出貌。

　　〔2〕巫山之下即蜀江也。风恬浪息，水纹细如罗縠，兰花开堕水中，风景殊美。然道路阻长，谁能泛舟经过其地，以瞻仰神灵？今神既惠然肯来，宴享而去，不特人人欣乐，即南山桂树，受神之披拂者，亦为之死。死者，犹言喜杀。云衫，即《楚辞》所谓青云衣之说。污，染也。谓神之衣服披拂其上，亦沾染其气也。红脂花，谓桂树之花。盖桂花有三色：白者曰银桂，黄者曰金桂，红者曰丹桂。其花秋开者多，亦有春开者，亦有四季开者。此诗于春风中而言桂花红色，非妄言也。○姚仙期曰：秦俗鄙俚，其阴阳神鬼之间，不能

无亵慢荒淫之杂。长吉更定其辞,以巫不可信,故言多讽刺云。琦谓不然。长吉诗脉本自《楚骚》,以《楚骚》之解解三诗,求所谓讽刺之言,竟安有哉?

【姚注】

巫以为神临去而作此以别也。巫山神女由山中来,亦自山中去。春风松花,绿盖白马,遵此长逝。来时怒涛惊拥,去则风浪恬然,水纹如縠。"南山"二句,言桂宁为君死,而使绿叶贞干之不凋;花宁为君容,而如云衫红脂之长艳也。[2]神既受享而归,自当降祥默祐。总以形容巫之荒诞,而崇之者愚昧,深信以望福之自来,大可笑也!

【姚本眉批】

[1]钱云:言神去而桂树为之不香,所幸有红脂化以污其云衫,庶几神之不忘此地也。

[2]陈云:正言不死不污耳,妙、妙。

绿水词

今宵好风月,阿侯在何处?
为有倾人色,翻成足愁苦。[1]
东湖采莲叶,南湖拔蒲根。
未持寄小姑,且持感愁魂。[2]

【汇解】

[1]梁武帝歌:"河中之水自东流,洛阳女儿名莫愁。十五嫁为卢家妇,十六生儿字阿侯。"李延年歌:"北方有佳人,绝世而独立。一顾倾人城,再顾倾人国。"美色可以娱人,今爱而不见,使我心痗,是倾人之色,适以酿成愁苦耳。曾谦甫注:足,言莫以加也。○"今宵",姚经三本作"今夜"。

〔2〕承上"阿侯在何处"而言。或在东湖采莲叶,或在南湖采蒲根,俱未可知。若有所采,莫寄小姑,且持以贻我,庶几感慰我愁苦之魂。古《采莲童歌》:"东湖扶菰童,西湖采菱芰。不持歌作乐,为持解愁思。"○"拔蒲根",姚仙期本作"采蒲根"。"愁魂",曾本、二姚本俱作"秋魂"。

【姚注】

此怀友之作也。时愈坐贬,湜就椽辟,皆远去。贺睹风月而深离思。阿侯指美人,因其美而远别,愈伤虚此良会。莲叶,喻相怜也。蒲根,喻苦辛也。未敢遽持寄远,且供我把玩以解幽闷耳。○阿侯,莫愁之女。

沙路曲[1]

柳脸半眠丞相树,珮马钉铃踏沙路。[2]
断烬遗香袅翠烟,[1]烛骑蹄鸣上天去。[3]
帝家玉龙开九关,帝前动笏移南山。[4]
独垂重印押千官,金窠篆字红屈盘。[5]
沙路归来闻好语,旱火不光天下雨。[6]

【汇解】

〔1〕《国史补》:凡拜相,礼绝班行,府县载沙填路,自私第至于城东阶,名曰沙堤。

〔2〕吴正子注:柳脸,一作柳阴。半眠者,树倚斜也。《三辅故事》:"汉苑中,有柳状如人形,曰人柳,一日三眠三起。"此借用其字。丞相树者,以其在相臣所行路上之树,故云。珮马,马之羁络上有鸾铃玉珂之饰者。钉铃,珮声。

〔3〕烛骑,以烛炬拥卫相臣之骑也。上天去,犹云朝天去也。○"烛骑",吴本云一作"独骑"。"蹄鸣",曾本、二姚本俱作"啼乌"。

〔4〕九门既启,入至帝前,执笏奏事,则谏行言听,虽南山之重,亦可以移也。○"开九关",一作"拟九关"。

〔5〕押,管押也。《旧唐书》:赐牟寻印,铸用黄金,以银为窠,文曰:"贞元册南诏印。"《通鉴·唐纪》:以祠部郎中袁滋为册南诏使,赐银窠金印,文曰:"贞元册南诏印"。观二书所云,知所云银窠金印者,是以金为印,而印文空白之处,以银为之也。金窠则以纯金为印。红屈盘,谓印文。

〔6〕好语,谓民间称颂之语。"旱火不光天下雨",喻言苛虐之政不兴,而膏泽广被于天下也。

【姚注】

元和六年,以李绛同平章事。先是李吉甫劝上振刑威,于顿亦劝上竣刑。上举以问绛,因对曰:"王政尚德,岂可舍成、康而效秦始?"帝然之,用以为相。上四句,美相仪之盛也。中四句,嘉绛之鲠直,数争论于帝,动笏可移南山,而威望素著,又秉大柄,专掌制敕。末二句,言当沙路归来,群闻以好语指陈,致刑措不用,令虐焰不兴,膏泽随施,将寰海共戴矣。[2]○汉苑有人柳,日三眠三起。宰相骑,以桦烛百炬绕之,谓之火城。金窠篆字,制敕也。

【姚本眉批】

[1] 钱云:断烬遗香,皆言桦烛之盛。

[2] 陈云:每于考核精确处,令诗意不烦句解。其为李绛无疑矣。

上之回[1]

上之回,大旗喜。悬红云,挞凤尾。[2]
剑匣破,舞蛟龙。[3]蚩尤死,鼓逢逢。[4]
天高庆雷齐堕地,地无惊烟海千里。[5]

【汇解】

〔1〕《乐府古题要解》：《上之回》，汉武帝元封初，因至雍，遂通回中道，后数幸焉。其歌称帝"游石阙，望诸国；月支臣，匈奴服"，皆美当时事也。

〔2〕古词《上之回》指幸回中道而言。此云"上之回"，指言天子回京师也。红云，大旗之色。曾谦甫注：挞，往来翻击如挞。凤尾，析羽而置于旗之首者。

〔3〕《拾遗记》：颛顼有曳影之剑，腾空而舒。若四方有兵，此剑则飞起指其方，则克伐。未用之时，常于匣中如龙虎之吟。此暗用其事，谓剑飞出匣，腾舞空中，有若蛟龙之状。破者，谓剑破匣而出，若画龙之破壁而飞同一解。

〔4〕《史记》：蚩尤作乱，不用帝命。于是黄帝乃征师诸侯，与蚩尤战于涿鹿之野，遂擒杀蚩尤。《诗·大雅》："鼍鼓逢逢。"《毛传》：逢逢，和也。此谓战时得胜而鼓也。

〔5〕吴正子注：扬雄《甘泉赋》云："直嶻嶭以造天兮，厥高庆而不可乎强度。""天高庆"即此意。庆音"羌"，发语声也。曾谦甫注：天高羌声薄天，雷齐堕地，鼓声薄天而雷应之。二解俱模棱不成句法。琦谓"庆雷"疑是"庆云"之讹。《汉书·天文志》："若烟非烟，郁郁纷纷，萧索轮困，是谓庆云。"庆云见喜气也。"齐堕地"，谓云下垂至地也。"地无惊烟海千里"，谓海外千里之远，无烽火之警也。《尔雅》：九夷、八狄、七戎、六蛮，谓之四海。孙炎注：海之言晦，晦暗于礼义也。此诗"海"字应作此解。曾注以海晏为释者，非是。〇吴正子曰：此篇后卷有《白门前》一曲与此同，云："白门前，大楼喜。悬红云，挞龙尾。剑匣破，鼓蛟龙。蚩尤死，鼓逢逢。天齐庆，雷堕地。无惊飞，海千里。"当以此篇为正。

【姚注】

元和十二年十月，李愬擒吴元济，上御门受俘。贺拟此曲以称庆也。汉武游石阙，望诸。当时月支臣、①匈奴服，因作此歌。元延元年，上幸雍

---

① "阙"疑作"关"，"当"疑作"国"，属上句。《宋书》记汉《鼓吹铙歌》十八曲之《上之回曲》，有"游石关，望诸国。月支臣，匈奴服"句。

時,天无云,有雷声,光耀耀四烛。

高轩过

韩员外愈、皇甫侍御湜见过,因而命作。[1]
　　华裾织翠青如葱,金环压辔摇玲珑。
　　马蹄隐耳声隆隆,入门下马气如虹。
　　云是东京才子,文章巨公。[2]
　　二十八宿罗心胸,元精耿耿贯当中。
　　殿前作赋声摩空,笔补造化天无功。[3]
　　庞眉书客感秋蓬,谁知死草生华风?[4][1]
　　我今垂翅附冥鸿,他日不羞蛇作龙。[5]

【汇解】

〔1〕《摭言》:李贺年七岁,名动京师。韩退之、皇甫湜览其文,曰:"若是古人,吾曾不知。若是今人,岂有不知之理?"二公因诣其门。贺总角荷衣而出,二公命面赋一篇,目为《高轩过》。琦按:元和三年,皇甫湜以陆浑尉应贤良方正直言极谏举,指陈时政之失,为宰相李吉甫所恶,久之不调。其为侍御必在此年之后。韩为都官员外郎在元和四年,约其时长吉已弱冠矣。恐《摭言》七岁之说为误,否则此诗前一行十五字,乃后人所增欤?

〔2〕隆隆,声貌。《汉书·天文志》:隆隆,如雷声,又如鼓音。曹植《七启》:慷慨则气成虹霓。○吴本云:"隐耳"一作"隐隐"。《西都赋》"粲乎隐隐",乃明盛貌。一本无"云"、"是"、"巨"三字。

〔3〕《后汉书》:元精所生,王之佐臣。章怀太子注:元谓天,精谓天之精气。"声摩空",谓声价之高也。○"元精耿耿",吴本作"九精照耀",注云:九精,九星之精也。《春秋运斗枢》云:"五帝遵七政之纪,九星之法"是也。

〔4〕庞眉,长吉自谓,已见三卷注。蓬蒿至秋则将败而死矣;今得荣华之风吹之而复生,即古人所谓吹枯嘘生之意。

〔5〕喻言今虽失意,苟得攀附二公,长其声价,自能变化飞腾于异日。扬子:"鸿飞冥冥,弋人何篡焉?"冥冥,谓空中青暗之处。

【姚注】

按贺父晋肃,亦有才华,未能登显籍。贺七岁时,晋肃尚在,韩愈、皇甫湜见过,此时当自酬酢。"庞眉"、"死草",贺谓其父已衰暮零落,一旦得华风嘘拂,荣宠倍常。而我自今日敛其羽毛,附二公于青云之上,他时变化飞腾,自不敢负二公之昐睐也。

【姚本眉批】

〔1〕钱云:贺七岁而作"庞眉"、"死草"之句,今人定以为不祥。愈、湜称之。可见古人不于此处看人。

贝宫夫人⁽¹⁾

丁丁海女弄金环,雀钗翘揭双翅关。⁽²⁾
六宫不语一生闲,高悬银牓照青山。⁽³⁾
长眉凝绿几千年,清凉堪老镜中鸾。⁽⁴⁾
秋肌稍觉玉衣寒,空光帖妥水如天。⁽⁵⁾

【汇解】

〔1〕贝宫夫人,不知是何神。吴正子、曾谦甫以为龙女,姚经三以为海神,俱从"贝宫海女"四字起义故云耳。考任昉《述异记》有贝宫夫人庙,云在太乙山下,是怀元王夫人庙即其基。未知即此神否?

〔2〕曾谦甫注:丁丁,弄环声。《释名》:雀钗,钗头及上施雀也。翘揭,

皆高起之貌。双翅关,谓雀之双翅收而不开。○吴本云:"环"一作"钱"。
"翘揭",曾本、二姚本作"揭翘"。

〔3〕郑康成《周礼注》:"妇人称寝曰宫。后象王,立六宫而居之,正寝
一,燕寝五。"神既称夫人,则亦应立六宫仪制。"不语一生闲",徐文长以为
泥塑之说者是也。《神异经》:东方有宫,青石为墙,门有银牓。张正见诗:
即此神山内,银牓映仙宫。

〔4〕"长眉凝绿几千年",谓神寿长久。"清凉堪老镜中鸾",谓神无有匹
偶。孤鸾睹镜中之影,哀鸣而死。今神以清净为心,无有情欲,镜中鸾影常
存,安有老期?

〔5〕诗意本谓"空光帖妥水如天","秋肌稍觉玉衣寒",一倒转用之,便
觉有摇曳不尽之致。吴正子注:玉衣言其衣之华好。裴松之《三国志注·
魏书》曰:甄后生,每寝寐,家中仿佛见如有人持玉衣覆其上。"帖妥"即"妥
帖"之倒文,言其工致服帖无不稳称。韩退之《元和圣德诗》亦有"兽盾腾
挐,圆坛帖妥"之辞,疑当时习用此倒字法耶?

【姚注】

元和十二年秋七月,大水。贝宫夫人,海神也。此言庙貌华丽,俨如生
人。牓额辉煌,翠蛾常艳。神其有灵,则秋来大水,玉衣当亦知寒,何波涛
弥浸,竟不之轸念耶?

兰香神女庙^[1]

古春年年在,闲绿摇暖云。
松香飞晚华,柳渚含日昏。
沙炮落红满,石泉生水芹。
幽篁画新粉,蛾绿横晓门。
弱蕙不胜露,山秀愁空春。^[2]

舞珮剪鸾翼,帐带涂轻银。

兰桂吹浓香,菱藕长莘莘。[3]

看雨逢瑶姬,乘船值江君。[4]

吹箫饮酒醉,结绶金丝裙。

走天呵白鹿,游水鞭锦鳞。[5]

密发虚鬟飞,腻颊凝花匀。

团鬟分珠窠,浓眉笼小唇。[6]

弄蝶和轻妍,风光怯腰身。[7]

深帏金鸭冷,奁镜幽凤尘。[8]

踏雾乘风归,撼玉山上门。[9]

【汇解】

〔1〕三月中作。○《太平广记》:杜兰香者,有渔父于湘江洞庭之岸闻儿啼声,四顾无人,惟一三岁女子在岸侧,渔父怜而举之。十余岁,天姿奇伟,灵颜姝莹,迨天人也。忽有青童灵人自空而下,来集其家,携女俱去。临升天谓渔父曰:"我仙女杜兰香也,有过谪人间,元期有限,今去矣。"自后时亦还家。其后于洞庭包山降张硕家,授以举形飞化之道,硕亦得仙。长吉所称,但云兰香神女,不连"杜"字。又据《昌谷诗》下元注,谓昌谷中之女山,即兰香神女上升处,遗几在焉。与《广记》所载不类,盖另是一人。其庙亦当在女山上。

〔2〕古春,谓古时之春。年年在,谓至今犹然。沙炮,沙中石子。蛾绿,谓庙前之山,其色如蛾绿。《东坡志林》:《大业拾遗记》,宫人以蛾绿画眉,亦石墨之类也。今世无复此物。琦按:《隋遗录》"殿脚女争效为长蛾眉,司宫吏日给螺子黛五斛,号为蛾绿"。然则蛾绿故是青黛耶?姚经三注:以上咏庙中花卉竹木石泉山水之胜。○"生水芹",二姚本作"水生芹"。

〔3〕舞珮帐带,皆神像之饰。兰桂吹浓香,谓所焚之香,浓馥如兰桂。菱藕长莘莘,谓所供之物,清洁无腥膻。班固《东都赋》:俎豆莘莘。章怀太

子注：莘莘，众多也。

〔4〕瑶姬，即巫山神女。详见《巫山高》注中。以其朝为行云，暮为行雨，故看雨而逢焉。江君，即湘君也，以其为湘江之神，故变称江君。《楚辞·湘君》云："沛吾乘兮桂舟，令沅、湘兮无波，使江水兮安流。""乘船"字本此。

〔5〕古仙人如卫叔卿，在山中常乘白鹿。琴高入涿水，骑赤鲤。此暗用其事。

〔6〕"珠窠"，吴本作"珠巢"。

〔7〕谓舞蝶轻妍，尚不如神女腰身之姣好。

〔8〕金鸭，香炉铸作鸭形，以金涂其上。幽凤，镜上盖袱刺绣凤形者。二句见神女上升之后，庙中虽陈设器具，终是冷寂。

〔9〕撼，摇也。玉，门上玉饰。《长门赋》"挤玉户以撼金铺"是也。一本作"撼玉山上闻"，盖以撼玉为珮环之声，与下三字不相粘合，作"闻"字始克称耳。

【姚注】

古春以下，咏庙中花卉竹木、石泉山水之胜。舞珮带帐，状其饰也。桂酒兰浆，新菱雪藕，言所荐之物也。看雨乘舡，言神女游空，多逢仙侣，逍遥飘荡，上下往还，一任其意。仙姿秾艳，丰度翩跹。回视庙中所设之器，依然悄寂，雾静风声，当是神乎其归来耶？此时人好言神仙，贺故幻其词，以见世之炫惑，相与附会以从者，读此当为之解嘲矣。

送韦仁实兄弟入关[1]

送客饮别酒，千觞无赭颜。[2]
何物最伤心？马首鸣金环。
野色浩无主，秋明空旷间。

坐来壮胆破,断目不能看。
行槐引西道,青稍长攒攒。〔3〕
韦郎好兄弟,叠玉生文翰。〔4〕
我在山上舍,一亩蒿硗田。
夜雨叫租吏,春声暗交关。〔5〕〔1〕
谁解念劳劳? 苍突唯南山。〔6〕

【汇解】

〔1〕按《旧唐书·王播传》:长庆四年,补阙韦仁实,伏延英抗疏,论播厚赂贵要,求领盐铁使。是其人也。

〔2〕"赭颜",二姚本作"𩑈颜"。

〔3〕行槐,道上所植官槐,排列成行。自此而西入关中,夹路不断,故曰引西道。攒攒,簇聚貌。○"断目",《文苑英华》作"新月"。"青稍长攒攒",一作"青松梢长攒",俱非。又《文苑》本此处下有"君子送秦水,小人巢洛烟"二句。

〔4〕翰,笔也。今人皆作去声读,然古韵平去二音皆通。"叠玉生文翰"者,言其文笔之妙,字字皆美如玉,积累其间。

〔5〕蒿硗,谓田中多生蒿莱而薄脊者。租吏,催租吏也,其叫呼之声,与春声交关相杂也。"春"字似讹,与三联"秋明"字有碍。○"暗交关",《文苑》作"闻暗关"。

〔6〕言韦郎兄弟既去,我独困守田园,而受催租之扰,并无知己相劳苦,朝夕所对者,唯苍然突起之南山而已。盖言此别之后,不堪为怀也。○"劳劳",《文苑》作"劳苦"。

【姚注】

惜别神惨,纵饮不醉。马行环响,不禁凄凄。秋色荒原,魂惊望断。官树迢遥,马蹄西去。自此兄弟俱鸣珂振羽矣。似我石田穷困,不免追呼。

青春兀守,别无知己,唯日对突兀之南山,以当心知而已。

【姚本眉批】

〔1〕钱云:交交关关,皆黄鸟声。

洛阳城外别皇甫湜

洛阳吹别风,龙门起断烟。〔1〕
冬树束生涩,晚紫凝华天。〔2〕
单身野霜上,疲马飞蓬间。〔3〕
凭轩一双泪,奉堕绿衣前。〔4〕

【汇解】

〔1〕以人之离别,而风亦为别风;以交际断隔,而烟亦为断烟。黯然神伤,不觉景因情异矣。《一统志》:龙门在河南府城南二十五里,两山对峙,东曰香山,西曰龙门。石壁峭立,伊水中出,又名伊阙。

〔2〕冬树枯落,枝干森森如束,风绕其间,另作生涩之态。此句承上别风而言。晚烟凝映,远天另作紫色,王子安所谓"烟光凝而暮山紫"也。此句承上断烟而言。

〔3〕豫言别后途中苦况,以起下文泪堕之意。《小传》言长吉独骑往还京、洛,读"单身疲马"之句,宛然如见。

〔4〕按《旧唐书》:贞观四年,诏三品以上服紫,五品以上服绯,六品七品以绿,八品九品以青。上元元年,敕文武官三品以上服紫,四品深绯,五品浅绯,六品深绿,七品浅绿,八品深青,九品浅青。皇甫君于时为陆浑尉,乃畿县尉官,只九品,理不应服绿。岂其时已受辟于藩府,而借用幕职之服,抑其为侍御之时欤?

湜时为陆浑尉,贺访之,当此别去。陆浑属洛阳,即今嵩县。有龙门山,东抵天津。贺本传云:贺常以独骑往来京、洛间。观冬树暮霞,单身疲马,良信然也。唐制,七品绿衣,正尉服也。

溪晚凉

白狐向月号山风,秋寒扫云留碧空。[1]
玉烟青湿白如幢,银湾晓转流天东。[2]
溪汀眠鹭梦征鸿,轻涟不语细游溶。[3]
层岫回岑复叠龙,苦篁对客吟歌筒。[4]

【汇解】

〔1〕《本草》:狐有黄、黑、白三种,白色者尤稀。鲍照《芜城赋》:"木魅山鬼,野鼠城狐。风嗥雨啸,昏见晨趋。"狐号风当本此。"扫云留碧空",谓浮云敛尽,天质独露。

〔2〕晚烟直上,青润不散,状如幡幢。银湾,银河也。上下用"玉"字、"白"字,中夹"青"字,恐是"清"字之讹。题是《溪晚凉》,而诗用"晓"字,亦疑有讹。

〔3〕鹭眠鸿梦,见水中群鸟皆已安息,故波水轻涟,静而安流。不语,言水无声。游溶,言水缓动。○"轻涟",曾本、二姚本俱作"轻连"。

〔4〕山有穴者曰岫。层岫,层累而见者也。山小而高者曰岑。回岑,其势转曲回翔者也。复叠龙,复叠起伏如龙行也。苦篁,苦竹也。吟歌筒,竹受风而有声如歌筒之吟也。

【姚注】

秋夜静爽,溪流悄寂,上映银汉,光明如晓,而流向天东也。鹭眠正熟,听雁声嘹呖,恍如梦中。流泉净细,远山层叠,翠竹临风,如与诗客相唱和耳。

官不来题皇甫湜先辈厅

官不来,官庭秋,老桐错干青龙愁。[1]
书司曹佐走如牛,叠声问佐官来否?[2]
官不来,门幽幽。

【汇解】

〔1〕桐老故干有错节,其势夭矫翔舞,有若青龙之状。

〔2〕按《唐书·百官志》:凡县有司功佐、司仓佐、司户佐、司兵佐、司法佐、司士佐,畿县减司兵,上县有司户、司法而已。所谓书司曹佐者也。吴正子注:否音"浮"。

【姚注】

官庭即陆浑尉厅也。贺诣湜,值尚未至,因写庭树之冷落,吏胥之杂沓,而即事以嘲之也。

长平箭头歌[1]

漆灰骨末丹水砂,凄凄古血生铜花。
白翎金簳雨中尽,直馀三脊残狼牙。[2]
我寻平原乘两马,驿东石田蒿坞下。
风长日短星萧萧,黑旗云湿悬空夜。[3]
左魂右魄啼肌瘦,酪瓶倒尽将羊炙。

虫栖雁病芦笋红，回风送客吹阴火。[4]
访古泫澜收断镞，折锋赤璺曾刲肉。
南陌东城马上儿，劝我将金换簳竹。[5]

【汇解】

〔1〕《元和郡县志》：长平故城在泽州高平县西二十一里，白起破赵四十万众于此。《图书编》：长平驿即秦白起坑卒四十万人处也。问居人，不能指其所，第云：旁村人锄地，尚得铜镞如绿玉。

〔2〕箭头之上，其色黑处如漆灰，白处如骨末，红处如丹砂。盖因古时征战，常染人血，积久变成斑点故也。今之箭首惟以铁为之，古时军器皆铜、铁兼用。铁入土久，则多烂蚀；铜入土年深，又沾人血，能变出诸种颜色。白翎，箭羽。金簳，箭干，以其坚好如金，故曰金簳。三脊者，箭头作三脊形，俗谓之狼牙箭，盖言其锋利，如狼之牙也。

〔3〕《尔雅》：大野曰平，广平曰原。后人合之以称旷野之处。驿即长平驿也。石田，地中多石不可耕者。山阿曰坞。蒿坞，谓平地之中，蒿莱丛生，有类山坞也。风长日短，不觉天暮而星出。萧萧，寂寥貌。黑云悬于空中，有似旗状。二句言古战场内，惨然可畏景象。

〔4〕左魂右魄，见国殇甚多，久无祭祀，闻其啼啸之声，知其馁饿求食，于是倾瓶中之酪以奠之，又奉羊炙为肴以荐之。遥望四野，虫栖雁病，芦笋焦枯，满目凄其，但见旋风忽起，阴火明灭。盖感其祭祀之惠，知其将去，竞来送客也。酪，乳浆也。将，奉也。芦笋初生白色，渐长变青。此云红者，盖旱地所生，为风日所烁，故变作红色。回风，即旋风，鬼所乘之风。阴火，鬼火也。琦按：瘦、炙、火，三字皆不同韵，亦不相通，疑有讹处。以意度之，或是"左魂右魄啼肌瘦，酪瓶倒尽将羊炙。虫栖雁病芦笋红，阴火回风吹送客"。附更于此，以俟知者。

〔5〕陆机《吊魏武帝文》："涕垂睫而泫澜。"注：泫澜，泪疾流貌。璺音"问"，物将断而未离之义也。刲，刺也。自今日观之，箭锋已折缺残败，而当日穿坚入肉，其伤人之毒犹可想见。换簳竹者，买竹合箭镞以成完矢也。簳有"聊"、

"劳"、"老"三音,然皆不作竹名解,恐字有讹。○"刲",曾本、二姚本作"封"。

【姚注】

　　唐室自开元以后,寇盗藩镇,叛乱杀伐,迄无宁日,天下户口四分减二,死亡略尽。贺过长平,得古箭头而作此歌,吊国殇也。首句见当日作矢之妙,历久而漆灰等物犹然未泯。太公《六韬》云:赤茎以铜为首。血痕久溅铜上,致斑斓如花。年代累变,干尽镞存。我来长平之原,于荒芜之地,傍睨景物,倍尽阴惨。白骨遍野,鬼尚凭依悲号,苦无所归。当年家乡远隔,此日岁月久淹,谁为奠以酪浆而荐以羊炙耶? 虫雁啼秋,风生磷起,我方洒泪,收此断镞。锋头虽折,而腐肉犹封,对此能不为之寒心? 乃马上健儿毫无狐兔之悲,反劝我买竹为干。总之,天运人心,一归好杀,良可浩叹也![1]

【姚本眉批】

　　[1] 吴云:情事愀然,可与李华同吊。注妙极。○蒋云:此所谓泣鬼神也,嗜杀者省之。看他形容详尽,不止瑰异。中段得箭镞之由,布景惨裂。

江楼曲

　　楼前流水江陵道,鲤鱼风起芙蓉老。
　　晓钗催鬓语南风,抽帆归来一日功。[1][1]
　　鼍吟浦口飞梅雨,竿头酒旗换青苧。
　　萧骚浪白云差池,黄粉油衫寄郎主。[2]
　　新槽酒声苦无力,南湖一顷菱花白。
　　眼前便有千里思,小玉开屏见山色。[3]

【汇解】

　　〔1〕楼前流水,道通江陵。际此佳时,郎主归期未卜。若果欲归,仗南

风吹帆之助,不过一日之功耳,奈何竟未能归耶?唐时江陵郡,即荆州也。梁简文帝诗:尘散鲤鱼风。《提要录》:鲤鱼风,九月风也。《岁时记》:九月风曰鲤鱼风。《石溪漫志》:鲤鱼风,春夏之交。观下文用梅雨事,则《漫志》之说为是。邢昺《尔雅疏》:今江东人呼荷华为芙蓉。《埤雅》:荷,总名也。郭璞以为芙蕖,一名芙蓉。按《说文》:未发为菡萏,已发为芙蓉。老者,谓其花开已久。"催鬓",《文苑英华》作"摧鬓",犹言掠鬓也。语南风,向南风而语。抽帆,引帆也。

〔2〕《埤雅》:蚨,将风则涌;鼍,欲雨则鸣。故里俗以蚨谶风,以鼍谶雨。《本草》:鼍龙,其声如鼓,夜鸣应更,谓之鼍鼓,又曰鼍更。俚人听之以占雨。《艺文类聚》:《说文》曰,浦,水滨也。《风土记》曰:大水有小口别通为浦。《初学记》:梅熟而雨曰梅雨,江东呼为黄梅雨。《埤雅》:江、湘、二浙,四五月之间,梅欲黄落,则水润土溽,础壁皆汗,蒸郁成雨,其霏如雾,谓之梅雨,沾衣服皆败黦。故自江以南,三月雨谓之"迎梅",五月雨谓之"送梅",转淮而北则否。萧骚,水波扰动貌。差池,犹参差。《左传》:何敢差池。杜预注:差池,不齐一也。云差池,谓云势迭起。三句皆言梅雨时之景。以黄粉油衫寄之,以为其夫作御雨之具。胡三省《通鉴注》:门生家奴呼其主为郎,今俗犹谓之郎主。

〔3〕新酒已熟,槽床滴注有声,然饮之不能消愁,反苦酒之无力。旧注谓滴将尽,盖以下五字相联作一解,亦通,然意味殊觉短浅。一顷,百亩也。菱花紫色,不当言白,殆谓南湖水色,明净如菱花镜耳。《飞燕外传》有七出菱花镜一奁。《尔雅翼》:昔人取菱花六觚之象以为镜。元稹诗:"小玉上床铺夜衾。"路德延诗:"酒殢丹砂暖,茶催小玉煎。"疑唐时多以小玉为侍女别称。夫酒既不能消愁,南湖一望或可遣闷。无如眼前已有千里之思,侍女开屏,南湖之外,又见山色周遮,江陵杳在何处?千里之思愈不能已矣。○"千里思",吴本作"千里愁"。

【姚注】

楼前流水,道通江陵。一水盈盈,本无多路。时当深秋,北风飒飒,芳姿就萎。郎居上游,归帆但得南风,一日便可抵舍。故清晨登楼,占候风信。匆匆理妆,如受晓钗之催。口中殷殷,惟向南风致祝也。然前此梅雨不歇,酒旗频换,下对萧骚之浪,上对参差之云,又尝以黄粉油衫寄上郎主,愁雨愁风,固思归必至之情乎!是以新槽待郎之同饮,湖菱待郎之同采,眼前即是千里,亦无如凭栏眺望,只见山色不见郎耳!

【姚本眉批】

〔1〕钱云:抽帆,言估艘齐集,郎见南风抽帆而来。痴想妙甚。

塞下曲[1]

胡角引北风,蓟门白于水。[2]
天含青海道,城头月千里。[3]
露下旗蒙蒙,寒金鸣夜刻。[4]
蕃甲锁蛇鳞,马嘶青冢白。[5]
秋静见旄头,沙远席羁愁。[6]
帐北天应尽,河声出塞流。[7]

【汇解】

〔1〕郭茂倩《乐府诗集》:《晋书·乐志》曰,《出塞》、《入塞曲》,李延年造。唐有《塞上》、《塞下曲》,盖出于此。

〔2〕胡角吹时,北风适至,遂若其风为角声所引而来。《通志·地理略》:蓟门在幽州北。琦按:蓟门即蓟州也。战国时属燕,秦为渔阳郡,唐开元十八年改置蓟州,取蓟邱以为名,文人多谓之蓟门。白于水者,旷地风沙之色。

〔3〕天含者,自远而望若与天相接。《周书》:吐谷浑治伏俟城,在青海西十五里。青海周围千馀里。

〔4〕金，谓军中警夜时所击铜器，即古时刁斗之类。因塞下寒冷，而金声亦带寒气，似谓其音不甚清亮。夜刻，每更中深浅刻数。

〔5〕蕃人之甲，锁衔细密，状同蛇鳞。其马群牧处水草皆尽，青冢变为白地。二句见敌人甲坚马多，当留心防守，不可玩忽之意。青冢，详三卷注。

〔6〕《史记·天官书》：昴曰髦头，胡星也。《正义》曰：昴七星为髦头。六星明与大星等，大水且至，其兵大起；摇动若跳跃者，胡兵大起；一星不见，皆兵之忧也。席羁愁，曾注：一片羁愁，或云所席之地羁愁。姚经三注：坐卧羁愁之席。吴正子曰："席羁愁"，一本作"席箕愁"为是。盖卧沙中，以豆箕为席也。刘须溪曰：如箕踞坐也。杨升庵曰：恐是塞上地名。焦弱侯曰：草名。琦按：数说之中，焦说是也。《酉阳杂俎》：席箕一名塞芦，生北方胡地。古诗云："千里席箕草"。王建有《咏席箕帘诗》云："单于不向南牧马，席箕遍满天山下。"当此敌人甲马精壮之时，仰观天象，髦头又复明耀，恐将来不能无窥伺之患，即观塞草，亦应有蹂躏之愁耳。

〔7〕帐，军中帐幕也。北望茫茫，渺无所见，疑天亦应至此而尽。乃河流之声尚滔滔不息而去，知其外地广大，荒莫之纪极，自古有中国即有外裔，征戍之苦，更何时已乎！河水自塞外流入，反流出塞，重复流入中国，而后归海，故有"出塞流"之语。蓟门、青海、青冢皆相去甚远，不在一方，读者赏其用意精奥，自当略去此等小疵。○"河声"，《文苑英华》作"黄河"。

【姚注】

此为塞下征人作也。风寒月皎，露静星明。当此刁斗精严，传筹不息，亦正惟蕃甲蛇鳞，马嘶青冢，时时窥伺上国尔。故秋静见髦头之星，即不得不坐卧羁愁之席。因念帐北之天，合有尽时，顾乃河流绕塞，邈无涯际。千古此外患内忧，积成征人怨恨，谓之何哉！

染丝上春机

玉罂汲水桐花井，蒨丝沉水如云影。[1]

美人懒态燕脂愁，春梭抛掷鸣高楼。[2]
彩线结茸背复叠，白袷玉郎寄桃叶。[3]
为君挑鸾作腰绶，愿君处处宜春酒。[4]

【汇解】

〔1〕玉罂，玉瓶也。桐花井，古时井上多植梧桐，古词"井桐花落尽"是也。"蒨"与"茜"同，染绛草。郭璞《尔雅注》：茹藘，今之蒨也，可以染绛。诗意谓汲水染丝，红白鲜明，相映如云霞之影。

〔2〕丝既染成，于是上机而织。

〔3〕曾谦甫注：彩线，即染成之丝。结茸，谓丝吐处茸茸然。"背复叠"，以机有正背，正则齐，而重叠接续在背。琦谓："彩线结茸背复叠"者，盖另是一物，即白袷玉郎所寄者也。以彩线结茸而成，视其背则复叠相交，按其物形当是同心结之类。详言其状，而隐晦其名，正长吉弄巧避熟处，不必如曾氏仍粘机织说也。袷有二音，亦有二义：作"夹"音读者为复衣，《语林》所谓"周侯著白袷，凭两人来诣丞相"者是也；作"劫"音读者，为曲领。《世说》：支道林见王子猷兄弟，还曰："见一群白颈鸦，但闻唤哑哑声。"王氏子弟多服白领故也。此用王家事则音当从"劫"，解当从曲领为是。《六朝事迹》：桃叶渡，《图经》云在县南一里秦淮口。桃叶者，晋王献之爱妾名也，其妹曰桃根。献之诗曰："桃叶复桃叶，渡江不用楫。但渡无所苦，我自迎接汝。"尝临此渡歌送之。○《柳亭诗话》以玉郎为王郎，谓"玉"字乃坊刻之误。然"玉"字正佳。

〔4〕腰绶者，腰带也。其丝纹如组绶，故谓之绶带，与印绶之绶不同。唐人诗有云："愿得化为红绶带，许教双凤一时衔。"盖缀凤鸟于带上以为彩饰。此诗所谓挑鸾作腰绶者，亦是此制。因玉郎有所寄，而思有以报之。故染丝上机，织成绶带，更挑缀鸾鸟于上，以答赠远人。"愿君处处宜春酒"者，更为祝颂之词，谓系此腰绶，当无处不宜也。○"春酒"，曾本、二姚本作"春雪"。

【姚注】

二月桐华，井水清湛。丝沉水底，菁葱如云。时当早春，闺思正娇慵无赖，而复事组织于高楼之上。彩线纷披，原以织锦，故锦背之线茸重叠也。缘玉郎多情，远道尚解白袷以寄妾；我用是思以为报，因挑鸾作腰绶以答之，俾客中随处皆暖，毋以妾寒萦念也。

五粒小松歌 并序[1]

前谢秀才、杜云卿命予作《五粒小松歌》。予以选书多事，不治曲辞。① 经十日，聊道八句以当命意。

蛇子蛇孙鳞蜿蜿，新香几粒洪崖饭。[2]
绿波浸叶满浓光，细束龙髯铰刀剪。[3]
主人壁上铺州图，主人堂前多俗儒。[4]
月明白露秋泪滴，石笋溪云肯寄书？[5]

【汇解】

〔1〕《五代史》：闻华山有五粒松，脂沦入地，千岁化为药，能去三尸。《癸辛杂识》：凡松叶皆双股，故世以为松钗。独栝松每穗三须；而高丽所产，每穗有五鬣，今所谓华山松是也。李贺有《五粒小松歌》。《酉阳杂俎》云：五粒者，当言鬣。自有一种，名五鬣，皮无鳞甲而结实多，新罗所种云云。然则所谓粒者，鬣也。《太平御览》：松叶有五粒者，名五粒松，服之长生。《本草》：萧炳曰，五粒松一丛五叶，如钗，道家服食，绝粒，子如巴豆，新罗往往进之。苏颂曰："五粒"字当作"五鬣"，音传讹也。五鬣为一丛，或有两鬣、七鬣者。

〔2〕诗人咏松，多以蛟龙为比。此则以蛇比，更以蛇子蛇孙为比，盖为

---

① "不治曲辞"，金刻本作"不治典实"。

小松写照。鳞蜿蜿,枝干屈曲貌。"新香几粒洪崖饭",姚经三以为松子之喻。琦谓小松未必即能生子,恐是指松花之蕊如米粒者;而言"饭"者,以其为仙家之所采食,故云。洪崖,古仙人,已见本卷注。

〔3〕叶密有光,若为水所浸,故润泽若此。其整齐不乱,若束龙髯而以刀剪截之。铰音"绞"。《六书故》:交刃刀也,利以剪,盖今之剪刀也。姚仙期曰:似移植盆中为盆景者,故细束之而又剪其繁鬣。姚经三曰:满浓光,色之深也。束龙髯,叶之齐也。二说之中,后说为是。

〔4〕州图,州邑地道之图系俗笔,与此松相对则不称。多俗儒,则又无人能赏识此松。

〔5〕秋露沾松叶之上,泫然堕下,有似滴泪。石笋,石之峻挺瘦立似笋者。松在深山,原与石笋相依而生,溪云往来,朝夕相护。一入主人庭中,永与相别,不知能相忆而寄书否?夫松与云石皆无情,所谓泪与书,皆假人事言之,以明小松托根不得其所耳。○吴本云:"月明白露秋泪滴",一作"月明露泣悬秋泪"。"肯寄书",曾本、姚经三本作"好寄书"。

【姚注】

"鳞蜿蜿",状松干也。"洪崖饭",喻松子也。"满浓光",色之深也。"束龙髯",叶之齐也。主人壁上所铺之州图,即豫州华山也。五粒松产华山,此当赞图画之松耳。[1]贺言此山旧多仙隐,如汉卫叔卿、张公超,五代郑遨辈,群修道于此。乃今堂前则皆世俗之儒,谁能有续仙侣者乎?月夜露重,石镈如泪,石笋溪云,惟寄书以招隐耳。

【姚本眉批】

[1] 钱云:因华松而思仙侣,俱从画上看出。注诚入神。

塘上行[1]

藕花凉露湿,花缺藕根涩。

飞下雌鸳鸯,塘水声溘溘。⑵

【汇解】

〔1〕按王僧虔《技录》:《塘上行》乃《相和歌·清调》六曲之一。吴正子注:《塘上行》又曰《塘上辛苦行》。或云甄后所作,或云魏武歌。陆机亦有此曲。注云:妇人衰老失宠,行于塘上为此歌也。《邺中故事》云:"蒲生我池中,有叶何离离。岂无兼葭艾,与君生别离。"此歌乃魏文帝后甄氏为郭后谮,赐死,临终时作也,非魏武。长吉此篇,与陆机作皆本古意。

〔2〕冷露既下,则花日就凋残,藕根亦老而味涩。○"雌"一作"雄",非。有作"双"者,尤谬。

【姚注】

《邺中故事》云:魏文帝后甄氏,为郭后谮,赐死。临终作《塘上行》,乐府因之。贞元六年八月辛丑,杀皇太子妃萧氏。贺盖作此以吊之也。

吕将军歌

吕将军,骑赤兔。
独携大胆出秦门,金粟堆边哭陵树。⑴
北方逆气污青天,剑龙夜叫将军闲。
将军振袖拂剑锷,玉阙朱城有门阁。⑵
榙榙银龟摇白马,傅粉女郎火旗下。
恒山铁骑请金枪,遥闻箙中花箭香。⑶
西郊寒蓬叶如刺,皇天新栽养神骥。
厩中高桁排蹇蹄,饱食青刍饮白水。⑷
圆苍低迷盖张地,九州人事皆如此。⑸
赤山秀铤御时英,绿眼将军会天意。⑹

【汇解】

〔1〕《艺文类聚·曹瞒传》曰：吕布乘马名赤兔。语曰：人中有吕布，马中有赤兔。因将军是吕姓，故以吕布比之。《世语》：姜维死时见剖，胆如斗大。秦门，谓西京城门也。《大唐新语》：玄宗尝谒桥陵，至金粟山，睹冈峦有龙盘凤翔之势，谓左右曰：吾千秋后宜葬此地。宝应初，追述先旨，而置山陵焉。《长安志》：玄宗泰陵在蒲城县东北三十里金粟山。吕将军盖为泰陵护卫之官，故云。曾谦甫以将军为明皇时将，是时不用而留京者，非也。

〔2〕德宗、宪宗时，北方藩镇互相盟结，旅拒王命，所谓逆气污青天也。此正志士效命立功之日，乃弃在闲地，匣中龙剑，夜中空自鸣吼。有时振袖起舞，思一试其雄心，无奈君门九重，断隔不闻。剑龙，以古时之剑有化为龙者，故云剑龙。锷音"谔"，剑之锋刃也。玉阙朱城，天子所居之处，外有门阁重重，止隔外人。此即《楚辞》"君门九重"意。○"拂"，吴本作"挥"。

〔3〕笑其时所用将帅，腰佩银印，身骑白马，非不形似，而屡怯无能，乃一傅粉女子在旗纛之下，何足以威服敌人？是以恒山铁骑请与比较金枪，藏匿不出，但遥闻其箙中花箭香而已。盖传言其善射也。曰花、曰香，亦从傅粉女郎生出，言其不见可畏之意。又曰遥闻，则又不曾亲试之行阵可知。银龟，银印也。《汉官仪》曰：王公侯金印，二千石银印，皆龟钮。旧注或以佩龟为解，非也。改内外官佩鱼为龟，乃武后时事。中宗神龙初，依旧易佩鱼矣。诗人借用古事，初无害，若武后所变易之制度已经改正者，后人初未尝敢用以为典实，诚恶之也，亦丑之也。摇者，徘徊之意，当依俚语摇摆解。火旗，旗之红者。李太白诗"火旗云马生光彩"，杜子美诗"火旗邀锦缆"是也。恒山，郡名，战国时赵地。汉置恒山郡，后以文帝讳改曰常山郡。唐时改为恒州，又改恒山郡，又改平山郡。元和四年，成德军节度使王承宗据郡叛，帝遣宦官吐突承璀率诸道兵讨之，王师屡挫。所谓恒山铁骑者，指承宗麾下骁卒而言。请金枪者，单骑挑战请与比试金枪高下。邱注以为边将请甲兵者，非也。"遥闻箙中花箭香"，即指银龟白马之将而言。邱注以为边塞之间，亦知有将军之名者，亦非。○"火旗"，一作"大旗"。

〔4〕神骥乃德力兼备之马，人不能识，放弃郊野，仅以蓬叶充饥；而厩中

排列之马,俱系蹇蹄,不善驰走者,反得安饱,岂不可叹!寒蓬之叶如刺,骥不得已而食之。长吉则谓天实生此不堪适口之物,以为骥食。新栽者,见向来尚不至此,而今乃新见之也。意中一腔愤懑不平之气,于此二字中发露殆尽。桁音"衡",屋中横木所以系马者。蹇蹄,不善行走之马。○"新",曾本、二姚本作"亲"。"排",吴本作"挑"。

〔5〕圆苍,天也。"低迷盖张地",言其不明也。董懋策注:即诗人视天梦梦之意。"如此",承上指神骥蹇蹄而言。

〔6〕赤山秀铤乃御世之英器,天意未必竟弃置于无用之地。将军当会天意,徐以俟之可也。《越绝书》:当造此剑之时,赤堇之山破而出锡,若耶之溪涸而出铜。《太平寰宇记》:赤堇山在会稽县南三十里。《会稽记》:昔欧冶子造剑于此山,云涸耶溪而采铜,破赤堇而取锡。张景阳《七命》:耶溪之铤,赤山之精。《说文》:铤,铜铁璞也。据此,则若溪之铜可以言铤,赤山之锡不可以言铤。今曰赤山秀铤,亦是语疵。绿眼将军,正指吕也。盖其绿眼故云。

【姚注】

吴元济叛,据淮西,恒镇节度王承宗,郓镇节度李师道,皆与元济互相犄角。而魏博节度田弘正,独遣其子布将兵助讨淮西,以功授御史。贺盖以布名与吕同,故借吕将军以咏之也。是时布用兵次第,则先却承宗、师道,而及元济。言将军将兵助讨,出秦门而哭陵树,誓将仗剑扫北方之逆气。玉关朱城,门阁屹然。北方者,师道当大河北,故云。布兵压承宗境,师道即畏其袭己,贴然而不敢动。故布犹是银龟白马,俨然傅粉之女郎。及以劲旅请承宗战,而恒山铁骑金枪,莫不闻箭箙香,为之震摄。盖犄角之势去而元济成擒可待矣。所以淮西西郊之寒蓬,直皇天亲栽以待将军之神骥,犹之我泉之谓耳。因念一时高牙大纛,不啻厩中蹇蹄,惟知食苕饮水,天地之大,往往皆然。安得如赤山秀铤御时之英,默会天意如将军者哉!是可美也。[1]○金粟、渭南,睿宗、玄宗墓。史云:布以战功授御史。唐制,御史银龟。圆苍,天也。

【姚本眉批】

〔1〕钱云：借吕诵布，想路甚奇甚确。一篇之中，致全史胪列贯串，绝非牵合。使读此诗者，信为真诗史，而观此注信为真史断也。非此则诗竟不可解。巨眼细心，所谓古人恨不见我矣。为之一字一拜。

休洗红[1]

休洗红，洗多红色浅。

卿卿骋少年，昨日殷桥见。

封侯早归来，莫作弦上箭。[2]

【汇解】

〔1〕古诗："休洗红，洗多红色淡。不惜故缝衣，记得初按茜。人寿百年能几何？后来新妇今为婆。"长吉盖拟其调，而意则殊也。

〔2〕骋，犹趁也，正当及时之意。殷桥，地名，未详所在。弦上箭，谓其一去而不还也。○"浅"，姚仙期本作"淡"。

【姚注】

征夫远别，闺中嘱其早归。言颜色易衰，青春易迈，莫如弦箸之一去不归，致久负芳容也。○昔诗云："休洗红，洗多红色淡。不惜故缝衣，记得初按茜。人寿能几？后来新妇今为婆。"红色变为殷。《左传》"左轮朱殷"，是血凝而变黑也。洗红于水，而桥为殷，则红所存者无几，言色之易落耳。见此益自伤年华矣。

野　歌

鸦翎羽箭山桑弓，仰天射落衔芦鸿。[1]

麻衣黑肥冲北风，带酒日晚歌田中。[2]
男儿屈穷心不穷，枯荣不等嗔天公。
寒风又变为春柳，条条看即烟蒙蒙。[3]

【汇解】

〔1〕《尔雅》：檿桑，山桑也。郭璞注：似桑，材中作弓及车辕。《淮南子》：雁衔芦而翔，以备矰弋。《古今注》：雁自河北渡江南，瘦瘠能高飞，不畏矰缴。江南沃饶，每至还河北，体肥不能高飞，恐为虞人所获，常衔芦数寸以防矰缴。一说代山高峻，鸟飞不越，惟有一缺门，雁往来向此缺中过，人号曰雁门。山出鹰，雁过，鹰多捉而食之。雁欲过皆相待，两两相随，口中衔芦一枝，然后过缺中。鹰见芦，惧之不敢捉。

〔2〕唐时举子皆着麻衣，盖苎葛之类。黑肥，垢腻状也。旧注以麻衣黑肥为雁翎黑白相杂之比，或以为指射雁人，皆误。

〔3〕长吉自谓身虽屈抑穷困，心却不为穷所困。凡人之遭际，枯荣不等，常谓天意偏私，其实天意未常偏私。试看寒风时候，又变为春柳时候，枯者亦有荣时，不可信乎？条条，柳枯无叶之状。烟蒙蒙，绿叶初生，望之有若蒙蒙烟护之状。

【姚注】

男儿操强弓疾矢，能射雁饮羽。故雁南来，正遇其醉歌田中，乃有此伎俩，宜其策名当世。然犹日暮尚困陇亩，能令其心皆穷耶？枯荣不等，天公固可嗔矣。但律转阳回，春柳枝枝皆茂，亦何时之不能待耶？[1]○董云：麻衣不应属雁。当是人葛衣冲风，引大战胜而肥，[1]以冲风故黑。未免太凿。[2]

---

① "大"疑作"矢"，属上句。

【姚本眉批】

〔1〕蒋云：言士不终穷也。

〔2〕周云：鸿自北而南，麻衣黑肥，自是射雁人。唐时举子皆着麻衣。

将进酒^{〔1〕}

琉璃钟，琥珀浓，小槽酒滴真珠红。^{〔2〕}

烹龙炮凤玉脂泣，罗帏绣幕围香风。^{〔3〕}

吹龙笛，击鼍鼓。皓齿歌，细腰舞。^{〔4〕}

况是青春日将暮，桃花乱落如红雨。^{〔5〕}

劝君终日酩酊醉，酒不到刘伶坟上土。^{〔6〕〔1〕}

【汇解】

〔1〕《宋书》：汉《鼓吹铙歌》十八曲有《将进酒》，曲古词云："将进酒，乘大白。"大略以饮酒放歌为言。

〔2〕《晋书》："汝南王亮尝宴公卿，以琉璃钟行酒。"珍珠红当是酒名。

〔3〕曹植诗："其在釜下然，豆在釜中泣。"诗人用"泣"字作釜中煮物声者，皆本此。古乐府：绣幕围香风，耳节朱丝桐。○"罗帏"，吴本作"罗屏"。"绣幕"，一作"翠幕"。"香风"，一作"春风"。

〔4〕虞世南《琵琶赋》：凤箫辍吹，龙笛韬吟。傅玄《正都赋》：吹凤箫，击鼍鼓。陆玑《诗疏》：鼍形似蜥蜴，四足，长丈馀，生卵大如鹅卵，甲如铠，其皮坚厚，可以冒鼓。《楚辞》：朱唇皓齿，嫭以姱只。《韩非子》：楚灵王好细腰。

〔5〕暮，指时节言，谓春日无多，固将暮矣；不谓日暮也。桃花乱落，正暮春景候。

〔6〕按《晋书》：刘伶，字伯伦，沛国人。放情肆志，嗜酒，著《酒德颂》一篇。《一统志》：刘伶墓在光州北，旁有井，相传死葬此。又卫辉府亦有伶墓。

【姚注】

此讥当世之沉湎者也。豪贵侈靡,欢宴无极,且谓其宜及时行乐,没则已矣。他日荒冢古丘,固无及耳。

【姚本眉批】

[1]陈云:作讥讽妙。若云是劝,此亦何待劝。○蒋云:此劝及时行乐也。

美人梳头歌

西施晓梦绡帐寒,香鬟堕髻半沉檀。[1]
辘轳咿哑转鸣玉,惊起芙蓉睡新足。[2]
双鸾开镜秋水光,解鬟临镜立象床。[3]
一编香丝云撒地,玉钗落处无声腻。[4][1]
纤手却盘老鸦色,翠滑宝钗簪不得。[5]
春风烂熳恼娇慵,十八鬟多无气力。
妆成鬌鬌欹不斜,云裾数步踏雁沙。[6]
背人不语向何处? 下阶自折樱桃花。[7]

【汇解】

〔1〕《韵会》:绡,《说文》:生丝缯,一曰绮属。《鲁诗注》:绣也。《礼记注》:缣也。

〔2〕《韵会》:辘轳,井上汲水木,一作"辘轳",一作"橪栌"。转鸣玉,谓辘轳之转,其声如玉之鸣也。芙蓉,指美人而言。明皇喻杨妃醉状曰:真是海棠睡未足耳。盖唐时多有此等比拟。

〔3〕双鸾乃镜盖上所绣者,开去镜盖,则镜光始见,如秋月之明净矣。吴正子注:立象床,发长委地,故立于床而梳也。

〔4〕董懋策注：状发之浓也。盖发浓虽立而尚撒地，故钗坠无声。琦按：鬟已解矣，安得尚有玉钗在上，以致落地？况此句已用玉钗，下文又用宝钗，何不惮重复至是？恐是"鎞"字之讹。鎞是栉发器，他选本有作"玉梳"者，盖亦疑"钗"字之非矣。落处谓梳发，凡梳发原无声，无声是衬帖字，下着一"腻"字，方见其发之美。

〔5〕老鸦色，言其色之黑。古《西洲曲》：双鬓鸦雏色。

〔6〕鬌，"窝"上声，好发髻也。髻音"朵"。刘梦得诗："鬌髻梳头宫样装。"踏雁沙，如雁足踏沙上，言其行步匀缓。

〔7〕《本草》：樱桃树不甚高，春中开白花，繁英如雪。

【姚注】

状美人之晓妆也。奇藻蒨艳，极尽情形，顾盼芳姿，仿佛可见。

【姚本眉批】

〔1〕钱云：发长委地，故钗坠无声。

月漉漉篇

月漉漉，波烟玉。^{〔1〕}
莎青桂花繁，芙蓉别江木。^{〔2〕}
粉态夹罗寒，雁羽铺烟湿。^{〔3〕}
谁能看石帆？乘船镜中入。^{〔4〕}
秋白鲜红死，水香莲子齐。^{〔5〕}
挽菱隔歌袖，绿刺胃银泥。^{〔6〕}

【汇解】

〔1〕漉漉，月光莹润状。出于波烟之中，有如玉镜。

〔2〕芙蓉，荷花也。别江木者，江木依然，芙蓉已谢也。

〔3〕袷，夹衣无絮者也。

〔4〕《水经注》：石帆山东北有孤石，高二十馀丈，广八尺，望之如帆，因以为名。北临大湖，水深不测。《会稽志》：石帆山在会稽县东十五里。旧经引夏侯曾先《地志》云：射的山北有石壁，高数十丈，中央少纤，状如张帆，下有文石如鹍，一名石帆。《十道志》云：山遥望如张帆临水。谢惠连《泛南湖至石帆诗》："涟漪繁波绿，参差层峰峙。"南湖即今镜湖也。宋之问诗云："石帆来海上，天镜出湖中。"《初学记·舆地志》曰：山阴南湖，萦带郊郭，白水翠岩，互相映发，若镜若图。故王逸少曰：①山阴道上行，如在镜中游。曾谦甫曰：此诗似有慕镜湖而作。

〔5〕杜诗鲜于注：江、浙谓江米曰红鲜。死，稻熟也，犹万宝尽死之死。旧注有以"秋白鲜红死"，即芙蓉别江木之说者；有以芙蓉为水芙蓉，鲜红死为荷花谢者。恐皆非是。

〔6〕挽菱，挽菱科而采之也。绿刺，菱角也。罥音"畎"，挂也。杜审言诗："绿刺罥蔷薇。"阎朝隐诗："莲刺罥银钩。"银泥谓衣裙。《中华古今注》：秦始皇令宫人披浅黄银泥飞云帔，隋炀帝宫中有云鹤金银泥披袄子，则天以赭黄罗上银泥袄子以燕居。《国史补》：以熟彩衣给其夫氏，以银泥衣给其女氏。《仙传拾遗》：有黄罗银泥裙，五晕罗银泥衫子，单丝罗红地银泥帔子。

【姚注】

此贺昌谷山居秋夜泛湖作也。前《忆昌谷诗》："不知船上月，谁泛满湖云？"而《昌谷诗》又有"石帆引钓饵，溪湾转水带"之句。此言月色皎洁，湖光恬静，秋花开落，夜度飞鸿，景况甚佳，差堪仿佛会稽之石帆镜湖也。秋白，秋水清也。鲜红死，莲房坠也，故水香而莲子齐也。少妇采菱，歌声伊迩，而菱刺牵衣，致罥银泥也。○《水经注》：太湖在石帆山下。山阴南湖一名镜湖。王羲之云："如在镜中游。"仙女天衣，有银泥五晕罗裙。

---

① 据《世说新语》言语篇，"王逸少"（羲之）应为"王子敬"（献之）之讹。

京　城

驱马出门意,牢落长安心。
两事向谁道? 自作秋风吟。[1]

【汇解】

〔1〕始也驱马出门之时,意气方壮,以为取富贵如拾芥。乃羁旅长安,
牢落无味,非复前日之心矣。左思《魏都赋》:"临淄牢落。"李善注:第五伦
自度仕宦牢落。李延济注:牢落,阒寂也。两事,未详所指何事。徐文长、
姚经三俱以功名当之,恐亦未确。

【姚注】

此贺罢归时出长安之作。"两事",功与名也。至此不堪告人,惟吟咏
以自遣耳。

官街鼓[1]

晓声隆隆催转日,暮声隆隆催月出。[2]
汉城黄柳映新帘,柏陵飞燕埋香骨。[3]
磓碎千年日长白,孝武、秦皇听不得。[4]
从君翠发芦花色,独共南山守中国。
几回天上葬神仙,漏声相将无断绝。[5]

【汇解】

〔1〕《唐书》:日暮,鼓八百声而门闭。五更二点,鼓自内发,诸街鼓承

振,坊市门皆启,鼓三千挝,辨色而止。其制盖始于马周。旧制,京城内金吾昏晓传呼,以戒行者。周上书令金吾每街隅悬鼓,夜击以止行李,以备窃盗,时人呼曰冬冬鼓,公私便焉。见《中华古今注》《海录碎事》诸书。

〔2〕"催月出",曾本、二姚本作"呼月出"。

〔3〕吴正子注:陵寝多栽柏,故云柏陵。琦按:《通鉴·德宗纪》:自乾陵北过附柏城而行。胡三省注:山陵树柏成行,以遮迤陵寝,故谓之柏城。宋白曰:唐诸陵皆栽柏环之。贞元六年十一月,敕诸陵柏城四面各三里内不得安葬。柏陵,即柏城也。飞燕以喻当时宫嫔。

〔4〕汉武、秦皇志求长生,然不能长在听此鼓声。○"硙碎",吴本作"鎚发"。

〔5〕人少发色翠黑,老则白如芦花,由少而老,人人如是。乃有人独欲长生,与南山并寿,守此中华而不死。岂知神仙不死之说,本是虚诞之辞,虽或可以却病延年,终有死期,岂能如漏声之日夜相将而无断绝乎?将,犹随也。此诗盖为求长生者讽,而借官街鼓作题以发其意。

【姚注】

此讥求仙之非也。日月循环,鼓声相续,故长安犹是。汉城黄柳,新帘飞燕,已成黄土。使如秦皇、孝武在时,遽言硙碎千年白日,势必使翠发变为芦花之白,犹与共南山之寿以守此中华也。[1]其实秦皇死,孝武复死,漏声相续之下,亦不知断送多少万乘之君矣。○京师晨昏,置鼓警众。杜诗云:漏鼓还思昼。

【姚本眉批】

[1] 钱云:秦、汉陵皆在南山。

许公子郑姬歌[1][1]

许、史世家外亲贵,宫锦千端买沉醉。

铜驼酒熟烘明胶,古堤大柳烟中翠。[2]
桂开客花名郑袖,[2]入洛闻香鼎门口。
先将芍药献妆台,后解黄金大如斗。[3]
莫愁帘中许合欢,清弦五十为君弹。
弹声咽春弄君骨,骨兴牵人马上鞍。[4]
两马八蹄踏兰苑,情如合竹谁能见!
夜光玉枕栖凤凰,裌罗当门刺纯线。[5]
长翻蜀纸卷《明君》,[3]转角含商破碧云。
自从小靥来东道,曲里长眉少见人。[6]
相如冢上生秋柏,三秦谁是言情客?
蛾鬟醉眼拜诸宗,为谒皇孙请曹植。[7][4]

【汇解】

〔1〕郑园中请贺作。

〔2〕《汉书》:上无许、史之属。应劭曰:许伯,宣帝皇后父。史高,宣帝外家也。颜师古曰:许氏、史氏,有外属之恩。许公子当是戚畹,故以汉许、史比之。杜预《春秋经传集解》:二丈为一端。吴正子注:铜驼街也。杨升庵曰:张萱《宫骑图》画从骑有挈金驼者。盖唐制宫人用金驼贮酒,玉龟藏香。曾谦甫注以"铜驼"为酒器,似本其说。琦按:二说之中,吴说似优。公子以宫锦千端为缠头之费,作一畅饮,酒必择其佳者,而铜驼街之熟酒可饮;地必选其胜者,而古堤大柳之处可游。若以"铜驼"为贮酒之器,似于"熟"字无当。曾本、二姚本以"熟"字作"热"字,似又以"铜驼"为温酒器矣。邱季贞注:烘明胶,酒色莹彻而厚也。

〔3〕桂开客花,喻郑姬之清雅,有如幽桂自远方而至。客游斯土,故曰客花。或"桂"字、"客花"字乃姬之小名,亦未可知。郑袖,楚怀王宠姬,见《史记·楚世家》及《张仪传》中,以姬姓郑,故以古郑袖比之。入洛闻香,谓至洛阳者,皆闻其香名也。鼎门口,是郑所居之地。《后汉书》:河南周公时

所城洛邑也，东城门名鼎门。注云：《帝王世纪》曰，东南门，九鼎所从入。将，送也。将芍药所以助其妆，解黄金所以恣其用。大如斗者，盖侈言之。或以芍药谓芳华之辞，或以斗大金印系肘后作解者，皆非是。

〔4〕《初学记》：释智匠《古今乐录》曰："石城西有女子名莫愁，善歌谣。"许合欢，谓许其来作欢会也。盖此时尚在郑姬家中弹筝作乐，俟其弹毕，然后乘马偕行，以至园中。

〔5〕兰苑，宴会之所。上文所谓"古堤大柳烟中翠"者，即是其处。王融《谢武陵王赐弓启》："畅艺兰苑。"盖用其语以为美称也。《太平御览》：《明皇杂录》曰，虢国夫人夜光枕，希代之宝，莫能计其直。郑嵎《津阳门诗》注：虢国夜明枕，置于堂中，光烛一室，西川节度使所进。事载《国史》。裕罗，夹罗也。当门，谓帏幔之属。纯，丝也。二句虽言园中陈设之美，兼以喻男女好合之情。凤凰取双栖之意，纯线取缠绵不相离之意。

〔6〕吴正子注："长翻"合作"番"，长幅也。钱饮光注：似以《明妃图》长在手展玩。此一说也。邱季贞注：长翻蜀纸乃录曲也，卷《明君》书于册内。盖以《明君》为乐府《相和歌》，《吟叹》四曲中《王明君》之曲。此又一说也。琦谓二句是美姬之技艺，上言其善画，下言其善歌，第"卷"字恐有讹耳。《襄阳耆旧传》：含商吐角，绝节赴曲。破碧云，谓其响遏行云也。小靥，颊上之饰作小样者。张正见诗："裁金作小靥，散麝起微黄。"孙棨《北里志》：平康里入北门东回三曲，即诸妓所居之聚也。妓中铮铮者，多在南曲、中曲；其循墙一曲，卑屑妓所居，颇为二曲轻斥。盖唐时谓妓女聚居之处为曲。少见人，谓不易见客。

〔7〕相如已死，不可复作，不知当今谁是言情之客？此时幸有才人在座，拜恳诸客为我代白于皇孙，请展曹植之才思，赠一诗以增声价。宗，尊也。诸宗，盖谓诸尊客。皇孙、曹植，皆以自谓。○"冢上"，曾本、二姚本作"坟上"。"三秦"，曾本、二姚本作"三春"。"蛾鬟"，《文苑英华》作"蛾眉"。

【姚注】

此贺见许公子、郑姬而作此诗。言公子家世如许、史，郑姬美貌如郑袖。初时两两相得,已而纳之后房,曲翻《明君》,音调商、角,固后房为欢之事。在此时,公子命姬与贺相见,则又相见时之事。贺本才人,姬素闻名推服。贺遂述姬白贺之言,具云:娇小东来,虽曲中亦罕见客。而今见王孙者,正以相如既往,三春已无情人。而诸宗之中,有王孙固能赋《洛神》如子建也。则是贺可以不见姬,而姬反不能不见贺。要之,文君、宓妃,姬亦善自诩哉。〇许、史,汉宣帝外戚。郑袖,楚怀王之幸姬。铜驼,即洛阳街,当开樽于此地也。"桂开客花",言姬如名花而开自客中,初从他处入洛。鼎门,洛阳东南门。言花初从此入,而香即遍城阙也。公子一见心赏,闻弦兴发,并马载归,遂成鸾匹。"袷罗当门",言玉枕欢浓,长垂帘幕,故上云"情如合竹谁能见"也。皇孙、曹植,是郑举以誉贺也。曾以铜驼为酒器,云酒如明胶之莹彻。袷罗当门,为当门裁公子之裳。俱谬。他本皆因之。

【姚本眉批】

　　[1] 钱云:此为郑姬请歌而作。因其交欢许公子,故云许公子郑姬,从公子引起。

　　[2] 钱云:客花,明姬非此地人。

　　[3] 钱云:似以《明妃图》长在手展玩耳。

　　[4] 徐云:末四句似薄公子无文,不足言情而自负也。

新夏歌

晓木千笼真蜡彩,落蒂枯香数分在。[1]
阴枝拳芽卷缥茸,长风回气扶葱茏。[2]
野家麦畦上新垅,长畛徘徊桑柘重。[3]
刺香满地菖蒲草,雨梁燕语悲身老。[4]
三月摇杨入河道,天浓地浓柳梳扫。[5][1]

【汇解】

〔1〕千笼,犹云千株,其叶浓密团栾,似以物笼罩者故云。蜡彩,言其光明鲜丽,如以蜡饰彩上为之。上句言树木之茂盛,下句言花时已过,开将尽也。○吴本云:"蜡彩",一作"绛采"。"落蒂",吴本作"落蕊"。

〔2〕阴枝,日色不照之处,其枝晚长,故其芽尚拳曲而未舒展。缥,青白色。茸,芽上细茸毛也。长风,夏时之风。周处《风土记》:仲夏长风扇暑。郭璞《江赋》:"潜荟葱茏。"李善注:葱茏,青盛貌。○"茸",曾本、二姚本作"带"。

〔3〕野家,郊野人家也。畦,区也。垅,田中高处,今谓之田塍。新垅亦有麦生其上,见麦苗之盛。畛音"轸",田间之道可容大车者。徘徊,不进之貌。桑柘之叶,纷披垂倚,所谓重也。人行其下,徘徊不进也。

〔4〕刺,谓其叶尖如刺。

〔5〕摇杨,已见二卷注。天浓地浓,犹言漫天漫地之意。

【姚注】

笃耨香出真蜡国,树如松形,此状树之浓阴翠色也。花茎犹未全落,柔条尚尔半舒,而节候方助其畅遂。垅麦将秋,桑柘纷披,菖蒲剑立。梁间燕子,似惜春归;而大堤杨柳,竟尔迷蒙高下矣。

【姚本眉批】

〔1〕钱云:"天浓"谓树阴,"地浓"谓草色。柳条映树言梳,拂地似扫也。

题归梦

长安风雨夜,书客梦昌谷。
怡怡中堂笑,小弟裁涧菉。〔1〕
家门厚重意,望我饱饥腹。

劳劳一寸心，灯花照鱼目。^{〔2〕}

【汇解】

〔1〕《尔雅》：菉，王刍。郭璞注：菉，蓐也，今呼鸭脚莎。《尔雅翼》：毛诗"菉竹"作"绿竹"。先儒皆以绿为王刍，竹为萹竹。《说文》亦云：菉，王刍也。引《诗》曰："菉竹猗猗"，则绿与菉同。《本草》：名荩草，俗亦呼淡竹叶，所谓终朝采绿，不盈一掬者。《上林赋》称香草云：揜以绿蕙，被以江蓠。张揖亦以绿为王刍。

〔2〕此四句乃梦后自言其情也。饱饥腹，谓得沾薄禄以慰调饥。吴正子注：鱼目不瞑，言劳思不寐也。董懋策注：鱼目，泪目也。琦按：古诗"灯擎昏鱼目"，鱼目有珠，故以喻含泪珠之目。董说是也。吴注劳思不寐之说，似与梦不洽。

【姚注】

贺将发京城而梦归也。梦中到家，小弟见兄而喜，采芹藻以饷，醒尚宛然。因思家门厚期于我，冀沾薄禄以慰调饥。谁知劳劳一寸心，灯花照之而泪落如珠也。鱼目，状泪珠也。吴笺谓鱼目不眠。似与梦不洽。^[1]

【姚本眉批】

[1] 钱云：不眠义似胜。此寻梦回时也。

经沙苑^{〔1〕}

野水泛长澜，宫牙开小蒨。^{〔2〕}
无人柳自春，草渚鸳鸯暖。^{〔3〕}
晴嘶卧沙马，老去悲啼展。^{〔4〕}
今春还不归，塞嘤折翅雁。^{〔5〕}

【汇解】

〔1〕《元和郡县志》：沙苑，一名沙阜，在同州冯翊县南十二里，东西八十里，南北三十里。今以其处宜六畜，置沙苑监。《太平寰宇记》：沙苑监在同州冯翊、朝邑两县界。按《唐六典》，掌牧养陇右诸牧牛羊，以供其宴会祭祀及尚食所用。

〔2〕野水泛滥，宫室鞠为茂草，以见牧地荒残之状。澜，水波也。蒨，草盛貌。又草名，今谓之茜草。《诗经》谓之茹蕈，可以染绛。曾谦甫注：牙当作“芽”。芽开小蒨，草丛生也。姚经三注：沙苑南有兴德宫，为高祖趋长安所次。言此宫之牙门竞长新丛也。琦按：别本有以“宫牙”为“官牙”者，“牙”古与“衙”通。盖谓沙苑监之衙署。“官牙开小蒨”者，官衙倾毁，其地开治种莳茜草也。

〔3〕“无人柳自春”，见牧户逃亡。“草渚鸳鸯暖”，见畜牧鲜少。

〔4〕仅有疲老不堪用之马，嘶卧沙中。

〔5〕雁者，随阳之鸟，木落南翔，冰泮北徂，若折翅则不得高飞远逝。长吉自谓。今当春时，尚淹滞他乡，不能归里，犹之塞上嘤鸣折翅之雁，能不见之生感乎？《说文》：嘤，鸟鸣也。

【姚注】

唐制，牧马四十八监，由京度陇，置八坊。其间沙苑属同州，亦牧监地也。元和七年，京畿大水，所在百川发溢。贺过沙苑，而见牧马之地皆野水泛澜。沙苑南有兴德宫，为高祖趋长安所次。此言草皆濡没，独此宫之牙门仅长新丛，故云开小蒨也。道无行人，柳以水愈茂。草场成渚，且游水鸟。即天气晴明，而马犹乏食，故卧嘶沙上，老马愈不胜悲啼也。贺本以良马自许者，至于不遇复不归，触此凄凉之状，不觉哀鸣，如折翅之雁矣。○别本以“宫牙”为“官牙”，非，且亦无解。曾以“牙”与“芽”通。亦谬。

出城别张又新酬李汉[1]

李子别上国，南山腔峒春。[2]

不闻今夕鼓，差慰煎情人。[3]

赵壹赋命薄，马卿家业贫。

乡书何所报？紫蕨生石云。[4]

长安玉桂国，戟带披侯门。[5]

惨阴地自光，宝马踏晓昏。[6]

腊春戏草苑，玉挽鸣銮辚。

绿网缒金铃，霞卷清地漘。[7]

开贯泻蚨母，买冰防夏蝇。[8]

时宜裂大被，剑客车盘茵。[9]

小人如死灰，心切生秋榛。[10]

皇图跨四海，百姓施长绅。

光明霭不发，腰龟徒甃银。[11]

吾将噪礼乐，声调摩清新。[12][1]

欲使十千岁，帝道如飞神。[13]

华实自苍老，流来长倾盆。[14]

没没暗齰舌，涕血不敢论。[15][2]

今将下东道，祭酒而别秦。[16]

六郡无剿儿，长刀谁拭尘？

地理阳无正，快马逐服辕。[17]

二子美年少，调道讲清浑。[18]

讥笑断冬夜，家庭疏篆穿。[19]

曙风起四方，秋月当东悬。

赋诗面投掷，悲哉不遇人。

此别定沾臆，越布先裁巾。[20][3]

【汇解】

〔1〕按《唐书》：张又新，字孔昭，工部侍郎荐之子。善文词，元和中及

进士高第。以谄附李逢吉及李训，两遭贬逐，丧其家声。官至左司郎中。李汉字南纪，宗室淮阳王道明之后，为韩愈子婿。少师愈，为文长于古学。元和七年登进士第，官至吏部侍郎。

〔2〕上国谓京师。南山，终南山也，在京师万年县南五十里。崆峒山在原州平高县西一百里，与京师相去辽远，未必指此。恐所谓崆峒，是终南山中峰岭岩洞之名耳。

〔3〕在京则闻昏晨街鼓之声，出城则今夕不复闻矣。在京则动思家之情，有如煎逼；出城则到家计日可必，差足以自慰矣。

〔4〕自分命薄如赵壹，既不得显职；家贫如司马长卿，又不能留滞长安。乡书来报，紫蕨已生，可以采食，明己所以有归去之志。《后汉书》：赵壹体貌魁梧，身长九尺，美须豪眉，望之甚伟。而恃才倨傲，为乡党所摈，后屡抵罪，几至死，友人救得免。作《刺世疾邪赋》以舒其怨愤，曰："且各守尔分，勿复空驰驱。哀哉复哀哉，此是命矣夫！"初，袁逢使善相者相壹云："仕不过郡吏。"竟如其言。《汉书》：司马相如，字长卿。客游梁，得与诸侯游士居。数岁，梁孝王薨，相如归，而家贫无以自业。陆玑《诗疏》：蕨，鳖也，山菜也。初生似蒜，茎紫黑色，可食如葵。

〔5〕《战国策》：楚国之食贵于玉，薪贵于桂。《唐书·百官志》：凡戟一品之门十六，二品及京兆河南太原尹、大都督、大都护之门十四，三品及上都督、中都督、上都护、上州之门十二，下都督、下都护、中州下州之门各十。衣幡坏者五岁一易之。带，即幡也。披，披拂之意。徐文长注：以下十二句并状长安富贵之态。

〔6〕言虽惨阴之地，亦自有光采，不论朝夕，总有人马驰驱不绝。《西京赋》：夫人在阳时则舒，在阴时则惨。《史记》：中厩之宝马，臣得赐之。

〔7〕四句言游猎之事。腊，十二月也，以其月中有腊祭之事，世俗遂谓之腊月。挽，引车也。玉挽犹玉轮。《玉篇》：轙，车声也。《说文》：辚，车声也。又《东京赋》："隐隐辚辚。"吕延济注：隐隐、辚辚，皆车马声。绿网，掩取禽兽之网，缒铃于其上，铃动有声，则知有物入其中而获取之也。霞卷者，犹风卷云卷之谓，言其获取之多。《尔雅》：夷上洒下，漘。邢昺《疏》：

李巡云,夷上平上,洒下陼下。郭璞云:涯上平坦,而下水深者为漘。《诗》《王风·葛藟》云"在河之漘"是也。

〔8〕《搜神记》:南方有虫名蠜蝍,又名青蚨,形似蝉而稍大,生子必依草叶,大如蚕子。取其子,母即飞来,不以远近;虽潜取其子,母必知处。以母血涂钱八十一文,以子血涂钱八十一文,每市物,或先用母钱,或先用子钱,皆复飞归,轮转无已。故《淮南子》术以之还钱,名曰青蚨。《太平御览》:干宝《搜神记》曰,南方有虫,其形若蝉而大,其子著草叶,如蚕种,得子以归,则母飞来就之。若杀其母以涂钱,以其子涂贯,用钱货市,旋则自还。故《淮南子》术以之还钱,名曰青蚨。其文与今本《搜神记》少异。观长吉此句,似当以《御览》本为正。《埤雅》:《传》曰,以冰致蝇。蝇,逐臭者,怀蛆萦利,常喜暖而恶寒,故遇冰辄侧翅远引,所谓夏虫不可以语冰者也。

〔9〕虞喜《志林》:江夏孟宗,少游学,其母作十二幅被,以招贤士同卧。此云大被者,盖借用其事,以见宾友之留宿者甚多。剑客,佩剑之客。车盘茵者,出则乘车,以茵褥盘曲于车而坐也,以见门客之待遇者甚厚。

〔10〕吴正子以此二句为长吉自谓。非也。张、李乃其知己,安有对之而自谦称小人之理?连下文四句观之,知其所称小人,是指其时与长吉相忌嫉而排挤之者。如死灰,言其无可用处。心切生秋榛者,其心切切以伤人为事,如有荆棘生其胸中也。

〔11〕言天子神圣,幅员广大,人民安乐,正可以兴起文明之事。乃霭蔽不能振发,尸位素餐,徒然腰佩龟钮之银印而已。绅,大带也。霭,本训云集,云集则天光为之掩蔽,故于此作掩蔽解也,极言小人辈之无能。银龟,详见《吕将军歌》注中。鷙,结也。○"施",一作"拖"。

〔12〕谓作为《雅》、《颂》以歌咏休明之德。噪者,不惮多言之意。

〔13〕飞神,犹言天神,使后世仰羡不可企及也。

〔14〕曾谦甫注:自苍老,华实并存。长倾盆,无旱涸之嗟。姚仙期注:自苍老,见非采春华而忘秋实之比。长倾盆,文教润泽丰美。姚经三注:华实并茂,膏液长流。钱饮光注:华实苍老,苗而秀,秀而实,无害稼者,故流米倾盆也。琦按:此二句必有讹字,未可强解。若如诸说,则晦涩僻隐,几

不成语,岂止牛鬼蛇神而已哉!○"流来",姚经三本作"流米"。

〔15〕言既已为人所挤,若再开口论说,更遭忌嫉,故计惟有一去而已。《汉书·灌夫传》:魏其必媿,杜门龋舌。颜师古注:"龋,齧也,音仕客反。"读有"宅"、"责"二音。徐陵《与杨仆射书》:"规规默默,龋舌低头。"涕血,犹泣血也。

〔16〕祭酒,谓祖道祭也。古者出行,必有祖道之祭,封土为山,象以菩刍棘柏为神主,酒脯祈告。既祭,以车轹之而去。事见《毛诗正义》。

〔17〕四句似谓道路艰阻,无技勇之士以卫行李,况其地理偏僻,无正阳之气,乃以快马服辕而去。明己久在京师,郁郁不得志,故决于去如此也。《汉书》:从六郡良家材力之士。颜师古注:六郡谓陇西、天水、安定、北地、上郡、西河也。剿儿,勇捷之人,犹云健儿也。古《幽州马客吟》:"快马常苦瘦,剿儿常苦贫。"服,驾也。辕,车前横木上钩衡者。

〔18〕调,和合也。言二子志同道合,与我讲论处世清浊之道。○"调道讲清浑",一作"讲道调清浑"。

〔19〕闲时相聚会,每多讥笑之词;今夕叙离别,所赠皆要言,故讥笑之词遂断。首联已用"春"字,至此又用"冬夜",下联又用"秋月",杂乱至此,殊不可解。"冬夜"或是"永夜"之讹。《说文》:箊,小竹也。

〔20〕曙风,晓风也。"四方"当作"西方"。臆,胸也。高适诗:"开箧泪沾臆。"《太平御览》:谢承《后汉书》曰:常敕会稽郡献越布。秦嘉妇《与嘉书》云:"今奉越布手巾一枚。"沾臆之泪,从不遇而落,不为离别而洒。盖因不遇而去与知己叙别,焉能不凄凉泣下? 未别之先,预知定有此泪,故先裁越布为巾,以为扲拭之用矣。

【姚注】

此贺出城归家而作此以别张、李二子者也。李子别上国,正当崆峒方春之时,归则不闻今夕之鼓,归即差慰煎情之人。夫以命薄如赵壹,家贫如马卿,乡书所报,不过紫蕨生石云,未必有事可恋。若以长安言之,长安玉桂之国,侯门戟带森然。气虽阴慄,地自光华。宝马连钱,不论昏晓。又腊春游戏上苑，车声轞轞。而所植之名花，施之绿网，缒以金铃。地入水湄，绣帐铺张，不啻霞卷。蚨母用之无算，夏蝇却之不来。是固宜兄弟聚欢，剑客并辔。乃小人心如死灰，而第切家国之秋榛者，何也？正以皇图跨有四海，百姓愿施长绅。光明久之不发，腰间徒鳌银龟。盖吾所职司者礼乐之事，是岂不当制作清新，千年润色，以至华实并茂，膏液长流。亦无如柄人用事，谏诤多遭重斥，有齰舌涕血而不敢陈耳，故计惟有一去。今将东下，酒酬祖道之神。虽边氛未靖，道路多陂，亦快马逐服辕之不顾也。二子年少学道，客中讥笑不作，家庭疏箓从穿。然当曙风四起，秋日东升，①固思赋诗以投知己，抑曾悲及从来不遇之人乎？别来泪下沾臆，谅亦羡李生越布裁巾之在先矣。○赵壹不遇，作《穷鸟赋》。蚨母，即青蚨钱。唐官制，三品龟袋，饰金；四品以下龟袋，饰银。祭酒，贤者称也，疑云韩愈，而愈为祭酒，似在贺后。顾荣，村居疏漏，竹笋穿壁。

【姚本眉批】

〔1〕钱云："噪礼乐"，言欲大声疾呼以请正礼乐也。下言礼乐之效。

〔2〕钱云："华实苍老"，苗而秀，秀而实，无害稼者，故流米倾盆也，终归齰舌而已。与"噪"字应。

〔3〕钱云：裁巾所以拭泪。

---

① 依原诗，"日"当作"月"。

李长吉歌诗外集[1]

【汇解】

〔1〕吴正子曰：京师本无后卷；有后卷者，鲍本也。常闻薛常州士龙言，长吉诗蜀本、会稽姚氏本，皆二百一十九篇。宣城本二百四十二篇。蜀本不知所从来。姚氏本出秘阁，而宣城本则自贺铸、方回也。宣城多羡诗十九。蜀与姚少亡诗四。而姚本善之尤。以余校之，薛之言谅矣。今余用京、鲍二本训注，而二本四卷终，皆二百一十九篇，与姚、蜀本同。薛谓宣城本二百四十有二首，盖多余本二十有三耳。今鲍本后卷二十有三篇，适与宣本所多之数合，是鲍本即宣本也。第一篇内《白门前》者，即与第四卷《上之回》重文，如此则实有二百四十有二矣。然观此卷所作，多是后人模仿之为，词意往往儇浅，真长吉笔者无几。余不敢尽削，姑去其重出者一篇云。琦按：《唐书·艺文志》曰：《李贺集》五卷。《宋史·艺文志》亦曰：《李贺集》五卷。《文献通考》曰：《李长吉集》四卷、《外集》一卷。晁氏曰：或说贺卒后，不相悦者尽取其所著投圊中，以故世传者不多。《外集》予得之梁子美者，姚铉颇选载《文粹》中。黄伯思《跋昌谷别集后》曰：右李贺逸诗凡五十二首。按唐李公藩尝缀贺歌诗为之序，未成。知贺有外兄与贺有笔砚旧，召见，托以搜采放失。其人诺，且请曰："某尽记贺篇咏，然黜改处多，愿得公所辑视之，当为是正。"公喜，并付之，弥年绝迹。复召诘之，乃曰："某与贺中表，自幼同处，恨其偓忽，常思报之。今幸得公所藏，并旧有者悉投圊中矣！"公大恚，叱出之，嗟慨良久。故贺章什流传者少。今世有杜牧所叙贺歌诗，篇才四卷耳。此集所载，岂非李藩所藏之一二乎？政和元年三月，黄伯思长睿父从赵来叔借传于右军官舍。据数说论之，古本只四卷，其外卷乃逸诗也，宋时已有之。今本亦只四卷，其外卷之诗散见于四卷之中，

虽无缺佚,而真赝混矣。又黄氏谓五十二首,而今吴本只二十三首,盖其不同又如此。黄本既不可见,故一遵吴本。

南　园⁽¹⁾

方领蕙带折角巾,杜若已老兰苕春。^[2]
南山削秀蓝玉合,小雨归去飞凉云。^[3]
熟杏暖香梨叶老,草稍竹栅锁池痕。^[4]
郑公乡老开酒樽,坐泛楚奏吟《招魂》。^[5]

【汇解】

〔1〕鲍钦正云:此篇第一卷所脱。

〔2〕《后汉书》:朱勃年十二,衣方领,能矩步。章怀太子注:颈下施衿领正方,学者之服也。又《儒林传》:服方领,习矩步。章怀太子注:方领,直领也。《楚辞》:"荷衣兮蕙带。"《艺文类聚》:《郭林宗别传》曰,林宗常行梁、陈之间,遇雨,其巾一角沾而折。二国学士著巾,莫不折其角,云作"林宗巾",其见仪则如此。《本草》:陶弘景曰,杜若今处处有之,叶似姜而有文理,根似高良姜而细,味辛香。又绝似旋葍根,殆欲相乱,叶小异尔。《楚辞》云"山中人兮芳杜若"是也。郭璞诗:"翡翠戏兰苕。"李善注:兰苕,兰秀也。张铣注:苕,枝鲜明也。○"兰苕",《文苑英华》作"兰芷"。

〔3〕蓝玉合,谓山如青玉围转也。谢朓《七夕赋》:金祇司矩,凉云始浮。○"凉",《文苑》作"长"。

〔4〕"熟杏",曾本、二姚本作"热杏"。"草稍",一作"草蒲",一作"草满"。"竹栅",吴本作"竹色"。"池痕",《文苑》作"池根",一作"池潭"。

〔5〕《后汉书》:国相孔融深敬郑玄,告高密县,为玄特立一乡。曰:"昔太史公,廷尉吴公,谒者仆射邓公,皆汉之名臣。又南山四皓有园公夏黄公,潜光隐耀,世嘉其高,皆悉称公。然则公者,仁德之正号,不必三事大夫

也。今郑君乡宜曰郑公乡。"王粲《登楼赋》:"钟仪幽而楚奏兮。"此诗用楚奏事,与上"泛"字不合,一本有作"楚酒"者,然又重上句"酒"字。《楚辞章句》:《招魂》者,宋玉之所作也。宋玉哀怜屈原忠而斥弃,愁懑山泽,魂魄放佚,厥命将落,故作《招魂》。欲以复其精神,延其年寿,外陈四方之恶,内崇楚国之美,以讽谏怀王,冀其觉悟而还之也。○"酒尊",《文苑》作"酒盎"。

【姚注】

簪组既谢,野服徜徉。时当夏初,景物盛茂。南山在望,可方其高。蓝水匪遥,堪比其洁。小雨归去,不畏炎威;凉云自飞,弗愁薰灼。杏熟梨老,无复秾郁之思。弱质筠心,白水自矢。南国不减郑乡,惟饮酒读《离骚》以终老已。

假龙吟歌[1]

石轧铜杯,吟咏枯瘁。[2]
苍鹰摆血,白凤下肺。[3]
桂子自落,云弄车盖。[4]
木死沙崩恶溪岛,阿母得仙今不老。
窞中跳汰截清涎,隈壖卧水埋金爪。[5]
崖磴苍苍吊石发,江君掩帐筼筜折。[6]
莲花去国一千年,雨后闻腥犹带铁。[7]

【汇解】

〔1〕唐僧皎然《戛铜碗为龙吟歌序》云:故太尉房公琯,早岁尝隐终南山峻壁之下,往往闻龙吟,声清而静,涤人邪想。时有好事僧潜戛之,以三金写之,惟铜声酷似。他日,房公偶至山寺,闻林岭间有此声,乃曰:"龙吟复迁于兹矣。"僧因出其器以告,公命戛之,惊曰:"真龙吟也。"大历十三祀,

秦僧传至桐江，予使儿童戛金仿之，亦不减秦声也。《孔帖》：房琯尝修学终南山谷中，忽闻声若物戛铜器之韵，盖未之前闻也。问父老，云：此龙吟也，不久雨至矣。琯望之，冉冉云气游漫，果骤雨作。自尔再闻，征验不差。后将赤金钵戛之，为伪龙吟。出《灵怪录》。

〔2〕以石辗轹铜杯作声，以效龙之吟。吟咏者，其声婉而且久，有若人吟咏之态。枯瘁者，清极而反觉其枯寂况瘁也。○"石轧"，曾本、二姚本作"石干"。

〔3〕《汉武内传》：药有蒙山白凤之肺，灵丘苍鸾之血。擗，击也。禽鸟当擗血下肺之时，其声必凄哀婉转，此状其声亦如之也。○"苍鹰"，一作"苍鸾"。

〔4〕桂子自落，风起也。云弄车盖，云兴也。盖真龙吟而风起云兴，其常也。乃为假龙吟，而亦有风起云兴，甚言其声之相似，而足以感通。曹丕诗："西北有浮云，亭亭如车盖。"《易通卦验》：谷雨太阳，云出张如车盖。《宋书》：魏文帝始生，有云青色，圆如车盖，当其上终日。曾谦甫注："云弄"句状铜杯摩戛旋转之势。其说似矣，然以"桂子"句为萧索声，殊欠切当。

〔5〕窞，徒感切，"谈"上声。《说文》：窞，坎中小坎也，盖谓坎中之最深处。跳汏，当是"洮汏"之讹。《淮南子·要略》：所以洮汏荡涤至意。《后汉书·陈元传》：洮汏学者之累惑。章怀太子注：洮汏，犹洗濯也。《说文》：隈，水曲隩也。壖读作"软"，平声，水边地也。山中溪岛向有龙居之，乃年时已久，木死沙崩，杳然不见踪迹。疑其潜形养性，如王母之得仙不死乎？窞中清涎，已为水波洗荡，去而不存。或者隈壖水际，龙尚卧于其中，乃不特全体不可见，即其指爪亦埋没不见，不知龙犹在此中否？龙不在此，则真龙之吟，又安可得闻！

〔6〕寻觅真龙所在，杳不可见。崖磴之间，所见者苍苔翠竹而已。山之高岸曰崖，崖间登陟之道曰磴。《初学记》：周处《风土记》曰，石发，水苔也，青绿色，皆生于石。《本草》：马志曰，陟厘即石发也。色类苔而粗涩为异。水苔性冷，浮水中；陟厘性温，生水中石上。苏恭曰：乌韭，石苔也，又名石发。生岩石之阴不见日处，与卷柏相类。二说不同。按陆龟蒙《苔赋》曰：

"高有瓦松,卑有泽葵。散岩窦者石发,补空曲者垣衣。在屋曰昔邪,在药曰陟厘。"是其类甚多,各因地而名。此诗所指,殆是乌韭一种。江君掩帐事未详。《异物志》:筼筜竹生水边,长数丈,围一尺五六寸。一节相去六七尺,或相去一丈,庐陵界有之。《竹谱》:筼筜最大,大者中甑,笋亦中食。〇"苍苍",一作"苍苔"。

〔7〕莲花,旧解或以为太华之莲花峰,或以为龙剑,而引"琉璃玉匣吐莲花"以实之。琦按:《孔雀经》有青莲花龙王、白莲花龙王之名,或是指龙而言。又按《埤雅》、《尔雅翼》诸书,皆言龙性畏铁,故镇服毒龙,多用铁物沉水中。意者昔时山中人畏潭中有龙居止,时作风雨扰人,乃以铁沉水中镇之。今龙去已久,雨后犹闻铁之腥气,又安得真龙在此而闻其吟声也哉?此篇因假龙吟而思及真龙,笑人于真龙则驱去之,好事者却又写其声以娱人之听闻。真者不好,而好者不真,寄慨之意深矣!

【姚注】

上六句状假龙之声,哀激而飘渺也。"木死"二句,言龙所居之处也。"窅中"二句,知其声自水中出也。"崖磴"二句,言龙去而苔空竹折也。"莲花"二句,去久而腥犹在也。诗盖讥假之乱真也。〇王母蒙山白凤之肺,灵丘苍鸾之血,此天帝所服之药。阿母,指龙母也。江君掩帐,言龙将去而风涛惊骇,湘竹皆为之折。莲花,即终南所接之太华峰也。

感讽六首[1]

人间春荡荡,帐暖香扬扬。
飞光染幽红,夸娇来洞房。[2]
舞席泥金蛇,桐竹罗花床。[3]
眼逐春暝醉,粉随泪色黄。[4]
王子下马来,曲沼鸣鸳鸯。

焉知肠车转，一夕巡九方？[5]

【汇解】

〔1〕二姚本俱作"感调"。○鲍氏云：此六首是第二卷所脱。

〔2〕飞光，日也。幽红，谓花之幽艳而色红者。言春日花开，美人之娇好足以相夸，似来至洞房以结欢爱。

〔3〕舞席，舞时所践之席，若今时毡毹类。金蛇，席上所画螭龙。泥即画也。桐竹，琴、筝、箫、管之属。罗，列也。二句言房中陈设之丽。

〔4〕春暝，春夜也。醉者，眼倦开似醉状。二句言洞房中之人，心有所思念而暗伤也。

〔5〕言王子来此洞房，婉恋亲好，有如曲沼之鸳鸯，和鸣相乐。焉知其心中转展思忆，另有所在耶？古乐府："心思不能言，肠中车轮转。""九"之为言多也，犹《公羊传》所谓"叛者九国"，《楚词》"肠一日而九回"之类，皆不作实"九"字解。

【姚注】

贞元三年，帝幽部国公主。主之女太子妃，帝因怒切责太子，太子惧，请与妃离婚。上六句言值芳辰可以行乐，乃忽以疑惧，致当春而阴涕也。王子指太子。言方播迁之后，得从帝还京，而下马未几，冀深宫曲沼以自娱，至是肠回如巡九方，诚四顾莫知所措也。

其 二

苦风吹朔寒，沙惊秦木折。[1]
舞影逐空天，画鼓馀清节。[2]
蜀书秋信断，黑水朝波咽。[3]
娇魂从回风，死处悬乡月。[4]

【汇解】

〔1〕朔寒,北方寒冷之气。沙惊,沙为劲风所激,腾起旋转,有若惊跃意。秦木折,秦地之木为之吹折也。曾本、二姚本作"秦水折",则谓秦地河水曲折之处。

〔2〕未尝无歌舞可以解忧,而异方之乐,另是一种声容,惟画鼓仅馀清楚节奏。单举一画鼓而言,则其馀非雅音可知矣。

〔3〕《尚书正义》:按郦元《水经》,黑水出张掖鸡山,南流至燉煌,过三危山,南流入于南海。《史记正义》:《括地志》云,黑水源出伊州伊吾县北百二十里,又南流二千里而绝。三危山在沙州燉煌县东南四十里。二说皆谓《禹贡》所称之黑水也,而源流不同,未知孰是?考之杂传,若延安、平凉、榆林、肃州等处,后人名为黑水凡十馀处,究不知古黑水确在何地。

〔4〕《楚辞》:"悲回风之摇蕙。"王逸注:回风,飘风。夫远去绝国,杳无还期,一朝身死,娇魂或可从风而回。若埋骨之地,惟有明月悬于天上,犹是故乡所习见者。其馀风景,无一相似者矣。○此诗姚仙期以为拟戍妇思夫之辞,姚经三以为为公主和亲而作。观舞影一联,后说近是。

【姚注】

贞元四年,回纥求和亲,十一月,以咸安公主归之。玄宗朝,回纥以兵助讨禄山,遂下嫁以宁国公主。是昔以蜀乱,故及今书信断绝。顷又以吐蕃为患,而复以女驱异域,黑水之朝波,亦为之鸣咽不平也。昔宁国公主行,泣曰:国方多事,死不恨。一旦远去,永无还期。而娇魂唯随回风,死地犹悬乡月,不亦悲乎![1]

【姚本眉批】

[1]吴云:读此注,则诗确不可易,愈知和亲之非。舞影鼓声,娇魂乡月,为国辱身。帝女之悲,自不堪道。

其 三

杂杂胡马尘，森森边士戟。

天教胡马战，晓云皆血色。[1]

妇人携汉卒，箭箙囊巾帼。

不惭金印重，踉蹡腰鞬力。[2]

恂恂乡门老，昨夜试锋镝。

走马遣书勋，谁能分粉墨？[3]

【汇解】

〔1〕言天意如此，故杀气之盛见于云色。

〔2〕《说文》：帼，妇人首饰也。《玉篇》：帼，帨也，覆发上也。则知巾帼者，乃妇人覆发之巾。踉蹡，行不迅也。《说文》：鞬，所以戢弓矢。《广韵》：鞬，马上盛弓矢器。《释名》：马上曰鞬。鞬，建也，弓矢并建立其中也。《方言》：所以藏箭，弩谓之箙，弓谓之鞬。杜元凯《左传注》：囊以受箭，鞬以受弓。此诗上联用箭箙，下联用腰鞬，盖本后两说。

〔3〕妇人本宜老于乡门，今乃试其身于锋镝之中，与男子均劳。及至走马奏功，封侯之赏，终何能及一女子？按《唐书》：史思明之叛，有卫州女子侯、滑州女子唐、青州女子王，相与歃血赴行营讨贼。又言藩镇相拒，用兵年久，女子皆可为孙、吴。是当时妇女效力行间者，诚有之矣。长吉有感而作此诗欤？姚经三谓诸本作妇人解者为无据，而以贞元、元和之间数以宦者典兵，故长吉以妇人比之。方边氛肃杀，乃借此以窃金印，忝不知耻，驱老弱以试锋镝，而妄报战功，天子方惟言是听，谁能辨其黑白？是亦一说。虽觉新创可喜，然愚意作妇女解者，较为帖妥。

【姚注】

贞元十二年，以窦文场、霍仙鸣为护军中尉，卒无成功。元和四年，复以吐突承璀为招讨。贺谓宦官典兵，故以妇人比之也。[1]方边氛肃杀，乃借此以窃金印，忝不知耻，驱老弱以试锋镝，而妄报战功。天子方惟言是听，谁能辨其黑白耶？○诸本俱作妇人解。无据。

【姚本眉批】

[1] 陈云：谓宦官为妇人，作者具眼，解者尤具眼。

其　四

青门放弹去，马色连空郊。
何年帝家物？玉装鞍上摇。[1]
去去走犬归，来来坐烹羔。
千金不了馔，狢肉称盘臊。[2]
试问谁家子，乃老能佩刀？[3]
西山白盖下，贤隽寒萧萧。[4]

【汇解】

〔1〕《三辅黄图》：长安城东出南头第一门曰霸城门。民见门青色，名曰青城门，或曰青门。"马色连空郊"，言其从马之多也。"何年帝家物，玉装鞍上摇"，谓马鞍上装饰玉色，乃古时帝王所用之物也。即一物观之，其服饰之华美大略可见。○吴本云："青门"，一作"青郭"，一作"青鸟"。

〔2〕不了，犹不足。"千金不了馔"，犹云日费万钱，无下箸处。"狢肉称盘臊"，盘中膻臊之味，大抵皆狢肉之类。称，相等也，犹他物称是之称。夫以千金之费，尚以为不足馔，乃田猎所获野味，反登之盘盂。雄豪粗率之人，大略如是。《本草》：貉，《说文》作"貈"，一作"狢"，生山野间。状如狸，头锐鼻尖，班色，其毛深厚温滑，可为裘服。与獾同穴而异处，日伏夜出，捕食虫物。其性好睡，人或畜之，以竹扣醒，已而复寐。俚人言非好睡，乃耳聋也，故见人乃知趋走。《考工记》：曰貉逾汶则死，土气使然也。王浚川言，北曰狐，南曰狢。非也。○"狢"，曾本、姚仙期本皆作"格"，曾引"豈豈

笑而被格",邱以为属厌意。皆非是。

〔3〕董懋策注:乃老即乃公,言其父以佩刀立功,得荫官也。○吴本云:"乃老"一作"乃云"。

〔4〕白盖,白屋也。《尔雅》:白盖谓之苫。邢昺《疏》云:孙炎曰,白盖,茅苫也。郭璞曰:白茅苫也。今江东呼为盖,然则盖即苫也。以白茅为之,故曰白盖。颜师古《汉书注》:白屋,谓白盖之屋,以茅覆之,贱人所居。○"隽",曾本、二姚本作"俊"。

【姚注】

天宝以来,王侯将校皆畜私马,动以万计。而藩镇子弟多处京师,富贵骄横,挟弹驰猎,千金一餐,犹以所猎狢肉,不堪充口腹也。少年何知?不过以而翁佩刀专杀伐以冒军功,遂致此辈豪纵。若西山茅屋之下,贤俊饥寒,且忧半菽,良足伤矣!

其 五

晓菊泫寒露,似悲团扇风。
秋凉经汉殿,班子泣衰红。[1]
本无辞辇意,岂见入空宫?[2]
腰裬珮珠断,灰蝶生阴松。[3]

【汇解】

〔1〕刘勰《新论》:秋叶泫露如泣。《汉书·班倢伃传》:帝初即位,选入后宫。始为少使,俄而大幸。其后赵飞燕姊弟自微贱兴,倢伃失宠,稀复进见。倢伃尝作《怨歌行》,其词曰:"新裂齐纨素,鲜洁如霜雪。裁成合欢扇,团团似明月。出入君怀袖,动摇微风发。尝恐秋节至,凉飙夺炎热。弃捐箧笥中,恩情中道绝。"衰红,谓红颜衰老。○"泫",一作"泣"。

〔2〕《汉书·班倢伃传》:成帝游于后庭,尝欲与倢伃同辇载。倢伃辞

曰："观古图画，贤圣之君，皆有名臣在侧。三代末主，乃有嬖女。今欲同辇，得无近似之乎？"帝善其言而止。

〔3〕杜子美诗："珠压腰衱稳称身。"蔡梦弼注：腰衱，即今之裙带也。灰蝶，纸灰飞舞似蝶者。阴松，墓边之松。○菊本无情，见其晓露泫于叶上，似悲秋风已至，将有摇落之憾。如班姬之咏团扇，尝恐有弃捐箧笥之悲。夫班姬固尝见宠于君矣，一旦因秋凉之来汉殿，自以红颜易老，君恩难久，作诗怨泣。可见恩情绝于中道者，自古有之。但班姬以守礼持正，不肯与君同辇，故不能保其宠幸。若我则本无辞辇之意，岂谓亦入空宫而见幽闭耶？今则弃置已久，不但衣珮断坏，旦夕之间，且见墓木之拱，何能再承恩宠耶？此诗为失宠宫嫔而作。其用团扇辞辇等事，皆用别意点化，乃诗家实事虚用之法。读者或以为为婕妤咏者，失之远矣。

【姚注】

此嘲叔文之党也。元和元年八月，其党尽贬去；十一月，再贬韩泰等为诸州司马，而叔文等赐死。此以婕妤为咏者，讥此辈皆趋奉牛氏昭容者也。时当陨落，本非如团扇之遭谗，而捐弃之悲却相似也。其心亦本无辞辇之意，尚欲求容；奈顺宗已崩，昭容已废，空宫岂能复入耶？昭容杳绝，而此辈亦相继陨丧，仅能化蝴蝶附阴松而已。[1]

【姚本眉批】

〔1〕黄云："空宫"二字如此看出，奇解确不可易。阴松尤妙。

其 六[1]

蝶飞红粉台，柳扫吹笙道。

十日悬户庭，九秋无衰草。[1]

调歌送风转，杯池白鱼小。[2]

水宴截香腴，菱科映青罩。[3]

芊蒙梨花满，春昏弄长啸。[4]

惟愁苦花落，不悟世衰到。

抚旧惟销魂，南山坐悲峭。[5][2]

【汇解】

〔1〕《山海经·海外东经》曰：汤谷上有扶桑，十日所浴。在黑齿北，居水中。有大木，九日居下枝，一日居上枝。《大荒东经》又云：汤谷上有扶木，一日方至，一日方出。盖明天地虽有十日，自使以次第迭出运照。又《庄子》：昔者十日并出，万物皆照。此借用其语，盖言室中多燃灯烛，光明相继达旦，如有十日悬户庭之间，无有昼夜之殊也。一秋三月，凡得九十日，故曰九秋。无衰草，言其常若春时。○"衰草"，一作"素草"。

〔2〕调歌送风转，谓歌声随风婉转飘扬也。杯池，池之小者，极言其小，小仅似杯耳。池小，故池中之鱼亦小。姚经三注：白鱼，船也。古诗云："波摇白醴舟。"琦按：白鱼即今之白鯈，长仅数寸，形狭而扁，状如柳叶，性好群泳水面。下句承上句而言，似谓鱼闻歌声，出而游泳。暗用"瓠巴鼓瑟，淫鱼出听"事。杜子美诗"鱼吹细浪摇歌扇"，亦是此意。

〔3〕水宴，于水边宴饮也。截，取也。香腴，谓水族中鱼蟹之属。菱科，菱之茎叶茂盛成科也。《广韵》：罩，竹笼取鱼具。《韵会》：罩，《说文》：捕鱼器。按《尔雅》：篧谓之罩网，捕鱼笼也。《诗》："烝然罩罩。"李巡曰：编细竹以为罩，无竹则以荆。二句言木边宴饮，以捕鱼为戏之事。

〔4〕芊蒙，乱貌。春昏，春夜也。○"芊蒙"，一作"芊茸"。"长啸"，一作"长笑"。

〔5〕曾谦甫注：歌舞欢爱时，知有盛不知有衰，知有乐不知有苦。自今思之，已成陈迹，故魂为之销。坐对南山，徒成悲啸而已，欢爱何在耶？○"衰"，曾本作"哀"。"销魂"，一作"伤魂"。"悲峭"，曾本、二姚本作"悲啸"，与上韵相重，恐非。

【姚注】

此则抚旧心伤,以成感讽之第六首也。为言从前之蝶香柳色,有如十日并照、秋无衰草,只以调歌能回肃气,杯池亦放白鱼。又所在水晏,必求佳鲙。菱科之中,皆设梁筍,芊茸梨花,春昏长啸。唯愁花落,不悟世衰,而抑知有今日者哉? 静观往事,不觉魂销,唯对南山以浩歌耳。○白鱼,船也,依《莫愁曲》解。

【姚本眉批】

[1]钱云:此感盛时行乐之事,不觉世衰事去,徒增悲啸耳。

[2]二"啸"字韵重。

莫愁曲[1]

草生龙坡下,鸦噪城堞头。
何人此城里,城角栽石榴?[2]
青丝系五马,黄金络双牛。[3]
白鱼驾莲船,夜作十里游。[4]
归来无人识,暗上沉香楼。
罗床倚瑶瑟,残月倾帘钩。[5]
今日槿花落,明朝桐树秋。[6]
莫负平生意,何名何莫愁?[7]

【汇解】

[1]《乐府古题要解》:石城有女子名莫愁,善歌谣,故《石城乐》和中复有莫愁声。其词曰:莫愁在何处? 莫愁石城西。艇子打两桨,催送莫愁来。

[2]《水经注》:江陵西北有纪南城,城西南有赤坂冈,冈下有渎水,东北流入城,又东北出城,西南注于龙陂。陂,古天井水也,广圆二百馀步,在

灵溪东江堤内。水至渊深,有龙见于其中,故曰龙陂。陂北有楚庄王钓台。城堞,城上女墙。○"龙陂",《乐府诗集》作"陇坂"。

〔3〕古《罗敷行》:"青丝系马尾,黄金络马头。"五马、双牛,皆驾车之畜。

〔4〕姚经三以白鱼即船,同前首注。然句中又用"船"字,重复不成句,恐"鱼"字有讹。

〔5〕言列坐床上,倚瑟而歌,至于残月倾侧,照于帘钩之上,尚未就寝。《汉书》:上自倚瑟而歌。颜师古注:倚瑟,即今之以歌合曲也。陆机诗:佳人理瑶瑟。

〔6〕言容色易变,不能长美好。《埤雅》:木槿似李,五月始花。《月令》:木槿荣是也,华如葵,朝生夕陨。《尔雅翼》:梧叶春晚乃生,望秋辄槁。

〔7〕郭茂倩《乐府诗集》作:"若负平生意,何名作莫愁?"句调较亮,似当以此为正。

【姚注】

开元初,置内教坊于蓬莱宫。而唐时诸伎乐工,常入隶掖廷。京都豪贵,竞溺狭邪,华毂锦帆,日夜无极。归来露静人稀,高楼深闳,绮户漏沉。言当及时行乐,毋似槿花易落,桐树先秋,致负生平冶艳,虚此芳名也。○白鱼,即船也。古诗云:波摇白鳢舟。

夜来乐

红罗复帐金流苏,华灯九枝悬鲤鱼。[1]
丽人映月开铜铺,春水滴酒猩猩沽。[2][1]
价重一箧香十株,赤金瓜子兼杂麩。
五色丝封青玉鳧,阿侯此笑千万馀。[3]
南轩汉转帘影疏,桐林哑哑挟子乌。[4]

剑崖鞭节青石珠，白骈吹湍凝霜须。[5]

漏长送珮承明庐，倡楼嵯峨明月孤。[6]

续客下马故客去，绿蝉秀黛重拂梳。[7][2]

【汇解】

〔1〕古乐府：红罗复斗帐，四角垂香囊。《十六国春秋》：石虎冬月施蜀锦流苏斗帐，又用光明锦以白缣为里，名曰复帐。江总诗："新人羽帐挂流苏。"流苏，帐上须带，详见二卷《恼公》注中。《楚辞》："兰膏明烛，华灯错些。"王逸注：灯锭尽雕琢错镂，饰以禽兽，有英华也。沈约《伤美人赋》："拂螭云之高帐，陈九枝之华灯。"鲤鱼，灯式作为鲤鱼形者。○"流苏"，吴本作"涂苏"。

〔2〕春水滴酒，言酒之多如春水也。猩猩，似谓沽酒之器刻画猩猩之形于上，前《送秦光禄北征诗》有"银壶狒狖啼"之句，可以互明。《太平御览》：《蜀志》曰，封溪县有兽曰猩猩，体似猪，面如人，音作小儿啼声，既能语，又知人姓名。人以酒取之，猩猩觉，初暂尝之，得其味甘而饮之，终见羁缚。

〔3〕《癸辛杂识》：广西诸洞产生金，洞丁皆能淘取。其碎粒如蚯蚓泥，大者如甜瓜子，故世名瓜子金。其碎者如麸片，名麸皮金，金色深紫，比之寻常金色复加二等。封，缄也。青玉凫，刻青玉为凫鸭形，盖玩器也。阿侯，已见四卷《绿水词》注。盖以阿侯一笑，赠贻之物约值千万，即上三句所称者是也。○ 吴本无"价"字、"色"字、"玉"字，殊不成调。然价重一箧，犹是歇后不完语句。

〔4〕汉转，天河转而西流也。江淹诗："桐林带晨霞。"吴均诗："惟闻哑哑城上乌。"汉转，夜深之候。乌啼，天将晓之候。

〔5〕剑崖，似指剑鞘而言。鞭节，谓马鞭之起节者，其上皆以青石珠饰之。骈马，乃黄身黑喙之马，不当言白骈。若用古乐府白鼻骈事，删去"鼻"字殊失其义。"吹湍凝霜须"，马口喷沫皆凝为冰，下垂若须。二句言客去时装束之状。

〔6〕承明庐，已见四卷注。嵯峨，高貌。

〔7〕绿蝉,鬓也。《中华古今注》:魏文帝宫人莫琼树始制为蝉鬓,望之缥缈如蝉翼,故曰蝉鬓。秀黛,青黛也,妇人用以画眉。"拂"字承秀黛,"梳"字承绿蝉。○"秀黛",姚经三本作"粉黛"。

【姚注】

此言贵游之夜宿倡楼者也。供帐侈丽,灯月交辉,香醪酬酢,珍玩赠贻,以博丽人之一笑为贵。乃子夜合欢,平明又事朝谒。故汉转乌啼,即带剑驰马以趋紫禁。而倡楼方嫌此际之孤零,旧去新来,又整新妆以相迓矣。○猩猩善媚。阿侯,莫愁之女。唐高宗时,渔者得青石,长七尺,扣之有声。碎之,得二剑。

【姚本眉批】

〔1〕钱云:猩猩能尝酒,故遣沽。

〔2〕"续客",继来者也。

嘲　雪

昨日发葱岭,今朝下兰渚。

喜从千里来,乱笑含春语。[1]

龙沙湿汉旗,凤扇迎秦素。[2]

久别辽城鹤,毛衣已应故。[3]

【汇解】

〔1〕《太平御览》:《西河旧事》云,葱岭在燉煌西八千里,其山高大,上悉生葱,故曰葱岭。释法显《佛国记》:葱岭冬夏有雪。《伽蓝记》:葱岭高峻,不生草木。是时八月,天气已寒,北风驱雁,飞雪千里。《释迦方志》:葱岭高可千馀里,两边渐下,南北竖岭,行数极多,百馀条矣。多有山葱,崖峡

青翠,因以名焉。兰渚,水中小洲,芳草丛生之处,美其称谓之兰渚。曹植诗"朝发鸾台,夕宿兰渚"是也。吴正子以为山阴兰亭下之兰渚,姚仙期以为兰州之水,皆求真地名以实之,则非也。○"春语",一作"春雨"。

〔2〕《后汉书》:"坦步葱雪,咫尺龙沙。"章怀太子注:龙沙,白龙堆沙漠也。

〔3〕《搜神后记》:丁令威本辽东人,学道于灵墟山,后化鹤归辽,集城门华表柱。时有少年举弓欲射之,鹤乃飞,徘徊空中而言曰:"有鸟有鸟丁令威,去家千年今始归。城郭如故人民非,何不学仙冢累累!"遂高上冲天。○"应故",曾本、二姚本作"如故"。

【姚注】

远人千里言归,方且笑语春温,而忽然雪至,以致龙沙汉旗皆湿,凤扇秦素相迎。盖塞外宫中,寒略相等矣。乃久别之人,雪下沾衣,不异辽城之鹤。诗言嘲雪,实自嘲衣上雪耳。雪何可嘲耶? ○葱岭在敦煌西八千里。公孙乔云:鹓鸡舞于兰渚,嘲肜云之远布也。

春怀引[1]

芳蹊密影成花洞,柳结浓烟花带重。[2]
蟾蜍碾玉挂明弓,捍拨装金打仙凤。[3]
宝枕垂云选春梦,钿合碧寒龙脑冻。
阿侯系锦觅周郎,[1]凭仗东风好相送。[4]

【汇解】

〔1〕曾本、二姚本作"怀春引"。

〔2〕芳蹊,芳径也。结,枝条交加如结也。重,花盛开枝垂下而重也。○"芳蹊",二姚本作"芳溪"。"浓烟"一作"浓阴"。"花带重"一作"香带重"。

〔3〕言对月而弹琵琶也。蟾蜍,谓月;碾玉,谓其轧云而行。挂明弓,月形未满,有若弓状。《海录碎事》:金捍拨在琵琶面上当弦,或以金涂为饰,所以捍护其拨也。打仙凤,未详。按李义山诗:"拨弦惊《火凤》。"《火凤》者,琵琶曲名。贞观中,裴神符所作。"打仙凤"或即惊《火凤》之意。○"挂",曾本、二姚本作"作"。

〔4〕垂云,谓发垂枕畔如云也。选春梦,曾谦甫注:先期为好梦是也。下三句正是所期之梦境。钿合,金花合子也。碧寒者,钿合之色。龙脑,香名,今谓之冰片。《酉阳杂俎》:龙脑香树出婆利国,婆利呼为固不婆律,亦出波斯国。树高八九丈,大可六七围,叶圆而背白,无花实。其树有肥有瘦,肥者出龙脑香,瘦者出婆律膏。香在木心中,断其树劈取之,膏于树端流出,斫树作坎而承之。《图经本草》:龙脑香今惟南海番舶贾客货之,南海山中亦有之。相传云,其木高七八丈,大可六七围,如积年杉木状,旁生枝,其叶正圆而背白,结实如豆蔻,皮有错甲,香即木中脂也,根下清液谓之婆律膏。两说微异。《三国志》:周瑜长壮有姿貌,为建威中郎将,时年二十四,吴中皆呼为周郎。此借之以喻所怀之人也。言念所怀,思以钿合盛龙脑香,外系以锦,将觅而赠之。凭仗东风,送我梦魂以往也。夫思以物赠人,而不能面会手授,乃欲托之魂梦以将之,其怀思之意,一何深至乎!○"垂云",吴本作"谁云"。

【姚注】

芳径怀人,弦月初上,惟有弹琵琶以写怨。然绣帏梦熟,宝匣香凝,丽人结束以待郎归,而惟祝风帆之便也。

【姚本眉批】

[1] 周郎知音,即所怀之人也。

白虎行〔1〕

火乌日暗崩腾云,秦王虎视苍生群。〔2〕

烧书灭国无暇日,铸剑佩玦呼将军。[3]

玉坛设醮思冲天,一世二世当万年。

烧丹未得不死药,拏舟海上寻神仙。

鲸鱼张鬣海波沸,耕人半作征人鬼。[4]

雄豪猛焰烈烧空,无人为决天河水。[5]

谁最苦兮谁最苦?报人义士深相许。

渐离击筑荆卿歌,荆卿把酒燕丹语。

剑如霜兮胆如铁,出燕城兮望秦月。

天授秦封祚未终,衮龙衣点荆卿血。[6]

朱旗卓地白虎死,汉王知是真天子。[7][1]

【汇解】

〔1〕刺秦始皇也。

〔2〕《史记》:武王渡河,有火自上复于下,至于王屋,流为乌,其色赤,其声魄云。班固《西都赋》:周以龙兴,秦以虎视。吕延济注:虎视喻暴。上句言周之亡,下句言秦之王。

〔3〕烧诗书,灭六国,皆始皇实事。铸剑佩玦是喻,言铸剑谓其好凶威之器,不修文治;佩玦谓其刚暴自任,独断而行,无所迟疑。呼将军,谓其所用者悉武健严酷好杀伐之人。○“呼”,吴本作“惟”。

〔4〕始皇遣齐人徐市,率童男女数千人,入海求仙人,数岁不得,费多恐谴,乃诈曰:“蓬莱药可得,然常为大鲛鱼所苦,故不得至。”

〔5〕喻言暴虐之甚,无有人能制灭之者。○“猛焰烈烧空”,吴本作“气猛如焰烟”。

〔6〕事见《史记·刺客传》中。《左传》:晋、楚唯天所授。祚,福也。○“未终”,吴本作“未移”。

〔7〕朱旗,汉旗也。汉以赤帝子之祥,故旗帜皆尚赤。卓,特立也。白虎死,谓秦国破灭。昔人谓秦为虎狼之国,其地在中原之西,西为金方而色

白，故以白虎为喻。吴本作"白蛇死"，反以作"白虎"者为非是，殊误。吴正子曰：此篇及《嘲少年》，显然非长吉之作。○"地"，姚经三本作"立"。

【姚注】

此讥暴政之不可恃也。仙方本幻，民命可矜。虽剑士侠客，不能为害。而仁主一兴，遂致陨灭，可不戒欤！○刘须溪云：叙事浅直，殊异长吉。事俱见《本纪》，不必注。

【姚本眉批】

〔1〕言荆卿虽未成功，已为赤帝子之倡。

有所思^{〔1〕}

去年陌上歌离曲，今日君书远游蜀。
帘外花开二月风，台前泪滴千行竹。^{〔2〕}
琴心与妾肠，此夜断还续。^{〔3〕}
想君白马悬雕弓，世间何处无春风？
君心未肯镇如石，妾颜不久如花红。
夜残高碧横长河，河上无梁空白波。
西风未起悲龙梭，年年织素攒双蛾。^{〔4〕}
江山迢递无休绝，泪眼看灯乍明灭。
自从孤馆深锁窗，桂花几度圆还缺！^{〔5〕}
鸦鸦向晓鸣森木，风过池塘响丛玉。
白日萧条梦不成，桥南更问仙人卜。^{〔6〕}

【汇解】

〔1〕《宋书》：汉《鼓吹铙歌》十八曲，有《有所思曲》，后人多拟之，以咏

离思之苦。

〔2〕泪滴挥于竹上，暗用湘妃事。

〔3〕"琴心"字，见《司马相如传》。郭璞以琴中音为解。

〔4〕因仰观天河而叹牵牛、织女，只隔一水之间，尚不能常相会合如此，以反起下文江山迢递之意。高碧，谓天气高而色碧也。长河，天河也。河上无梁，则不可径渡，西风未起，则七夕尚远，故执龙梭而悲思也。《异苑》：陶侃尝钓于山下，得一织梭，还挂壁上。有顷雷雨，梭变成赤龙从空而去。张文恭《七夕诗》：风律惊秋气，龙梭静夜机。

〔5〕迢递，路远貌。桂花，谓月中桂树。○"深锁窗"，一作"锁深窗"。

〔6〕森木，聚生之木。丛玉，即风筝之类。古以玉石为之，悬于檐下，因风相触成声，自谐宫徵，谓之风马。今改以铜铁，谓之铁马，同一物也。元微之诗：鸟啄风筝碎珠玉。《天宝遗事》：岐王宫中，于竹林内悬碎玉片子，每夜闻玉片子相触之声，即知有风。据二事观之，其制可想。姚仙期以丛玉为竹，恐未是。卜者，卜其夫何日当还。○"桥南"，吴本作"城南"。

【姚注】

此客久思归，因借文君念相如以寄兴也。云相如持节往使邛、筰、冉駹，远入蜀地，当春花发，徒向琴台前，如湘妃之洒泪以染竹也。琴心妾肠，回忆当年，愈深悲惋。想君乘传悬弧，自是荣宠。然世间何处无春风，而故远游蜀地耶？君心匪石，妾颜恐衰。因念天上银河牛、女，未当七夕之期，不免双蛾愁蹙，况人间乎？江山迢递，泪眼看灯，孤馆锁窗，桂华屡度。盖彻夜不寐，以至白日而往问桥南之卜也。

嘲少年[1][1]

青骢马肥金鞍光，龙脑入缕罗衫香。
美人狭坐飞琼觞，贫人唤云天上郎。[2]

别起高楼临碧篠,丝曳红鳞出深沼。

有时半醉百花前,背把金丸落飞鸟。[3]

自说生来未为客,一生美妾过三百。

岂知厮地种田家,官税频催没人织。[4]

长金积玉夸豪毅,每揖闲人多意气。

生来不读半行书,只把黄金买身贵。

少年安得长少年? 海波尚变为桑田。

荣枯递转急如箭,天公岂肯于公偏。[5]

莫道韶华镇长在,发白面皱专相待。[6]

【汇解】

〔1〕一作"刺年少"。

〔2〕青骢马,马毛色如葱青者也。《西京赋》:促中堂之狭坐,羽觞行而无算。○"狭坐",曾本、二姚本作"挟坐",一作"狎坐"。

〔3〕篠,小竹也。曳,引也,牵也。《西京杂记》:韩嫣好弹,常以金为丸,所失者日有十馀。长安为之语曰:"苦饥寒,逐金丸。"儿童每闻嫣出弹,辄随之,望丸所落,辄拾焉。

〔4〕"田",吴本作"苗"。

〔5〕《神仙传》:麻姑云,接侍以来,见东海三为桑田。○"岂肯",吴本作"不肯"。

〔6〕《韵会》:韶,美也。凡言韶华、韶光取此。《法华经》:众生衰老,年过八十,发白面皱,将死不久。

【姚注】

元和五年,金吾将军伊慎,以钱三万缗赂中尉第五从直,求镇河中。先自安州入朝,使其子宥主留事,而一时豪贵子弟竞逐赂求。贺盖伤之,谓祸福正未可知,少壮正未可恃,而作此以代怒骂也。何许少年,亦豪华受享极矣。然少年所恃者黄金,不知黄金可恃,少年却不可恃,转盼发白面皱。公其如此,美人何言?下全是一段妒意。

【姚本眉批】

[1] 钱云:以上三诗不似长吉,岂人拟作耶?

高平县东私路^{〔1〕}

侵侵槲叶香,木花滞寒雨。
今夕山上秋,永谢无人处。^{〔2〕}
石溪远荒涩,棠实悬辛苦。^{〔3〕}
古者定幽寻,呼君作私路。^{〔4〕}

【汇解】

〔1〕《元和郡县志》:河东道泽州有高平县,南至州八十里。

〔2〕侵侵,叶稠密交加也。《本草》:槲有二种,一种丛生,小者名枹,见《尔雅》;一种高者,名大叶栎,树叶俱似栗,长大粗厚,冬月凋落,三四月开花亦如栗,八九月结实,似橡子而稍短小,其蒂亦有斗,其实僵涩味恶,荒岁人亦食之。

〔3〕路少人行,故草蔓荒涩;实无人采,故悬着不落。按陆玑《诗疏》:今棠梨一名杜梨,赤棠也,与白棠同耳。但子有赤白美恶,子白色为白棠。白棠,甘棠也,少酢,滑美。赤棠,子涩而酢无味,俗语曰涩如杜是也。是棠实之殊,殊以甘、涩。此云辛苦者,恐"棠"字有误。

〔4〕幽寻,言为幽隐之人所寻也。

【姚注】

世以终南为捷径者不乏矣。贺见此路甚萧槭,当是古人隐处,而胡呼以私路为耶？

神仙曲^[1]

碧峰海面藏灵书，上帝拣作仙人居。^{〔1〕}
清明笑语闻空虚，斗乘巨浪骑鲸鱼。^{〔2〕}
春罗书字邀王母，共宴红楼最深处。^{〔3〕}
鹤羽冲风过海迟，不如却使青龙去。^{〔4〕}
犹疑王母不相许，垂雾妖鬟更转语。^{〔5〕}

【汇解】

〔1〕"仙人"，吴本作"神仙"。

〔2〕《古今注》：鲸鱼者，海鱼也，大者长千里，小者数十丈，鼓浪成雷，喷沫成雨，水族惊畏，皆逃匿莫敢当者。○"清明"，《乐府诗集》作"晴时"。

〔3〕春罗，罗名。《唐书·地理志》：镇州常山郡贡春罗。○"书字"，《乐府诗集》作"剪字"。

〔4〕二姚本少此二句。

〔5〕垂雾，谓垂发也，犹前首垂云之意。转语，转达诚意，期其必来也。○吴本"妖"作"娃"，"转"作"传"。

【姚注】

元和朝，方士竞游辇下。贺深恶其荒唐怪诞，而作此以嘲之也。

【姚本眉批】

[1] 钱云：写神仙淑戏之乐。

龙夜吟[1]

鬈发胡儿眼睛绿，高楼夜静吹横竹。[2]
一声似向天上来，月下美人望乡哭。[3]
直排七点星藏指，暗合清风调宫徵。
蜀道秋深云满林，湘江半夜龙惊起。[4]
玉堂美人边塞情，碧窗皓月愁中听。
寒砧能捣百尺练，粉泪凝珠滴红线。
胡儿莫作《陇头吟》，隔窗暗结愁人心。[5]

【汇解】

〔1〕咏吹笛也。马融《长笛赋》："近世双笛从羌起，羌人伐竹未及已。龙吟水中不见已，伐竹吹之声相似"云云。此于夜中吹笛，故题以《龙夜吟》。

〔2〕笛以竹为之，而横执以吹，故曰横竹。

〔3〕谓其声之幽鸣悲惨，似美人于月下望乡而哭也。盖比拟之辞。若作闻笛声而生悲，与后玉堂美人数联犯复。

〔4〕上句喻其声之萧森，下句喻其声之激烈。

〔5〕《乐府古题要解》：《陇头吟》，一曰《陇头水》，乐府《横吹曲》。薛道衡诗：羌笛《陇头吟》，胡舞《龟兹曲》。

【姚注】

胡儿吹笛，一声来自天上。正如嫦娥悔奔而为望乡之哭，以状声之哀切，忽然起自空中也。及细听其七星藏指，宫徵风调，一以为蜀国之弦，一以为湘灵之瑟。亦无怪下界美人，碧窗皓月，难为愁中之听矣。[1]因念寒砧捣练，已经粉泪凝珠；又何事作《陇头吟》，一使人心愁结也！

【姚本眉批】

[1]陈云：两美人看出上界下界之分，疑有鬼神之助。

昆仑使者⁽¹⁾

昆仑使者无消息，茂陵烟树生愁色。⁽²⁾
金盘玉露自淋漓，元气茫茫收不得。⁽³⁾
麒麟背上石文裂，虬龙鳞下红肢折。⁽⁴⁾
何处偏伤万国心？中天夜久高明月。

【汇解】

〔1〕《汉书·张骞传》：汉使穷河源，其山多玉石，采来。天子按古图
书，名河所出山曰昆仑云。诗题盖用其事，旨意则谓汉武帝也。

〔2〕《汉书·武帝纪》：后元二年二月丁卯，帝崩于五柞宫，三月甲申葬
茂陵。

〔3〕《汉书》：武帝作柏梁铜柱承露仙人掌之属。苏林曰：仙人以手掌
擎盘承甘露。颜师古曰：《三辅故事》云，建章宫承露盘，高二十丈，大七围，
以铜为之。上有仙人掌承露，和玉屑饮之。张衡《西京赋》所云"立修茎之
仙掌，承云表之清露。屑琼蕊以朝餐，必性命之可度"也。求仙之道，能服
天地元气，始可长生。而武帝不能，故不得久寿。

〔4〕《封氏闻见记》：秦、汉以来，帝王陵前有石麒麟、石辟邪、石象、石
马之属。虬龙亦指柱上及碑上所琢之龙也。红肢，即虬龙之肢足而染以丹
朱者。旧本或有作"枝"者，徐文长遂以虬龙为松，以红枝折为木之残毁，恐
未是。

【姚注】

汉武好大喜功，遣张骞使异域，方欲为万年计。乃使者未还，而陵木已

拱。仙掌甘露犹然淋漓,奈元气已耗,不能得长生矣!墓前刻兽,久而颓败。中天月满,一抔徒存。英武神仙,又安在乎?贺盖深为元和忧也。

汉唐姬饮酒歌[1]

御服沾霜露,天衢长蓁棘。[2]
金隐秋尘姿,无人为带饰。[3]
玉堂歌声寝,芳林烟树隔。[4]
云阳台上歌,鬼哭复何益?[5]
仗剑明秋水,凶威屡胁逼。[6]
强枭噬母心,犇厉索人魄。[7]
相看两相泣,泪下如波激。
宁用清酒为?欲作黄泉客。[8]
不说玉山颓,且无饮中色。[9]
勉从天帝诉,天上寡沉厄。[10]
无处张缳帷,如何望松柏?[11]
妾身昼团团,君魂夜寂寂。[12]
蛾眉自觉长,颈粉谁怜白?
矜持昭阳意,不肯看南陌。[13][1]

【汇解】

〔1〕《后汉书》:董卓废少帝为弘农王。明年,山东义兵大起讨卓。卓乃置弘农王于阁上,使郎中令李儒进酖曰:"服此药可以辟恶。"王曰:"我无疾,是欲杀我耳。"不肯饮,强之,不得已乃与妻唐姬及宫人饮宴别。酒行,王悲歌曰:"天道易兮我何艰?弃万乘兮退守藩。逆臣见逼兮命不延,逝将去汝兮适幽玄。"因令唐姬起舞。姬抗袖而歌曰:"皇天崩兮后土颓,身为帝兮命夭催。死生异路兮从此乖,奈我茕独兮心中哀!"因泣下呜咽。王谓姬

曰:"卿,王者妃,势不复为吏民妻,自爱,从此长辞。"遂饮药而死。唐姬,颍川人也。王薨,归乡里。父会稽太守瑁欲嫁之,姬誓不许。○"汉",曾本、二姚本俱作"叹"。

〔2〕御服沾霜露,喻言帝位已失,越在草野也。天衢,犹天阶。长蓁棘,谓国家多难,辇路之上化为蓁棘也。《史记》:伍被谏淮南王语:"臣见宫中生荆棘,露沾衣也。"二语盖自此化出。

〔3〕姬际此危难之时,如以精金之美,为尘埃所隐蔽,黯然无光。侍御奔散,不复有人为之带饰。

〔4〕寝,息也。歌吹之声不能复闻,苑囿花木不能复见。

〔5〕二句未详,疑是当时实事。

〔6〕吴本作"铁剑常光光,至凶威屡逼"。

〔7〕张华《禽经注》:枭在巢,母哺之;羽翼成,啄母目翔去也。陆玑《诗疏》:自关而西,谓枭为流离,其子长大,还食其母。故张奂云"鸱鸮食母",许慎云"枭,不孝鸟"是也。犇厉,恶鬼。索,求也。求人魂魄而食。《招魂》曰:"长人千仞,唯魂是索。"盖其类也。

〔8〕一作"隔"。

〔9〕《晋书》:嵇叔夜之醉也,俄然若玉山之将颓。

〔10〕言死当勉力上诉天帝,惟天上少沉厄之苦。若在人间,不堪日受奸臣凶虐,见不如速死之愈。

〔11〕王薨之后,无灵筵之设,丧帷张于何处?又不知葬地所在,欲一远望墓木,亦不可得。郑玄《仪礼注》:凡布细而疏者谓之缌。谢朓诗:"缌帷飘井干。"盖以疏布为灵座之帷帐也。魏武帝《遗令》:于铜雀台上施八尺床,张缌帐,朝晡上脯糒之属,汝等时时登台望吾西陵墓田。此借用其事。○"张",曾本、姚经三本俱作"觅"。

〔12〕团团,行走不安貌。

〔13〕《三辅黄图》:武帝时,后宫八区:有昭阳、飞翔、增成、合欢、兰林、披香、凤凰、鸳鸯等殿。"不肯看南陌",吴正子本如此。诸本皆作"不肯郎南陌",徐文长訾"郎"字未稳。董懋策云:"郎"恐作"即"。曾注、二姚注皆

从之，故字皆从"郎"，解皆从"即"。曾曰：即，就也。言念君宠，不肯就南陌而死。姚仙期曰：如是，则苟活何用？南陌东头，当是父瑁欲其嫁，而不肯即之去也。姚经三曰：矜持昭阳之意，不肯苟为南陌之游，守节更难于死节。"矜持"二字最妙。说各不同。琦谓总不若吴本"看"字之妥。"矜持昭阳意"，即《传》中所谓王者妃，势不复为吏民妻。"不肯看南陌"，言不肯看南陌之繁华，誓不允父嫁之意。

【姚注】

姬为后汉弘农王妃。王即帝位，董卓废之，置王阁上，使郎中令李儒酖之。王不肯饮，强逼之。不得已，乃与唐姬及宫人饮宴别。酒行，王悲歌，姬亦折袖起舞。王死，姬归会稽。父欲嫁之，誓不许。贺偶作此以吊之，云：天不助汉，鬼哭何益？使卓仗剑逞凶，一遂噬母之强枭，不难以天子齿剑。顾乃避弑君之迹，使之相看相泪，借清酒以送之黄泉。既非玉山之颓，且非饮中之色，惟是迫之不得不饮。有勉从帝诉，谅天上沉厄不似人间耳。缥帐难觅，松柏成林。妾身虽存，君魂不返。蛾眉自觉，颈粉谁怜？亦只矜持昭阳之意，不肯苟为南陌之游，守节不更难于死节哉！○"矜持"二字最妙。汉且有奸臣篡弑，芳年帝后，至临父皇之尊，终身执节，不改为者，汉平帝之王皇后是也。至性固多，矜持亦自不少。本念皇后无偶之尊，而降体辱身，其肯甘之乎？唐姬事与相类，独是乃翁不同耳。

【姚本眉批】

〔1〕"郎"当作"即"。

听颖师弹琴歌

别浦云归桂花渚，蜀国弦中双凤语。〔1〕
芙蓉叶落秋鸾离，越王夜起游天姥。〔2〕

暗佩清臣敲水玉，渡海蛾眉牵白鹿。[3]
谁看挟剑赴长桥，谁看浸发题春竹？[4]
竺僧前立当吾门，梵宫真相眉棱尊。[5]
古琴大轸长八尺，峄阳老树非桐孙。[6]
凉馆闻弦惊病客，药囊暂别龙须席。[7]
请歌直请卿相歌，奉礼官卑复何益！[8]

【汇解】

〔1〕别浦，天河也。详见一卷《七夕》注中。桂花渚，似谓月所行之道。蜀国弦，琴也。唐时琴材以蜀地为贵，故谓之蜀国弦，与乐府所传《蜀国弦》之曲不同。双凤语，状其声之和缓，似凤之雌雄和鸣也。上句言云净月明，见天景之佳；下句言器美手高，见琴音之妙。

〔2〕《太平寰宇记》：天姥山在越州剡县南八十里。传云，登者闻天姥歌谣之响。谢灵运诗云："暝投剡中宿，明登天姥岑。高高入云霓，还期那可寻？"即此也。越王事未详。芙蓉句，状其声之凄切。越王句，状其声之高卓。

〔3〕清臣，臣子之志洁行廉者。《山海经》：堂庭之山多水玉。郭璞注：水玉，今水晶也。"渡海蛾眉跨白鹿"，盖谓仙女骑白鹿而游戏海上者，其事亦未详。"暗佩"句，状其声之清远。"渡海"句，状其声之缥缈。

〔4〕言既闻此琴声，凡世间一切可惊可喜之事，皆以为不足观也矣，即嵇康《琴赋》所谓"王豹辍讴，狄牙丧味"之意。"长桥"事已见三卷注。《宣和书谱》：张旭喜酒，叫呼狂走方落笔。一日酣醉，以发濡墨，作大字，既醒视之，自以为神，不可复得。○姚经三曰：别浦，状其幽忽也；双凤，状其和鸣也；秋鸢，状其激楚也。越王夜游天姥，状其飘渺凌空也。清臣鸣佩，状其清肃也。渡海蛾眉，状其珊珊欲仙也。如周处之斩蛟，状其时而猛烈也。如张颠之属草，状其时而纵横也。姚仙期注：以为首句状其幽缓，次句状其和，三句状其萧骚激楚，四句状其浩荡，五句状其洁而清，六句状其神，七句状其勇，八句状其纵横。盖皆以首句至此，悉为比拟琴声之辞。按昌黎亦

有《听颖师弹琴诗》云"妮妮儿女语,恩怨相尔汝。划然变轩昂,勇士赴敌场。浮云柳絮无根蒂,天地阔远随飞扬。喧啾百鸟群,忽见孤凤凰。跻攀分寸不可上,失势一落千尺强"云云。吴僧义海以为此数语皆指下丝声妙处。洪兴祖亦引或人之说,以"浮云柳絮"二语为泛声,谓轻非丝、重非木也。"啾喧百鸟"二语为泛声中之寄指声。"跻攀分寸"语为吟绎声。"失势一落"语为强历声。二姚之解盖皆本此,是亦一说。

〔5〕释教出于天竺,故谓僧曰竺僧。梵宫真相,谓如梵天宫殿中所供养古佛罗汉相也。

〔6〕陈氏《乐书》:古者造琴之法,其制长三尺六寸六分,象期之日也。司马迁曰:其长八尺一寸,正度也。由是观之,则三尺六寸六分,中琴之度也。八尺一寸,大琴之度也。《书·禹贡》:"峄阳孤桐。"蔡九峰注:《地志》云,东海郡下邳县西有葛峄山,古文以为峄山。下邳,今淮阳军下邳县也。阳者,山南也。孤桐,特生之桐,其材中琴瑟。《诗》云:"梧桐生矣,于彼朝阳。"盖草木之生以向日为贵也。《太平御览》:《风俗通》曰,梧桐生于峄阳山岩石之上,采东南孙枝为琴,声甚雅。今本所传《风俗通》少此一则。孙枝是后生之旁枝。嵇康《琴赋》:"乃斫孙枝,准量所任。至人摅思,制为雅琴。"庾信诗:"枫子留为式,桐孙待作琴。"盖用其说。此诗取老本不取孙枝,以大琴故孙枝不用也。

〔7〕病中闻颖师琴声高妙,不觉为之坐起,有霍然病已之意。《蜀本草》:石龙刍丛生,茎如挺,所在有之,俗名龙须草,可为席。《唐书·地理志》:岐州、陇州、泾州、原州、宁州、鄜州、坊州、丹州,皆贡龙须席。

〔8〕言欲人作诗赞美以长声价,当请卿相为之,始动人观听;若我则仅一奉礼郎耳,官职卑小,何能为颖师增重?此亦长吉愤世之辞。作自谦者,非。○"直请",一作"当请"。"歌",曾本、姚仙期本作"饮",误。

【姚注】

"别浦",状其幽忽也;"双凤",状其和鸣也;"秋鸾",状其激楚也。声之飘渺凌空,如越王夜游天姥,隐隐欲上也。清臣鸣珮,状其清肃也。渡海蛾眉,状珊珊欲仙也。时而猛烈如周处之斩蛟,时而纵横如张颠之属草。贺言初尚未与颖师觌面,乃远闻弦声,惝乎如形容之现于吾前也。古琴本之异材,而病客惊起,遂不安于卧也。颖师觞贺以请歌;贺以官卑,遂谦让未遑也。

谣　俗

上林胡蝶小,试伴汉家君。
飞向南城去,误落石榴裙。
脉脉花满树,翩翩燕绕云。
出门不识路,羞问陌头人。[1]

【汇解】

〔1〕此诗似为宫人出嫁,不得其配偶,惜之而作者。梁元帝诗:"芙蓉为带石榴裙。"翩,音与"暄"同,小飞也。鲍照诗:"翩翩燕弄风,袅袅柳垂道。"○"汉家君",一作"汉家春"。

【姚注】

唐制常选良家子,隶教坊习乐,时执事内庭。此盖咏初入教坊者也。试伴汉君,未工媚悦也。误落石榴,深自愧悔也。身入烟花,尚尔觍觍,故出门以问路为惭耳。

补　遗

静女春曙曲

嫩蝶怜芳抱新蕊,泣露枝枝滴天泪。

粉窗香咽颓晓云,锦堆花密藏春睡。

恋屏孔雀摇金尾,莺舌分明呼婢子。

冰洞寒龙半匣水,一只商鸾逐烟起。[1]

【汇解】

〔1〕《南方异物志》:孔雀,交趾、雷、罗诸州甚多,生高山乔木之上。大如雁,高三四尺,不减于鹤。细颈隆背,头裁三毛,长寸许。数十群飞,栖游冈陵,晨则鸣声相和,其声曰都护。雌者尾短无金翠,雄者三年尾尚小,五年乃长二三尺。夏则脱毛,至春复生。自背至尾有圆文,五色金翠,相绕如钱。自爱其尾,山栖必先择置尾之地。雨则尾重不能高飞,南人因往捕之。

少年乐

芳草落花如锦地,二十长游醉乡里。

红缨不动白马骄,垂柳金丝香拂水。

吴娥未笑花不开,绿鬓耸堕兰云起。

陆郎倚醉牵罗袂,夺得宝钗金翡翠。[1]

【汇解】

〔1〕二诗见郭茂倩所编《乐府诗集》,而元人所选《唐音遗响》亦载其《少年乐》一首,似皆后人拟作,非长吉锦囊中所贮者。至《锦绣万花谷》、《海录碎事》所引断句数则,尤不类,故弃而不录。

昌谷诗注自序

姚文燮

　　世之苟于律才人,与才人之苟于律世,两相厄也。人文沦落之日,处才难;人文鼎盛之日,处才尤难。屈原、贾谊,才同而世不同,世不同而处才之受困又同。楚襄、汉文,殆犹霄壤。《离骚》、《鹏赋》,后先同悲。然则才不问时代而所遇皆穷,天亦何必重生此才为斯人困耶?《诗》三百篇,大抵不得志于时者之所作也。"《诗》亡而后《春秋》作",孔子之不得志也,以《春秋》续《诗》也。屈、贾辈以《骚》续《诗》,是以诗续《诗》也,是又以诗续《春秋》也。其辞异,其旨同也。唐取士以诗,是不欲《诗》亡也,是将欲续《王风》,非欲续《骚》也。而唐之才人历数百年为特盛,终唐之世,才最杰者称两王孙焉。嗟乎! 唐之祖宗,创制立法以网罗奇俊,冀无一失。其云礽秀出,宜为举世所推,坐致通显。乃邀其福于祖宗者,即厄其遇于子孙,吾何能不为李白、李贺惜! 唐才人皆《诗》,而白与贺独《骚》。白近乎《骚》者也;贺则幽深诡谲,较《骚》为尤甚。后之论定者以仙予白,以鬼予贺,吾又何能不为贺惜! 白与贺俱不遇,而一时英贤蔚起,泥者出其中，爱者出其中，卒至废弃寝灭。而以贺视白，则白之处天宝也，不较愈于贺之处元和哉！白于至尊之前，尚能眦睨骄横，微指隐击。一时宫禁钦仰，亦足倾倒一世，其挤之也不过一阉人妇子耳！乃贺以年少，一出即撄尘网，姓字不容人间。其挤之也，则皆当世人豪焉。贺之孤愤，恨不即焚笔砚，何心更事雕缋以自喜乎？且元和之朝，外则藩镇悖逆，戎寇交讧；内则八关十六子之徒，肆志流毒，为祸不测。上则有英武之君，而又惑于神仙。有志之士，即身膺朱紫，亦且郁郁忧愤，矧乎怀才兀处者乎？贺不敢言，又不能无言。于是寓今托古，比物征事，无一不为世道人心虑。其孤忠沉郁之志，又恨不伸纸疾书，缊缊数万言，如翻江倒海，一一指陈于万乘之侧而不止者，无如其势有所不能也。故贺之为诗，其命辞、命意、命题，皆深刺当世之弊，切中当世之隐。倘不深自弢晦，则必至焚身。斯愈推愈远，愈入愈曲，愈微愈减，藏哀愤孤激之思于片章短什。言之者无罪，闻之者不审所从来。不已弄一世之奸雄才俊如聋聩喑哑，且令后世之非者、是者、恶者、好者，不得其所为是非好恶之真心，又安得其所为是非好恶之敢心哉？夫匡鼎说《诗》而令人解颐，得其情也。不得其情而欲代为之注，则以山经、海志、稗官、野乘之一斑以尽贺也，不亦冤哉！且石牛黑蜮，乌足以代雨也？金门仙火，乌足以代雷也？尧璧、汉鼎，玉马、铜驼，又乌足以代云与雪也？而谓才人之伎俩尽是乎？郭之注《庄》也，可以庄自庄而郭自郭也；即可以郭为庄也；即可以郭不必为庄，而庄不必有郭也。王逸生屈原之后，处屈原之地，师屈原之文而作《九思》。以之注《骚》，尤不敢尽为得当。考亭为宋大儒，而注《骚》也，于《天问》、《招魂》诸篇，且阙焉置之。今世之论贺者方为贺奇，而注贺者皆浅之乎贺也。谁能于诸注中为充宗之折其角，而不使贺不见容于当时，复不见谅于后世。则虽为天上修文，其郁郁之心不犹然如奉礼郎时耶！吾谓读古人书者，必以心心古人，而以身身古人，则古人见也。人不能身心为贺，又安能见贺之身心耶？故必善读史者，始可注书；善论唐史者，始可注贺。使我尽如贺意，我之幸也，贺之幸也。即我未必尽如贺意，而贺亦未必尽如我意，第孤忠哀激之情，庶几稍近。且我见如是，而令读者不得不信为是，即令贺亦自爽然不得不认为是。是耶？非耶？如相告焉，如相觌焉。我亦几乎贺矣，安得谓非我之幸而又非贺之幸欤？我则亦不以我注贺，亦不以《骚》注贺，而直以贺注贺也。人自不得专左袒白而右袒贺也。则以贺诗为唐《春秋》可也。杜牧之言，贺理不及《骚》而为《骚》之苗裔也，是不必以《骚》抑贺也；又谓少加以理，可奴仆命《骚》也，是又不必以贺抑《骚》也。《骚》理何必皆贺，贺理何必皆《骚》也？我于是乎注贺。

　　　　　　　龙眠姚文燮经三撰

重刻昌谷集注序

陈二如

　　昌谷之诗，唐无此诗，而前乎唐与后乎唐亦无此诗。惟诸体毕备之少陵，间有类乎为昌谷之诗，而亦十不得二三焉。少陵以诗学之富，注者千家，其馀唐人诗举无可注。而既有昌谷诗则不可无注，注昌谷者又绝少。以山阴徐文长规模昌谷而不能注，何况乎他？今文长集中，五、七言古亦有学之而得其似者，余实不知从何处入，世固无有不能注而能学者。要文长自有文长之本领，姑艰涩其字句以貌取焉耳。贺为诗不多。其作诗之初，全似以人不解者为诗，虽一语，教人漫然索解亦不肯。人于是因其早世，遂群起而鬼之。亦既鬼之，而复有如沈子明、杜牧之、李义山辈为传其所作，以至于今，且千年。余谓贺非鬼，而人人乐传其诗以有待，则必有鬼焉凭之，即鬼贺亦无不可。姚子经三酷嗜昌谷诗过于文长，而心悯昌谷诗之无注，恐不注而传之，久必就湮。为起贺七岁赋《高轩过》，以及白玉楼召记之时，凡中间所历朝代时事不同，务殚精研思以期其必合，诗未有深切著明如贺之诗者。庚子曾刻诸吴门，播之远近。至是司李建宁，建宁书贾以重刻请。姚子之重是刻也，簿书之暇，更取原本较定，为易其附会之过甚者二三十条，遂无一之不合。故谓贺凭之以有待，即待姚子也。姚子之注昌谷云何？大约人之作诗，必先有作诗之题，题定而后用意，意足而后成诗。义山称昌谷与诸公游，未常得题为诗，遇有所得，辄投之破锦囊中。及归，研墨叠纸足成之。天下抑有无题之诗耶？要以语于贺，则又未始无当。贺之为诗，无有不题定而觅意，却又意定而觅题。多是题所应讳，则借他题以晦之。姚子之注昌谷，率由此问径，将有一节通而节节以通之势矣。然则贺生二十七年，人也而鬼之；贺没且千年，鬼也而人之。假漆室之一炬，贺得复有其贺之《春秋》。姚子之为功于贺，岂浅鲜哉！余究心少陵，不啻童儿以迄白首，而顷者有《少陵诗意》一书。夫以千家注注杜，注非不足。而余第以少陵之有注与昌谷之无注适等。固常不惮浩繁，尽取诸体而阐之以当日作诗之意。其与姚子初不相谋，而实若相谋，同于意取之旨也。今姚子《昌谷注》行，人之读《昌谷注》者，岂无因《昌谷注》而并想余之为《少陵注》？而余亦即举而质之海内矣。

　　　　　　同里友弟陈式二如氏题

重刻昌谷集注序

钱澄之

　　姚子注《昌谷集》成，予既为序之。友人携其稿刻诸吴门，吴下为之纸贵。于是姚子官建宁，建宁人以重刻请，乃更加较订批点，视昔尤详，而再属序于予。予时客双峰，注《南华》七篇初成也。作而叹曰：甚矣，注书之难，难于著书也！著书者亦欲自成一家言耳，其有言也已为政；注书者己无心而一以作者之心为心，其有言也，役焉而已。故曰：著书者无人，注书者无我。然自孔子《系词》以来，如郭象之注《庄》，王辅嗣之注《易》，旁通发挥，往往出于古人意言之外，亦何尝不用我也！曰：非我也，古人之意之所在也。"书不尽言，言不尽意"，"以意逆志，是为得之"。若惟言之是尊，毋敢略出己见，疑者阙之，未详者置之，惟通其章句而已，是训诂之学也。是以无我之弊，流为训诂。吾之于《庄》，不知其有我否耶？吾以庄子纵恣自喜，不欲读者之遽得其端倪。吾惟"缘督以为经"而脉分缕贯，吾犹是章句之学也。则《庄子》亦既井井然受条理矣。彼世之注者或多玄解，夫莫玄于《庄子》矣，而又玄焉，是以水益水耳，何解之为？其皆郭象为之嚆矢乎？吾注《庄》又不若姚子之注昌谷。姚子谓古今人之诗，未有不本诸忠爱者也。杜少陵每吟不忘君父，千古宗之。昌谷诗好险僻，其思幻怪不经。世有癖之者，称曰"鬼才鬼才"耳；而姚子以为忠爱存焉，为之引据史文，论其世而考其时。其忧时悯俗，惓惓宗国之志，一篇三致意云。夫姚子非癖昌谷也。姚子之意，盖以见古人之称诗虽险僻如昌谷，其大指固无以异于少陵也，盖欲以忠爱概天下之诗教也。夫姚子方未通籍时，其命意于诗者已如此，况今委质而出仕乎？毋怪乎再从剞劂氏之请，以申其教于天下也。同时有陈子二如因而为《少陵诗注》。陈子之于少陵，姚子之于昌谷，皆似有夙因焉。凡诗为人所不经意者，二子以为必有意也。即少陵、昌谷或未必用意，自二子言之，亦似其果有意也。二子之注不必无我，亦自信我之意即作者之意而已。予于《庄子》无能为役，而二子则真少陵、昌谷之功臣也。虽然，少陵称诗之旨，夫人而知之；若昌谷之无以异于少陵，自姚子而始知之。则姚子之功为巨矣！

里门同学弟客隐钱澄之饮光题

《国学典藏》丛书已出书目

周易 [明] 来知德 集注

诗经 [宋] 朱熹 集传

尚书 曾运乾 注

周礼 [清] 方苞 集注

仪礼 [汉] 郑玄 注 [清] 张尔岐 句读

礼记 [元] 陈澔 注

论语·大学·中庸 [宋] 朱熹 集注

孟子 [宋] 朱熹 集注

左传 [战国] 左丘明 著 [晋] 杜预 注

孝经 [唐] 李隆基 注 [宋] 邢昺 疏

尔雅 [晋] 郭璞 注

说文解字 [汉] 许慎 撰

战国策 [汉] 刘向 辑录
　　　[宋] 鲍彪 注 [元] 吴师道 校注

国语 [战国] 左丘明 著
　　　[三国吴] 韦昭 注

史记菁华录 [汉] 司马迁 著
　　　　　 [清] 姚学田 节评

徐霞客游记 [明] 徐弘祖 著

孔子家语 [三国魏] 王肃 注
　　　　　（日）太宰纯 增注

荀子 [战国] 荀况 著 [唐] 杨倞 注

近思录 [宋] 朱熹 吕祖谦 编
　　　 [宋] 叶采 [清] 茅星来等 注

传习录 [明] 王阳明 撰
　　　 （日）佐藤一斋 注评

老子 [汉] 河上公 注 [汉] 严遵 指归
　　　[三国魏] 王弼 注

庄子 [清] 王先谦 集解

列子 [晋] 张湛 注 [唐] 卢重玄 解
　　　[唐] 殷敬顺 [宋] 陈景元 释文

孙子 [春秋] 孙武 著 [汉] 曹操 等注

墨子 [清] 毕沅 校注

韩非子 [清] 王先慎 集解

吕氏春秋 [汉] 高诱 注 [清] 毕沅 校

管子 [唐] 房玄龄 注 [明] 刘绩 补注

淮南子 [汉] 刘安 著 [汉] 许慎 注

金刚经 [后秦] 鸠摩罗什 译 丁福保 笺注

维摩诘经 [后秦] 僧肇等 注

楞伽经 [南朝宋] 求那跋陀罗 译
　　　　 [宋] 释正受 集注

坛经 [唐] 惠能 著 丁福保 笺注

世说新语 [南朝宋] 刘义庆 著
　　　　　 [南朝梁] 刘孝标 注

山海经 [晋] 郭璞 注 [清] 郝懿行 笺疏

颜氏家训 [北齐] 颜之推 著
　　　　　 [清] 赵曦明 注 [清] 卢文弨 补注

三字经·百家姓·千字文
　　　　　 [宋] 王应麟等 著

龙文鞭影 [明] 萧良有等 编撰

幼学故事琼林 [明] 程登吉 原编
　　　　　　 [清] 邹圣脉 增补

梦溪笔谈 [宋] 沈括 著

容斋随笔 [宋] 洪迈 著

困学纪闻 [宋] 王应麟 著
　　　　　 [清] 阎若璩 等注

楚辞 [汉] 刘向 辑
　　　 [汉] 王逸 注 [宋] 洪兴祖 补注

曹植集 [三国魏] 曹植 著
　　　　 [清] 朱绪曾 考异 [清] 丁晏 铨评

陶渊明全集 [晋] 陶渊明 著
　　　　　 [清] 陶澍 集注

王维诗集 [唐] 王维 著 [清] 赵殿成 笺注

杜甫诗集 [唐] 杜甫 著 [清] 钱谦益 笺注

李贺诗集 [唐] 李贺 著 [清] 王琦等 评注

李商隐诗集 [唐] 李商隐 著
　　　　　[清] 朱鹤龄 笺注
杜牧诗集 [唐] 杜牧 著 [清] 冯集梧 注
李煜词集（附李璟词集、冯延巳词集）
　　　　　[南唐] 李煜 著
柳永词集 [宋] 柳永 著
晏殊词集·晏幾道词集
　　　　　[宋] 晏殊 晏幾道 著
苏轼词集 [宋] 苏轼 著 [宋] 傅幹 注
黄庭坚词集·秦观词集
　　　　　[宋] 黄庭坚 著 [宋] 秦观 著
李清照诗词集 [宋] 李清照 著
辛弃疾词集 [宋] 辛弃疾 著
纳兰性德词集 [清] 纳兰性德 著
六朝文絜 [清] 许槤 评选
　　　　　[清] 黎经诰 笺注
古文辞类纂 [清] 姚鼐 纂集
乐府诗集 [宋] 郭茂倩 编撰
玉台新咏 [南朝陈] 徐陵 编
　　　[清] 吴兆宜 注 [清] 程琰 删补
古诗源 [清] 沈德潜 选评
千家诗 [宋] 谢枋得 编
　　　　　[清] 王相 注 [清] 黎恂 注
瀛奎律髓 [元] 方回 选评
花间集 [后蜀] 赵崇祚 集
　　　　　[明] 汤显祖 评
绝妙好词 [宋] 周密 选辑
　　　[清] 项絪 笺 [清] 查为仁 厉鹗 笺

词综 [清] 朱彝尊 汪森 编
花庵词选 [宋] 黄昇 选编
阳春白雪 [元] 杨朝英 选编
唐宋八大家文钞 [清] 张伯行 选编
宋诗精华录 [清] 陈衍 评选
古文观止 [清] 吴楚材 吴调侯 选注
唐诗三百首 [清] 蘅塘退士 编选
　　　　　[清] 陈婉俊 补注
宋词三百首 [清] 朱祖谋 编选
文心雕龙 [南朝梁] 刘勰 著
　　　　[清] 黄叔琳 注 纪昀 评
　　　李详 补注 刘咸炘 阐说
诗品 [南朝梁] 钟嵘 著
　　古直 笺 许文雨 讲疏
人间词话·王国维词集 王国维 著

戏曲系列

西厢记 [元] 王实甫 著
　　　　　[清] 金圣叹 评点
牡丹亭 [明] 汤显祖 著
　　　　[清] 陈同 谈则 钱宜 合评
长生殿 [清] 洪昇 著 [清] 吴人 评点
桃花扇 [清] 孔尚任 著
　　　　　[清] 云亭山人 评点

小说系列

封神演义 [明] 许仲琳 编 [明] 钟惺 评
儒林外史 [清] 吴敬梓 著
　　　　　[清] 卧闲草堂等 评

部分将出书目